丛书主编:陈平原

·文学史研究丛书·

地之子

赵园 著

图书在版编目(CIP)数据

地之子/赵园著.—北京:北京大学出版社,2007.1
(文学史研究丛书)
ISBN 978-7-301-11470-4

Ⅰ.地… Ⅱ.赵… Ⅲ.①现代文学－文学研究－中国②当代文学－文学研究－中国 Ⅳ.I206.6

中国版本图书馆 CIP 数据核字(2006)第 160093 号

书　　　名：地之子
著作责任者：赵　园　著
责任编辑：艾　英
标准书号：ISBN 978-7-301-11470-4/I·0881
出版发行：北京大学出版社
地　　　址：北京市海淀区成府路 205 号　100871
网　　　址：http://www.pup.cn　电子邮箱：pkuwsz@yahoo.com.cn
电　　　话：邮购部 62752015　发行部 62750672　出版部 62754962
　　　　　　编辑部 62752022
印　刷　者：北京大学印刷厂
经　销　者：新华书店
　　　　　　890mm×1240mm　A5　11.125 印张　356 千字
　　　　　　2007 年 1 月第 1 版　2008 年 9 月第 2 次印刷
定　　　价：28.00 元

未经许可，不得以任何方式复制或抄袭本书之部分或全部内容。
版权所有，侵权必究
举报电话：010-62752024；电子邮箱：fd@pup.pku.edu.cn

目 录

《文学史研究丛书》总序 …………………………… （1）
自　序 ……………………………………………… （1）

第一章　大地·乡土·荒原 ………………………… （1）
　　第一节　大　地 ……………………………… （1）
　　第二节　乡　土 ……………………………… （12）
　　第三节　荒　原 ……………………………… （31）
第二章　农民与农民文化 …………………………… （50）
　　第一节　农　民 ……………………………… （50）
　　第二节　土地意识与性文化 ………………… （66）
　　第三节　在群集中，死亡之际 ……………… （89）
第三章　"大地"的颜色 …………………………… （102）
　　第一节　模式及其变易 ……………………… （102）
　　第二节　色彩斑驳
　　　　　　——读作品札记 …………………… （113）
　　第三节　方言趣味及其他 …………………… （149）
　　第四节　南北东西 …………………………… （164）
第四章　知青作者与知青文学 ……………………… （184）
　　第一节　知青一代·知青文学 ……………… （184）
　　第二节　怀念与回归
　　　　　　——"知青文学"主题之一 ………… （198）

第三节 知青历史反思
　　　　——"知青文学"主题之二……………… (222)
第四节 评价难题
　　　　——"知青文学"主题之三……………… (242)
第五节 知青作者……………………………………… (259)

附　录　知青作者的作品及其电影诠释………… (297)
初版后记……………………………………………… (314)
再版后记……………………………………………… (316)

《文学史研究丛书》总序

陈平原

中国学界之选择"文学史"而不是"文苑传"或"诗文评",作为文学研究的主要体式,明显得益于西学东渐大潮。从文学观念的转变、文类位置的偏移,到教育体制的改革与课程设置的更新,"文学史"逐渐成为中国人耳熟能详的知识体系。作为一种兼及教育与研究的著述形式,"文学史"在20世纪的中国,产量之高,传播之广,蔚为奇观。

从晚清学制改革到"五四"新文化运动展开,提倡新知与整理国故终于齐头并进,文学史研究也因而得到迅速发展。在此过程中,北大课堂曾走出不少名著:林传甲的《中国文学史》(1904)还只是首开记录,接踵而来者更见精彩,如姚永朴的《文学研究法》、刘师培的《中国中古文学史》和《汉魏六朝专家文研究》、黄侃的《文心雕龙札记》、吴梅的《词余讲义》(后改为《曲学通论》)、鲁迅的《中国小说史略》、胡适的《五十年来之中国文学》和《白话文学史》、周作人的《欧洲文学史》和《中国新文学的源流》,以及俞平伯的《红楼梦辨》、游国恩的《楚辞概论》等。这些著作,思路不一,体式各异,却共同支撑起创立期的文学史大厦。

强调早年北大学人的贡献,并无"唯我独尊"的妄想,更不会将眼下这套丛书的作者局限在区区燕园;作为一种开放且持久的学术探求,本丛书希望容纳国内外学者各具特色的著述。就像北大学者有责任继续先贤遗志,不断冲击新的学术高度一样,北大出版社也有义务在文学史研究等诸领域,为北大向世界一流大学迈进呐喊助阵。

在很长时间里,人们习惯于将"文学史研究"理解为配合课堂讲授而编撰教材(或教材式的"文学通史"),其实,"海阔凭鱼跃,天高任鸟飞",此乃学者挥洒学识与才情的大好舞台,尽可不必画地为牢。上述草创期的文学史著,虽多与课堂讲授有关,也都各具面目,并无日后千人一腔的通病。

那是一个"开天辟地"的时代,固然也有其盲点与失误,但生气淋漓,至今令人神往。鲁迅撰《〈中国小说史略〉序言》,劈头就是:"中国之小说自来无史";后世学者恰如其分地添上一句:"有之,自鲁迅先生始。"当初的处女地,如今已"人满为患",可是否真的没有继续拓展的可能性?胡适撰《〈国学季刊〉发刊宣言》,以历史眼光、系统整理、比较研究作为整理国故的方法论,希望兼及材料的发现与理论的更新。今日中国学界,理论框架与研究方法,早就超越胡适的"三原则",又焉知不能开辟出新天地?

当初鲁迅、胡适等新文化人"整理国故"时之所以慷慨激昂,乃意识到新的学术时代来临。今日中国,能否有此迹象,不敢过于自信,但"新世纪"的诱惑依然存在。单看近年学界之热心于总结百年学术兴衰,不难明白其抱负与期待。

在20世纪的最后一年推出这套丛书,与其说是为了总结过去,不如说是为了面向未来。在20世纪中国,相对于传统文论,"文学史"曾经代表着新的学术范式。面对即将来临的新世纪,文学史研究究竟该向何处去,如何洗心革面、奋发有为,值得认真反省。

反省之后呢?当然是必不可少的重建——我们期待着学界同仁的积极参与。

1999年2月8日于西三旗

自　序

> 我是生自土中，
> 来自田间的，
> 这大地，我的母亲，
> 我对她有着作为人子的深情。
> 　　　　　　——李广田《地之子》

一

"地之子"，1930年代李广田以之作为诗题；前于他，1920年代，台静农已以此题名他的小说集。"地之子"应属五四新文学作者创造的表达式。中国现代史上的知识分子，往往自觉其有承继自"土地"的精神血脉，"大地之歌"更是近代以来中国知识分子的习惯性吟唱。亦如古代诗人托言田父野老，新诗人在让他们的农民人物倾诉大地之爱时，往往忘记了那份爱原是他们本人的。赫尔曼·黑塞在他著名的小说《纳尔齐斯与歌尔德蒙》中称艺术家、诗人为"母性的人"，此种人以大地为故乡，酣眠于母亲的怀抱，是由于他们富于爱和感受能力。协和广场"对出租汽车司机说来不是审美对象，田野对农夫也不是审美对象"[①]，这却又不只受制于爱和感受能力，更因为赖土地为生的农夫不

---

① 〔法〕米盖尔·杜夫海纳：《美学与哲学》中译本，中国社会科学出版社1985年版，第36页。

可能对田野持"非功利"的审美态度。因而不无讽刺意味的是,近代知识分子由于摆脱了与"田野"的基本生存联系,脱出了农夫式的与自然的原始统一,才便于自命为地之子。朱晓平在他的小说里说,知识分子向天,农民向地。或许只有"向天"者才拥有一块与农民的土地不同的"大地",赖有超越基本生存关系的对大地的凝视,也才会有知识分子的乡村感知和乡村文化思考。

我在这里不免将"地"的不同语义、语用混淆了。李广田与台静农这两位作者,其所谓"地之子"的"地",应有一点细微的区别。台静农将其小说集题献韦素园,"地之子"显系概括韦素园沉毅坚实的人格风貌①。朱自清在他的长诗《毁灭》的篇末写着:"从此我不再仰眼看青天,/不再低头看白水,/只谨慎着我双双的脚步;/我要一步步踏在土泥上,/打上深深的脚印!……"这里的"土泥",不消说也非指农民所耕耘之地。新文学史上的第一代作者关注农民的命运,对发生于乡村的痛苦怀有深切的悲悯之情,但他们更自居为那个空前广阔的时代之子("时代儿")。乡村痛苦,在他们的感觉中,是与所在皆有的人生痛苦连成一片的。

已有的文学史著作一般不将李广田归为"主流作家",但上述诗作中李广田的血缘宣告,却系于风尚。由1920年代末开始的"土地革命",极大地动员了文学。即使未必出诸自觉,未必全系履行组织、社团的决议,自1920年代末起,大批诗人与小说家,的确将目光集注在了乡村、农民。乡村的破产、贫困化、革命化,成为覆盖性极大的文学"主题"。在这一过程中,"地之子"的"地",那较空泛的"大地"(意指"实际"、现实生活等等),代之以乡村的农民的"土地"。不止一位诗人以"母—子"作为其与乡村与农民的关系的象喻形式。艾青《献给乡村的诗》中说,那"生长

---

① 鲁迅《忆韦素园君》:"是的,但素园却并非天才,也非豪杰,当然更不是高楼的尖顶,或名园的美花,然而他是楼下的一块石材,园中的一撮泥土,在中国第一要他多。……"《鲁迅全集》第6卷,人民文学出版社1981年版,第68页。

我的小小的乡村","存在于我的心里,像母亲存在儿子心里";臧克家说,他的熟悉农民,"像一个孩子清楚母亲身上哪根汗毛长"(《学习写诗中的点滴经验》)。"母—子",这一关系的重大性,是不待论证的。上述象喻有极严重的性质:那是传统社会里至为庄严的出身、血缘宣告。

"出自……""来自……"在传统的意义范畴,甚至意味着"隶属":"子"是属于"母"的,"母"对于"子"享有某种权利。此时人们回头看郭沫若写于1919年的《地球,我的母亲!》,或许会有隔世之感。这种以"地球"为母体,自居于其"人类"的"子",只能出自那眼界阔大激情喷涌的年代,只能出自五四高潮期的时代热情和那一代人曾经有过的世界眼光、广阔浩渺的生存感受。它甚至只能属于郭沫若本人创作中的《女神》时期,年轻诗人隔海遥望祖国之时。此后的历史运动,唤起的只能是极具体的土地感知。生当20世纪,郭沫若也注定了只能是中国之子,时代的儿子。

"母—子"这一种诗式表达,不断受到意识形态加工。其中"母"的语义进一步扩展为"人民"。这种关系式进入知识者的自我意识,其根基之深固,是人所共知的。近十几年,较为年轻的一代作者中,张承志提供了最完整(也最诗意)的关于"母—子"的关系描述:草原母亲与"草原义子"(《黑山羊谣》);蒙古族额吉(以及哈萨克族切夏,回族妈妈)与她们的儿子。"我伏在草地上,风摇着牧草拂过我的身躯。我睡着了。""而当我伏在草原母亲的胸脯上时,我只是呼呼大睡。我后来梦见自己变成了一个三岁的小孩子。"(《GRAFFITI——胡涂乱抹》)张承志痴迷于下述自我想象:露出于地平线的,属于那大地那草原与那大地草原息息相通的"赤裸的黑污的小孩","那小孩摇晃着张开小手奔跑过来,不管不顾地叫喊着。辽阔的草原灼烫又富有弹性,有一支歌,有一种神秘和消息,从那小孩赤裸的双脚传了上来"。(同上)这里不是狭义的土地(乡村、农民)之子,是"人民之子"。

二三十年代同情、悲悯乡民,以其创作"参与"土地革命,以至直接从事乡村发动的知识分子与他们的子孙,距乡村都不遥远。近几十年的政治运动,更制造了亲近土地、农民的机会。上述关系形式及其诗意表达,是中国经济现实(如"城市化"进展缓慢)与政治历史的双重产物。即使这样,仍然应当如实地说,"地之子"从来都不是所有现代史上知识者的自我意识,因而也不宜于被无条件地作为五四新文学与当代文学写乡村、乡民之作的"背景"。无论在实际生活中还是在文学中,知识者与乡村与农民的关系形式都是极其多样的。瞿秋白《〈鲁迅杂感选集〉序言》中用以和鲁迅所代表的知识者对比,就举出过所谓"薄海民"①,扬抑之间透露了知识者为近现代历史运动所"改造"的信息。至于关系所经历的当代调整,则正是本文将要谈到的。

二

由上文可知,作为本文题目的"地之子",并非"地神之子",而是乡村、农民之子。这是中国知识者关于自身精神、文化血缘的一种指认。上述意义上的"地之子"更是现代史上知识者的话语,他们关于"我是谁"、"我从哪里来"的一种回答。这回答绝无形上意味,它毋宁说过于朴素,近于童稚,但包含其中的文化骄傲,是十足真诚的。在那几代知识分子,上述"地之子",甚至不全属隐喻、象征。他们中确有不少人,是农民之子,由乡村中走出,在"走出"之后并未割断了自体与(乡村)母体间的联系。

沈从文反复声称自己"实在是个乡下人"(《习作选集代

---

① 该文中说:"另一方面,'五四'到'五卅'之间中国城市里迅速的积聚着各种'薄海民'(Bohemian)——小资产阶级的流浪人的知识青年。……他们的都市化和摩登化更深刻了,他们和农村的联系更稀薄了,他们没有前一辈的黎明期的清醒的现实主义,——也可以说是老实的农民的实事求是的精神——反而传染了欧洲的世纪末的气质。……"见《瞿秋白文集》第二册,人民文学出版社1953年版,第995页。

序》)。李广田于上引诗句外,还说"我是一个乡下人"(《〈画廊集〉题记》),"我是来自田间,是生在原野的沙上的"(《道旁的智慧》)。蹇先艾说自己"是乡下人,所以对于乡村人物也格外喜爱"(《〈乡间的悲剧〉序》)。芦焚(师陀)说:"我是从乡下来的人,说来可怜,除却一点泥土气息,带到身边的真亦可谓空空如也。"(《〈黄花苔〉序》)许地山的以"落花生"为笔名,芦焚以乡间寻常的"黄花苔"为小说集名,也为使作品更多一点乡土气。老向(王向辰)说"我是天生的乡下人,仿佛连灵魂都包着一层黄土泥"(《〈黄土泥〉自序》),也即以"黄土泥"名集。甚至久居香港的曹聚仁,也说"我永远是土老儿,过的是农村庄稼的生活"(《我与我的世界·我的自剖》)。林语堂也相信自己"仍然是用一个简朴的农家子的眼睛来观看人生"①。对这类自白既须认真,又不可过于拘泥。当中国知识者声称自己是一个"乡下人"或"土老儿"时,他多半是在说他的思想性格的文化渊源,近缘或远缘。他们将类似话语用做自我诠释时,赋予的意义是因人而异的。曹聚仁自称"土老儿",说的或是某种生活方式、心灵状态,你大可信以为真;沈从文的自称"乡下人",是挑战式的身份宣告,也是自我心理暗示。他说过:"黄昏时闻湖边人家竹园里有画眉鸣啭,使我感觉悲哀。因为这些声音对于我实在极熟悉,又似乎完全陌生。二十年前这种声音常常把我灵魂带向高楼大厦灯火辉煌的城市里,事实上那时节我却是个小流氓,正坐在沅水支流一条小河边大石头上,面对一派清波,做白日梦。如今居然已生活在20年前的梦境里,而且感到厌倦了,我却明白了自己,始终还是个乡下人。但与乡村已离得很远很远了。"(《烛虚》)纵然时在梦中与家山相亲,却毕竟"已离得很远很远"且不可能归去时仍如当年那个沅水边上呆想的年轻人。至于林语堂,则意在注释其

---

① 《林语堂自传》,载《文汇月刊》1989年第7期,简又文译。同文中还说:"因为我是个农民的儿子,我好以此自诩。"

作为自由主义知识分子的身份。他认定了"农民的儿子"与早年的"农家生活",使自己"建树一种立身处世的超越的观点而不至流为政治的、文艺的、学院的和其他种种式式的骗子"。"那些青山,如果没有其他影响,至少曾令我远离政治,这已经是其功不小了。"(《林语堂自传》)

这里最值得认真对待的,就是上文所说的"文化骄傲"。这种文化感情在当代社会虽日见稀薄,也并未全然消逝。因而上述"地之子"、"乡下人"迄未成为须赖诠释方可读解的"过去的话语"①。张炜在其《童眸》一作中说:"中国的孩子差不多都是农村的孩子,只不过有人离开土地早,有人离开土地晚……"甚至一度插队的上海知青陈村,也郑重其事地宣称自己"真的是乡里人,没有说谎。虽然我曾苦苦挣扎,竭力摆脱它的引力,但终究还是它的俘虏。它已渗进血管,侵入细胞,刻骨铭心"②。这不全是话语的承袭。你应当能想到知识者的文化血脉、精神传统,他们的深层心理、深层意识。倘若没有这些,在城乡差别巨大,城市化虽缓慢却始终在推进中的现代中国,知识者的上述自白岂非怪特、可疑的?

已有人对于古代中国的"知识阶层"脱出耕战完成其作为"士"的独立姿态的过程作过描述。系于题目,我在这里所关心的更是,士即使经历了此一过程,也未放弃与"耕"相联系的生活方式与价值感情。这一事实导致了极其丰富的文化表现。其表现之一,即士大夫借诸有关古圣先贤的传说,对生产活动的重要性的强调。最著名的,是"舜耕历山"的传说。孟子曰:"舜发于

---

① 谌容说:"对于农民,我有一种特殊的感情。"(《太子村的秘密·序》)高晓声说:"我同农民的感受都是共同的。我的命运和他们一样,我们的脉搏在一起跳动。我是农民这根弦上的一个分子,每一触动都会响起同一音调,我毋需去了解他们在想什么,我知道自己想的同他们不会两样。"(《谈谈有关陈奂生的几篇小说》,刊《文艺理论研究》1982年第3期。)

② 陈村:《走通大渡河·遥远的灯光(代序)》,上海文艺出版社1986年版。

畎亩之中。"(《孟子·告子下》)朱注:"舜耕历山,三十登庸。"《韩非子·难一》引录了类似传说:"历山之农者侵畔,舜往耕焉,期年甽亩正。河滨之渔者争坻,舜往渔焉,期年而让长。东夷之陶者器苦窳,舜往陶焉,期年而器牢。"这里所述,虽是圣人"以德化民"的圣迹,但舜的躬亲耕、渔、陶,必然因此而深入人心。上述传说的神圣性,无疑持久地作用于士的价值意识,使士的不耻于"耕"得到了强有力的支持。

其表现之二是,即使在大批的士脱离了耕作(或其他直接生产活动)之后,"耕"作为文化语言以至政治姿态,仍被广泛地采用。《论语》所记孔子时代的大隐,那些耦耕者植杖而芸者,虽"四体不勤五谷不分"以为"耕也,馁在其中"的孔子,也不能不敬畏。至于《庄子》中的灌园丈人,以其"凿隧而入井,抱瓮而出灌"为文化—哲学语言(《庄子·天地》),伯成子高,以"俋俋乎耕而不顾"为政治拒绝的姿势(同上),都不但饶有诗趣,且作为有魅力的"语言"、"姿势",不断被后世之士所摹拟、袭用①。先秦以后,漫长的封建社会历史上,代有耕稼力田的隐逸高士。其中陶潜及其田园诗作最脍炙人口。陶潜一类诗人对于农耕生活的审美态度,田居中的人生意境创造,较之圣人传说,影响于近现代知识者更巨②。——"耕"如此地丰富了士的文化形象,扩大了士的人生选择的余地。"归耕"、"躬耕陇亩"之类,也渐成纯粹的"话语形式"。使用这类话语者,无妨其并无灌园耘苗之实际。耕,实在近乎士除"仕"之外仅余的生道,仅余的存在方式(至少

---

① 嵇康的锻铁,阮孚的蜡屐,也被作为"语言"运用。虽无关农事,亦可见出到那一时期,士大夫并不绝对鄙弃、排斥支付体力的生产活动。

② 郭沫若在《行路难》、《月蚀》等作中,都写到了对田居生活的向往。如说"在这样的穷乡僻境中,有得几亩田园,几椽茅屋,自己种些蔬菜,养些鸡犬,种些稻粱,有暇的时候写些田园的牧歌,刊也好,不刊也好,用名也好,不用名也好,浮上口来的时候便便调好声音朗诵,使儿子们在旁边谛听。儿子们喜欢读书的时候,便教他们,不喜欢的时候便听他们去游戏。……"(《行路难》)

是"存在描述")。虽然归园者未必亲耕如那位彭泽令,做了官的,却几乎无不兼有田产,仕与耕同为其衣食之资。但无论作为象征形式还是作为生业,"耕"这一种生产活动都不至于被过分鄙薄。

其表现之三,即,士脱离耕战后的结构、功能性独立,在最初即激出了强烈反应,有关的批评角度则被沿用,作为士自我审视、评价的一个方面,在整个封建时代未被彻底放弃过。《韩非子》批评形成中的"知识阶层",是以其不事农桑("不垦而食")、不生产五谷杂粮这种使用价值为主要根据的(参看《韩非子》中《外储说》、《显学》等篇)。读《孟子》、《韩非子》,两千年以下仍可感到当时由"知识阶层"的形成及其地位上升,引出的社会分歧与价值危机①。那是一个价值意识紊乱与调整的时期。"士农工商"的等级序列,也非自然形成绝无争议的。作为补偿的,应有重农、农本思想——既属治道、官方意识形态、国家思想,也属于为治人者建构意识形态的士的思想。封建社会历史上,务实之士与韩非所谓的"居学之士"、"学者",俗间所谓"读书人"、"书生"间的价值分歧始终以各种方式延续着。虽然所务之实,未必指农耕,或竟非指农耕,却仍与上述《韩非子》中的批评精神有其贯通。南北朝时期,颜之推批评晋中兴以来南渡之士、"世中文学之士"而指其无用,根据之一即在其全不知农事:"故治官则不了,营家则不办";"不知有耕稼之苦","难可以应世经务"(《颜氏

---

① 《孟子·尽心上》:"公孙丑曰:'《诗》曰:"不素餐兮。"君子之不耕而食,何也?'孟子曰:'君子居是国也,其君用之,则安富尊荣;其子弟从之,则孝悌忠信。"不素餐兮",孰大于是?'"孟子之后,直到王符、葛洪的时代,类似的问难驳诘仍在继续着,"学"的(也即"士"的)价值仍是有待论证的。"秦子问于潜夫曰:'耕种,生之本也;学问,业之末也。老聃有言,大丈夫处其实,不居其华。而孔子曰:耕也馁在其中,学也禄在其中。敢问今使举世之人,释耨未而程相群于学,何如?……'"(《潜夫论·释难》)《抱朴子·守塉》设为问答,以为"有为者莫能并举于耕学","方将垦九典之芜薉,播六德之嘉谷,厥田邈于上土之科,其收盈乎天地之间,何必耕耘为务哉!"

家训·涉务》)①。这里将懂得稼穑、农事作为一种教养,读书人即使不耕,亦应知耕。士虽以读书求仕为事,却不但不耻于耕,且以不知耕为耻。中国士大夫鄙商不鄙农。"耕读传家",耕与读都不卑下。土地乃衣食之源,食不卑下,农作即不卑下。因而以农事入诗自成一种诗体,自号"老圃"亦是一种文人的风雅。这也是农业文明所培植的价值态度。

新文学者的自命"地之子"、自称"乡下人",多少也出于上述文化精神与文化骄傲,并不全是新时代的平民姿态。"时代精神"与传统渊源于此汇流,也证明着城市化进程的迟滞,与传统价值意识的尚未经受近代冲击。新文学者的上述自白,其意义不止在申明"身份",更在说明性情、人生态度、价值感情、道德倾向等等。他们骄傲于其知识者的农民气质、"乡下人本色"。以"乡下人"标明文化归属,毋宁看做一面公开揭出的旗帜,用以推销自己、说明自己。这也是那一时期的时髦,在说的人,未尝不暗暗含着点虚荣的。骄傲的乡下人!这自然只是知识分子的骄傲,与真正的乡下人——农民无干。只有知识者才会如此炫示其农家出身的胎记。这种夸炫态度中,又确实有那个时代不无狭隘的平民意识——"平民"几乎等于农民;至少是不大将市民之类一并包括在内的(因而老舍的姿态见出几分特别)。

于是,自居为乡下人的知识分子的文化优越感,与在泥土中挣命的真正乡下人的文化自卑心理,呈一种有趣的对比。不妨认为,在这组对比中,倒是后者的文化心理更能映照"时代",也是更直接地源自时代的,其中有 20 世纪以来城市化、现代化进

---

① 《颜氏家训·涉务》:"古人欲知稼穑之艰难,斯盖贵谷务本之道也。夫食为民天,民非食不生矣。三日不粒,父子不能相存。耕种之,锄耘之,刈获之,载积之,打拂之,簸扬之,凡几涉手而入仓廪,安可轻农事而贵末业哉!江南朝士,因晋中兴南渡江,卒为羁旅,至今八九世,未有力田,悉资俸禄而食尔。假令有者,皆信僮仆为之,未尝目观起一坺土,耘一株苗,不知几月当下,几月当收,安识世间余务乎!故治官则不了,营家则不办,皆优闲之过也。"

程(即使如何地迟滞缓慢)引起的焦灼与渴望、梦想与追求,有乡村世界中人极艰难且代价昂贵的价值观念调整(你会想到丁玲的《阿毛姑娘》)。知识分子因其教养和精神生活,也因其与土地的"非基本生存关系",更利于保存古旧梦境、传统诗趣。"知识分子"往往具有比"农民"更严整的"传统人格"。却又必须同时说,流寓于城市,生活方式城市化了的知识分子的自居为乡下人,亦出自比农民自觉、自主的文化选择、价值评估。那是知识分子自主选择、自主设计的文化姿态,其中有唯知识分子才能坚执的个体价值取向。在农民顺应强制性的生活变动时,知识分子的个体选择,又是知识分子文化优势的显示。而农民、乡村的城市化,不也必得由迷恋乡村、迷恋农民人格的知识者最先敏感到并予以文学呈现?

　　知识分子的"农民气质"及对这种气质的欣赏,其中确有那一时代知识界的普遍的人格理想。冯雪峰说艾青"正是这样的一个诗人:他的诗的外表自然是极知识分子式的,但他的本质和力量却建筑在农村青年式的真挚、深沉,和爱的固执上,艾青的根是深深地植在土地上","不论他出自什么阶级,他的爱显然是在农民大众的"①。由彩色的欧罗巴携芦笛归来的艾青,也的确像是愈来愈习于观察生活的农民眼光,比如以农民的眼光打量城市(《浮桥》),以农民的尺码量度城市人(《城市人》)。他的诗作的浑朴处,正令人感到对泥土、对泥色的人生的刻意摹仿。赵树理自然是更极端的例子。孙犁曾说起赵树理留给他的印象:"他恂恂如农村老夫子,我认为他是一个典型的农民作家。"②

　　"知识分子"逐渐消溶在"农民"这庞大的形象之中。这消溶在几代知识分子,引起的竟是如释重负的轻松感。说"轻松"或

---

　　① 冯雪峰:《论两个诗人及诗的精神和形式》,《雪峰文集》第2卷,人民文学出版社1983年版,第82页。
　　② 孙犁:《谈赵树理》,收入《晚华集》,百花文艺出版社1979年版。

为人不乐闻,但我们难道至今不仍然随处感觉到这种轻松——解脱了知识分子义务、"使命"的轻松?"痛苦的自我改造",未必总如描写的那般痛苦。由1940年代起首先体现于解放区文学的无间溶合、认同要求,有知识分子在现代史上的选择为精神背景。由某一点看,知识分子的接受流行思想,是顺理成章的。五四时期的平等要求,在一种时代氛围下导向对于工农的认同,又以无保留的认同否定了作为起点的平等思想。曾力图以面向工农劳动者达到自我道德、人格完善(鲁迅的《一件小事》、郁达夫的《春风沉醉的晚上》等)的知识分子,终于被沉重的文化自卑感压倒。五四命题在其历史性演化中被推向对五四精神的否定。

但我仍然要说,上述事实将另一些同样重要的事实掩盖了。瞿秋白论鲁迅,为人称引不置的,就有所论鲁迅与农民、与乡村的精神联系(并以被蔑称为"薄海民"的较有城市气质、都会风格的知识者为反照)。然而鲁迅并不"属于"乡村的、农民的中国,这才使他有可能汇集过渡、转型期中国诸种矛盾的文化因素,并由此铸成有如大海、大地一般广阔的文化性格。上引那些作者的自我告白其为"乡下人",何尝不也出于某种误会!即使如沈从文,他的乡村描写中更多的是知识分子、士大夫趣味,见出明晰的传统渊源,与真正田父野老的经验相去不知几何!至于新文学作者上述自我意识及对于城市文明的极端排斥中,有对于失落了"根"的忧虑(亦是一种古老的忧惧)——倒确也并非庸人自扰。

三

读五四新文学,你不但常在"农民"那里察觉到知识者的移情,也每由知识分子人物身上嗅出浓重的农民气味。自我欣赏其农民气质的,自然倾心于农民气质的"人物",连同坚实强韧一起欣赏或爱怜他们的迂执不知变通,而对于一切机巧怀着近乎生理性的嫌恶。由这种情感态度、价值立场,渲染出了新文学知识分子形象的基本色调。你读许地山、王统照、沙汀、王西彦等一大批小说家的小说时,随处遇到农民气质的知识者并明显地觉察到作者的钟爱与悲悯。即使那个狂热自负张扬其"个性主义"的蒋纯祖(路翎《财主底儿女们》),也终于折服于乡村知识者(孙松鹤、万同华)的人格力量,那种土地式农民式的沉重迂拙质朴坚实的力量,这种力量在对比中竟获得了"信仰"一般的神圣性——我们也较之任何其他场合都更尖锐地觉察到那一代知识分子精神力量的薄弱,他们被大大削弱了的人格自信。

在作家,也许没有比这更为肯定的认同方式了。不只认同一种生活情趣、一种情致意境,而且认同于人、人格,也就认同了造就人、人格的村社文化。甚至不止于认同,还诗化这认同,对于"消溶"激动不已,以之为道德的自我完成。新文学以"农民"与"知识分子"负载民族性格,两大形象系列自不可混淆,其间的文化同一却昭然可见。这的确是"农民的中国"。你由新文学中感觉到农民文化的弥漫和笼盖。

对于农民式的人格的倾倒,在当代中国文学中也随处可见。台湾作家王幼华的《两镇演谈》中,一个知识分子人物的人格理想,即"如土地般的容忍、宽宏、冷静,历史般的悠久、坚实。像立在各处的祠房般的让子孙们在他无限无尽的胸脯上跳动、繁殖,终于他们也会衰倒下来,在绵久深厚的土壤上沉落下来成为灰土……"以乡村为对象化了的自身人格—道德理想,寄托其人间光明的信念,是现代史以来发展了的知识分子的精神传统。王蒙说伊犁这"故乡"是给自己以"新的更加朴素与更加健康的态度与观念的土地"[①]。他感激那些伊犁的农民,说自己"常从回

---

① 王蒙:《故乡行(代序)——重访巴彦岱》,收入《在伊犁·淡灰色的眼珠》,作家出版社1984年版。

忆他们当中得到启示、力量和安抚"①。但知识分子以乡村为净土，以乡村为"拯救"，确又集中表现着中国士大夫、知识者的弱者心态，他们的缺乏道德自信，他们精神的孱弱、心性的卑弱。

三四十年代，由《田野的风》(蒋光慈)、《田家冲》(丁玲)、《星》(叶紫)、《八月的乡村》(萧军)到《太阳照在桑干河上》(丁玲)，新文学写在农民中的知识分子，从事土地革命农民发动以及乡村民主改革的知识分子，其中包含的知识分子经验是远远谈不上深刻的，但有关作品仍具有某种文献价值。你只能惋惜于一些有才华的作者不能给予农民革命过程中的知识分子以更大的关注。因为在事实上，这种革命异于历史上农民造反的最突出之点，应系于"革命的知识分子"在其中扮演的角色。如洪深所写在乡村"布道"的知识者被农民敌视的故事(剧作《青龙潭》)，也像是偶尔结出的果子；文学史对此所作的诠释，则将其寓意大大地简化了。

但无论如何，文学作品作为出诸知识者之手的文本，仍然汇集了知识者的心理、情绪、理想愿望等等，提供了研究知识者的丰富材料。其中耐人寻味的，就有与上述"文化骄傲"共生却更隐微曲折的"涤罪意识"。陆象山说过，"士大夫儒者视农圃间人不能无愧"(《象山先生全集》卷三四)，可见知识者对于乡村的愧疚也渊源有自。那种微妙的亏负感，可能要一直追溯到耕、学分离，士以"学"、以仕为事的时期。或许在当时，"不耕而食"、居住城镇以至高踞庙堂，在潜意识中就仿佛遗弃。事实上，士在其自身漫长的历史上，一直在寻求补赎：由发愿解民倒悬、救民水火，到诉诸文学的悯农、伤农。在现当代文学史上，涤罪意识经三四十年代的积累，由创作中的相似操作而日益加固，以至成为创作者经常的心理暗示，终于被作为某一类作品中稳固的意义单位。我在本书第一章第二节谈到了知识者以漂泊城市为"放逐"。这

---

① 《虚掩的土屋小院》，见《淡灰色的眼珠》。

放逐也可以由另一方面理解为背弃,背弃即是罪错。写乡村亦为补赎。由新文学作者到"五七战士"、知青作者,这里也有一脉精神遗传。1930年代蹇先艾写《乡村的悲剧》,说乡村如此残破凄凉,触目是"陷落在泥潦中的老人、女人、穷人","为什么我就应该逍遥在都市之中呢?我诅咒自己"(《乡间的悲剧·序》,商务印书馆发行)。有意思的是,台湾作家张系国在《昨日之怒》里也写到对于乡土的负罪与求赎:"……就好象灯塔的守望者一样,我愿意永远守望着我的老家","也许只有做一辈子守望者,我才能弥补我们所做的一切,补赎我们一切的罪过"。而由朱晓平的"桑树坪系列"中,你一再读到类似的自责,像是非写点什么便不能安顿自己的良心似的。

这种涤罪意识与文化骄傲,同样源自中国知识阶层的早期历史,源自与早期历史、也与整个农业文明的历史有关的价值感情。"传统"一旦为知识者拥有,便显出异常的坚固和异乎寻常的再生能力。这里应当有从事精神创造的知识分子受制于其精神创造物、受制于其自身幻觉的例子。

四

上文谈到了鲁迅。鲁迅与乡村、与农民、与"乡村中国"的关系,确非"地之子"所能描述。由鲁迅所体现的,也应是知识者的精神传统。文学研究者、文学史家曾避讳过阿Q的农民身份、农民性。现在已无须解释,鲁迅即使为发露国民性、民族性,何以选中了有"雇农"身份的人物阿Q。鲁迅以其强大魅力,吸引与影响了几代知识者、小说家。你由新文学史上的张天翼,甚至由当代的柳青、周立波、浩然,都能发觉鲁迅批判精神的遗留。张天翼说过:"现代中国的作品里有许多都是在重写着《阿Q正传》。"(《我怎样写〈清明时节〉的》)

当代文学却是直到近十几年,才公然且坦然地将写农民身上的历史负累作为题旨的。新时期之初,正由高晓声被认为有"鲁迅风"的作品(如"陈奂生系列")、吴若增的《翡翠烟嘴》等,揭开了乡村小说演进中的另一时期——虽然更像那个过去了的文学时代的回声①。写到这里,我想到的还有何士光的《苦寒行》写"阿Q性"、写看客式的麻木与蒙昧时字里行间的历史悲凉感。对前代作家的回应更集中在他的知识分子人物由自身发现"阿Q性"时的沉痛自省:"会不会,这样在大街上走着的,不是我而是老大?我不是也从乡下来?不是也披着衣裳……我明白这念头不是没有根据的时候,禁不住悚然了……"这不免刻露的议论或许倒是便于人们推想鲁迅《阿Q正传》的作意。鲁迅写这小说,何尝不也出自类似的"悚然"、自警!

由更年轻的作家那里也可以发现与前代作者感觉、思路的交叠。《古堡》(贾平凹)写改革者为乡村进步的献祭,一如辛亥革命志士为中国进步的献祭,最痛切处在牺牲者的寂寞。当主人公为之牺牲的"光明"开始呈现,"村人却把什么都忘了",而且去争抢他被法院判刑布告上的红戳戳:"人都说这红戳戳避邪哩"——一个与《药》(鲁迅)中的"人血馒头"类似的象喻。张炜小说《古船》人物的负罪感,则令人想到"我也曾吃人"这种典型五四式命题②。类似的,有时不只是个别意念,而且是具体意象,是作品内在语义结构,甚至是话语形式。我相信这些并不是思索中的偶然遇合,其间有经由文学传统、中国知识者精神传统

---

① 吴若增《研究国民品性,提高精神素质》一文中说:"与农民生活、接触,听其所言,观其所行,终悟乃国民品性之根。这发现,常令我夜不成眠。""我从城市奔往农村,再从农村流回城市,自以为可有一点客观的观察;又纵念千年历史,横比世界他国,终于似有所悟:欲研究中国,必研究农村;欲研究中国国民品性,必研究农民!"(《人民文学》1983年第1期)

② 张炜的《古船》一作一再写到乡间赋有某种知识者气质的人物,对其身上沉重的历史文化负累的知觉(小说一再写到"锁链"、"羁绊"等),与充满痛苦艰辛的挣扎。

的意象的传递,感觉、思维及其方式的传递(知识分子精神传统经由文学的"有形呈现"也清晰化了)。我尤其感动于不同时代的知识者当着批判农民的精神病象、批判乡村文化时把自己也烧在里面的激情。正是因了这种对于自身更为严峻的省思,今人敢于对"中国知识者"寄予希望。

也恰在这时期,作者们又接续了五四知识者的某种思路,重新审视其与农民、与"乡村中国"的这一重联系,并以此作为知识者自我认识、自我审视的重要方面。何士光说:"长在树枝上的叶片,实在用不着到原始的旷野里去寻根。根就在自己的脚下。我们的重负也不在别的什么地方,而在我们绵延数千年的小农经济。它所派生的一切悠久、强大而深沉,足以使人头涔涔而汗淋淋。一夜之间哪能挣脱得开?会是一个长长的、反反复复的过程。"(《写在〈苦寒行〉之后》)古华说:"毋需讳言,我们却大都是小农经济的儿子。"(《遥望诸神之山的随想》)知识者的上述反省构成了新时期文学审视、思考乡村文化、农民文化的认识背景。即使以农民、乡村为对象反思整个民族的历史道路不自新时期始,即使重提"国民性改造"的旧有命题也意味着对五四思想的无批判承袭,上述高晓声、吴若增的作品,在当时仍应看做对乡村文学模式的突破。其文化追究的意向,毋宁说是此后文化寻根的先声。

五

孟悦读"第五代导演"的电影作品《黄土地》,敏锐地发现了镜头所展示的电影作者的世界形象与世界感觉。呈现于这影片中的,是"一片片全然陌生、又空前敞旷的视域,一个个没遮没拦又空前滞重的视觉空间,漫延到画框之外的、沙漠般荒芜无际的黄土地,仅仅是天空的天空,灼灼当顶、居透视中心的太阳,无始无终的固态的河流,覆盖了整个地平线的匍匐求雨的人众,大漠之上小草一般绝顶孤独的个人"①。正是那"一再占据画框和视觉中心"的"巨大物象",使中国观众感到陌生。在这之前,他们熟知的,是呈现于文字或影视屏幕的"属人的"(而非与人漠然对峙的)、被人据有的(因而人在其上决不渺小的)、从属于人的具体生存需求(而非作为供观照与沉思的历史文本、客体)的土地(以及山川、河流等等)。孟悦以为:"然而也就在这陌生和古老得动人心魄乃至令人恐怖的画面中,我们初次目睹了其他本文(譬如文学)未必提供过的中国寓言,或曰,寓言式的中国图景及历史图景。"(同上)

同一时期的乡村小说,没有产生过足与《黄土地》相比的冲击波,但与陈凯歌同代的小说作者,却用了较朴素、平易(或曰更"生活化")的方式,说了一点与已有文学作品不同的对大地、土地的感觉。铁凝的《麦秸垛》中乡民与知青的有关感觉构成了对照。小说写乡民对于土地的依恋:"花儿扔下了小池,端村的田野接住了他。小池没有闻见深秋的泥土味儿,只觉着地皮很绵软。"②而麦收之际田垄的无尽延伸却使一位知青绝望,她绝望于土地之大,"她只觉得这麦田,这原野,大得太不近人情了;人在这天地之间动作着,说不清是悲是喜"。这种面对土地时的压迫感,属于知青经验。我猜想,陈凯歌的世界感觉,也应源自类似经验。当这一大批来自城市的学生被抛到了广袤无垠的大地上时,他们经受的冲击是不难想象的。其反应或如张承志似的感动于"广大"而有某种人格向往与人生设计,或者为"广大"所压迫,意识到了生存课题(以及历史文化命题)面前个体的渺小。

坦承其不同于农民的土地感情,无意于认同或摹仿,属于知

---

① 孟悦:《剥露的原生世界——陈凯歌浅论》,《电影艺术》1990年第4期。
② 即使这里所写乡民的土地之爱,也未尝不出于知识者的移情。路遥《人生》写女主人公巧珍失恋后,"天天要挣扎着下地去劳动。她觉得大地的胸怀是无比宽阔的,它能容纳了人世间的所有痛苦",也令人感到更属拟想。

青之作往往可见的率真。陈村的《蓝旗》写知青的"我"为分到了三分自留地而"愁苦":"我尽力想象。当年,农民分得土地后的狂喜。当年'三自一包'时农民的愉悦。全不能体验。我是在水门汀上长大的。和泥土隔离了十七个年头,一旦发现水门汀也是由泥土承载,我是多么失望呵!"史铁生《插队的故事》则写了知青们顽童式地逃避"受苦"(陕北方言,即干活)。王安忆《69届初中生》写插队的雯雯,更有一种近于天真的坦白。在淮北乡下,"她多么想有一间房子。有个房子,便有了自己的世界。有了自己的世界,便可以自己想些什么,做些什么,而用不着象现在这样每时每刻都和贫下中农相结合。她终究还应该有权利为自己留下一点生活。雯雯怕孤独,可这会儿,她跻身在人群中,每一分钟都不能离去,她怀念起孤独来了,她觉得一个人,是很幸福的"。朱晓平《桑树坪记事》中也说:"我已经感觉到,金斗及桑树坪人同我这样的人之间,永远隔着一层。"李锐则以相似的清醒看自己的写作,说自己"刻骨铭心地知道,我写的这些东西,是不会捧在那些捏锄把的手上的。和他们时时刻刻也是世世代代操心的问题相比,文学实在算不得什么,或者说实在是一件太奢侈的东西。所以我不自欺:以为自己的小说可以替他们呼喊苦痛;所以我不自诩:一定要讲自己的小说是'写给农民看的';所以我不自信:以为写了几篇小说便可以'改造国民性'……"(《〈厚土〉自语》)

正由进入了那世界,才发现了"不属于",发现了自己的世界与那世界间的真实关系。"我"与"他们"之间隔着一层"厚障壁"。他们拒绝制造幻觉。艾青1944年序他《献给乡村的诗》①,说那诗集"写的是旧的农村,用的是旧的感情。我们出身的阶级,给我很大的负累,使我至今还不可能用一个纯粹的农民的眼光看中国的农村"。王安忆、朱晓平这一代作者已不再为此而困

---

① 《献给乡村的诗》,北门出版社1947年10月第3版。

扰。他们以对距离的坦承,确认了自己作为"外来者"、"漂泊者"的身份。

知青经历使那一代中的有些人发现了"大地"(张承志、马原),由此选择了精神浪游、血缘追寻为自己的生活方式,使另一些人走向又走出了乡村,确立了与乡村的某种关系——无论在何种意义上,他们都不再是前代作者所说的那种"地之子",即使袭用类似的自我描述,他们也私自改换了语义。这或者也与这一代人的"前知青"经历有关。虽然被指示以"接受再教育",他们毕竟是由革命狂热中走出,(至少其中的一些是)以"小将"的身份下乡的,因而心态本不同于政治流放者。他们当下乡之际,尚未获得知识者的身份,因而也未完全接受"改造"一类指令或暗示。这种情况便于他们在内心深处与乡民摆平(如果不是自居于更优越的位置的话)①。下面我们正要说到与此有关的事实,即,正是那些下乡时尚未获致"知识分子"自我意识的知青作者,日后承担了表达知识分子的自我认识及世界认识的任务,力图以此恢复知识者作为认知主体的位置与有关的认识能力,同时又在身份("知识分子"身份)未明、训练尚不完备的情况下,以其文字证明着中国文化、知识者精神传统的强大影响力。

因上述种种,进入创作界的这一代人,与其前代之间的关系是微妙的,或可谓之"不即不离"。他们不是反叛者,他们有所承袭、传递,也有所放弃,却更关心于为自己的存在取证。一位老作家这样赞扬年轻作者,说"他是真熟悉那块土地,而不象某些人仅仅凭藉插队生活的短短体验,他的根,压根儿就在那块土地里扎着"②。被赞扬者或许果如他所言,而关于另外的"某些人"所说的,却可能属于苛评,令人听出了一度流行的苛刻要求:"扎

---

① 虽然他们在经济生活中,曾与乡民处在"平等"地位——这又是下乡采风、"锻炼"、"深入生活"的知识者较少遭遇的,心态仍不同于乡民。
② 《文艺报》1987年7月25日李国文《真功夫好》一文。

根"、农民化,以至无我的融入,等等。在本文中,我更关心由"插队生活的短短体验"构成的关系形式,以为这种关系形式为当代乡村文学带来了一些新的东西。

局外感正足以造成一种叙事态度,为局内(更经常的,是自居于"局内")所不能替代①。也许当年从来没有真正"投入"过(如王安忆所述)②,却正因为未投入,因局外的审视,才有了日后的乡村故事。仍然是王安忆,在其自述中将这一过程说得更坦白也更透彻:当返城后回看那乡村时,对当年并无眷恋的村庄,有了一种"明瞭"之感。"静静地、安全地看那不甚陌生又不甚熟悉的地方,忽而看懂了许多。脑海中早已淡去的另一个庄子,忽然突现了起来,连那掩在秫秫叶后面的动作都看清了,连那农民口中粗俗的却象禅机一样叵测的隐语也听懂了。"③ 这类乡村故事在文学新潮中进一步精致化,作者面对的与其说是经验中的"乡村",不如说更是自己的感觉以至知性趣味、形上思考④。此刻他已将"乡村"这一"生活世界"置诸"直接对象"之外,他所冷静地处理的,仅仅是他由独异的感觉中提取的东西。

---

① 王蒙在其与王干的对话中谈到《小鲍庄》:"你说王安忆的《小鲍庄》没有观念,我倒觉得不一定是这样。我倒觉得有一种先验的东西,农民一种自足半昏睡的状态,这样的气氛统治着小鲍庄,苦也不是大苦,乐也不是大乐,没有大善,也没有大恶,我觉得这个观念也很清楚。这非常符合知识分子以局外人的姿态眼光看待体力劳动者所获得的印象。你真参加进去,变成'局内人',会是另一种感受的。"(王蒙、王干对话:《说不尽的现实主义》,《文艺研究》1989 年第 2 期)《小鲍庄》正因有"知识分子"的"局外人的姿态眼光"而成其为《小鲍庄》的。

② 王安忆在其散文《房子》中,写自己初下乡时住一户农村干部家,此家的长女,一个县高中毕业生,"由于养尊处优的地位,使她对周围普通农民抱着一种宽容的俯视态度,这其实在很大程度上帮助了我,在大刘庄里寻找到一种适人也适己的立足的位置"。

③ 王安忆:《我写〈小鲍庄〉(复何志云)》,《光明日报》1985 年 8 月 15 日。

④ 在他们之前,自以为面对的是直接乡村的,又何尝不也是面对自己的乡村经验,甚至是纳入流行模式而失却了原初面貌的经验,只是常为错觉所惑,人们对此无意识罢了。人们不断试图调整"关系",却无视创作活动中"关系"的真实。

这位制作者,其神情更加不适宜于"认同"一类描述,其距"生自土中"、"来自田间"的"地之子"也愈益遥远。他在对"经历"的再度分析、体验中,取消了"乡村"作为对象的过分的特殊性,他以形成中的态度面对(包括乡村在内的)广大的对象世界①,终于成就了一个有自己的"态度"与方式的小说家——当然,这并不适用于所有那一代作者,其中甚或杂有我的想象。即使"想象",其依据也是由前几年的作品中汲取的。你不妨认为,这批作者以其对乡村的叙事态度、描写方式,透露了中国知识分子与农民、农民文化的旧有联系发生着调整、变动的消息。

我在本书中还要谈到这一代作者在其作品中所强调的认知态度——也属他们中的一种态度。这多少来自这一代人真实的乡村经历。朱晓平的"桑树坪系列"将认知态度"小说结构化"了。作者似乎在以叙事重演当年的认识过程,虽然呈现于作品的认识程序分明是"后期加工"过的②。"桑树坪系列"与李锐《厚土》系列中的某几部作品,或可视为"文化探险"模式的变体(文化比较是题中应有之义,《厚土·古老峪》等即写到文明人在"野蛮人"中经历的文化震动)。这里尤可注意的,是认知态度对认知主体位置的强调(也可理解为知识者在其与乡村、农民的关系中的自我定位),认知活动中主体与客体世界间的距离③。认知要求,助成了乡村描写中的"冷静"以至"严峻"。认知与省

---

① 这与插队作为人生经历的平凡化,在一些作者那里属于同一过程。

② 朱晓平说:"如果说我的小说是当年插队生活的记录或临摹,不如说是一段插队生活经历诱发我对认识了解我国农村农民问题极浓厚的兴趣……"(《爱与爱的极致——我写农村小说》,《文学自由谈》1988年第6期)

③ 人们都会记得,前此的文学亦写"认知过程",多用误会法,如沙汀的《闯关》、芦焚的《过岭记》。还可追溯到鲁迅的《一件小事》、郁达夫的《春风沉醉的晚上》。这种框架多半用来否定知识分子偏见,使归于正——尤其在三四十年代以后的创作中。五四文学中尚不失真诚的认知要求,在模式化的叙述中,渐渐变得虚伪。上述知青之作的意义在于,恢复了知识者作为认知主体的位置及其与客体世界间的认识关系,使对象重又成为"我"的对象。

思过程的合一,则营造着"思想氛围"。这也是当代作品一度为人们熟悉的氛围。

你还发现,(不限于"下乡知青"的)这一代作者,还力图以其乡村小说,建立一种"对话关系"——不只是与农民、乡村,更有与"历史"、与过去、与先人(即农民的祖先)对话。你由莫言的《红高粱家族》、张炜的《古船》等作,尤能感知这种意向。对话这一种关系中的平等感是不言而喻的,更无论对话对象的选择所示人的广阔的历史文化视野。

与前此的乡村文学微有不同的,还有情感态度。在朱晓平、史铁生的作品中,农民不是精神上的父亲或母亲,而是可以探察甚而至于可以调侃的属于不同文化圈的伙伴,描写中甚至偶有俯怜意味[①]。与他们同代的作者,还用了无姿态——无论同情、赞扬还是批判、折服,向慕还是否弃——叙说。铁凝的《麦秸垛》在我看来即近于此。"无姿态",也就难以适用"投入"或"局外"一类关系描述。"无姿态"的自然尚属少数作品。《小鲍庄》、《爸爸爸》的或微讽或冷视,都系于认知要求与文化批判要求,且不只是对于"农民性",而是对于更广漠的农民文化以至"乡土中国"的历史。这种姿态不消说形成在距离感中。尽管富于深度的文化批判应当是一种自我批判,但批判毕竟是在"摆脱"中发生的。

到这里,还只说到了这一代中的知青作者。写乡村表现出更大气魄、更洒脱的笔致的,是莫言、张炜这样一些由乡间走出或有较长久的乡居经历的作者。可用以作为上文中有关描述的补充的,是这些作者写乡村时,绝不较之外来的下乡者更为贴近。张炜毋宁说更迷恋于他有关乡村的思想,他的积蓄已久、过分浓稠的乡村经验,故事的演述中令人时见化不开的思索的凝

[①] 这或许可以认为与同一时"子"一代注视父辈时的眼神相仿佛——父子关系亦在重建之中。父辈不再是简单的认同对象,也是沉思的探究的对象。

结物。最为他钟爱的人物,是乡村知识分子(隋抱朴、李芒等),这类人物毋宁说是为思索(表达思索)而存在的。写乡民,他们不但不求逼肖,倒像是更随心所欲,这才有莫言式的恣肆淋漓。较之知青作者的耽嗜方言趣味,他们更钟爱自己(知识者)的文体。莫言对乡土的憎爱交织,更绝然地排斥着单纯的"认同"。他乐于承认他的高密东北乡的"理想性",说自己"仅仅是借助了高密东北乡这个名称"而已①。

上述任何一种态度,都不是属于整个"代"的。它们只是作为个别现象包含着、呈现着代的经验而已。我在写作本书第四章诸种"知青文学主题"时,深感这一代作者个人姿态的分歧。我由寻求统一、共同性出发,得到的几乎是"无从整合"的结论。当着以这一代为整体而与其前代比较时,令人印象深刻的竟还是知识者精神文化的传承;年轻者的文字中易于被发现的,还是经验为已有的话语形式、文学模式剪裁加工的那种情况。本文已在不止一处谈到了这一代作者与前代作者间的呼应。即使已不是、也不可能是李广田所自称的"地之子",由他们对农民、对村社文化、对乡村生活情调、美感等等的态度、把握方式上,仍分明可辨前代以及前此无数代知识者、士大夫的影响②。还应当说,关系形式经了调整更证明了乡村依然拥有的文化力量。那土地使得一度的进入者乃至行经者不能无所牵系地走出,它必要留一些东西在他们身上,借此证明自己的存在。当它透过你的笔呈现自身时,往往将你也裹挟其中,使你的文字、你的情绪浸染了它特有的气味。

---

① 《与莫言一席谈》(上),《文艺报》1987年1月10日第2版。
② 这一代人即使已没有了有据可考的乡村背景,因文化承续也因教育训练,仍有对于农民的亲和感;较少不可校正的城市人的文化偏见,其文化感情不同于年轻一代的城市青年。

六

我们不妨承认这两个方面的事实。一方面是,无论有怎样的倡议、号召以至认同、归属宣告,甚而至于自以为融合、溶化,乡村文学作为知识者的创造物,其上的知识者印记从来一目了然,即使(自我)逃避、掩盖也不能不是知识者的姿势。无可逃避的还有语言现实。"大众化"运动只能由知识者发动,作为知识者意愿的表现。因而任一时期的乡村文学,均可作为研究知识者与乡村、农民关系的文本。本书选择的课题正赖此而得以成立。

与此同样重要的另一方面则是,知识者意识与农民意识(以至二者的话语形式)之间并无绝对分界。在民族文化的大文本中,它们决非可以随时离析、判然区分的。这也同样反映着知识者与农民间关系的真实。其间耐人寻味的是,由 1940 年代到"十七年",知识者于创作中努力清除"知识者徽记",其作品却未必更有"农民文化"特征;统领创作的理论框架与认识模式,毋宁说更出自知识者的思维运作。而知识者主体意识得到鼓励的"新时期",乡村小说倒常常让人看出了知识者与农民间的意识同构,如农民式的正义论(与之对应的"正义战胜"的封闭结构,这是几千年间"统治的"结构样式),如农民式的价值论[①],如农民式衡度历史的道德眼光和道德感情(张炜作品中有较近的例子),如乡村文学特殊强调的"轮回"(亦是历史循环论的"民间形式")……这里不涉及对否及层次高低的评价,"农民的真理"亦

---

① 郑义的《老井》以巧英、旺泉为对照,或如作者所说,旨在肯定巧英式的人生追求,但作品给人的印象却是,作者更倾心于旺泉式的人格与价值立场。正是知识者自身价值论的矛盾,使作者得以避开时尚、流行观念,其情感态度中更有知识者关于"农民人生"、民族命运的复杂感受,也更足以表现知识者与农民间真实的精神—文化联系。

是"真理"。重新发现农民经验中的真理性(并使之小说形态化),竟是与对农民人格、乡村文化批判意识的强化同时发生的!

还应当提到文学中农民式的文化感受和反应,农民在历史变动面前的忧虑,他们依赖既有经验对"光明"承诺的疑虑。经济改革之初王润滋等人的小说,李杭育"葛川江系列"中的某些篇什,都包含有上述农民经验与农民智慧。其他还可以想到农民的时空感觉,当然更不消说农民的方言文化。新时期以来作者们甚至有意对素所避忌的农民的"迷信"行为(如占卜)作正面描写——亦系于"发现农民的思维方式"这一极严肃的旨趣。

或许正因了知识分子主体意识的张扬,使得被掩蔽被模糊了的"知识者与农民意识同构"这一种事实得到了强调①。当代作者对此很有自觉。同在大文化笼盖下的知识者与农民,其命运是如此息息相关,被限定了必得纠缠一处难分难舍。命定地担负文化批判任务的知识者无以逃脱下述悖论:审视者自己在某种既定视野之中,批判着本身的农民意识。"长在树枝上"的叶片被指定了描述那树时,不能不带着得之于那树的种种偏见。知识者的上述宿命,或非一两代人所能改变的吧。"农民"在我们这里,早已成为过于广阔的概念,"农民的经验形式"、"农民的情感形式"是如此普遍,以至难以将其与"知识分子"相剥离。无所不在的农民!中国尚未走出"农民的中国",知识者不可能彻底摆脱"农民性"。知识者不是怪物,他们在生活中承受诸种力量的塑造。完全剔除了"农民性"和其他"性"的纯粹的知识分子,是令人无从想象的。不妨说,正是"农民"的参与,正是中国知识分子与农民间持久的精神联系,农民文化对于知识分子的精神渗透,以至知识者对于农民、乡村文化的认同、归属感,助成了乡村文学的延续性、清晰的演进脉络、稳定的美学水准、严整

---

① 至于大量的艺术形式陈旧因袭意义稀薄的作品,则继续证明着思维趋同、认识为先验框架拘限的知识者的精神现实——也是一种极为普遍的现实。

的结构形态、成熟的文体形式(尤其长篇小说),易于形成流派;同时易于因袭,难有奇境奇观,难以刺激文学观念、艺术形式作重大调整。此亦所谓长短互见得失并陈。

本书拟由乡村文学,探究知识者与乡村、农民间的联系,及这种联系经由审美活动在作品中的呈现,作为我的"知识分子研究"的一个方面。乡村那片土地是我时时怀念的。我本人也在我所描述的"知识者"中。

第一章　大地·乡土·荒原

第一节　大　地

> 孔子曰：易者，易也，变易也，不易也。……不易也者，其位也。天在上，地在下；君南面，臣北面；父坐子伏，此其不易也。故易者，天地之道也，乾坤之德，万物之宝。
>
> ——《周易乾凿度》卷上

这是一个古老而常新的题目。

处天地之间的人，由天与地启示了秩序观念。上天下地，是宇宙自然提供的秩序模式，其影响于人之巨，是无可估量的。《易乾凿度》："孔子曰：《易》者，易也，变易也，不易也。……不易者，其位也。天在上，地在下；君南面，臣北面；父坐子伏，此其不易也。故《易》者，天道人道也。"《易·系辞》："天尊地卑，乾坤定矣。卑高以陈，贵贱位矣。"《庄子·天道》："君先而臣从，父先而子从，兄先而弟从，长先而少从，男先而女从，夫先而妇从。夫尊卑先后，天地之行也。故圣人取象焉。天尊地卑，神明之位也。……夫天地至神，而有尊卑先后之序，而况人道乎。"这应属于古代中国人为人间伦理秩序找到的最初始也最终极的根据。"道法自然"，然而究竟是人由"天地之行"取仪建造并完善了等级系统，还是依人间秩序构造了自然象征体系，孰先孰后，谁又说得清楚！

处天地间的生民,对于天地都怀着无尽的感激。"天之所覆,地之所载",属于人的存在描写,人对其处境、所居位置、所承自宇宙自然的生命的感知。至于"父者犹天,母者犹地,子犹万物",则是伦理体验,以天地纳入伦理人间,感激中又有亲和。女性、母性大地的著名象喻,宜由《易》及上述更朴素的伦理体验中来。西方近代艺术的"大地—女人体",也应有类似的古老背景。女人如大地般的为人类的奉献——美丽而又不无悲凉的象征!应当说,乡恋是植根于上述极其古老的人类经验的。对于生命起源、生命化育的怀念与感激,是更浩瀚混茫的乡愁。文化人类学家曾述及古代闪族人把大自然的生产活力人格化为男性与女性,将男性生殖力特别和水等同起来,而将女性生殖力特别与大地等同起来,其中的男性神祇,即他所滋润的大地的丈夫。上述伦理想象与古代中国人的虽有细节上的出入,对"大地"的性别涵义赋予,竟是如此一致!

对天地化育尤其对母性大地的感激,直至当代,仍作为乡村文学中的诗意源泉。我偶尔翻阅台湾作者的作品,就不期然地读到了此类文字。李乔在其《寒夜三部曲》的总序里说:"万物是一体的。而大地、母亲、生命(子嗣)三者正形成了存在界连环无间的象征。往下看,母亲是生命的源头,而大地是母亲的本然;往上看,母亲是大地的化身,而生命是母亲的再生。生命行程,不全是人意志内的事;个人在基本上,还是宇宙运行的一部分,所以看春花秋月,生老病死,都是大道的演化,生命充满了无奈,但也十分庄严悠远。人有时是那样孤绝寂寞,但深入看,人还是在濡沫相依中的……"宋泽莱写台湾的山地妇女,"宽阔的腰臀象未曾垦殖的大地,那里孕育着多少的生命"(《海与大地》)。女作家萧丽红的长篇小说《桂花巷》中,女主人公在其母的葬仪上垂视大地:"地呀!地,人们掉了泪,它吸进去,人们吐了口水,它吸进去,人们丢了秽物,泼了污水,它更无一言,平静的吸进去……所以这样,它什么都长,什么都包容,什么都蕴育;因而成长千样东西,生活了亿万人类!"当人们由上述"大地"领受有关妇德、母仪的启示时,不免将男性期待、男性中心社会之于性别角色的规定加之于那大地了。然而不论你怎样不以为然,你还得承认,人们迄今所感受的大地的伟大,确实源自上述德行观念。另一位台湾女作家李昂也曾写到赋有上述大地般的性情与德行的妇人。《杀夫》中的妓女金花,"坦然",语意"平缓","棕褐色"的身体"强健"而"安适",可供暴戾的杀猪仔陈在其那对大奶间安睡,"整个身体象一片秋收后浸过水的农田"。人有关大地的肉体、肌肤感觉,应是有隐秘欲念的心理置换的。你完全可以说女性的偶象化、诗化出诸男人们的狡计,但顺乎几千年的阅读心理,文学(即使出诸女性作者之手)中那古老的诗意仍有诱人之力。初民行为,民间信仰,缘文学的河道缓缓流来。最最古老杳远的联想形式,继续维持着人们对某些事物的神圣之感。

　　天地在另一种庄重的语义赋予中,一并成为理想人格的仪范。古代中国的经典文献中,"人格天地"一类话语多到不胜枚举。像天仪地,唯圣人有此资格。天地在这里,属极限性形容。"夫大备矣莫若天地。"(《庄子·徐无鬼》)[①]《墨子·尚贤》引用周颂"圣人之德,若天之高,若地之普",天地之外,无可比方,"故圣人之德,盖总乎天地者也"。《庄子·天道》:"夫帝王之德,以天地为宗。""莫神于天,莫富于地,莫大于帝王。故曰:帝王之德配天地。"[②]《中庸》有关天地之德的形容,似更有动人之处:"今夫天,斯昭昭之多,及其无穷也,日月星辰系焉,万物覆焉。今夫地,一撮土之多,及其广厚,载华岳而不重,振河海而不泄,万物载焉。"天地既成至高至极的仪型,凡人自不敢僭妄,却仍忍不住偷偷地

[①] 《庄子·秋水》:"由此观之,又何以知毫末之足以定至细之倪,又何以知天地之足以穷至大之域。"可见古人也想到了"极限性"系于认知能力。

[②] 《庄子·天道》:"夫天地者,古之所大也,而黄帝尧舜之所共美也。故古之王天下者,奚为哉? 天地而已矣。"

效仿。天太高,离人事稍远,且在某种话语规范中神圣化了。相比之下,地就成为了更世俗更易于寄托人的感情的巨大存在。又因上文所说的伦理特性、语义特点,便于为人们所取法或取象①。处高天厚地之间,人注定了不能抗拒"大"的吸引。或许因自觉其作为个体人的孤独渺小,或许出诸本能地向往于无限,大地以其大,最宜于充当对心灵、人格的感召,诱使人以其内在境界与之对应。天地(尤其地)也即在此种人类的精神活动中,愈益世俗人间化了。由五四新文学至今,文学对于大地般农民般气质的人物的偏爱,即是例子。厚重,沉静,坚忍,富于涵容,德化同类——在被认为"动人"的描写中,人格化的大地,与赋有大地品格的人俨然同体,是二而一的。这也最是诗境。

　　文学艺术迄今创设的意象中,如"大地"这样语义丰富的毕竟少有,以至仅只这两个字即足以构造诗境,诱发无限的诗意联想,提供一部巨作的构思起点——至少是游荡其中的灵魂。这自然因为人类生息其上的大地,早已不只是人类生存的物质依托,而且(如上文所说)作为一种"文化力量"参与了对人类生活的"组织"。处天地之间,"地"规定着人类的生存形态,制约着他们的自我意识与"世界"概念。经由现代人类复杂的精神活动,尤其宗教、艺术、哲学以及人类学等等的语义创造,"大地"更是愈益人化、精神化了。即使在中国人的较为单纯的感知中,它往往也同时是空间化的时间,物态化的历史,凝结为巨大板块的"文化",甚至俨若可供触摸的民族肌体;文学艺术更普遍地以之为对象化了的人类自我。这经了特殊的意义赋予的"大地",在诗在画在乐曲中,无休止地收摄与释放着人性魅力,对人性以"人性"来召唤,以坦荡无垠、以坚厚朴质、以博大无尽包容的"大地性格"来召唤。在这过程中,"大地"不过给予了给予者,将得之于人的精神品性、人格力量"还给"人类,使其经由对象化了的

---

① 《老子》:"人法地,地法天,天法道,道法自然。"

"大地",认识、肯定以至完善自身——操纵着这一切的人的意志,未免将"大地"也将人自身过分地理想化、诗化了。

即使佛教传入中土,阿鼻地狱的形象,也不足以改变中国人意识中"大地"的善良本性。黄泉,阴曹地府,冥界,以至地狱,非但不曾移易,甚至未曾启示一种有关大地的"恶"的概念。俗间供奉且亲昵之极的,是"土地"(神祇),庄严的大庙与卑陋的小庙曾遍布中国城乡。而古代美洲,据说其大型纪念性雕刻中的大地女神,代表着传说中的太阳与月亮、星辰之母,是具有双重性格的:无私的母性,母性的牺牲,与贪婪的嗜血。"她的形象被表现得华丽而血腥,她的头是两个相对的巨头蛇构成,她的项链是人的心脏和手,她的蛇腰带用骷髅来装饰,她的短裙是蛇交织而成,她的手脚上长着食肉兽的尖爪。她的身体是一个沉重的十字形,身体的每一部分都充满着血腥气和攻击性,仿佛是一部巨大的杀人机器。"① 这大地女神即使只是古代阿兹特克帝国的象征,也凝结了丰富的人类经验,包括人类充满了痛苦、牺牲、血的献祭的生存经验——中国人无从想象有如此状貌的"大地女神"。

我们的农业文明太过悠久,否则我们也有可能由原始人类土地祭仪的遗留中获致若干启示。我们之所以满足于语义的因袭——尤其涉及神圣事物——有时只因为怯弱,不忍面对生存的严峻性而已。比如"大地",其旧有语义散发出的温暖,就一向被作为了抚慰。

然而中国人却非直到今天才体会了人附着于土地的不自由的。我们的祖先如其他民族的先人一样,做了无数有关飞升的梦。《庄子》、《抱朴子》以及民间化通俗化的神怪故事,梦到轻举,梦到飞升,梦到无所待(自然也即脱出了地球引力)的逍遥游。亦如母子间的血缘结系,人与大地的关系也是宿命,诗人在

---

① 《外国美术史图录·古代美洲艺术》,《世界美术》1989年第2期。

吟唱其"大地之歌"时自然含了哀愁。

　　拥有"双重性格"的大地形象,也终于在我们的当代文学中隐隐约约呈现了。比如莫言《红高粱家族》所写"故乡的大地",即是母性的与嗜血的,其上由血滋养的生命,盛壮得透着邪恶,"万物都会吐出人血的味道"。你由同一作者的一系列作品中,读出了对于土地对于乡土的憎爱交织的复杂冲动①。生存,是如此壮丽而惨酷的经验——壮丽与残酷(与丑陋与卑琐与龌龊与……)同在。于是,农业社会培养的敦厚温柔代之以狂暴的激情。似乎在一面感恩一面复仇,恩仇集中于同一"大地"。不止莫言的"大地"有几分狰狞几分凶险;那代作者对洪荒境界的偏嗜,既出于变更了的生存体验,又为了寻求陌生——陌生的文化感受与陌生的美感。

　　与"大地"有关的文本,其语义的所有微小变化,都通连着大量(或不便以"量"计)的人类经验。在文学艺术久已将大地落实为农民的"土地",而普通城市人已不复知觉大地(抑"土地")的存住之后,由某一天起,一批(几千万之众!)中学生被先后抛向洒向了乡村、边疆。其中的一些在内地乡下土里刨食,面朝黄土背朝天,另有一些则被撒落在了地旷人稀乃至人迹罕至的极北荒原、极南的热带雨林。大地以其大,震撼了这批少年,似乎有一种沉睡已久的渴慕,在其中的几位那里悄悄地苏醒了。他们无师自通地承接了"人格天地"的思路,陶醉于大地启示的人生境界,却又较古人更有浪漫情怀。张承志当置身空旷辽阔的大草原时,于亘古岑寂中捕捉住了大地的神秘低语,大地对其上一个孤独心灵的召唤,文字间一派凝神谛听时的感动。"此刻,宇

---

　　① 莫言说,对家乡,"尽管我非常恨它,但在潜意识里恐怕对它还是有一种眷恋"。"……我一直湮没在这种生活里,深切地感到了这地方的丑恶,受到这土地沉重的压抑。所以,我以前反对别人歌颂土地。土地有什么好歌颂的呢? 土地多残酷啊! 一辈一辈地累弯了我们祖先的腰,实际上,所有的农民都成了土地的奴隶。"语见 1987 年 1 月 10 日《文艺报》。

宙深处轻轻地飘来了一丝音响。它愈来愈近,但难以捕捉,象是在草原上空的浓郁空气中传递着一个不安的消息。等我刚刚辨出了它的时候,它突然排山倒海地飞扬而至,掀起一阵壮美的风暴。"(《黑骏马》)"闭着眼睛,他仿佛听见了混沌一片的戈壁上传来了一丝捉摸不定的声响。"(《戈壁》)"我有四个夏季睡在草地上的小帐篷里。夜里隔着一层薄毡,我听见草地深处响着一个不安的声音。在第四个夏天里,那声音变了调,象是吉他上没有拧紧的粗圆的 E 弦。它沙哑而颤抖,愤怒又恐怖。它从那天起就呼唤着我年轻的灵魂,我年年月月都从那呼唤里感受到一种真正的启示。"(《GRAFFITI——胡涂乱抹》)"一阵风低低吹来,大地微微地涌动了,送过一圈圈次第扩展的草浪,象是在没有边沿的海上走着一个潮。""迷茫中拂来的潮头悄无声息,深沉的地底下仿佛也潜行着一个听不见的声音。"(《晚潮》)你相信他是在草原静夜被这神秘声音摄住的那一刻,确认了自己作为大地之子的身份的[①]。

我们的古人说到过地籁。《庄子·齐物论》:"夫大块噫气,其名为风,是唯无作,作则万窍怒呺,而独不闻之翏翏乎,山林之畏佳,大木百围之窍穴,似鼻、似口、似耳、似枅、似圈……激者、謞者、叱者、吸者、叫者、譹者……"何其令人惊栗震辣! 但其"语义"是全不可解的。终于有一天,感应发生了。一个年轻人由大地的呼吸、由大地模糊重浊的低语中听出了对其心灵的召唤。

铁凝《麦秸垛》中的大地,不只使知青人物领受到"大"的压迫,也使他们为其大、为其上勃发的生命而感动不已。这是一片启发性欲的大地。由大地上"勃然而起"、"坚挺"且"悸动"宛若乳房的麦秸垛,以及那个"身材粗壮",胸脯丰硕,有着"一双肥

[①] 张承志《绿夜》一篇写知青人物于重访草原离别之际,"还想反体味在白天和黑夜从远方奔向大地上这一点的深切感受",体验"大地的弹性从马蹄那儿传遍全身"的微妙感觉,反复地领受"大地的柔情"。

奶"的农妇(其"体态"随时"施放"着大地的气味),无不煽动着鼓励着生命的欲求。

你由马原作品中感觉到的"大地"或许更属于文学境界。你猜想他的作品那种高原气象来自气质与训练(尤其文字训练),也来自从东部滨海滩涂到西部高地的漂流。他使用感情极节制,但当他用了最普通的文句似不经意地造出了阔大的境界时,你承认他的才秉是真正"大地"式的。

这一代人将从此不再会忘了那大地,即使返回了城市,甚至漂泊到了大洋彼岸。他们中在内地乡下种过地的,也有各自的大地怀念——如史铁生《插队的故事》中记梦的那段文字,其间展示的意境苍凉荒远;如韩少功《远方的树》,篇末不可禁抑地发为抒情。人物在对当年插队乡村的重访结束时,想到了画一棵树,"一棵五月杨树。树的枝干是狂怒的呼啸,树的叶片是热烈的歌唱,所有的线条和色块,都象在大鼓声中舞蹈。这棵树将以浓重的色彩占据整个画面。它也许是从地下升起的绿色丰碑,刻记着大地的苦难和欢乐。也许是从地下升起的绿色火炬,燃烧着大地的血液和思绪,倾吐着大地的激动。这默默的大地"。

那一代下乡的年轻人更震惊于大地的古老苍凉。他们即使未能由大地读出哲学,却读出了历史。在吕梁山里,李锐发现那些农民:"他们手里握着的镰刀,新石器时代就已经有了基本的形状;他们打场用的连枷,春秋时代就已定型;他们铲土用的方锹,在铁器时代就已流行;他们播种用的耧是西汉人赵过发明的;他们开耕垅上的情形和汉代画象石上的牛耕图一模一样……"(《〈厚土〉自语》)他读吕梁山,如读一册历史文本。柯云路也有类似的发现。《新星》的主人公说:"我查过历史资料,这辘轳有两千年以上的历史了。咱们现在的耕种方式、耕种工具,有许多还都是一两千年前的东西。"在湖南的汨罗,韩少功面对遍布乡间的古文明遗迹,竟有不知今世何世的恍惚:"……随老农开荒时曾掘出大批铜矛铜镞,轻捏即成粉末,恍然察出脚下荒

岭原是铜器时代的惨烈战场,禁不住惶惶四顾心空良久。"(《史遗三录》)

何其苍老的大地!李锐正使用了"苍老"并感慨于这字眼的沉重语义。我相信,发现上述苍老的那一刻,足以整个改变了几位作者感觉大地的方式。乡村在现代知识者眼里,本来就是凝固的历史。所有那些为"意义"所充满的古老河道、寨堡、寺观等等,都足以诱人作历史沉思。似乎也只有"思索历史"这种行为,更与乡村这人文环境相谐。历史感庄严化了一代人的乡村经验,将其提升出琐屑的日常性质(只是有时候"意义"过于充盈,使得作品有超乎必要的沉重罢了)。这一代人的历史兴趣,一方面来自中国的史官文化传统,一方面来自所在乡村环境,来自民间——民间的讲史风气。农民式的历史演义,是其历史经验形式、历史认知方式。僻处一隅的山野之人,偏好说"上下五千年";世间最无能掌握自身命运的人,却总想预卜未来。《小鲍庄》不断穿插民间艺术家的弦索说唱,《爸爸爸》所写山民的"唱简"(即唱古),朴拙的唱词中更有深渊般的宿命感。站在这片苍老的大地上,或于写作之际悚然回首,作者们自以为看到了一个民族的历史形象。他们希望写出这民族的灵魂,宁为自己选择比之展列民俗远为困难的任务。他们写寓言般的历史、"历史"式的寓言。"文化热"激活了历史想象,"历史"则被发现了其现存性——这本是"启示录"流行的时期。知识者的启示录,与乡民的占卜功能略近[①]。

这一代作者不止读出了大地的苍老,而且读出了其上历史的沉重。"古船"、"古堡"等意象,以其庞大、凝重、威严以及文物身份,正宜于充当感性直观的"历史"。作为历史化石的"大地",

---

① 还应当提到的是,这里已不再将"历史"等同于"政治历史"。《小鲍庄》中的历史时空同时也是文化时空。《爸爸爸》更强调象喻空间——那是亘古如是的民族生存状态。小说力图传达凝滞感、轮回感,乡土中国的文化惰性。

由生命遗骸厚积而成的大地,沉埋其中的历史、人生、才智与美,随时启人作茫远之想。一个中国知识者,由大地读出历史的那一瞬,必是沉痛而庄严的。1930年代,艾青即曾表达过这类体验(参看艾青《北方》等诗作)。北方的荒凉大地,大西北贫瘠的黄土地,正因此而成为永恒的诗意源泉。与韩少功、李锐同代的"第五代导演",用了相似的眼神怅望那大地。知青作者也有可能与他们的电影界同道处在同一困境。关于这困境,戴锦华说:"第五代们执著地注视着这土地,这真实的历史视野不仅将被土地所遮断;而且他们将为充满在中国天地间的历史的美杜莎式的目光凝视并吞没、掩埋在无语的循环之中。他们表达历史真实的努力,结果只是表达了他们自己,并最终为不可表达的历史真实所吞没。"[①] 无论"结果"如何,这一代人毕竟如此艰难地为"表达"而挣扎过了。即使这一番挣扎是徒然的消耗,证实了"最终"的"不可表达",也不失为一种贡献。或许更动人的,只是这挣扎着的身姿。人为了洞彻生存之境,为了窥破"历史"奥秘,是怎样在近于无望地奋斗着!

在那批年轻人由乡下由边疆返回城市开始弄笔写其各自的"大地"后的某一天,西方现代艺术轰然涌入。由非洲部落民的原始艺术汲取灵感的,将其灵感传递给了中国艺术界的年轻人。于是音乐界有题为"地平线"的器乐作品,美术界则有"西藏热"。新潮美术更以"地平线"、"宇宙蓝"、"裸体女人与背影"等等作成自己的标记。文学,似乎永远不能如音乐般空灵,如抽象派绘画似的深奥莫测,即使感染了形上热情,也终不能撇下了"现实"的地面而尽情飞升。

当然也有借"大地"伪装深刻的那种情况。人们也及时地发现了看似玄妙的平庸。神秘深奥并不就是哲学的品性。神秘可能掩蔽着一无所有。

---

① 戴锦华:《断桥:子一代的艺术》,《电影艺术》1990年第3期。

中国作者早已试着击破"大地"这语词这意象因年深月久而结成的意义硬壳,关于它说出一点新的未为人道的东西。新文学史上,最为大地的神秘所吸引并感动的,是路翎。他将他的人物掷在旷野,使其在非人的处境中与大地与自然直接相遇,并在漂泊流浪途中由大地汲取精神滋养。当着日益规范化的农业小生产使大地与人事连成了一片,构成过分世俗的农民式的人伦世界之时,似乎只有用了异常的形式,借异常的情境才能呈示大地及其施于人的影响力。路翎的《财主底儿女们》中,那个灵魂骚动不宁的蒋少祖,在政坛上热狂了一些年之后忽而发现了大地,"于是,面对着照在落日底光辉下的静穆的大地,他觉得自己清醒了。大地底静穆,向他,蒋少祖,启示了他认为是最高的哲学"。这里含糊不清呓语般地提到的,仍然是古老的"哲学"。凝结已久的意义硬壳毕竟不那么易于破碎,由"大地",读出一点陌生语义竟如许艰难。但无论路翎还是那个"东北作家群"中的几位,总算为此努力过了。他们至少提示了久被忽略的大地"本身",如萧红所写永劫轮回的生死之地(《生死场》),萧军、端木蕻良所写广袤莽苍仍挟有野性力量的大地。端木蕻良甚至贡献了一部《大地的海》,不论艺术上的工拙,以对大地的礼赞结撰小说,其构思毕竟出人意表。

我们被更"现实"、切近的生存要求所逼迫早已习惯了无梦的睡眠,我们被训练了用农民的方式感觉土地而忘了"大地"之于人曾经有过的丰富的意义。此外还有表达的困境。文字符号往往苍白无力,比如将其与原始土地崇拜仪式上的动作符号、体态符号相比时令人感觉到的那样。当然最有决定意义的,仍然是"生存于大地"这一人类宿命,以及对这宿命,对民族命运、乡民命运感知深切的知识者,尤其他们之中的艺术家。刘索拉《你别无选择》一作里的作曲家,其灵魂永远"高高地趴在天上",肉体却注定了"总是要和大地无限悲哀地纠缠在一起"。这是真实地处天地之间,既体验着亲切的家园感,又因与生俱来的不自由而辗转不宁的人。我们的文学在深入人的生存、深入乡民的生存时,仍将不断地丰富、更新"大地"的语义。每一时代以至每一世代都有其大地之歌。属于这一时代、世代的"大地之歌"或许正待轰然响起。

呵,大地……

第二节 乡 土

"怀乡"作为最重要的文学母题之一,联系于人类生存的最悠长的历史和最重复不已的经验。自人类有乡土意识,有对一个地域、一种人生环境的认同感之后,即开始了这种宿命的悲哀。然而它对于人的意义又绝不只是负面的。这正是那种折磨着因而也丰富着人的生存的诸种"甜蜜的痛楚"之一。这种痛楚是人属于生活、属于世界的一份证明。

人类学家观察到原始人类有关人与特定地域之间神秘联系的感知。"每个图腾都与一个明确规定的地区或空间的一部分神秘地联系着,在这个地区中永远栖满了图腾祖先的精灵,这被叫做'地方亲属关系'……""每个社会集体(例如澳大利亚中部各部族)都感到自己与它所占据的或者将要迁去的那个地域的一部分神秘地联系着……土地和社会集体之间存在着的互渗关系,等于是一种神秘的所有权,这种所有权是不能让与、窃取、强夺的。"① 这应是乡土意识萌发之始。这种神秘的空间体验也与人类祖先的其他文化经验一样,经由精神遗传,影响着此后人们对其生存空间的知觉形态。

乡土感情又属于那种索价高昂的感情。地域文化特性从来与地方孤立性相因依。我们有所谓"两浙"、"百越"、"八桂",国中之国,省中之省,农业文明下发展到极致的地域文化分割。何

---

① 〔法〕列维-布留尔:《原始思维》中译本,商务印书馆1985年版,第84、114页。

士光小说中的小县城人"象藤络一样,缠绕在这城里的砖墙上",生命像是被这土地吸食而干瘪。作者说:"谁要是不深味这一点,就不会深味这偏远的人生……"(《蒿里行》)牺牲于孤立、封闭的,首先是"乡民"。当着"乡土"被作为仅有的生存倚托时,乡土即人的全部视野,集中了历史与生活加之于人的限制。最惊心动魄的,是历史上那些农民带着家乡的大迁徙——即使不能带走土地,也要带上全部亲族关系和全部乡土意识,以至在南方诸省演成连绵不绝的土、客争斗,也算是农民枯寂生涯的血腥点缀。

这无妨于乡情作为文学艺术中最足动人的诗意情感。一个农民出身的兵士,八年间患着怀乡病,"他无时无刻不在做梦,他要到那干燥的土地上去,他要睏一个赤条条的觉!"(师陀《金库》)一个客居台湾的老兵的乡愁,竟"好象一腔按捺不住的鲜血,猛地喷了出来,洒得一圈子斑斑点点都是血红血红的"(白先勇《那血一般的杜鹃花》)。——无论朴质还是奇警,作为情感符号都令人怦然心动。

新文学初期曾有过一批集束出现的怀乡(及"回乡")之作,鲁迅因此使用了那个事后歧义丛生的名目:"乡土文学"。乡土文学的代表作品,有许钦文的《父亲的花园》,王鲁彦的《柚子》等;写知识者因身处城市、更因置身东西方文化撞击中而有的特殊文化经验、人生体味,不免囿于旧有框架,意为文缚,终难转出既有境界——包括郁达夫的怀乡诸作。中国文学中的有关积累是太过深厚了。受缚于传统怀乡之作的格局,初期新文学没有写怀乡、回乡的巨构,也没有如张承志那种诗情如潮壮丽辉煌的凯旋式的回归。然而此后怀乡、回乡之作的诸种胚芽、"原始型态",诸种有关的主题、情感意象,又都可以溯源到此。五四时期文学即使在这一方面,也显示其为新文学的虽粗糙幼稚却包容广大的开端。

乡土:"过去"的祭坛

苏联七八十年代阿斯塔菲耶夫《最后的问候》、拉斯普京《最后的期限》、《告别马黛拉》等,以宛曲低回的情思向旧乡村告别,被人称做"告别文学"。中国文学中也有如此漫长的告别仪式。① "怀乡"在这里,是对于"过去"的祭奠,对过去、对历史的巡礼。巡视和祭奠出于人的精神需求,仪式行为都有其强固的心理依据。《奥德赛》的主人公顽强地从特洛伊城下回返故土,即使诸神的留难、财富的诱惑、令人忘却乡土的甜莲也不能阻断这行程。我由如此顽强百折不回的回乡意志中读出了人对于"忘却"的原始性恐惧,对于忘却本原、忘却故土、迷失本性、丧失我之为我的恐惧。怕是因这份恐惧,回乡才有仪式般的庄严性,回乡之作才可能具有史诗特征的?对于失去乡土记忆的恐惧,对于背叛、遗弃乡土的恐惧,是农业社会人们的普遍心理。由此"怀乡"、"回乡"或多或少地道德化了。上述道德心理("不忘本")即使到今天,也仍然是人所熟悉的。艺术既象征性地满足了人"生活于过去"的需求,又以完美的象征形式"告别"、"忘却",使一种现实过程因艺术化而减少痛楚。以象征性的回归实现"告别"与"忘却",也许是人所能为自己选择的自我抚慰的最好方式。而审美心理定势下的规范化、因袭倾向,又有力地展示出"过去"对于精神、情感活动,对于审美过程的覆盖,证明着"过去"的现存性,"过去"之为一种极现实的文化力量。

文学作为过去的祭坛,致力于呈现"过去"的现存性、具体可

---

① "过去"被现代史上的知识者视为绝大的负累,这使"告别"带有悲壮色彩。如瞿秋白《饿乡纪程——新俄国游记》所写,摆脱"过去的留恋",不啻重生再造。其实这几代人何尝真能忘情乡土! 即使"过去"在记忆中崩解,也会散落成美丽的碎片,灿若云锦,成其为"好的故事"。

感性,依循人的感觉、记忆的逻辑,尊重人类普遍经验的单纯性质,诗化人最基本的生活体验和生活感情。王蒙写人物味觉记忆中的乡土:"烙饼使他想到家乡、童年、母亲、前妻,他都快掉泪了。"(《烙饼》)施叔青小说人物怀乡的诱因,则是"牛铃的声响"——那是记忆中家乡黄昏从晚烟深处传来的(《牛铃声响》)。乡土正是这样,在怀乡病者那里,有时不过是路摊上热气腾腾的豆汁儿,后花园里嗡嗡营营的蜜蜂,静夜的蛙鸣或蛐蛐叫。但情境太过琐细与"日常",又可能使文学中的乡情传达流于平庸,莫言式的奇突感觉或正是补救。莫言使人看到,当着摆脱了某种惯常的体验和表达方式,童年记忆会以怎样的诡幻奇谲复现。莫言在感觉中"复活"乡土,诸种感觉记忆——视觉听觉触觉等等,在脱出惯例后一并苏醒;由生动的阳光感,空气感,冷、暖等肌肤感觉中,浮出了陌生而真切、真切到令人不忍逼视的乡土。这才是真正艺术家的还乡之路,艺术家所应找到的还乡之路。

"乡土"不但宜于细碎的日常经验,也宜于豪迈的诗情。艺术家的精神还乡,当着呈现于艺术作品之中时,有可能是壮丽辉煌的。借助于"记忆材料"的激情喷发,使张承志、郑万隆得以拥有他们的大草原、"金牧场"或"赫赫山林"。郑万隆对于那片"华严浩荡的山林"的呈示,犹如一次呼唤生命力量、寻索"生命图腾"的神圣之举。张承志写大草原,更是一次因极尽渲染而颇为张扬的盛大回归。另有莫言写高密东北乡红高粱的那种泼墨如"血"的狂放激情。赫然印出在卷首的题辞,是全篇的调性符号:"谨以此书召唤那些游荡在我的故乡无边无际的通红的高粱地里的英魂和冤魂。"写在《透明的红萝卜》之属以后,这的确是与《枯河》、《爆炸》甚至与《红萝卜》不同的"故乡"。"故乡"在诗化想象中由凡俗世间升腾而起,搅起一片金红的光雾。"故乡"是要在目力不及的"前辈"脚下才见出辉煌,才如红高粱般溢彩流光的。这乡情因而更是一种历史感情。历史热情有时的确是扩大了的乡情。张承志写大西北,写出了凭吊古战场似的气氛。这"历史"又似不着形迹,只作为叙述中的情绪力量,增益其气魄、其境界的深邃阔大。大西北因历史的沉埋,那一片土地本身已历史化了。作品则在历史的苍茫感中,令人感到寻根者的浓重乡思。所有那些为意义所充满的"凝固历史"(古老河道、寺观、城墙等等),都唤起广义的乡思,对先民的追怀。由新时期的文学作品中,你尤其能感到其中温暖浩大的情感之流,无论其所写为"洼狸镇",为高密东北乡,为太行或吕梁山,为苏北黄河故道。不囿于怀乡之作传统格局的,或有更自由阔大的乡情。对此需作另一种方式的分析。

融汇入"历史热情"的乡思,往往执著于"起源"的追寻。历史在"起源"处沟通了神话——最辽远的种族记忆,于是"乡土"扩张其个人经验性质,增添了人类性。如《科尔沁旗草原》(端木蕻良)中先民历史的史诗场景和《古船》中古莱国的传说。这种追寻将乡土生存提升出日常情景,使乡思接通更深远的人类感和历史感。怀乡之作对童年记忆的"复制",对童年人格的反顾、审视,也是一种起源的追寻——个体生命起源。如萧红的《呼兰河传》、《小城三月》、《后花园》诸作。孙犁谈《铁木前传》的创作缘起颇出人意表,他说创作契机触发于由现实所刺激的童年回忆[①]。正是这种回忆赋予作品以独特形式,"乡土"则脱出"事实",渐次被给予形态、意义。应当说,中国知识分子关于土地、乡土的情感经验,最近于童年经验。童年记忆的乡土,最是一片毫无异己感、威胁感的令人心神宁适的土地,也是人类不懈地寻找的那片土地。

同时我又发现,正是对童年人生不同的审视眼光(借助于心理学等现代科学),使乡土感情呈现出罕见的复杂性。比如你看

---

① 孙犁:《关于〈铁木前传〉的通信》,收入《秀露集》,百花文艺出版社1981年版。

到了"童年世界—乡土"的荒凉,和其作为情感符号的苍白颜色。如莫言《透明的红萝卜》、《枯河》等作。在萧红之后,莫言强化了乡土记忆中的梦魇感:童年生存的严峻,生命对于苦难、对于孤独的最初感知。这种乡土感也许更值得细细品味,这里有使"乡土"作为符号象征脱出原有意义边界的新的文化眼光、情感态度。只有以知识分子的敏感,才能察知"乡土"作为支配人生、命运的神秘力量,人的宿命的不自由。萧红最后的作品即像是对自己一生悲剧的溯源。王蒙《活动变人形》的主人公想起家乡的一段民谣,"这首歌谣似乎有一种神秘的、彻骨的力量。……他觉得这首歌谣似乎是与生俱来的,似乎是预先镌刻到了他的骨头上的。这首歌谣的先验性使他感到不寒而栗"。在这种意义上,乡土即人的命运。

莫言对于乡土的憎爱交织(因而有描写中的美丑泯灭)多少让人想到鲁迅的写"未庄"与"鲁镇"[①]。直到后来在《红高粱家族》中,关于这种"混乱的激情",他还说:"我曾经对高密东北乡极端热爱,曾经对高密东北乡极端仇恨,长大后努力学习马克思主义,我终于悟到:高密东北乡无疑是地球上最美丽最丑陋、最超脱最世俗、最圣洁最龌龊、最英雄好汉最王八蛋、最能喝酒最能爱的地方。"贾平凹这样说到家乡:"我恨这个地方,我爱这个地方。"[②] 脱出普遍经验模式,更直率地面对个人的心理—情感体验,使作者经由内省达到乡土文化把握中的更大深度。新时期乡村文学的风格变化,应有"乡土"心理含义的变动作为

[①] 莫言写丑、写残酷、写脏时的那种精细,俨然在实施报复,并迫使人分担那份折磨人的记忆,尤其对于家乡的伦理记忆。他有时使人感到的是在用丛生的意象遮掩深到刻骨的伦理感受。蓄意掩盖中的泄露也就挟了更强大的情感力量,那里有因压抑而倍加凶狠的发泄欲。

[②] 贾平凹:《〈古堡〉介绍》,《中篇小说选刊》1987年第3期。

背景①。

新时期之初,文学史曾又一度以集束出现的"怀乡"、"回乡"之作构成颇具规模的集体性的精神还乡,较之前此的怀乡之作,更仪式化,是一次决非为了告别的告别,一次酝酿已久的"还愿",其庄严性质令人不期然地想到宗教游行。其间确实有宗教性的热情:回乡,为了寻求救赎之道,为了净化。

1976年以后的几年里,文学似乎进入了"记忆的年代"。无论随手由哪里择出一个线头,都能提出一串串的记忆来。突发事件的巨大震动总造成时间意识的淆乱,令人莫辨此身所在。"乡土"一时负载了前所未有之沉重的意义。在《蝴蝶》(王蒙)、《月食》(李国文)的作者,乡土意味着一度失去了的纯朴,失去了的农民感情,失去了的与人民群众的联系,以至失去了的单纯朴质泥土般的夫妇爱,等等。"文化革命"使罪错普遍化了。历史无情地戏弄了亵渎了"清白的良心",因而有以"还乡"、"归家"为忏悔、补赎、偿还、追回、恢复,不惜乘了硬卧、公共汽车甚至闷罐子车急匆匆地赶回去。"……这是一桩宿愿,要不做这一次旅行,大概心里永远要感到欠缺似的。"(《月食》)驱迫者是道德良心。意识到失去了绝对的无辜,失去了童贞,失去了赤子式的纯洁的人们,总要寻求净土的。即使没有乡土,心灵也会造它一个出来。乡土(这里常常指"老根据地"之类的"第二故乡")的成为宗教圣地、施洗的圣水,与其说由于其本身的性质,不如说出于作品未能直接表述的知识者的自我意识。这里有那一时期朦胧而肤浅(此后也未能更深刻)的罪感,中国知识分子至今仍对之陌生的一种道德、宗教感情。最彻底的,是回到那个婴孩、幼童

---

① 写乡土的文学也由此摆脱着前一时期的诗意感伤,不少作者写出了乡土、乡村的丑陋、蒙昧、原始性的残酷等,而把乡土爱封在更深的里层,必要通过上述诸界才能到达。此种情感态度与包含其中的文化批判意识,与五四新文学相应和,显示为对文坛流行过的伪浪漫主义的反拨。

的赤条条的"我",即"在他还不是张思远,当然更不会是张教员、张指导员或是张书记,在他只是石头,或者象母亲称呼的那样——小石头的时候……"(《蝴蝶》)这也是折磨着成年人类的绝望的怀念,"乡土—童年"怀念①。上述作品所写也并不是前所未有的"回乡",它太容易令人想到浪子回头的情节原型了。此外,这一种寻根决不会混同于此后出现的寻根文学——考察那一批青年作者的创作历程,他们的寻根正开始在"怀乡"、"回乡"渐告中止的时候。或者换一种说法,他们是在脱出对各自心中那一方太过具体的"乡土"的眷恋时才发起寻根的。

文学,作为一种象征化了的记忆行为,承担了非传统怀乡之作所能想象的使命。在此一时刻,记忆、追忆简直像是生死攸关、国家、个人存亡绝续所系似的,俨若生命要经由这一番记忆才能接续被截断的行程,为自己找到存在意义。那是个放逐者、漂泊者回归的时期。文坛上几乎每一个归来者,都谈论着他们那些年间的栖息地,接纳过他们的那片乡土。人们还记得一度的知青文学,如《南方的岸》(孔捷生),如《今夜有暴风雪》(梁晓声)等,写着更悲壮更英雄主义的重返乡野。这种情境中的回归者,对于乡土(包括"第二故乡")总会更宽容,充满着感激,感激收留,感激抚慰,感激拯救:由丁玲的写北大荒,到张贤亮写那些大地母亲般的女人们。

"精神还乡"当然不限于那一时期那一束作品。"回乡"被继续作为假定情景,比如在朱晓平的"桑树坪系列"、矫健的《河魂》里。郑万隆的"异乡异闻录"也以回乡寻访的"笔录"为形式框

---

① 提纯了的童年人生作为道德境界,是永远的诱惑。《哦,香雪》的动人处,亦在这份文化怀念。那"一尘不染"的乡村令人怅惘。张炜《童眸》一篇的人物说:"……最要紧的是质朴了,是纯洁了。最伟大辉煌的东西,从来都是质朴的人创造出来的。而质朴和诚实一样,来自河流、土地,来自对童年的记忆和留恋……""童年的朋友是什么?是田野,是树林和小河,是质朴和忠诚!"张炜一再讲童年故事,关于"质朴和忠诚"的故事,以寄托他对于童年人生(之为纯净的道德原野)的怀念。

架,虽则如他自己所承认,那片山林多半是由他那"开辟一片生土"的愿望生成的。这里的"回乡"毋宁看做对记忆(回忆)过程的摹仿。甚至郑义的写作《远村》、《老井》,李锐的写《厚土》,都不妨视为广义的怀乡、回乡。"回乡"不但为便于回忆,而且为便于反思、评估。回忆往往即评估。这也是一种易于收效的"乡土认识"的文学组织、文学呈现方式。至于林斤澜的《矮凳桥风情》,则不妨以为是"梦回",而且是描写极见精彩的"梦回",以文字对梦思的摹仿,写出个真幻交织、飘忽迷离的世界。

乡土总要到失落或即将失落时才被寻找、追怀。在目下普遍的文化失落之中,或许怀乡主题会再度行时?只是怕会沦为意义愈加空洞俗滥的符号、伪感伤主义的廉价点缀。在普遍的浮躁中,我怀疑会有更深刻的乡思。刻骨铭心的怀念是要有所从发出的深渊似的心灵的。

文化乡愁

不妨说,我们谈论的那种乡土意识,更是知识分子的意识特征。即使在这一点上,知识分子也有较之农民更完整的"传统人格"。文学中的怀乡病,多半是一种知识分子病。"乡土"的象征使用也是道地知识分子的创造。"文化怀乡"则根源于知识分子的文化存在,是近代知识分子的社会角色规定了的精神形式。近代以来文学中的怀乡,也以此区别于传统文学。

上文提到的怀乡之作,所写大多正是所谓"文化乡愁"。一个时期文学对于1950年代的脉脉深情,亦可看做文化乡愁。刚刚谈到的新时期之初的回乡之作,自然更是一种明示其价值选择的文化回归。知识分子以"故乡"为一种人生境界的象喻中,包含有对某种文化价值的怀念。因而朱自清的《毁灭》才在表达人生选择的惶惑和对自我迷失的抗拒时,激昂地写道:

> 我宁愿回我的故乡,
> 我宁愿回我的故乡;
> 回去!回去!
> 归来的我挣扎挣扎,
> 拨烟尘而见自己的国土!

新文学的文化怀乡,集中呈现为对于城市的异己感和对于乡村的情感回归。这也是知识者最为熟悉的作为普遍经验的乡思。沈从文在这种意义上,可称新文学史上拥有最大数量怀乡之作的小说家,他的湘西诸作应是新文学中"乡土文学"的优秀之作。近现代中国城市的畸形发展,鼓励了上述乡恋,阻碍了对于乡土的理性审视——也以沈从文部分作品为突出。居住于城市却拒绝认同的知识者,自以为如蓬飘萍寄,是羁旅中的"乡下人"。城市厌倦与逃避多少也习惯化了。正如人有时需要呻吟,未见得真有什么病痛。传统主题,文学惯例,都便于用来逃避情感的匮乏。中国知识分子哪里真的对城市一味嫌厌!何家槐1930年代的一篇小说写道:"乡村仿佛是块已经发了霉的烂铁,陈旧而且可厌。这样单调寂寞的生活,在以前也许能够使我发生兴趣称它为诗的生活,可是在大都市里享乐惯了以后,我却失去这样淡泊的心情了。"张承志的某些小说,寻找"休憩之园",是因生命在极度紧张中的亢奋。都市歌手"在战场般的都市里"以狂放的歌唱把自己弄得筋疲力竭时,"家乡这青濛濛的静寂的麦子地是唱歌人歇脚喘息的地方"(《黄昏ROCK》)。又迷恋又逃避,他何尝真的厌弃城市!而那永恒母性的大草原,正是凭藉城市的助力才足以飘升到神圣空际的。

当代人不必为了脱俗而隐讳其城市向往。"出国热"正在涌向城市。自然,一面向往着,一面大唱其牧歌,也并不就虚伪。人的需求——尤其心灵的需求本是多种多样的。然而也的确犯不上摹仿厌倦了物质文明的西方人,蓬头垢面而作"醉饱的呕吐"。除非你真的厌倦。在城乡之间作出俗、雅,肤浅与深刻,世俗与哲理种种区分,已不显得高明。我们很可能会有一天感染西方式的城市病、城市厌倦的,那个时代自会有它的怀乡之歌。

最据有"自然形胜"写文化乡愁的,不能不是台港及海外华文文学日见发展的"留学生文学"。那些作者也最便于因其地势作中西文化、城乡文化的比较。施叔青曾写过一位把其纽约住所布置成非洲丛林的人类学家,厌恶着纽约非人性的"水泥森林"。这已是广义的"城乡",世界都会与世界乡村。正因乡愁的纯粹文化性质,尽管"故乡的街道"常在梦中"飘浮",却仍然"只能留在此地,与自己对抗"(施叔青:《驱魔》)。"此地"是香港①。同样的,於梨华小说中的旅美知识分子也难于决然回归,宁愿远远地"乡愁"着,体味被放逐和自我放逐的怅惘。愁思中的乡关也就扩展到无边无际,混混茫茫,是一个广大而又古远的"故国"。白先勇《蓦然回首·〈寂寞的十七岁〉后记》写到文化乡愁萌发滋长的过程:

>   ……象许多留学生,一出国外,受到外来文化的冲击,产生了所谓认同危机。对本身的价值观与信仰都得重新估计。虽然在课堂里念的是西洋文学,可是从图书馆借的,却是一大叠一大叠有关中国历史、政治、哲学、艺术的书,还有许多五四时代的小说。我患了文化饥饿症,捧起这些中国历史文学,便狼吞虎咽起来。……
>   暑假,有一天在纽约,我在 Little Caregie Hall 看到一个外国人摄辑的中国历史片,从慈禧驾崩、辛亥革命、北伐、抗日、到戡乱,大半个世纪的中国,一时呈现眼前。南京屠杀,重庆轰炸,不再是历史名词,而是一具具中国人被蹂躏、被

---

① 《驱魔》:"故乡的街道在梦中飘浮了起来,我知道这一辈子再也回不去了,我失去依凭,只有在此地浮沉。""……我将如何来对付那种可怕的隔绝孤立感?"

凌辱、被分割、被焚烧的肉体,横陈在那片给苦难的血泪灌溉得发了黑的中国土地上。我坐在电影院内黑暗的一角,一阵阵毛骨悚然的激动不能自已。走出外面,时报广场仍然车水马龙,红尘万丈,霓虹灯刺得人的眼睛直发疼,我蹭蹭纽约街头,一时不知身在何方。那是我到美国后,第一次深深感到国破家亡的彷徨。

去国日久,对自己国家的文化乡愁日深,于是便开始了《纽约客》,以及稍后的《台北人》。①

这自然只是白先勇的个人精神经历,不足以概其余,但触发乡愁的时空条件,在海外华人知识分子,却是共通的。②

喧嚷一时的文化寻根,并非仅仅是拉美文学爆炸的遥远回声。在文化贫困和大规模的文化毁灭之后,"寻根"在倡导之初,只能出诸重建文化乡土的意向。移民文化强调"原乡"概念,"原乡"即移民所要寻的根。施叔青曾以一篇小说写到过海外华人中的上述时髦的盲目与肤浅(《摆荡的人》),因为那寻根者并无根在这"本土文化"里,他所寻觅的不过是现成文化模式,或者说为既定文化模式求证而已。发生在大陆文坛的寻根,有严肃得无可比拟的动因,而且越到后来,艺术实践越少了当初宣言中"文化复兴"的浪漫激情,而增益着反思、批判的严峻性,但与大陆以外发生过的寻根又确有理论背景上的沟通,有时显得更像借诸文学的理论活动,意在为"中国文化"寻求新的概括;有关作品即不免刻意求深,意念饱满外溢,甚至不止于整合、"复原",更有借诸寻根名义的文化设计。一时某些寻向荒原、寻向边地山

---

① 《寂寞的十七岁》,台北远景出版事业公司 1981 年 2 月第 8 版。
② 李昂《域外的域外》,写人物在异国失却发展机会又不便回归两无着落的寂寞。《海滨公园》中漂泊异国的人物,有感于"在台湾时曾以要继承五四精神自居的朋友,居然会这么廉价的卖给美国这种最起码的生活",致慨深沉。李昂也写到过"本土文化热"中的肤浅。

野林莽的,不妨认为是在"寻找酒神",应和着新文学史上的国民性批判和对原始强力的颂扬,又一度地呼唤野性来归,以不同形式重提本世纪中国重大的历史主题。凡此,都出于意识到了的时代需求:在批判和引进中重建民族精神,再造民族文化性格。因而实际创作自不像宣言、理论文字那般空灵或绚烂,充满着改革时代躁动不安的忧思与渴望。上述大意图影响于文学,有一批构想奇特意境深邃之作,提升了一时期文学的境界。

在海外华人作者的文化怀乡和大陆青年作者的文化寻根中,"乡土"都逸出了其语义边界。在日渐摆脱狭隘性(地域文化以至"本土文化"眼界的狭隘性)的现代人,人与乡土的关系将获得更深刻的精神文化性质,表现为人与其世界在相互寻找中的遇合,更能反映人主动的文化选择和个体人的精神特性。"乡情"自然也将日渐失去其"天然性"。在这种情况下,怀乡之作或能进一步挣出传统形式的篱墙,一新其意境的吧。

回归与放逐

屈原写在《九章》、《离骚》里的,或许是中国古文学中最动人心魄的放逐与回归,与《荷马史诗》中的回乡,同样是关于人类精神历程的永恒象喻。

支撑回归的顽强意向的,应有对母性乡土的依恋。这是人类顽强的母体依恋的象征形式。回乡冲动中有人类最纯洁"无害"的情欲:渴望依偎,渴望庇护,渴望如肌肤接触的抚慰。而在"礼义之邦",受制于讲求"男女大防"的正统文化,人们可以自信其"思无邪"、放心大胆地发抒的,也许就是这对母性(亦女性)乡土的一往情深吧。也因此常言不尽意,情有郁结,更增惘然。乡愁似水。诸种极缠绵之致的表情方式,令我疑心其间藏了某种暧昧的情思,有不得已的心理置换、情感转移。这是未得其依归的情感所便于觅得的依归。

备受束缚之苦的人类仍寻求着温情的束缚,一种柔滑的绳索。乡情中正有温情的束缚,令人忧伤而又甜蜜的不自由。至于"归宿",更属于那种持久的诱惑,于是有古典诗人不厌其烦地吟唱"不如归",赋"归去来"。为生存而辛苦辗转劳苦倦极的人们无不隐秘地企望着"最后的停泊地",以安置困顿的身子和疲惫的灵魂。这是极端现世化、世俗化了的彼岸向往。"乡土"也天然地宜于布施这类多半是空洞的抚慰。

芦焚(师陀)曾表述过他的有关经验:"……这时候,或是等到你的生活潦倒不堪,所有的人都背弃了你,甚至当你辛苦的走尽了长长的生命旅途,当临危的一瞬间,你会觉得你和它——那曾经消磨过你一生中最可宝贵的时光的地方——你和它中间有一条永远割不断的线;它无论什么时候都大量的笑着,温和的等待着你——一个浪子。自然的,事前我们早已料到,除了甜甜的带着苦味的回忆而外,在那里,在那单调的平原中间的村庄里,丝毫都没有值得怀恋的地方。我们已经不是那里的人……"(《看人集·铁匠》)

甚至孤独也是需要。因而城市知识者未必不是有意以乡恋加深自己的漂泊感,以感喟"空虚"造成某种情感的充实。人类常有为了生存而设计的精巧骗局,无害于人且温柔可爱的小小骗局。我怀疑乡情缠绵的人们是否还能感受"绝对的孤独"。那一缕乡愁,足以在"孤绝"的坚壁上凿出一孔,使悬浮空际的精神瞥见自己的世俗性,与世俗生活的关联。"回归"(即使只是意向)则正是走出绝对孤独,纵然这回归只不过意味着再次的放逐。

上述意义上的乡土,曾一再地拒绝回归者。你无法"回到"你自己的诗意创造,你的心理假定,你无法回到你的梦境。知识者的"乡土"通常出于精神制作,它本是不可还原、不可向经验世界求证的。还不止于此。集体意识和共同情感经验以至形式惯例、通用艺术模式,更使你的"乡土"早已失去了其作为"个人情境"的纯粹性。在这种情况下,不能不有寻梦者的永远失落,回归者的再度放逐。上面提到的芦焚,写过几个逐梦者于回归后,陷进了一个鬼世界(《落日光》)——这是芦焚瞥见的乡土拒绝的手势。这里甚至没有实在的"放逐",因为放逐是由梦境中,多少剥夺了你幻灭的权利。无所谓真的幻灭,也无所谓真的失落。其补偿则是,因梦的无可追寻而使"诗"升值,情境借助于象征遂成"永远"。至于以"故乡"为"中国"的缩微形态,出诸批判性的观照,回归与放逐更是时代的精神意象,"乡土"也更出离纯然作者私有的经验形式。凡此,都足以使"回乡"成为道地"感伤的行旅",令人想到古代诗人由黄昏深山听到的鹧鸪啼鸣:"行不得也么哥哥!"

某些现代人自以为深刻的感受,其实已由古人以近乎完美的形式表达过了。亦如他们关于大地创造了"载"(天覆地载)这生动的意象,他们关于人的漂泊感,也有令人惊叹的语词和意象创造,如"旅",如"寄"。李广田在其长篇小说《引力》的收束处,发挥了一篇关于人生如旅行、家庭只是旅店的大议论,究其实际,不过袭用了古人通常的说法,并没有什么了不起的新意。

我们还未及说到"漂泊"更是知识分子的命运。余英时在《士与中国文化》一书中写道:"历史进入秦、汉之后,中国知识阶层发生了一个最基本的变化,即从战国的无根的'游士'转变为具有深厚的社会经济基础的'士大夫'。"变化集中在"士族化"与"恒产化"两方面,"其作用都是使士在乡土生根"。而"战国时代的士几乎没有不游的。他们不但轻去其乡,甚至宗国的观念也极为淡薄。其所以如此者正因为他们缺少宗族和田产两重羁绊"。[①] "士"的再度成为"无根的'游士'",是从中产生出近代意义上的知识分子的时候。知识分子命定的漂泊是由其在世界历史新时期的社会、文化角色规定的。但或许因为曾有"士族化"

[①] 《士与中国文化》,上海人民出版社1987年版,第77、78页。

与"恒产化"的历史,一时反而不复能如战国游士的"轻去其乡",俨然也与接纳近代思想同时,承袭了一份情感负累:以漂泊为反常、为苦,以"归"为当然、为宁适。

新文学中的"回归与放逐",决非对古老"乡土主题"的简单承袭,那里有中国现代知识分子对于其命运的最早憬悟与表达。我们又回到了前文提到的"乡土——命运"。在人们仅仅感知"乡土"作为一种情感牵系的地方,艺术家发现了乡土作为"命运"之于人的严峻性。"未庄人"、"鲁镇人"(鲁迅)或"鹿城人"(李昂)正是命运。台湾作家李昂当年的极力"甩脱"鹿港①,正是违拗命运,抗拒塑造,抗拒一种文化制约或者说"文化规定",因而是"放逐"更是"出走"。我在下文中还将谈到,这毋宁说是一种出自知识者自觉的主动的文化姿态。当着乡土被理解为"命运",你会觉得"爱"、"恶"一类语词用于描述这样的关系时,过分单纯明快了。我于此又想到,我们谈论的毕竟是作家而非一般意义上的"知识者"。作为艺术创造条件的内省体验、自我人生省察,无疑构成了作家乡土审视的内在视野。他们所写的"乡土",更是一种"内在现实",属于他们个人的一份"现实"。乡土既内在于"我"的生命,写乡土作为一种自我生命体验的方式,所可能达到的深度是难以预测的。

关于上述命运感表达得深沉有力的,不是鲁迅说到过的"乡土文学"诸作,而是他自己的《故乡》,以及《祝福》、《孤独者》、《在酒楼上》等篇。回乡文学传统的叙事模式是"漂流——回归"(或"失落——找回"),欧洲文学史上"流浪汉小说"的主人公,通常也回归到被认为正当的价值态度,被以为合理的人生秩序。这

---

① 李昂《花季·洪范版序》:"……我发现鹿港与我的创作的必然关联。这个孕育我创作的地方,早期曾被我引为是创作的所在地;中期当我到台北读书,曾恨不得远远甩脱它;到近期写《杀夫》又给予我无尽的创作泉源的鹿港,终究会在我的一生中,扮演怎样的角色呢?"《花季》,洪范书店有限公司 1985 年版。

里强调的却是"放逐"的命定性质,是"漂流"的无可避免。平心而论,《故乡》在世界文学数量巨大的"还乡"之作中说不上有什么异彩,但在同时诸作以至1930年代题材类同的作品中,却有深长的意味。倘若说《故乡》还不免低回缠绵眷念顾盼,那么收入《彷徨》中的《祝福》、《在酒楼上》、《孤独者》,即以更严峻的态度,表达了对命运的确认,有诀别中的忧愤沉痛。"放逐"(更确切地说,是"自我放逐")由于不能认同。不是放逐于幻景,而是因"不能认同",这是真正知识分子——刚刚获得近代自觉的知识分子——的文化经验。命定的漂泊中有他们对于命运的主动选择:"走异路,逃异地,去寻求别样的人们。"[①] 当着那一代人以漂流为自我放逐,或许可以说,他们作为近代知识者在一个重要方面成熟了。

这里也才有近代知识分子当做宿命承受的孤独。在失去传统的归依感、归属感之后,知识分子才能深味这一种孤独。我因而感到瞿秋白关于"狼孩",关于"莱谟斯",关于"故乡的原野"(自然这"故乡"有别解)的说法,不免囿于流行的思维模式。这个灵魂绝没有寻常的回归之路,其孤独也决非结束在投身"群众运动"的那时候。《野草》中的《过客》作为自画像最近于逼真:永远地走,走即是命运,无乡土,无故园,更没有"上帝的天国"。断念于回归,亦决不去寻求"故乡"的代用品……我不敢说这即是五四一代知识者普遍的自我意识。陌生的文化经验总是属于少数人的。"过客"是真正的异类,是那一时期文学中最可称"陌生"的人。在鲁迅本人,或者也是寻求验证,验明自己漂流者的身份,确认已明的事实,以便更无羁绊地作精神浪游?

当然,这命运感仍无妨于情感的顾盼。因憎爱交织,放逐中的回望、梦回,才续有写之不尽的"怀乡"。即使鲁迅,又何尝真

[①] 鲁迅:《呐喊·自序》,《鲁迅全集》第1卷,人民文学出版社1981年版,第415页。

能"决绝"！他仍然是中国的知识分子。他于病逝前作《女吊》等篇,也应是最后一度对家山回首。"乡土"亦在这悲壮的凝视中,呈现出猩红如血的狞厉之美。

一代(这里指於梨华、张系国那一代)海外华人"边际人"的自我感受,略近于上述放逐感。他们写远游者回到故乡,发现的是陌生的乡土和失却归属的自己,文字间一派苍凉。我在上文中写到海外华人最宜于"文化怀乡",这里还得说,他们以其回归与再度放逐,以其对于居留地与乡土的双重"认同危机",将一种哲学情境现实化、个人情境化了。"多伦多的安详,台南的温厚,没有两样,她却都没有参与感"(苏伟贞《红颜已老》)。似可借用一句鲁迅的话:我将"彷徨于无地"。在异国人中,总觉自己"是陌生人、局外人,不属于他们的国家、他们的团体以及他们的欢笑的圈外人";回到乡土,又"像个圈外人一样的观看别人的欢乐而自己裹在落寞里"。于是只能说:"……我不喜欢美国,可是我还要回去。并不是我在这里(指台湾——引者)不能生活得很好,而是我和这里也脱了节,在这里,我也没有根。"(以上见於梨华《又见棕榈又见棕榈》)这种在城乡文化、异质文化间的孤独,有天然的现代风味,一并包含了人类最古老的孤栖感和最现代的无归属感、文化选择中的困惑。似乎几千年的人类命运和20世纪文化裂变中的痛苦,汇集起来由这一代人去品尝——尽管由作品看,作者及其人物尚缺乏为承受这命运这痛苦所必备的巨大心灵。

至于无从选择的彷徨系于一代人自身的过渡性质,也与五四那一代略近。"没有根的一代"(语见《又见棕榈又见棕榈》)——或许这也将是最后一代如此感受自己描述自己的海外华人作者？作为后续的当代留学生文学,对"本土"与"他乡",对"归属"与"认同",对于"根",都将有另一番解释与感受。其实於梨华那一代人咀嚼不已的,谁又能说不也是一种"甜蜜的忧伤",其中有"世界公民"的自由感,因文化视野开阔、更大的选择权在握的文化优越感(如於梨华的小说人物以"曾经沧海"的神气看国内幼稚肤浅的同代人)！那种自伤多少也是一种情感的奢侈。

现代人的遥望故乡、诉说放逐都应有苦涩的甜蜜。他们以"遥望"和"诉说"证实其不承担故乡现实、解除了某种契约的心灵自由。及至连"望乡"也失去其情感性质，成为纯粹的运思过程，一种惯性的心理程序、心智活动，人与乡土关系的最重大调整也就发生了。

附注：

1. 托克维尔描述欧洲移民在北美大陆上为"追求幸福"的迁徙,说："他们已经切断了把他们系于出生地的那些纽带，而且后来在新地点也没有结成这种纽带。"(《论美国的民主》,第 327 页)"在他们看来,最值得赞扬的是：不在故乡安贫乐贱，而到外去致富享乐；不老守田园，而砸碎锅碗瓢盆到他乡去大干一场；不惜放弃生者和死者,而到外地去追求幸福。"(第 330 页)"美国的种植业者,很少老守田园。"他们"把经商精神带进了农业"。(第 692 页)见《论美国的民主》中译本,商务印书馆 1988 年版。这可以作为文化差异的例子。

2. 莫言的《红高粱家族》中，"我"听到死去的高密东北乡的前辈的召唤："孙子,回来吧！再不回来你就没救了……"这里,回归乡土也是拯救,对于被"上流社会"、"都市生活"污染和异化了的人的拯救。这部作品是召魂曲：召唤故乡土地上游荡的先人亡灵,也召唤"我",一个高密东北乡的后代迷失在"上流"、"都市"中的灵魂。召唤前者亦为了后者,为了给后者施洗,为了超渡——这自然也是一种夸张了的文化姿态,一次大事张扬的文化回归。小说结尾处,"一个苍凉的声音从莽莽的大地深处传来",向"我""指示迷津"：去向墨水河里洗净肉体和灵魂,然后"回到你的世界里去",去寻找那一株仅存的"纯种的红高粱"("先人的精神象征")。这里的乡土("高密东北乡"),也是作者本人的精神创造,他以之为"人的极境和美的极境"。这境界系着一点"事实",却更是在玄想的自由空间生成。这部作品的作者,在"寻根"倡导者所轻蔑的儒教文化的齐鲁之地,寻访"家族的光荣的图腾"和故乡"传统精神的象征",而归结为人种的改良(略近于"国民性改造"),又是其"不常"与其"常"。

第三节 荒 原①

我们民族也有见诸古代文献的荒原时期或准荒原时期描述。"当尧之时,天下犹未平。洪水横流,泛滥于天下;草木畅茂,禽兽繁殖,五谷不登;禽兽逼人,兽蹄鸟迹之道,交于中国。"(《孟子·滕文公上》)《庄子·马蹄》篇所写"至德之世",至少尚未脱出荒野:"当是时也,山无蹊隧,泽无舟梁。万物群生,连属其乡。禽兽成群,草木遂长。是故禽兽可系羁而游,鸟鹊之巢可攀援而窥。夫至德之世,同与禽兽居,族与万物并……"《庄子》中的上述荒原,多少是由其哲学派生的;而《孟子》则意在说明使人脱出洪荒状态,乃圣人之为圣人。

直到五四新文学之前,"荒原"只是中国人的远古神话,而不是中国文学中习见的意象、意境。最早发迹的西方国家之一的英国,其文学似乎感染了一种落日黄昏般的苍凉色调,对荒原有特殊浓厚的兴趣:艾米莉·勃朗特笔下的荒原(《呼啸山庄》)、哈代小说中的爱敦荒原(《还乡》)、T. S. 艾略特的著名长诗。"天地玄黄,宇宙洪荒",居住于这个星球的各个民族都经历过充满艰辛、遍布死亡阴影的拓殖,所谓筚路蓝缕,开辟草莱。对于我们,那已是太遥远的记忆,而非如美国那样,其拓荒精神因没有漫长的中世纪的间隔,像是径直"长入"了现代,是一种仍然活着

---

① 我已在上一节中写到"乡土"。乡村小说中的"乡土",就其主要方面而言,是价值世界。正如在实际生活中那样,作为叙事行为的"回乡",也是一种价值态度。这里的"荒原",更联系于认识论。它被作者们创造出来,主要用于表达人关于自身历史、文化的认识,关于自身生命形态、生存境遇的认识。"乡土"系于某种稳定的价值感情,它是属于记忆的,在作者们以不同方式"借用"、象征地使用时,不脱离极具体的经验背景。"荒原"则由认识图景中浮出,它要求对于它的解说,要求属于作者个人的意指关系。"乡土"与"荒原"都与"大地"语义密切相关。而且,无论"大地"、"乡土"还是"荒原",都属于那类语词,在文化、文学话语中,其语义关联域早已广阔到无边无际了。

的文化。这自然可以归因于漫长至极的农业文明对于生活中荒原遗留的竭力清除,不只从组织化了的生活、程式化了的耕作,更从规范化的高度成熟了的审美活动中清除。所谓士大夫趣味,是荒野情调的天然对立物。农业社会中的人生理想,关于美的人生的理想,集中存留在出诸士大夫之手的田园诗作里。见惯了精耕细作的农田、驯顺本分恭俭温良的农民的诗人们,所写自然是相应整饬而恬静的田园诗;蒙受教化的秩序化了的农业社会,培植的不能不是匀整、对称之类的审美趣味。但本节正要谈到,农业文明非但不能通过自身完善来消除荒野,甚至不能停止对新的荒野的制造。仿佛"清除"了的,最终只不过是一种美学范式而已。被士大夫们奉为正宗的美学范式的打破,是由五四新文学发动的,缘于"外铄"的文化批判的激情,也促成了对于荒原式生存的发现。部分作家有意使用了以荒野式生态、人生寄寓文化思考、文化理想的一套象喻系统。

新时期文学对于荒原意象、意境的运用,更有 20 世纪现代艺术风味。属于某种文化语境的"荒原"本无所不在:被人类发现了的自己的存在方式,一种生存情境,情感状态,人际关系体验,纯粹的心理意象、内视象,等等。没有"荒原"的人生甚至是不完整以至不可能的。荒原并不只是对于日常情境的补充或提示,它就是生活、人生。文学以其固有手段,将一种生存体验文学形态化了。也如历史上一再出现过的那样,一种感知人的存在的方式,由哲学启发,经由文学而终成普遍的经验形式。荒原属于 20 世纪文学中最习见的意象、意境。它也常常是意象的意象、意境的意境。就现当代中国乡村小说而论,本节涉及的,是一些"非常规"的乡村意象,借助"乡村"的象喻,通常乡村图景的变异,是作品世界中更富有感觉的模糊性与知性趣味的部分,更直接地喻示作者的内心生活、更难以纳入已有的批评范畴,其文化语义的复杂性不言而喻的部分。变异的集中发生,除哲学背景外,也由于风气所鼓励的感知的个体性,"乡村"符号新的意指关系的发现,和"新时期"引发的文化激情的对象化实践。

一

新文学史上最深刻的荒原感受在鲁迅作品中。《野草》一集不论,《祝福》、《孤独者》,写人所处情境及人内在境界的荒凉,都深切到惊心动魄。这里还没有说到《狂人日记》里食人的恐怖,《示众》中街头人心的荒凉,阿Q赴刑场途中关于狼群的幻觉。鲁迅的经验并不就是那时期知识者的共同经验,但他的经验即使在这一具体方面,也由同代人那里引出了微弱呼应。

五四新文学写乡村之作,使中国读者领略了荒凉的美感。前此,市民口味的小说(正统文学如边塞诗等有所不同),大体是与这种美感无缘的。人道主义激情与社会批判冲动,使初期新文学作者震惊于乡村人生的荒凉。就鲁迅小说而言,这种荒凉更是总体感受,是"乡村"加之于作者的沉重印象。由"苍黄的天底下,远近横着几个萧索的荒村",到闰土呆滞愚钝辛苦麻木的神情,乡村情景与乡民情状经由"我"的内视界,交织成一派衰飒破败,几乎达于五四时期乡村小说情景融汇的极致。"田园将芜",是为鲁迅所论及的当时的"乡土文学"的统一主题。许杰曾将他的乡村印象,浓缩在"惨雾"这样的意象里,该篇叙说乡民的仇杀、械斗,确也荒寒如有冷雾弥漫。"荒凉"多少应当算做那一时期创作界与进步读书界朦胧的时代感受。三四十年代乡村小说写乡村的愈益贫困化,是五四时期文学意境的延展,其间却又有一重区分。由文体层面看,五四时期文学决不会令人想到一片丛生怒长嚣张跋扈的榛莽。"荒凉"是所追求的意境,文体并无相应的荒原化。较之此后的作品,五四时期小说即使有普遍的幼稚,却尽力保持古代散文式的优雅(也有较普遍的散文节调)。到三四十年代,才有对于荒原的文体摹仿,确也常能以意象与笔致惊人。东北作家群(萧军、端木蕻良等)、路翎写草原、旷野的那些有意狂放的作品以外,写乡村乡民而又有荒原气象的,吴组缃的《樊家铺》最称突出。小说的基本色调是凶险的暗红:血污与火光的颜色。这里,一个女人为了钱财杀死了自己的母亲。这片大地上郁蒸着怒气、怨气、不平之气、煞气。像一群徘徊无主的孤魂野鬼,这怨怒之气盲目地流荡,在枯枝间尖啸,演成一派凄厉荒凉。萧红的《生死场》、《呼兰河传》意境亦称荒远,尤其《生死场》,写乡村蒙昧中的生死轮回,写乡民"死的麻木",是一种令人悚然的人性荒芜。由极琐细的日常情景中平淡地写出,正令人可感这女性作者对于乡民生命状态体察之深。

五四新文学没有自己的"荒岛文学"——如笛福的《鲁滨逊漂流记》或戈尔丁的《蝇王》那样的,或者如新时期的《爬满青藤的木屋》(古华)、《大林莽》(孔捷生)那样的,没有寓言形式的有关"文明—愚昧"的文化哲学思考。新文学更强调荒凉、荒芜的物质性,这与现代史上知识者的精神视野、他们观照生活的角度有关。新文学中的生存的荒芜,是经济压迫的直接后果。经济现实被认为是第一现实,荒芜是基本生存条件的匮乏——即食的匮乏——所造成的。但同时可以发现,新文学写食的匮乏,至少不那么贴近与切入。因而虽极力渲染,乡村的破败、贫困化,仍不免是有点儿抽象的。荒凉,常常更是一种出诸情感体验的"氛围"。在这一点上,热衷"形上"的新时期文学,另有一种极端形而的兴趣。张贤亮、路遥、阿城写饥饿感,写"吃"这种行为,写"食"的严重性,其淋漓尽致与描写中的力度,是难于见诸前辈作品的。人找回了基本的生命感觉。如此具体地体验了"基本生存需求",由此感到了生而为人的屈辱,也就同时回到了"人"。情景的极端"形下"与描写的极度清晰,荒原般的裸露中有生命的丑陋——或许也为此,五四新文学才极其注重经济现实,对于乡村破败的描写仍然表现出一种节制,一种描写时的距离的?还应当说,隐现于新文学中的"荒原",是有其理论背景的"社会性意象",而非如上述新时期作者似的出于个体生存体验、个人经历。五四时期之后新文学的乡村文学,在概括客体性状时,更令人觉察得到作者所处的局外方位。

我们既已说到了食,就不妨沿着这线索说下去。似乎是王国维吧,说过"饮食之欲"是"形而下"的,"男女之欲"是"形而上"的。应当承认,这种关于食、色的上下区分,确实见之于文学艺术的创作选择。因而《棋王》(阿城)最初问世,其关于主人公"吃"的大段描绘,简直令趣味优雅的读者为之愕然:那是太过逼真以至要引起生理反应了。一时用类似笔墨的青年作者不乏其人。郑万隆的《狗头金》写人物的吃:他"把狗肉大口大口地往嘴里塞,一点声音也没有,好象填进一个洞里了"。《夜火》("东西南北"之五)写吃:"……象抢一样把几口大锅包围起来。人在上面吃,狗在下面吃,一片吧唧吧唧吸溜吸溜的响声。"郑万隆比之阿城更有"创造荒原"的立意,让人的生存呈露在其最粗陋的状态,简单原始如图式。但倘若你看到了台湾作家李昂关于吃的描写,你会以为阿城毕竟未失士大夫式的优雅,而郑万隆则不免有点意念化了。李昂小说《杀夫》写女主人公的母亲用"性"交换饭团,被男子压在身下时不顾一切地吞食,令人不忍卒读。"阿母嘴里正啃着一个白饭团,手上还抓着一团,已狠狠的塞满白饭的嘴巴,随着阿母唧唧哼哼的出声,嚼过的白颜色米粒混着口水,滴淌满半边面颊,还顺势流到脖子及衣襟。"与此呼应着的,是女主人公被凌辱后"满满一嘴的嚼吃猪肉,叽吱吱出声,肥油还溢出嘴角,串串延滴到下颏、脖子处,油湿腻腻"。小说让人看到,当"生存"仅余下食与性,会现出怎样可怕的粗野。这海埔地方较之郑万隆所写,是形态更原始的荒野。至于阿城以人物"吃"的"虔诚"表达对基本生存的庄重态度(又是一种有意的反士大夫习气、反知识者价值观),与李昂立意原就两样。

两个时期文学以对于基本生存之一的"食"的类似态度对待"性"(或曰"色")。五四新文学在写乡民的情感(尤其两性情感)生活的荒芜时,也有节制地逾越了传统文学的美感篱墙,使"色"

或多或少由形上"回复"形下。张天翼、沙汀等,都写到了性滋扰、性暴力(张天翼的《笑》,沙汀的《兽道》),作为普遍社会压迫中的具体事件。当代作者(尤其青年)在这一方面,仍较前辈作家更有"形下兴趣",对于作为乡村世界常态的性蒙昧与性野蛮,笔下也更少避讳。这同样不只由于观念与文学风尚,也因了当代知识者的经验形式:被抛入田野,跟农民一道土里刨食的人所经验的乡村,必会多一层血肉感、肌肤感的吧①。朱晓平、张炜、李锐等,都写到了乡村性文化中的野蛮,这种描写使"本能说"显得过分单纯善良②。有关作品所写现象与其说属于性本能,不如说更是暴力倾向,一种有其文化根据的虐待欲望。这种荒原景观,我还将在本书第二章谈及乡村文学中"性文化"时较集中地说到。

呈现于上述"食"与"性"上的人性,已足够荒凉了,现当代文学仍要以对于人的残忍性的逼视,补足这意境,将人性的荒原状态描写到令人不敢逼视——当然这只是"有的"作者与"有些"作品。本节所涉,本来即是"异常",而"异常"在一定数量界限之外,也足以酿成风气。每一文学时期,出常,都有可能是此后某种趋向的先兆。1940年代萧红小说、路翎小说,就与当代文学遥相呼应,似有亲缘关系。

现代史上富于启蒙热忱的知识者并不讳言甚至公开宣称他们的"文化偏至",以便磨砺批判武器并校正漫长历史中的别一"偏至",为此不惜以极端的说法醒世惊人,如鲁迅于20世纪初对"摩罗诗人"的盛赞,五四新文化运动中陈独秀的主张"兽性主

---

① 《太行牧歌》(郑义)中说到太行山"旱村"中的两性问题:"妮子女人们如那山水,向平川流逝,永无回头了。抛闪下男人们,在性饥渴中煎熬。性病不绝。时有人与驴骡,与羊,与猪狗野合之人间惨事。"(此文收入中原农民出版社版《老井》。)

② 罗素以为:"人类的性行为不是本能的,而且从性行为不再是一种盲目的行为以来,就从来没有成为本能的。"见罗素《婚姻革命》中译本,东方出版社1988年版,第111页。

义"。1930年代瞿秋白将鲁迅比拟为罗马神话中的莱谟斯,说他是"野兽的奶汁所喂养大的",终于在长久的"孤独的战斗"之中,"从他自己的道路回到了狼的怀抱","回到'故乡'的荒野,在这里找着了群众的野兽性,找到了扫除奴才式的家畜性的铁扫帚"(《〈鲁迅杂感选集〉序言》)①。抗战爆发后,闻一多说我们眼下需要的正是乡下人式的"原始"、"野蛮",当"人家逼得我们没有路走,我们该拿出人性中最后,最神圣的一张牌来,让我们那在人性的幽暗角落里伏蛰了数千年的兽性跳出来反噬他一口"②。这些被现代史上知识者赋予特定含义的话语,更是情绪性的表达。那一时期,知识者并没有机会细心斟酌其文化语义。上述激动人心的批评与宣告,主要是由同一时期的文学来呼应的,即那些表现"原始强力"的诗、小说、剧作。

传统文学涂饰太厚、讳忌太多,人的残忍性,是正统文学一向避忌却又会忍不住触碰一下的恶(非正统的小说,偏又渲染而超出了必要)。五四新文学不规避阶级剥削、压迫这一种语义单纯的恶,却很少及于社会性原因未明的莫名的(一时还无以名之的)残忍性。因而如张天翼过于逼近地写脓血淋漓蛆虫攒动的伤口,路翎写人与人之间的怨毒、仇恨、虐人、自虐,都像出乎常情,是新文学史上的怪特之作,不免引起对于作者心理状况的无根猜想。至于某些新时期作者放开了写凶残暴虐行为而不诉诸道德评价、社会政治性分析,描写方式也像是在"有意残忍",与上述"张天翼、路翎现象"间,可以隐约见出一种衔接。

不同"文化"的作家(如艾米莉·勃朗特与路翎)会同样感受

---

① 赫尔曼·黑塞的《荒原狼》中说:"回头根本没有路,既回不到狼那里,也回不到孩童时代。事物的初始就不是无罪的和单纯的。……走向无罪,走向未被塑造时,走向上帝之路,不是回头而是向前,不是回到狼或孩子那里,而是越来越深地走进罪恶,向人的方面去变化。"这是用另一种方式谈论的荒原、狼,等等。见漓江出版社2003年中译本。

② 闻一多:《〈西南采风录〉序》,收入《闻一多全集》第3卷,三联书店1982年版。

到荒原式性格的神秘吸引。希刺克厉夫那种"半开化的野性",如同"一片长着金雀花和岩石的荒野"(《呼啸山庄》)。向往同时也是逃避,逃避"文明",或者逃避常规状态,逃避某一社会层的规范。"性与暴力"(二者又通常被认做同一物的两面)更是20世纪文学艺术惯见的题目。但对于上半个世纪的中国读者,莫言小说那样的血肉横飞,仍然会使其难以下咽。郑万隆"异乡异闻"一组,是关于山林中男人的故事,这是些露出寒光闪闪的狼牙的男人。莫言的《秋水》与上述山林故事所写的强人世界,通行着强凌弱优胜劣的荒野生存的游戏规则。这险象环生任人肆虐的世界,会使人想到"秩序"毕竟可爱。莫言早期作品写乡民对儿童施虐的事件,是乡间日常的司空见惯的暴力行为。《红高粱家族》写屠户孙五在日军威逼下剥罗汉大爷,更是描写中"有意残忍"的例子。不像那一组山林故事的刻意隐去残忍行为的社会性动机,莫言在颇为尽兴地写了大量残忍行为后,是提供了一种较有说服力的解释的。"想活命,复仇、反复仇、反反复仇,这条无穷循环的残酷规律,把一个个善良懦弱的百姓变成了心黑手毒、艺高胆大的土匪。"(《红高粱家族》第四章《高粱殡》)这令人想起了鲁迅关于酷刑说过的那些话①。残酷从来是锋利的人性雕刀,社会政治的残酷则是暴民的养成所。"官府制造土匪,贫困制造土匪,通奸情杀制造土匪,土匪制造土匪",因而"高密东北乡的土匪种子绵绵不绝"(同上)。至少应当承认,这种通常以为的"非常态",是对大量的常态描写中"有意省略"的填补。

至于《灵旗》(乔良)、《古船》所写残忍行为,更是一种对于历史描绘的填补,较之莫言、郑万隆的小说,有更明确的历史语言

---

① 鲁迅说:"奴隶们受惯了'酷刑'的教育,他只知道对人应该用酷刑。""酷的教育,使人们见酷而不再觉其酷,例如无端杀死几个民众,先前是大家就会嗔起来的,现在却只如见了日常茶饭事。人民真被治得好像厚皮的,没有感觉的癞象一样了,但正因为成了癞皮,所以又会踏着残酷前进,这也是虎吏和暴君所不及料,而即使料及,也还是毫无办法的。"(《偶成》,《鲁迅全集》第4卷,第584—585页)。

的语义内容。瞿秋白提到"群众的野兽性",以之为"'故乡'的荒野"时,感染的是当时青年知识者中的革命浪漫谛克,这种浪漫谛克对于当代青年已是太陌生了。至于"复仇",本是一个荒原式的主题。"荒原"是复仇行为的舞台,同时是关于"复仇"的隐喻。"荒原"在这类事件中,不是中立者而是参与者。鲁迅《野草》一集有《复仇》,《故事新编》里有《铸剑》,都隐现着荒原意象。路翎屡写复仇,写人在旷野漂泊中以最赤裸裸的憎爱相遇。这里没有神祇,没有宗教意味的堕落与拯救,只有人生旷野上被烈风吹干了的灵魂与备受虐待的肉体。1940年代,甚至汪曾祺也写过意境、文字均称奇诡的复仇故事(《复仇》)。《古船》、《灵旗》写自觉或盲目的复仇冲动中"群众的野兽性",使人嗅到了蛮荒时代的血腥气息。

  我在这里特别注意到的是,当代作者所逼视的,往往是前此的中国现当代文学避视的。这里的"异常",相对于某种凝定了的界域而言。至于逼视中的激情,更呈示于具体意象(尤其色彩意象),是我下文要谈到的内容。

二

  无论新文学,还是新时期文学,在涉及"生命"、"人性"而使作品呈露出荒原或准荒原景观时,都出现了语义含混或者多义的那种情况,因而有"荒原"作为意象、意境的朦胧、暧昧性。这一意象是更要在特定接受期待中补足、完形的。因读解的不同而呈现出语义的歧异与模糊,更是新时期文学刻意追求的一种效果。

  古代中国并非整一、绝无缝隙的礼教王国。直到中古时期尚存的踏青(3月3日)、登高(9月9日)、"奔者不禁"、"朋者不禁"的风俗,清代文人对于当时女子好冶游、不事中馈的批评,都令人看出伦理规范与伦理实践之间的参错。新时期文学也写到过偏僻乡间上述风俗的遗留①。五四新文学中沈从文湘西诸作写山民水民的放纵情欲,有一种类似荒原的状貌,是一片化外之民不为礼教约束适情任性的生命原野,而尤以早期作品(《野店》之类)的美丑杂糅更具现代风味,与《庄子》中"至德之世"人的"同乎无欲"大异其趣。沈从文及与其有同好者梦中的那片原野,是生命怒长情欲解放的野性世界。

情欲被认为是天然地属于山林大泽,属于生机蓬勃的大自然的。希腊神话中山林之神潘是个人兽混合性欲旺盛的角色,中国文化里的"桑间濮上",虽已染有士大夫情趣,仍可看出其山林水泽的原型意象。"生命"似乎非凭藉了规范外情境才便于言说②。特选的大自然背景,证明着欲求的合于天性自然,也是天人合一、人神杂处的古老文化背景的生活化。沈从文借诸他创造的那片郁勃壮盛的生命原野,写生命欢乐,生命在其"自在状态"的自由舒张。那些气血健旺的山林间男女像是在恣意地享用甚至挥霍生命——虽然见之于沈从文笔下时,已然实施了净化程序。沈从文将评估包含在"状态"中,他毕竟是关心"评价"的那一代知识者。③

对于新文学中的这类作品(更不必说路翎的《饥饿的郭素

---

① 《老井》写乡间男女平日干活"牛蹄蹄两分开,过过话儿便说'风流'的",庙会则是"村社舆论认可后生妮子们公开交往的唯一场合"。

② 〔美〕艾·弗罗姆《爱的艺术》:"人的存在的根本要点是人超越了动物世界,超越了本能的适应性,脱离了自然——尽管人永远不可能完全脱离自然。人继续是自然的一部分,但又同自然分离,永远不可能再同自然合二为一。……"(商务印书馆1987年中译本,第7页)

③ "规范"也终于使情欲在文学中失去了山野气息——并非真的清洗了肉的气味,如卫道者所期望的那样,倒是添加了闺房以至妓院气味(狭邪化、香艳浓腻化)——亦即一种士大夫趣味。民间文化则如世界其他民族那样,保留了"猥亵趣味"。

娥》① 等),文学史家一向有施诸何种评价尺度的为难。上文提到沙汀、张天翼写性残害的那些篇什,在那里性欲问题是与妇女问题二而一的,是社会不平等、社会压迫问题的具体化,其中包含的民主概念与沈从文等人作品赖以出发的在当时显得过分空灵的"自由"概念,属于不同的意识形态背景——前者更是主流意识形态。直到此后很长的时期,沈从文式的"自由"概念仍被认为是含混不清,理论根据可疑的。这与五四启蒙运动的特点及其在中国的命运有关。其实看似"空灵"的非但不"超然"、出世,甚至其主旨决不远于实际。尽管思路异趋,五四新文学作者的写性爱、情欲,亦各有其广阔的语义关联域。以沈从文而论,他早期作品即以写私通的热辣文字嘲弄着都市人的虚伪孱弱。他不止于呼唤回复生命自然,把生命欢乐还给生命,更以此思索与展示他以为合理的生活样式、社会组织形式,他以为理想的文化模式。他也经由其作品思考人性改造、文化改造的大题目,现实关切情见乎辞。

　　文化重估常有借来的理论支点②。身处极端落后的中国,无妨于知识者去赞美"高尚的野蛮人"。沈从文关于"情欲"的符码运用不是他本人的发明。从来就有(当代亦然)文化上的浪漫主义。新时期文学中短暂的浪漫时期(以李杭育的"渔佬儿"诸作和论证"寻根"的理论文字为代表)结束之后,相似的一套象喻系统终于失去了曾经有过的透明性。荒原意象、意境变得稠浊不堪,竟令人无从厘析其间的美丑善恶、文化评估的肯定与否定。沈从文寻求狂野放恣的蛮荒之美,李杭育《阿环的船》即令

---

① 1940 年代路翎表现于其作品的生命体验,是新文学中较为特殊的现象。他在创作中对于情欲的既非避讳又非颂美的态度,对于人性表现的善恶混淆美丑杂糅的观察,或也可以认为由一个方面"接通"了 1940 年代文学与新时期文学。

② 古代中国也有情欲自然说,如嵇康《难自然好学论》:"六经以抑引为主,人性以从欲为欢。抑引则违其愿,从欲则得自然。"但新文学所依据的,更是 18 世纪欧洲人文主义思想。

人莫辨美丑,其中人物情欲粗野坦然得近乎无耻,又因那率直、无遮无拦,隐约有一种雄强之气。李锐《厚土·眼石》写两个男人以"女人与性"交换信任,也让你由这种野蛮交易中看到山里汉子的粗豪气概。水上生涯的阴沉凶险与黄土地的枯瘠丑陋,似也宜于生长这种情欲。沈从文所写沅水辰河水手与吊脚楼女子的故事虽也曾引起文化评估上的歧异,较之当代文学,那"问题"也相形单纯了。当代作者不再满足于文明、愚昧一类范畴,试着绕开诸如人性与兽性、现代与原始等二项对立,去逼近原生状态的混沌,让文字播散出遥远的蛮荒气味,那丛莽与野兽的气味。不同质的文化参错交互、盘绕纠结,过去与现时流淌在同一河道中。在一种虚假的"逼真性"后面,是文化哲学简明性质的丧失。

倘若我们接着上文来看郑万隆小说中那个山林里的男人,我们看到的是这个家伙有着"宽阔的石头一样阴郁的脸","狼一样的眼睛","熊一样有力量"(《狗头金》),"他全身的肌肉在水天之中闪烁着铁一般的光泽"(《空山》)。这个没有一丁点儿奶油味儿和赘肉,坚硬如铁铸的男人,不正是那一时期文学艺术以及社会人心起劲地呼唤过的?这男人的残忍、暴戾,不再等同于"野兽性"(绝对贬义的),正如血不再仅仅意味着暴虐、死亡,也意味着生命的新鲜劲儿、生命能量的喷发。这个"男人"的语义尽管也复杂不到哪里,毕竟不再是通常语境中的"男人"[①]。"他"对于"她"的绝对权威,也不再仅仅是伦理压迫的符号。这是郑万隆极力复活的被人们认定消失已久的那个"男人"。你试着把他与沈从文的虎雏(《虎雏》)放在一处,会发现沈从文写虎雏杀人时是那样节制优美,比之郑万隆所写,虎雏几乎是太过妩媚了。郑万隆不像文学前辈那样醉心于文化理想,他更要把人

---

① 你难以记住一个具体人物,像记住 19 世纪经典现实主义作品的人物那样。你记住了一个"人",雄强、壮硕,表现着原始情欲、人的原始力量。他没有明确的历史,行为背景也闪烁不定。这是一些准神话结构中的人物。

的诸种生存情境写到极致,"极致"处自然有美丑混淆、善恶杂糅——这也出于当代人的文化想象。郑万隆避开前辈作家所热衷的价值判断,一心一意揭出他所说的"生命的图腾"①。作者们似乎相信,在"生命"这神秘如符咒的字眼里,那些惯用的价值、道德、美学判断,都会(至少部分地)失去效用。

不同于郑万隆笔下山林的沉郁,莫言将他的高粱地写得一派绚烂辉煌,作者也压根儿不打算掩饰他那副"不胜神往"的情态,比如对于"响马"式人物的"超脱放达"。由本节所取角度看,《红高粱家族》真正出常的是,写血写杀人写人物的杀与被杀,都写得痛快淋漓。因了对暴力、对残酷行为的渲染,这"欢乐"显然与沈从文笔下两性遇合时的欢乐不同,有一种类似"邪恶"的成分,欢乐得匪夷所思、莫名所以。"……在他的身前身后,响着刀砍人体的明亮响声和被死亡吓坏了的百姓的爽朗的欢笑。"杀人与死与睡女人同样令人物乐不可支。战场杀伐(暴力)的故事与爱欲(性)的故事,在生命欢乐中又像本是一个,性与暴力源出于也表现为同一情欲。这种中国读者看来奇特的景象只有在作者提供的语境中,在血红的高粱与血浆渲染的奇境中,才是"可信"的。写血与杀人,写死亡中的人面桃花、粲然笑靥(文字香艳处时有通俗小说的狭邪趣味),处处可感对于血色所喻示的生命含义的沉醉,通篇小说俨如奇异欢乐中的盛大祭典。②

郑万隆铸造他的"男人",不大依赖其与女人的关系。但新时期文学也有情欲荒原,同样比沈从文小说所写粗粝、严酷。如王安忆《岗上的世纪》中人物的"抵死缠绵",憎爱交织,其间亦有

---

① 郑万隆、莫言文字间都有礼赞生命的虔诚。郑万隆《老棒子酒馆》写强人陈三脚的死,莫言《红高粱》写"我奶奶"、"我爷爷"高粱地里的野合与"我奶奶"的死,气势与氛围都如对于生命的雄壮祭礼。

② 小说也写到战争(暴力)造成的人性荒芜——集中在写人狗大战的章节里,不妨认为是关于战争荒原的莫言式寓言。人物也会由"心里涌起类似孤独与荒莽的情绪"。但即使写人狗之战,笔墨酣畅淋漓处也仍有"邪恶的欢乐"。

一种邪恶的激情,不像是生命的创造,倒像是寻求毁灭,在破坏性的情欲爆发中完成一度生死轮回。当代作家依据来理解"生命"的理论思想,毕竟较沈从文的时代大大地复杂了。① 据说婆罗门教的大神悉法既主生殖,亦主毁灭。这种生命诠释所包含的深刻性也见诸中国古文化。至于海峡两岸当代文学中表现为施暴、肆虐的情欲,像是直接流淌自远古荒原时期的生命黑暗。写没有明晰意识形态背景的情欲,也如写"吃"这一动作,属于新时期文学脱出已有意义系统,找回基本生命体验的努力,其间的得失,自然可以进一步推究。

在这规避着道德化的荒原意象中,我们读出了关于原始罪恶的隐约暗示(包括王安忆的"三恋"及《岗上的世纪》)。由这一方面看出去,如沈从文所写鲜明亮丽的生命原野,也是更单纯清新的。罪恶感使郑万隆的山林阴郁凶险,使莫言的高粱地嚣张跋扈。泛滥着的暴力,毕竟是中国人想象的极点,不能不逼出"风格"的怪异。新文学中的少数奇作,有类似的原始罪恶的暗示,而且同样用了诸如黑、红等色彩象喻——如上文提到的《樊家铺》,再如曹禺剧作中最称奇诡的《原野》,其意境、象喻系统,也像衔接了我正待论及的当代文学现象。

三

当代文学中作为上述荒原意象的构成材料,且以其视觉冲击力惊人的,是血色。你由一代有特殊人生经历的年轻作者那里,最先感受到这色彩冲击:《古船》、《灵旗》的"血流成河",《红高粱家族》对于血色的恣意渲染。你甚至在海峡对岸属于同一

---

① 孙犁的《铁木前传》写女主人公小满儿,对于情欲的作为欢乐之源及其破坏力的体察与呈现,是小说的精彩处。新文学作者少有这双重意味的情欲描写。当然,比之王安忆的"三恋"等作,意境仍单纯得多。

年龄层的个别作者那里也看到了这颜色,察觉到类似的对于血色的陶醉,有意违俗、出常(亦包括上文的"有意残忍")的冲动。这里或有青春期的生命骚动与情欲宣泄。但"宣泄"总得赖有创作界与读书界的宽容或纵容。至于海峡这一边,则也应当出自被砂石打磨得粗糙了的心灵对生命的体验和体验方式。这心灵似在种种惯例、文法、修辞规范的限定中挣扎,要"回到"被认为最基本的生命感,生与死,性与暴力,"腥甜的血"。这血犹如大自然生命的绿色汁液(有人正是这样形容的),不但浓于水,且浓于酒,其中有生命的一道真味,如同绿色,是生命的原色。

"八月深秋,天高气爽,遍野高粱红成洸洋的血海。""阳光象血一样地从高粱地里冒出来";太阳"湿漉漉的象带血的婴儿",或者"象一个椭圆的血饼子慢慢坠落,洼地里的白冰上象喷了一层红血"。不但高粱如血,太阳如血,"有时候,万物都会吐出血的味道"。至于战场上血的喷射,竟像是人间胜景。亦如曹禺的《原野》,莫言用红、黑两色涂染他的世界,并因其运用之妙,使两色的搭配少了一些曹禺剧作意境的凶险,反得一种奇异的酣畅淋漓。这种颜色自然要经由内视觉,由一双"精神的眼睛"才能看到,俨若寻常方式都已用尽,非"血色"不足以指认生命,为生命作证似的。

"绿"作为生命颜色,是悦目甚至浪漫的,而"红"在上述语义上的运用,却违逆着通常的接受期待。传统中国文学似乎不曾赋予红色以"恐怖的灵魂"。被人读烂了的"一枝红杏出墙来"、"红杏枝头春意闹"、"日出江花红胜火"、"霜叶红于二月花",或红得妖妖娆娆,或红得轰轰烈烈,亦状写生命,却多取其鲜亮,热闹,喜气,吉祥。当代小说以"红"喻示生死同在,生命的喷发与毁灭同在,兴奋与恐怖同在,甚至用红色渲染生的荒凉,却是惯例之外异乎寻常的色彩运用。以红色唤起荒凉以至恐怖感,在西方文化中濡染较深的张爱玲,其1940年代初的小说就有过这等笔墨①。

文学不但保存了关于"性"的,也保存了关于"血"的神秘意识、古老禁忌。两项禁忌在"文革"作品中都达于极致:因对两性关系的规避至于规避人物的性别角色,"血"在革命者身上则只限于点缀得恰到好处的桃花般一点晕红。也如关于"性"的,血的忌讳不过刺激了血的想象。当代文学在这种意义上,又不妨认为是人类内心秘密的有意泄露②。

在可以诉诸视觉想象的荒凉之外,更有无可名状、无以言说的荒凉。然而文学究竟是"言说"。令人略为惊奇的,倒是两岸作者言说方式的某种契合。莫言最有才华的作品《透明的红萝卜》写乡间砸石子的女人们脸上都现出一种荒凉的表情,"好象寸草不生的盐碱地"。《枯河》写"一群老百姓面如荒凉的沙漠"、"短促的鼻子上布满皱纹"。《球状闪电》写乡村烧酒铺里的男人们"脸上的表情荒凉遥远,眉眼都看不大清楚",写"众人的眼又渐渐远去"。《白狗秋千架》写"狗眼里的神色遥远荒凉",写狗"瞥着我,用那双遥远的狗眼"。"荒凉"这字眼太现成,表达那迷濛暧昧朦胧不可名状的感觉时未必教作者称心,但上述语境,又确是前此的中国现当代文学中罕见的。同一时期韩少功用相似的方式写相似的感觉,《归去来》写乡下的小牛"都有皱纹,有胡须,生下来就苍老了,有苍老的遗传"。前于此作,莫言已一再写呈现在孩子脸上、肌体上的荒凉,那更像是大自然保存着并借以透露的一份秘密。《透明的红萝卜》中如同灵性十足的小动物的

---

① 张爱玲1940年代初小说的荒凉感,她的《〈传奇〉再版的话》中表达得更明确(因而可以用来诠释她的作品)的政治、文化预感、预言,出诸一个极其敏感(也不无偏见)的心灵,是现代文学史上奇特的现象。

② 张承志《终旅》中的太阳"像一盆血","就像一盆颤盈盈的鲜红的血"。《亮雪》中的落日"像一团浓稠的红液,粘着动着。可是滴不下来"。他写"血河",写对穆斯林的杀戮,写埋入青砖墓地的血的民族历史(《残月》、《终旅》、《金牧场》等)。这种历史想象愈来愈成为他的激情之源。

黑孩,苍老得像历尽了沧桑。小说一再写黑孩鼻间的皱纹,写黑孩出生时身体在寒冷中收缩,"布满了皱纹"。《红高粱家族》中也有一个有着"苍老颜色的脸庞"的五岁女孩("我"的小姑姑)。同时期作者中,阿城、莫言、韩少功的小说最有这种苍老荒凉意味,且意境、有时话语形式,都互为应和。这更基于知青作者的乡村生活经验。这里的"荒原"并不像一些粗浅之作那样,只靠了意象的混乱、语词的夸张堆积而成的。韩少功的《爸爸爸》写械斗甚至没有渲染血流成河。他所写的那村寨实在太老了,老得失却了记忆与年龄,像其中一位老媖驰,"老得莫辨男女"。那个没有年龄的畸人丙崽,在这个意义上,也是村落的标记。乡村终于老得生出了鳞甲或绿毛,老到了不像实存,而像出自虚构。"虚构"与"幻觉",也是《归去来》中乡村的自我意识。这种苍老感更是下乡知青(外来者)的时间感受。这是那一代青年之于"乡村人生"感受最深切的一个方面:对于凝固,对于轮回,对于重复,对于无始无终的"乡村时间"。这也是他们体验最深切却难以言说的乡村神秘。

　　与生命有关可感又"莫名"的一切,都像是储有绝大秘密。因写过与阿城的《棋王》同名作品而较早为大陆读者所知的台湾旅美作家张系国,他的那篇《棋王》也写了神情苍老的孩子,那孩子的目光"异常明亮,也异常苍老",令小说中其他人物"想起古罗马雕像眼睛中央的瞳洞。原本没有生命的雕像,因那瞳孔的存在,透露出无边苍老的生命洪荒,注视着古今多少英雄豪杰"。——无怪乎人们将两者作比较,其意境确有一点可比性呢。即使张系国与莫言、阿城们的经验背景大不同,相似的描写背后仍可能是同感的"生命神秘"。畸人、儿童,以至老人,都像是某种人类生命密码的持有者与天然破译者,保存着与人类过去的对话方式,与人类的初始生存、初始经验有神秘联系。张作《棋王》写孩子目光"深远而苍老","仿佛通往过去和未来的一扇窗";"神童是宇宙故意留下的破绽。"莫言小说中那些面容苍老的孩子,也如精灵或小兽,有奇异的知觉与神秘智慧,像是来自遥远时空的使者,人类荒原式过去的见证。20世纪不再有充分自信的文明的成年人,用这种方式表达他们已被告知了注定不能读解的遥远过去及与之联系的自身生命密码的猜测。这种"荒凉"里或也更有一个时期作者们有意无意追求的本体论风味?

荒原毕竟是中国文学中罕见的意象与意境。当代作者借此追求深奥追求神秘追求粗粝阔大,企图"复原"企图追回一种能力或状态,一种与世界的联系与联系方式,或者企图达到人文思想的深刻、哲学人生体悟的超拔,有时适足以暴露出哲学与文学两个方面的匮乏。即使有才华的作者也会有玩弄"感觉"故作高深的那种情况,也会有写荒凉仅得芜杂的那种情况。这又不能不联系于我们的哲学与文学的全部遗产,以及十年荒废造成的失天不足。晦涩、"深奥",难免引起阅读厌倦,使清浅之作一再见出其纯净的魅力。文学毕竟不是招魂术,它不能召唤出生活中尚匮乏着的文化力量、文化性格。参与了制约的,还有文体的力量(或曰沉积在"文体"中的文化力量)。

1930年代艾芜写《南行记》,有作者本人荒原浪游的经验背景,在一个最有可能不受文学惯例束缚的题材领域中,却表现出拘谨的对既有文学规范的尊重。力避道德化的作者,其笔下仍是一个善恶分明的世界;意在否定习惯尺度的作者,自身仍在那种道德视野之内(少数作品如《山峡中》或是例外)。这既因了1930年代文坛的力量,群体取向的"裹挟",也由于19世纪通行的那种短篇样式在1930年代中国小说界的成熟——几乎是过熟了,像是已失去了容纳、组织陌生材料的能力。在乡村文学中,传统的力量是更难以抗拒的。这也是文学为其成熟支付的代价。

附注:

1. 写食与性,写"基本生存",当代乡村小说往往于此见出力量,而且

写得越直白素朴越有力似的。如刘恒的《狗日的粮食》:

  最后一次是在园子里,黄瓜架后边。俩人在月亮底下办事,不紧不慢做得渐浓,瘿袋就开了口:"明儿个吃啥?"
  天宽愣住了,"吃啥?"自己问自己,随后就闷闷地拎着裤子蹲下。好像一下子解了谜,在这一做一吃之间寻到了联系。他顺着头儿往回想,就抓到了比二百斤谷子更早的一些模糊事,仿佛看到不识面的祖宗做着、吃着,一个向另一个唠叨:"明儿个吃啥?"

乡民历史似乎就在这粗陋原始的"一做一吃之间","历史"于此也见得辽远而苍凉。

  刘恒也写到"人种的改良",令人看出与同时作者间的呼应。他的创作也在"风气"之中。《力气》一篇这样收束:"老东西似乎等不及二十年,已经悄悄发猛力撞回人世,要给争气苦做的垫些阵脚,要给不争气且乏力且颓丧且无聊赖的精心谋划,那事情或许就关系到人种的改良。"他也写有膂力、性欲旺盛、活得浑朴厚重的父辈。

  用刘恒这副笔墨写复仇冲动,写与死亡意象纠缠绞扭不可分拆的爱欲,都很相宜。文字间似有血腥,有地缝中渗上来的阴气。这里亦有荒原意象,却不如莫言的张狂、郑万隆的刻意粗犷,更因紧张的内敛而富于暗示。几位作者都力图逼近所谓的原生状态、旷野气象,莫言写暴行、写性与死近乎快感的宣泄,刘恒却以其耐心沉着展示残酷,令人想到施虐(以及自虐)。刘恒所写性与死,更有生存痛苦,人的宿命的不自由,人之为自身(情欲)的奴隶。这种生存体验似渗透于文字;这不是莫言那种任由驱遣不惜挥霍的酣畅淋漓的文字。你可以认为生存痛苦已铸入了刘恒的表达方式——当然,我指的只是刘恒有数的几篇作品。

  2. 不少作者写到由"文革"造成的荒原。铁凝的《玫瑰门》写了呈现于食与性的人生荒芜、人性荒芜、生活的荒野化。小说的女主人公眼睁睁地看着母亲与妹妹"站在人来人往的电车站等车吃烧鸡",妹妹"把脸都吃花了","妈在张口咬鸡时还不断咬住自己手指上粘的橡皮膏"。"一只烧鸡刹那间就被她们吞下肚去。眉眉惊讶地望着她们,仿佛她们不是吃了一只烧鸡,而是生吞了一个活人。那是一种令人胆寒、令人心酸的速度……"小说还写到情感的荒凉。这种荒原当然不是来历不明、无以名之的。

第二章　农民与农民文化

第一节　农　民

《孟子·滕文公上》:"尧以不得舜为己忧,舜以不得禹、皋陶为己忧。夫以百亩之不易为己忧者,农夫也。"

《论语·宪问》:"南宫适问于孔子曰:'羿善射,奡荡舟,俱不得其死然,禹、稷躬稼,而有天下。'夫子不答。南宫适出,子曰:'君子哉若人！尚德哉若人！'"

《汉书·文帝纪》:"(二年)诏曰:'农,天下之大本也,民所恃以生也……'"《汉书·昭帝纪》:"元平元年春二月,诏曰:'天下以农桑为本。……'"

农　民[①]

中国古代文献有关农业发生学的记载和猜测中,有中国农

[①] 在这个标题下,我不拟进行通常文学批评的性格分类,将人物作为某种"心理本质",也不打算说明人物作为"行动者"在叙事结构中的意义,而只想由信息层面搜集清理有关作品中农民作为符号,其信息含量、信息内容的与时变化。我同时知道,对于好的作品,我所抽取的,只是其粗;所涉作品,也未见得属上品。上述意图只能剥脱作品世界与"真实世界"对应的那部分。至于创作主体的文化态度,由作品透露出的创作主体作为知识者与农民间的精神文化联系,本书其他部分有进一步论述。

民的伟大原型。《孟子·滕文公上》:"后稷教民稼穑,树艺五谷;五谷熟而民人育。"《易·系辞下》:"包牺氏没,神农氏作。"《汉书·律历志》:"……教民耕农,故天下号曰神农氏。"这些,无不可以看做中国古代神话、传说系统所提供的"伟大的农民"形象。而在古代中国的神话传说系统中,上述神祇、半神、古帝王,比之罗马神话中的农神萨图斯(希腊神话作"克洛诺斯"),其地位至少会是同等显赫的吧。

当代台湾作家王幼华写台湾民间信仰,写小镇"五圣宫"所供奉的神农大帝:"泥塑的神像有着披散的长发(某妇人为还愿所捐奉的头发),赤裸的身体用树叶片和兽皮包裹着,盘着双腿,两手放在膝盖上……"可以视为农民原型的还不止于此。鲁迅《故事新编》中《理水》所写禹,《非攻》所写墨,未始不可以看做"伟大的农民"的。尤其禹,鲁迅小说中的禹,是"一条瘦长的莽汉,粗手粗脚的","面貌黑瘦","满脚底都是栗子一般的老茧",俨然一介农夫。

农民,像是"永远的",是常数,恒星,其沉默或笑意都像永恒。"许多年了,他似乎总是一个模样,仿佛他不曾年轻过,也不能变得更老。"(何士光《种包谷的老人》)这是一个已活了几千年且还将活下去的生命,仍然活着的"历史",存活于现在的"过去"。古代所谓"四民"(士农工商)中,"农"较之于"士"更古老,也更"现实"。士有其演化历史,更有其近代化,即士向着近代意义上的知识分子的转化;这种转化终于使"士"成为历史名词。与此相似,"离土农民"也将会不成其为农民,但农民却还是极现实的存在;在中国,甚至其语义也少变动。上文已引在吕梁山区插队六年的李锐所表达的对这种古老性、惊人漫长的文化年龄的惊叹(《〈厚土〉自语》)。

因了对象的上述特性,即使以注重社会、政治意义为特征的五四新文学(尤其1930年代以还),你也可以察觉原型的巨大投影。描写生动的乡村人物,天然有一种原型意味,如父亲原型、母亲原型、智慧老人原型(老年智者在中国文学中通常赋有"农民"身份)、行吟诗人原型,以及其他似曾相识的准神话人物、寓言人物。骆宾基寓言体小说《乡亲——康天刚》所写,就是这类人物。端木蕻良《大地的海》中的年轻农人,俨若农神、大力神。当代文学中,《老井》整个是一则铺张化了的古老寓言,其中人物的寓言性质是毋须证明的。莫言《红高粱家族》中的"我爷爷"、"我奶奶",不妨认为与父亲原型、母亲原型有某种联系。《小鲍庄》(王安忆)中的拉弦唱古者,难道不令人想到遥远古代的行吟诗人?"父亲"、"母亲"、"智慧老人",自然有极具体的依据——由乡村走出,其父、祖辈还留在田地上的几代知识分子,宗法制社会的老人权威,其智慧形态的老人特性,等等。即使上述根据的具体、切身性在后起的作者那里已不复存在,他们在一个时期仍会沿用上述意象,利用乡村世界固有角色中的文化蓄积。

　　原型、准原型,与原型的联系,使乡村文学充满了历史的文化的暗示,人物俨若由历史深处走出,古树般藤蔓缠绕、苔痕斑驳。这可能出诸作者的有意营求,又完成于读者相应的接受期待:"本文"的文化内涵因有准备的接受而大大地丰富了。创作者似乎可以轻松地达到某种纵深与寥廓——这种得天独厚的优势,足以令当代城市文学艳羡不已。现代城市人缺乏根柢,"没有历史",他们像是打这里那里冒出来的。

　　伟大的原型,其文化语义的丰富性,助成着对于"农民"的特殊语义感受,和使用中相应的语义创造。文学中的"农民",其语义常常大于农民;农民也如理所当然似的,有可能同时被作为民族象征、历史化身,一种历史文化的人格化。即使在社会科学理论较为普及,关于农民、农民性已形成权威性理论的三四十年代,也如此。这使得"农民"不至于仅仅成为穿了衣裳的社会科学概念,而是于人更有亲和性,联系于他们茫漠辽远的过去,寄寓了他们复杂的历史情感、乡土情感,容纳着他们的文化体验、文化诠释的形象——这,或许也是新文学史上乡村题材创作的成功所依赖的重要条件。

　　五四新文学,尤其三四十年代,仍然是注重关于农民的社会科学界定,尊重社会科学理论权威的文学。这一点仅由乡村文学的谨严规范也可以察知。较之知识分子题材,乡村题材作品往往更严整、成熟,也相对地易于因袭、模式化。到新时期,才由一批有特殊乡村经历的年轻作者,发起质询"农民"这一概念本身,并以创作选择表示了对既成理论形态的有意忽略。新文学的两大形象系列("农民"与"知识分子")此时都面临着概念追究:什么是农民,什么是知识分子?人们发现上述用熟了的语词,其语义远非自明的。这甚至不只是(或曰主要不是)评论界的兴趣,作家们在其作品中直接发问了。其结果,却未见得是对于理论的背弃——不过是补充、丰富而已。朱晓平《桑树坪记事》写李金斗,"怎么也和我印象中的农民对不上号","我"问道:"我印象中的那农民形象是从哪里来的?"矫健的《河魂》也说:"我的二爷,我永远无法把他归入哪一类型。""桑树坪系列"中生动活现的人物,即成功在这无以类归。

　　不消说,农民与非农民并无绝对分界。如若真的有"标准形态",即必有非标准形态,有种种变异、蜕变。重新发现、再度界定的冲动,和寄寓文化期待、表达文化愿望等等多种多样的激情与意向,使新时期文学有奇峰突起,令人莫名惊愕,如莫言的《红高粱家族》。莫言挑明了他在这里所欣赏的,不是老实本分的庄稼人及其祖传美德,也不是新文学中政治含义明确的"革命性",而是"那种英勇无畏、狂放不羁的响马精神"。据说"那个年头",山东高密东北乡,"一到夜间,高粱地就成了绿林响马的世界"。我在下文中还将谈到,这种对"响马精神"的向往所包含的农民式的英雄崇拜,是"非常"中的"常"。但话说回来,人物那种匪气、霸悍之气,在看惯了以往"乡村文学"的读者眼里,究竟"不像"。作者正醉心于这不像,以规范外的激情与狂想,表达更新民族气质的愿望:与新文学作者的思路,又不无碰撞、交叉。作者自己说,他笔下那"高密东北乡最优秀的种子",那块色彩飞溅的乡土,原是"成象在我的意识的眼里"的。他的"本色"说(也关系到"农民"的界定)在同时期乡村小说中更具随意性。写农民,有可能是一种文化想象,文化期待的表达,文化理想的构造,文化批评的发动——即不以"精确复写"为指归的心智、想象活动。没有人能剥夺莫言借助"乡土"、"农民"发挥狂想的权利,那种"像"、"不像"的习惯性尺码,对于其度量对象,不见得总能适用的。

曾有一度,看起来像是乡村小说的衰落,其实换一种眼光,也可看做乡村小说的异军突起与新生面目吧。由高晓声、吴若增到一大批知青作家,由常规小说到非常规,由文化寻根、文化追究到历史反思,有题材及处理的极其多样性。常态与变态,常规、非常规一类界限,终于像是消泯在了广阔的文化视界与艺术涵容之中了。

为农民造像

影响于三四十年代乡村题材创作极大的,是关于"乡村破产"与"乡村革命化"的理论思想。茅盾的"农村三部曲"是典范之作。其他如王鲁彦的《野火》、王统照的《山雨》等,均多少反映着上述基本估计。这里还没有说及以农村革命为题材的《田野的风》(蒋光慈)、《田家冲》(丁玲)、《星》(叶紫)。与上述基本估计相关的,还有农民类型。除阶级分布外,另有一种类型划分,也有相当的理论趣味,即"父与子"(或者其变体:兄与弟),如茅盾"农村三部曲"的老通宝与多多头,《山雨》中的父辈与儿子辈,《野火》里的葛生、华生兄弟,《还乡记》(沙汀)中的冯有义、冯大生父子……依年龄划分的两型,可以看做历史进化论的思维模式和乐观信念的人物关系化,"乡村革命化"的人物关系体现。台湾当代作家宋泽莱的乡土小说《打牛湳村》,恰有类似的两型:

驯良安分乐天知命的哥哥,与浮躁愤懑的"半知识分子"的弟弟,只是类似的两极型态,已不再寄寓未来乡村光明的信念,这里的弟弟像是比哥哥更无出路似的。

新文学乡村小说的父子对比结构,有其生活背景(乡村中生产方式的缓慢变动,以及土地革命的发展),也系于理论思想。农民中一向有较驯良的与较倾向于反抗的,因其间的平衡或失衡,造成了日常状态与非常态(后者如农民起义或小规模的骚动)。上述对比结构的重复运用以至于模式化,应当承认,是有赖于当时的乡村形势估计,与作者们的文学功能理解的。这正是新文学史上现实主义为主导的时期。然而或不全合于创作者的初衷,两型中,更生动者往往是年长的(父亲或哥哥)。这种艺术上的不平衡在"十七年"的创作(如《创业史》、《山乡巨变》)中重复发生过。差异(包括意图与其实现之间)又部分地缘于形象文化含量的不同。这几乎是先天的,先于创作的,非关才力,也不尽系于作者的意识。

自抗战军兴,乡村小说的取材方向有了明显转换。"一个人的觉醒","一个人的成长",成为新的流行题材。《一个倔强的人》(骆宾基)、《山洪》(吴组缃)等都属力作①。前一时期的乡村现实估计与农民类型划分,则继续影响到此一时期的创作思路。然而引人注目的是,三四十年代,出现了一些非写实,或曰非严格写实的乡村小说,如上文说到的端木蕻良的《大地的海》,所写的是超越了日常生活的平凡性、缺乏具体时空规定的形态夸张的"农民"。同样引人注目的,还有写实作品的某种浪漫倾向,农民形象的意义膨胀。"农民",是某种程度上被作为"民族"的形象刻绘的。端木笔下的巨人式的体态壮伟的农民,也正出现在

---

① 这类选题中有抗战前期"人的改造"的信念与乐观,甚至土匪的改造,如端木蕻良《遥远的风砂》、芦焚的《胡子》。知识者以民族解放战争为民族重建、再造的契机,火中凤凰则再度成为重要象喻。

这时代氛围与文学风气中。这种文学取向,有民族解放战争中民族感情的炽热化、民族文化的怀念作为背景,而"农民—民族"的思路,极其自然地使乡村小说包含了更为丰富的原型意象,甚至有了某种后来被称为"文化小说"的特征。正是出于追求文化含量的意向,萧红推出了写小城镇(半乡村)文化形态的《呼兰河传》,其中乐观、智慧的底层小人物,无不像是由极古远的过去一直这么活过来的。

这不是农民描写中最后一度的浪漫激情。但抗战时期比之此后,虽情感夸张却显得更单纯诚挚。《大地的海》中雕像般凝重的农民,路翎《爱民大会》中干巴拙重的群雕般的农民,都有某种纪念碑形态。民族感情似由巨大塑像才能盛载,任何过分的具体性,对于这激情的表达都会显出单薄苍白。"民族"是那种足以唤起巨大时空感的语词,而最实在的"民族",自然是历史深远又赋有大地般广袤的"农民"。

上述纪念碑倾向中对于农民的英雄崇拜,或许会被当代青年目为奇特,而在当时,民族生存所系的农民的生产活动,农民与乡土的血肉联系,自然而然地象征化了。历史事件将"民族"归结为某些最基本的元素:生命的维系与土地(国土)的据有。"农民"的有关符号内容,是历史文化现象,不但与民族的生存形态,也与那几代知识者的归属感、精神血缘联系着,从而注定了会在将来的某一天,成为须借诠释才能读解的"过去的文本"。

新时期之初,高晓声("陈奂生系列")、吴若增(《翡翠烟嘴》)以及稍后何士光的有些作品(如《苦寒行》),令人想到鲁迅及其《阿Q正传》。虽然张天翼说过,"现代中国的作品里有许多都是在重写着《阿Q正传》"(《我怎样写〈清明时节〉的》),他的,以及许钦文的(《鼻涕阿二》等)作品,也的确给人这种印象。但仍然应当说,鲁迅的《阿Q正传》的思路,到三四十年代即不成其为大道,却不意在数十年后,唤出了上述回声。粗看起来,高、吴的此类作品,与稍后的知青小说似不相干,实则远接鲁迅的有关思路,其文化省思的取向,对于"农民"的符号运用,即使不能说"启示",也应当是有助于引发此后的所谓"文化小说"的吧。因而新时期并非突然地、绝无前兆地,发现了"农民现象"的非时代性、非具体时期性,领悟了其中朦胧的有关历史、文化的提示,察觉到其间"阶级性"所不能涵容的复杂意味的。在一段时间里,山民、边民、少数民族(尤其藏民)那种像是保存完好的古老形态,使年轻的艺术家(尤其美术家)心醉神迷①。他们自以为具体地感受到了那神秘古老的文化宁静。年轻的画家从彝人"那些富于个性的脸庞轮廓,器皿图案,衣褶的走向上抚摸出沉睡的思想或某种原初法则",他们被那"沉睡的坐姿"镇住了,自以为捕捉到了其间保存着的"宇宙的庄重与肃穆"②。文学艺术(包括电影艺术)的发现有惊人的同步。于是在极具体的历史反思之外,有对于非特定时空的文化现象的迷恋。乡村,是一片巨大的文化沉积岩,天然地宜于"长时段"的史学概念。然而文学(尤其小说),其本性毕竟是更世俗的。后来曾被以"文化小说"命名的作品,如韩少功的《爸爸爸》、王安忆的《小鲍庄》、郑万隆的"异乡异闻"一组,较之同期绘画,显然少了一些形上意味。年轻的小说家比之同代画家,较少对原始性的迷恋。他们由上述"非时期性"中,发现了乡村社会、农民文化中极现实的古老文化遗留。古老性,是被作为一种现存性而描绘的,只不过这现存性久被忽略了。

乡村,在上述眼界中,才更令人认识其为"传统文化的渊薮",

---

① 这种对纯粹性、完整性的兴趣由来已久。新文学史上沈从文的写湘西山民水民,艾芜、东北作家群的写边民,到新时期郑义写"山汉们"、李锐写山民,李杭育写"渔佬儿",海峡对岸作家写"山地人"、"山胞",或者出于对乡村文化中非标准形态(非中原文化形态,非传统农民性格)的钟爱——如沈从文、李杭育,以至路翎的写流浪汉;或者即出于对纯粹性、完整性的倾心。由后一种意图看出去,似乎山地、边地赋予了农民某种绝对、永恒的性质:"比阳光更苍老的山道"、"古而又古老而又老的山道","永远的瘸腿老汉。永远的牛贩子"(雁宁《牛贩子山道》)。

② 庞茂琨文,见《美术》1984 年第 6 期。

使"乡村的农民的中国"、"乡土中国"获得文学的具体性。新时期的乡村文学,所提供的社会学内容或许并不可观,其对于乡村社会的"经济—社会结构"描述未必有什么超越。由五四以来,经三四十年代以及"十七年"的积累,这一方面的文学内容已是极其丰富了。新时期文学提供的,毋宁说更在于对农民文化的结构性考察与展示。"模式"往往出发于揭示,而僵硬化于掩盖。新模式即使仍然是"模式",却创造了新的认知可能与认识方向。

"农民"符号的上述文化意义上的运用,使其自然负载了民族文化反思的沉重内容。农民文化的笼盖,是早已被意识到、却较迟达成共识的现象。冯友兰《中国哲学简史》以为儒道两家作为"同一轴杆的两极","都表达了农民的渴望和灵感,在方式上各有不同而已"。广义的农民文化,即使不等同于传统文化,也是其重要部分;且因形态的稳定单纯而具体,易于标本化。20世纪的美国也有其"扎根于土地的小说家",比如斯坦贝克,在土地上探寻"美国精神"。何况乡村的乡土的中国!农民,是前代知识分子以至我辈共同的精神上文化上的父亲——这种认识下的乡村小说,势所必至地导向文化反思与文化批判。因而韩少功、李杭育作品中的图景,比之他们用理论文字所渲染的,要阴郁、黯淡、沉重得多。同时,新时期的作者们又继续着前代作家对于农民社会性特征的考察,尤其利用了变革时代,极力潜入观念层面、意识结构。何士光、贾平凹一个时期的作品,描写了调整中的农民形象,他们与土地的关系,对商业活动的态度,他们伦理观念的变化——农民走出其传统形象的过程。

耐人寻味的是,年轻作者的作品,其上的理论印记同样清晰可辨,比如20世纪文化人类学的、神话学的、心理学的、语言学的,等等。莫言宣称自己倾倒的是"纯种"的高密东北乡人,有优良的遗传特性的高密东北乡人,品质优异、由那黑土与红高粱的精灵滋养抚育着的高密东北乡人,就有遗传学上优生学的知识背景。小说中的"我"说,"我害怕自己的嘴巴也重复着别人从别人的书本上抄过来的语言","我"却又证明了,"我"不可能绝对逃脱那种语言。"语言"的袭用也是无以逃避的人类处境。

社会学、政治学意义上的农民,与文化史意义上的农民,都属于"知识者的乡村、农民",某种知识化、理论化、意识形态化,系于知识分子的存在方式,也无从逃避。年轻的作者们力图使"农民"脱出僵硬的理论形态,回复其本然的生命存在方式,却不能在实际创作时无所依傍,包括对思潮、理论的依傍。文学中自不会有纯然的"乡村真实"。"原初"、"本然"等等,毋宁看做一种譬喻。理论兴趣的不同,意向的不同,其发现正可互为补充。一代人有一代人的兴趣中心,而"农民"这一巨大的历史文化现象,被证明了是经得住不同观念、方式的诠释的。

我还想到新时期文学较之前此乡村小说的一种触目的不同:父子差异的模糊化,像是有意的逆上述父子关系模型的价值颠倒,有的作者那里的"父亲崇拜"并非乡村民间文学中英雄传奇的现代版。上文已经说过,乡村文学中从来不缺乏农民英雄主义与浪漫倾向。由1940年代部分抗战小说,到"十七年"的革命历史题材,所写未始不可以认为是英雄的"父亲"。新时期文学中也有类似的英雄主义激情,如刘绍棠的大运河传奇,郑义的愚公移山式的英雄传奇。我指的不是这个,也不是一般的"父亲感激"。郑万隆的"异乡异闻",莫言的"红高粱",其话语形式、叙述方式,在我看来,类似一种祭祖的仪式行为。郑万隆的朝拜东北"赫赫山林",莫言的祭奠高粱地里的先辈英灵,都有一种仪式行为中的夸张狂放。郑万隆说他"企图利用神话、传说、梦幻以及风俗为小说的架构,建立一种自己的理想观念、价值观念、伦理道德观念和文化观念"[①];至于莫言笔下那片高粱疯长的丛莽,充满生命活力的人性荒野,跟通常认为的"齐鲁文化"全不相干(山东高密乃东汉大儒郑康成的故乡)。他们自然不是在寻找"农民",而是用了现

---

① 郑万隆:《我的根》,《上海文学》1985年第5期。

代艺术语言,以"准祖先崇拜",重建文化理想。文化价值论意义上、文化心理上的"返祖",是 20 世纪特有的文化现象。

在同一时期另一些作品中,"父与子"是文化承传的形式,如《古船》的强调父子间的精神血缘、父子相承中的"宿命"。"父亲"在这种文化考察中,其含义也大大地复杂化了。

由五四新文学到新时期文学,时期性界限最模糊的,是"智慧老人"的形象。这是新文学以至新时期文学中最为稳定、少变化的乡村角色。这些乡村社会中男性长者的形象,以及我下文中还要继续谈到的"大地般的男人"的形象,其中有中国知识者深沉的乡村怀念、土地挚爱,及他们潜意识中对于"农民—父亲"的持久敬畏。与这强固得多的心理倾向相比,那"父与子"的流行模式,其意蕴就不免太稀薄了。

葛洪《抱朴子》内篇《对俗》中说"物之老者多智",《登涉》则说"万物之老者,其精悉能假托人形",自然物中之"老者"尚且能成精作怪(所谓"木石之怪,山川之精"),况万物之灵的人呢!传统社会有关于"老"的神秘;老人神秘又联系于时间神秘、历史神秘。老人也如儿童,似乎有与天地、与远古不可思议的沟通方式。乡村社会中、乡村文学中老年智者的角色,不同程度地系于上述神秘的民间信仰。《大地的海》中古树般的老人,是没有年龄的,他无始无终,似要由渺远的过去直活到地老天荒似的。王蒙《在伊犁》中拥有纯净智慧(略具阿凡提风采)的维族老人穆敏老爹,史铁生《我的遥远的清平湾》中的破老汉,《古船》里来历曲折的智者隋不召老汉,与拥有邪恶智慧的史迪新老汉,都似有异能,有与过去未来、冥冥中不可知力量对话的神秘能力[①]。"桑

---

① 张炜小说《女巫黄鲶婆的故事》、《两个姑娘和一个笑话》中,已出现了作为乡村历史凝结物的老人形象,到《古船》,"老人"进一步历史象征化了。《秋天的愤怒》写李芒说田头老柳树:"我一看见它,就想起玉德爷爷。好像它就是玉德爷爷似的,蹲在田里,喘着粗气……咱老得在它的监视下做活儿……"当然张炜也写了并非作为上述象征物的老人——在一些意境单纯的篇什里。

树坪"则有它的智慧老人李言。类似角色,你不难由其他乡村小说中搜寻出来,似乎无此不成乡村,亦如没有村头那棵标志性的老树即不成村落。五四新文学到新时期文学中不断出现的智慧老人形象,比之流行模式,更出于知识者的深层意识。"时期性"在这里像是消失在了代际承续中。然而文学史也的确不止一度地嘲笑过乡村中的老人智慧[①]。相对于此,新时期的某些作品,又是一种有意的价值颠倒(或曰"复原")。文学中的老人智慧,其中有历史智慧,关于"过去"的智慧,也有人生智慧——极简朴实用,土地般"本色",是苦熬苦炼出来的,成色极之纯净。而智慧型(相对于女性化的情感型),又是一种男性标记,是"父亲"所拥有的力量标记。对老人智慧的敬畏,是传统社会最古老的现象[②]。新时期文学部分作品在这一点上的文化修复、"还原",是文化心理上的"返祖"的一部分。

最后我还想说,无论作者们出诸何种意向,意欲诉诸怎样的文化评价,这老年智者及其老人智慧,都不妨认为是一种苍老社会、过熟文化的象征。这里有中国古旧乡村的颜色。

"'中国是什么?中国是一个成熟得太久了的秋天。'数年前的一个晚上,我把这句话写在日记上。写完了,盯着它半响无语,眼里浮上来的都是吕梁山苍老疲惫的面孔⋯⋯"(李锐《〈厚土〉自语》)

大地与人

在自觉的意识形态化和不自觉的知识、理论背景之外,有人

[①] 如"农村三部曲"中的老通宝、《创业史》的梁三老汉诸型。新时期写乡村经济改革的作品,也有对老人保守型智慧的否定。

[②] 乡村智者,是农民集体经验的人格化。一时文学所写"树王"、"鱼王"等,也与上述乡村智者相似,如某种"结晶"。

类对自己"农民的过去",现代人对自己农民的父、祖辈,知识者对于民族历史所赖以延续、民族生命赖以维系的"伟大的农民"的那份感情。在这种怀念、眷恋中,农民总是与大地、与乡村广袤的土地一体的。用得滥调的形容,大地犹如农民古铜色的胸膛,或者反过来,农民正如大地般坚实、拙重与沉默。文学家已习惯于用"大地"状写某种人,但却只有在"农民—大地"这种关系中,那象喻才是更质朴更易于接受的。《大地的海》似的近于直接的大地礼赞,毕竟是诗的方式,小说中的"大地",通常须经由其人性化、人格化,经由具象化(为农民)而诉诸感知。这也是人们关于乡土、大地的实际经验形式。艾青的《大堰河——我的保姆》所写,不正是大地———位大地般的妇人?知识者(作者)为农民造像,拥抱与亲吻大地,也以此证明着自己具备感受某种巨大人格、宽广精神境界的内在能力。对于大地的上述激情中,又包含有人对于自身的敬畏,人面对"人"时的兴奋与期待,人的人格理想,人之于自身的赞美,之于无限可能性的渴求。

　　大地或许是一切自然物中,被人以为最有亲和性、伦理的和煦感,最平易朴实,最少神秘性,对人类最少敌意、最非"异己"的存在的吧。这种亲和感、"伦理感情",在中国文化中,具象为另一农民原型——"土地"(地祇)。这是其风貌大不同于智慧老人的乡村老人形象,是更具人情味、更平等的男性长辈形象。中国古代文献中的男性地神,未知经了一种怎样的演化过程,成了诸神中最人间化、最具人情味、最有世俗情趣的神祇的。比之神农、后稷等,其地位到后来的确更在民间信仰中。在民间、俗间,常常是个伧俗颟顸赋性温厚颇有点可笑的土老儿。有些处乡间的土地庙里,还不忘塑上土地奶奶———对慈眉善目好脾气的老夫妻。与同样世俗化、近于人事的灶君,都属于不妨被俗人调侃、戏弄一下子的缺少威风的一类神。乡下人说起"土地爷"或"土地公公",与北京老派市民称太阳为"老阳儿"(也讹作"老爷儿")一样,透着亲热呢。这里有农民的土地感受,农民对于土地的情感态度。这种情感态度与情感方式,自然又是原始性的土地崇拜在漫长的农业社会历史中淡化的结果,此中也有雅俗文化的分化,士大夫与农民、精英文化与俗文化的分化①。"土地"谐谑化了的民间形象中,有农民式的幽默感,他们的乐天,以至他们的生存智慧②。

"土地"原型,不可能不影响到文学的农民描写。在周立波(《暴风骤雨》、《山乡巨变》)、浩然(《艳阳天》)、李杭育、朱晓平、谌容(《太子村的秘密》)等人的作品中,可以察觉类似性格,以及笔墨间农民式的幽默趣味。

"土地"原型中的农民情感,与士大夫、知识者对于农民、土地的感激,呈一种有趣的对照。现当代文学中的此类"感激",部分出诸士的文化遗产,部分得自外来文化影响。古代中国文学中,有草莽英雄、绿林式的农民(《水浒传》等),有士大夫趣味的农民、作为农民与隐逸的混合形态的田父野老樵夫渔翁(大量的田园诗)。晚清小说,以及近代大批市民通俗小说中,甚至那种古意的农民也已罕见。"大地似的"农民形象及其文化意味,是现当代文学特有的现象。

上文已较多地谈到了"男人",农神、大力神般伟岸的男人,智慧老人型与"土地公"型的男人。需要补充说到的是,现当代乡村小说中的父亲们,有时更是一种历史力量的化身(与"母亲"形象表现出的伦理力量相映成趣)。罗中立题为"父亲"的油画,

---

① 上述民间信仰形式,与上层社会、帝王诸侯庄严的土地祭祀仪式成为对照,也与现代西方文化刻意为之的仪式修复、摹仿大异其趣。当然,帝王的土地(社稷)祭典的含义更是政治性的,又与一般士大夫的文化感情不同。

② "土地"的非信仰化,是否又有着农民的苦难经验,他们的命运感呢?应当说明,这里所谓"生存智慧",指"土地"性格中所具有的,与乡民供奉"土地"那种半是讨好半是糊弄的态度中所包含的聪明,后者中有小人物对付昏愦的大人物的一份传统。乡村小说中的老人,常常像是"智慧老人"与"土地"的复合,乐天谐谑而又富于智慧。如《古船》中的隋不召,《我的遥远的清平湾》中的破老汉,《在伊犁》中的穆敏老爹。

其震撼人心之处,与其说是包含于其中的伦理感情,毋宁说是历史感情——对"农民的中国"漫长岁月的深情回顾。本节已经说到,只有"农民的父亲",才足以负载这样的历史象征意义。大地般的男人,父亲,也包括了大地般的老人,如《人生》(路遥)中明达宽和无所不能包容拥有成熟的男性智慧的德顺老汉。乡村小说中常见这种老人。上文提到的"桑树坪"系列中的李言老汉亦属此类,不唯其智慧,而且其宁静豁朗的人生境界亦令人想到大地。同时,"大地般的父亲",又往往是生存意志的体现者。张炜的《古船》基本上是男性世界,充满着沉毅与强韧的男性力量,尤其是承担苦难、承受历史重负的力量。新文学史上路翎小说中的男人,新时期郑义小说中的男人,郑万隆小说中的男人,张承志小说中的男人,甚至"父与子"对比结构中的"父亲",其沉默的挣扎、坚忍的抗争中,亦有"伟大的父性",即使这些父亲们不免坚韧而又僵硬。老通宝(茅盾"农村三部曲")、梁三老汉(《创业史》)的悲剧意味也在于此。因而乡村文学中的男性,往往更苍老。即使如《古船》中的隋抱朴,《古堡》(贾平凹)中的张老大,也苍老如乡村历史,令人想到历史祭坛上供奉的牺牲。

我在这里更想谈论的,是现当代乡村小说中的"大地般的女人"、"母性大地"。

中国古代神话与传说中,男性诸神,如上文提到过的神农、稷、禹以至夸父等,都广为人知,也备受颂扬,"女娲"在普通人中,却像是个陌生的名字。民间信仰中,关圣帝君更有法力,土地、灶君更与人亲和(土地奶奶不过是土地公的老伴儿),"后土夫人"这一女性神祇,究竟不如"土地爷"更通俗化、更为俗众所熟知。女性神祇那里香火不断的,首推送子娘娘(又作"送子观音")。即使如本书第一章第一节所说中国本有女性、母性大地的古老概念,但"地母"成为重要象喻,仍然是五四新文学以来的事。前此的文学中更难以找出"伟大的农妇"。这自然与女性地位的极端低下有关。"大堰河"是现代文学的女性发现与女性形象创造。孙犁小说(如《荷花淀》)中的女人,张天翼小说(如《脊背与奶子》)中的女人,路翎小说(《饥饿的郭素娥》、《王炳全的道路》、《财主底儿女们》、《燃烧的荒地》等)中的女人,比之同作中的男人,更有内在力量,更能忍苦,像是为了承担与男子共同的苦难(甚至为男人承受苦难)而被造出来的;出诸男性作者笔下(寄寓了男性期待),确也通常是比之同作中的男性人物更惨烈也更优美地牺牲。①

当代作家亦长于写地母般的农妇。贾平凹的《天狗》、《金矿》、《浮躁》等作中,均有母性十足"菩萨"般慈悲、善良的女性人物。路遥《人生》中的巧珍,是这类形象中尤为动人者。这篇小说的部分情节,犹如"痴情女子负心汉"的古老故事的现代版,巧珍的命运,也是女人古老命运的现代版。小说中的女人,俨然在以其"牺牲"、"奉献"为复仇——一种弱女子的复仇方式。

长于写地母般的女人的还有女性作者。现代中国人在亨利·摩尔的那些雕塑之后,更容易接受以女体为大地象征的艺术语言了。文学则以文字传达这种亲切的躯体感、肌肤感觉。铁凝的《麦秸垛》中有一个胸脯与襟怀同其阔大,富于包容,宽厚得令人忧郁的乡下女人,"这个四十多岁的女人从太阳那里吸收的热量好像格外充足,吸收了又释放着。她身材粗壮,胸脯分外地丰硕,斜大襟褂子兜住口袋似的一双肥奶。……"在小说中,这是知青人物最生动地感受到的"大地":由其体态、神情,到心地。知青人物既在呼吸着这"大地"的气息时有感动——一个女人被另一个女人的温暖气息包裹时的感动,又震惊于女人命运的共同性,以及女知青对一位农妇精神血脉的承袭。这复杂化了小

---

① 《燃烧的荒地》中写道:"在平常的生活中,除了这些勇往直前的,充满着强烈的活力的女人们以外,很少人能抵抗得了社会底仇视。一般的男子们都不能抵抗这个,他们底负担看来是太重,他们底心情太复杂,在他们看来是坚强的双肩下面,多半是藏着一个软弱、暧昧的灵魂,在苦痛中他们变成了麻木的和冷酷的。……"

说的意义世界。

"母性大地"中,有更深刻的归依感,对于大地、乡土的刻骨铭心的伦理思念。"父亲"因其智慧形态(这里指历史智慧),更属于时间,而"母亲"的博大坚忍,则易于引起有关"大地"的空间联想。"父亲"由于其生活、文化地位而自然有一种高度,"母亲"则更像是与我们处在同一平面的。也如同在智慧老人那里,现当代文学在作上述女性描写时模糊了时期界限,也越出了通常"农民"的语义界限——像是更一般意义上的男人与女人,以及老人。这也有助于造成乡村小说文化境界的广阔混茫、意蕴的丰厚。

附注:

1. 乡村小说的作者,往往偏爱流浪汉型的农民,如沙汀《还乡记》中的幺爸,张炜《古船》中的隋不召。其他作品中有过漂泊经历的农民人物,如"桑树坪系列"中的李言老汉,《人生》中的德顺老汉,他们的魅力亦在其通脱的见识、豁达的神情——异于识见隘陋谨小慎微的寻常农夫。作者们的欣赏这一型(写来常有声有色),也如欣赏不守戒律的和尚,出于对异人畸人的兴趣。

乡村小说的作者写响马绿林一流人物亦常有精彩。如新文学史上端木蕻良的《遥远的风砂》,当代文学中莫言的《红高粱家族》、郑万隆的《老棒子酒馆》。赵本夫笔下的"柳镇"也是强人世界。那班强人"凶狠、刁顽、冒险、坚韧","在他们的血液中,总有一种不安分的东西在骚动。这和周围土著村庄纯朴憨厚的民风大相径庭"(《混沌世界》)。这类人物的魅力,其于知识者的吸引力,正在其异于寻常农民之处,在其对传统社会规范的破坏性,以及"人性"的复杂性。

第二节 土地意识与性文化

从文学对于农民形象的通常处理看,"农民"意味着最基本、单纯的生存形态。"食、色,性也。""农民",是"生存"的简化,是基本生命需求与生命活动。这里包含有"农民的真理",农民的生存实践。在传统的农民,土地与娘儿们,近于全部生活。然而这同时又是知识者对"基本生存"、对"农民"的理解、诠释。上述"还原",不消说也属于知识者的思维运作。

"'人走遍天下不过是为了张嘴。'大爷不也是这样说吗?那时她坐在大车上虽然不说话,却用心琢磨大爷的话。为了张嘴,一个多简单的道理呵。"(铁凝《闰七月》)当着话语搭造的幻境破碎,持久的喧嚣已造成了听觉疲劳,这有泥土味儿的朴素至极的农民的真理,会一下子楔入知识者饥渴空洞的心灵,使其有抚摸大地般的感动与顿悟。这是不同代的知识者(比如写《在伊犁》的王蒙与知青作者铁凝)的共同经验。

土地意识

知识者钟爱他们发现并大大地丰富了、诗意化了的"人与土地"这一重关系,这也是人与自然物的关系中被人描绘最充分的一种关系。居住于这星球的人类在表达其土地爱时已积累了如此厚实的经验,以至像是作怎样的努力也不可能再有所增添。然而作者们仍然不放弃努力,他们确也能不断搜寻出新鲜的诗句,将一种古老情愫传达得如清水洗过似地悦目醒神。

"……现在他什么也不想了,仿佛一切已经远去,而自己现在是在另外一个世界里了;麦子底香和泥土底醉人的气息开始完全征服了曾经是农民的金承德,他底脚尖深深地踢到土里去,他底鼻子在温热的麦秆上摩擦着。他做着迷胡的梦;口水流出来流在泥土上。……"(路翎《黑色子孙之一》)像这样,一个矿工一经扑向土地,他农民的灵魂就一下子苏醒了。似乎是,一旦生而为农民,即注定了永远是农民似的。农民的灵魂会抓住你,像老树的根须抓牢了土地。

即使当亡命之时,土地也会伸手牵住了人物:"他奔出来奔下了山坡,好像他要投奔到世界底尽头似地,可是,走过他底田地的时候他就在田边坐下来了。"(路翎《王兴发夫妇》)这简直是孽缘。我猜想,每写到这种所在,那知识分子作者必定自己先已醉倒了。他们必定会感动于自己的文字,因那份感情也像是他们本人的。

拾来想着二婶的那地。"他想着那地被太阳晒得烫脚,烫到心里去的滋味儿;想着那地腥苦腥苦的气味儿;想着那地种什么收什么,一点儿骗不得,也一点儿不骗人的诚实劲儿;……"(王安忆《小鲍庄》)比之上引文字,更有意追求农民式的朴拙,规避知识者的情感介入。①

"人家说他是土鳖虫,庄稼孙。笑他上炕认得媳妇,下炕认得鞋,出门认得地。他不急不恼,只说此话不对。他说无论如何娘儿们比不了地。"娘儿们还有闹别扭的时候,"那土性多绵软,怎么种,怎么收,怎么摆弄,都由你"(锦云《狗儿爷传奇》)。努力贴近农民的口吻,为此不避粗俗。

你因而可以相信,写这感情还远未穷尽知识者的才智、创造力呢。但也正是新时期文学,较之以往更蓄意地提醒着你,过分钟情,多半是知识者自己的情感特征。知识者对于自己的"土地爱",或许比对"土地"更为迷恋。经济改革、农民生存空间的扩张,提醒了某些久已存在的事实,使"农民"、"农民性"等固有概念面临质疑与修订。人们因而注意到,农民与知识分子的土地爱,其根据本是大为不同的;以往的文学,难免将其混淆了。农

---

① 张承志也有关于"人与土地"的生动描写。"他浑身上下都蒙着一层细细的黄尘,沾满黄土的脚丫片陷进垄沟的软土里,整个腿脚辨不清了,像是和这片黄土坡地长成了一个。""两个赤脚插进阴凉的潮土,他觉得从腿脚一直到腰杆都足足地吸满了那土地的活力。"(《黄泥小屋》)同作还写到庄稼人泥色的梦,那是一座黄泥小屋,屋后"一眼清凌凌的水井"和"能种麦子洋芋"的"黄泥地"。一个他所爱恋的女人较之上述种种,倒在其次。"傍黑时喝上一碗苞米糊糊,啃几口洋芋,坐在那泥屋前面,能看见远远近近的黄土山岗。"令知识者感动不已的,正是这梦的极端纯朴。

民不会像知识者那样,把土地看做一册巨大的历史文本,一方由历史遗骸积压成的文化化石。"大地母亲"一类念头与他们无缘。这不是一块能生长出准宗教感情、形上思想的土地,它只生长五谷杂粮。土地之于农民,更是物质性的,其间关系也更具功利性。他们因而或许并不像知识者想象的那样不能离土;他们的不能离土、不可移栽,也决非那么诗意,其中或更有人的宿命的不自由,生存条件之于人的桎梏。在这种意义上,人与土地的关系倒可以作为有关桎梏与自由的现成象喻的——你由这素被诗化的关系中竟读出了全然不同的文化意味。你被从传统的诗境放逐,为了"农民"所包含的普遍命运而心情沉重。你黯然于那泥色的人生。但谁又知道,这是否也是一种知识者的自作多情呢!

比之以往任何时候,新时期的乡村小说都更直率地描写农民的城市向往,这种向往注定了与传统的土地爱格格不入。①现代文学1920年代有丁玲写得颇为出色却不大被提到的《阿毛姑娘》,到1930年代,文学作品中出现在城市的乡下人,是被"破产"驱入城市的,凄苦无助、徘徊街头迷惘而乡愁着的(吴组缃的《栀子花》、丁玲的《奔》)。在1980年代一度极开朗的背景上,乡下女孩子的城市梦似乎也五彩缤纷起来。一时乡村小说随处可见因城市橱窗而神魂颠倒心思迷乱的青年农民。台湾作家王幼华的《两镇演谈》说那里乡镇的农民流向:"四乡的人想办法移到镇上来,镇上的人移到大城市去,大城市的人变卖了财产移民到美洲、日本。土地已经失去了几十年前和人密切不可分的

---

① 乡村小说写乡民以城市(往往是小县城)为乐土,写他们在城市文化冲击下的文化自卑,如贾平凹的《小月前本》。他们艳羡着城里人的消费文化,街头男女所显示的"自由"。李锐的《指望》写乡下姑娘"指望"嫁到城里去。矫健《河魂》中也有一个阿毛般被城里的文明人勾了魂去的乡下女孩子——强势文化的诱惑。上述小说所写,绝不只是农民青年的虚荣,这里有他们的文化觉醒,对"文明"的向往,对乡间传统人生的怀疑,合理地生活、做人的要求等等。

关系。……"

乡下人并非天生的土地动物。我在上一节中说到农民像是"常数",这里看来,其实仍然是变数。《小月前本》写小月的未婚夫与邻家争地,小月不屑地说:"我当是什么事,就为了一个犁沟界打得这样?"她进而想:那男子"为了一条犁沟可以与人打架,但为了爱情却不能"。"我王小月的价值都不如一个犁沟吗?"在乡民,真真是一种惊人的推论呢!"城市化"注定了要使我们在失去一部分"过去"的同时,失去与其连带着的诗意。这一进程改变着人与物的旧有联系,比如乡土社会中人对于"故家"、"故土"、"老屋"、"老井"的亲密的个人关系。人在改造其与物的关系的同时,不可避免地改造着与世界的审美联系。对此,知识者的反应总是分外敏感。

一方面是知识者强化了的土地迷恋(一时有过多少题中有"土地"二字的作品!),一方面是农民的离土倾向。当着知识者的"土地"愈趋精神化、形而上,农民的土地关系却愈益功利、实际,倒像是知识者与农民"分有"了土地的不同性格方面——超越的方面与世俗的方面,不妨看做不同含义的"地之子"。

依托与桎梏

农民之于土地的依托,是尚未走完的历史。法国18世纪百科全书派领袖狄德罗所拟词条"人",是这样的:"……真正的财富只有人和土地。人离开了土地就一文不值,土地离开了人也一文不值。"(《百科全书·人》)这"真理"至今仍具有简单明了的性质。这里的"人",自然不只指农民。当代美国的印第安诗人关于"土地"的诗,也仍如古老歌谣一样简朴明白:"没有这/还有什么/值得做的事呢。"(卡罗尔·阿内特)龚自珍的《乙丙之际塾议第十六》说过:"食民者,土也,食于土者,民也。"逻辑如此简明直接,真像是会万古不易似的。

1930年代的左翼作家如实地认为"封建制度是更深地表现于现有的土地关系上"①，他们也依据这认识，去写"关于土壤的故事"，力图去"写出土壤的历史"②。知识者有关"土地"的想法肯定不止来自当代理论，它同时也是由古老的观念文化、历史遗产中承继来的。"五行"说的木、水、土，均与"地"有关。佛教有"四大(地、水、火、风)和合"之说。观念文化甚至极可能包括了"土地—国土—国家"(社稷)的官方意识形态。社为土神，稷为谷神，建国则立坛以祀之，还有"受茅土"的仪式。天子太社以五色土为坛，皇子封为王者，受天子之社土，以所封之方色：东方受青，南方受赤等，苴以白茅授之。隆重的土地(亦国土)祭祀仪式、土地授受仪式，对于"士"的精神影响，是怎样估计都不至于"过"的。

乡民则有他们对于土地的依托感，不只系于"载"（天覆地载）的神秘感觉。李锐写乡俗："'按照这里的习惯，女人临产时要撤去炕席，到街上去撮一簸箕细土铺在身子下面，那个来到人间的孩子便是落生在这层黄土上的。'"(《古墙》)台湾作家萧丽红写彼处农民当死时，"往往要儿孙们在自家田里，挖出一角来埋葬即可"，"连死都不肯离开自己的土地一下"(《千江有水千江月》)，是这样的土生土死("入土为安"，且"恋慕坟墓")。《狗儿爷传奇》中的狗儿爷即使疯了，仍抛舍不下那地："独独有两样，不能横来。地和媳妇。就横了一回哟，都不回来了。不回来，咱去找。不是找她，是找地。有了地，没的能有；没了地，有的也没。亘古一理儿。"

文学一向长于表达这种依存感。似乎再也没有比作务庄稼、侍弄土地目的更简明，效用更实际、直接的人类活动了，而由一小块地所维持的生活，也具有最简单、初始的统一性。一片土

---

① 马子华：《他的子民们·跋》，春光书店 1935 年 11 月 20 日初版。
② 端木蕻良：《我的创作经验》，《万象》月刊第 4 卷第 5 期。

地与一个农户（或农夫），是何等完整的小世界！更重要的是，"人与土地"是"人与其生存环境"间亲密关系的最诗意最素朴的表达式。知识者醉心于那种一体感、合一感、依存感、亲属般的血缘与情缘以及这种关系中保留着的极其古老的人与自然间的神秘感应。《老井》的男主人公可舍弃她"以身相许"的爱，因为"所有这些对亲人的感情加在一起，也无法替代他对这块旱土，对这井的深深的，深深的挚爱！"他说："故土难离，根太深了！"井也即土地。"井"的古老语义本身就充满了暗示。新文学一再描绘过"流民图"：农民寻找着土地，由土地走向土地。这是农民人生的地平线，是他们的生存边界，也是愿望的边界，梦的边界。他们也怅想着地平线的那一边，但"那一边"对于他们也仍然是土地。

野人怀土，小草恋山，故"重死而不远徙"（《老子》），"死徙无出乡"（《孟子·滕文公上》）。甚至到了20世纪80年代，仍然相信"一方水土养一方人"，仍然会"离了地就像要掉了魂"（贾平凹《鸡窝洼人家》）。与其说土地属于人，毋宁说人属于土地。"安土"也因"知命"，土地即乡民的"命"——当代乡村小说提到的农民的"土命"。因而"农民"只能界定为与土地的关系，农民是赖有上述依附、归属而成其为农民的。这里适用那种经典性的陈述，即物对于人的统治；即使占有了土地，也并没有成为人对于自身的真正占有。

农民确也因上述依附而被土地所塑造。比如农民的政治保守主义，就是一种小土地经营者为土地所规定的性格。

文化传统与文学中的情感积累，鼓励了常规思维。新文学史上除了少数作者（其中有路翎），极少由依托与桎梏的双重含义，由"依托之于人性的束缚"，看农民与土地的关系。"人与土地"被片面化，在一定程度上也知识分子趣味化了。在这一方面，文学比社会学来得迟钝。费孝通在他的《乡土中国》里，谈到中国农民即使到了内蒙大草原以至荒寒的西伯利亚也要种地，"这样说来，我们的民族确是和泥土分不开的了。从土里长出过光荣的历史,自然也会受到土的束缚,现在很有些飞不上天的样子"①。他对此很感慨。

新时期文学在继续以往的诗意创造并翻新出奇的同时,应和了费孝通的慨叹。史铁生、朱晓平等都写到了乡民世界的狭小,乡民对其以外世界的懵懂无知——天真得令人酸楚。

20世纪文学热衷于诉说城市的孤独,这或许真的是一种更具现代趣味的孤独吧,但却往往忽略了孤独——某种意义上更孤独——的乡下人,虽聚族而居,却束缚于小块土地的千年孤独。当代文学中,何士光的作品似最有这种孤独情味。在何士光的作品,甚至是一种形式趣味。这孤独自然与城市孤独有不同含义,但对乡村孤独的发现,却可能出于敏感的现代心灵。

桎梏感与对乡民孤绝处境的痛心,使张炜的《古船》沉重不堪。他的人物把上述感受表达得惊心动魄:"……我们满身都是看不见的锁链,紧紧地缚着。"他们也以"出门闯荡"来试图"挣脱洼狸镇的羁绊,一丝一丝地挣脱"。无论表达上怎样地过于知识分子化,其力量都是在有说服力的"生活描绘"中积聚起来的。

你或许已经相信了,"土地与自由",并非一个生硬拼凑凭空悬拟的命题。农民的不自由,在某种意义上,近似于原始人类的不自由。文化人类学家对人类的原始状态持有与诗人全然不同的看法。你也会想到,当代文学中城市人因选择中的困境而引起的痛苦,比之乡村人生的无从选择,毋宁说是一种甜蜜的痛苦;城市人因规范化、机械化的操作而体验的不自由,较之捆缚于有限土地看似自由的农夫,也是一种甜蜜的痛苦。乡村的诗意的平静、稳定、安全等等,是以生活的停滞、缺乏机遇、排摈陌生、拒绝异质文化、狭小空间、有限交际等等为条件的,是以一切都已知、命定、相沿成习、是以群体(宗族、村社)对于个人的支配为代价的。新文学写离土农民,如王统照的长篇《山雨》,人物的

---

① 三联书店1985年版,第2页。

惶惑、乡愁,因了城市的故意,也因了"选择"所意味的风险性质,"选择"对于传统人格的挑战。新文学却无意于以"离土农民"喻指某种普遍困境,比如知识者走出乡土庇护、走出宗法家庭("狭的笼")之后,比如新女性("娜拉"们)出走之后……在新文学中,上述情境是只能分别解释,其间几无任何相似性、意义关联。

新文学与当代文学却习于以另一种方式表达对乡村桎梏的感知,和有关"自由"的思考。列维-斯特劳斯在其《野性的思维》一书第一章章首,引录了巴尔扎克关于"野蛮人、农夫和外乡人"思维方式的相似性的一段文字,中国现当代作家却往往以"野蛮人"作为与"农夫"相对的一极,一再选中"野蛮人"与"外乡人"呈现传统农夫以外的生存样式。如沈从文的写沅水辰河上水鸟般来去的水民。当代文学也选中了水民作为"农民式生存"与"农民人格"的对立物①,比如叶蔚林的《在没有航标的河流上》,李杭育的"葛川江系列"。"水上人一向看不惯缩手缩脚的。这是些大把花钱、大碗喝酒的汉子,连船家的娘们都有海量。他们钱来得爽气,也花得畅快。"(《葛川江上人家》)水上生涯的豪迈,正是田夫式拘谨精明功利的反照。知识者亲近农民,却偏又欣赏非传统农民的洒脱。"渔佬儿"因此常比"庄稼佬儿"风雅、诗意,与古典诗文中会"野唱"的樵夫一样,属于广义"农民"中的"名士"。这里有常人、畸人之别——中国士大夫素所留意的一种区分。

隐含着的关于"自由"的语义,也在流浪汉形象中。"流浪汉"在这儿是一种特殊身份,不同于寻常的离土农民。新文学史上,路翎几乎创造了整整一个流浪汉家族,其家族人物个个打着路翎本人的鲜明印章。这伙流浪汉品类芜杂,有农民、无业游民,也有知识者。在其中的农民人物,"流浪"最是一种人生选

---

① 贾平凹《小月前本》、《浮躁》写老一辈农民"安心做人,本分过活","年轻的一伙却又开始了在州河里冒险"。河里行船是一种人生姿态,以其生命之气的盛壮,以"受得大苦,也享得大乐"的粗豪气概,映照着勤谨本分的种田人的人生。

择:有意地与标准农民立异,以"流浪"表明对传统人生轨道的出离,对公认生活模式的背弃,染着路翎式的病态狂热,有夸张的反叛神情。作者在一系列作品中,让"流浪汉"与"农民"呈直接对照。但"流浪汉"毕竟是一种模糊人格,乡村的中国天然地不是流浪汉们的乐土。路翎在描写中充满了寻找、思考中的迟疑,焦躁不宁。他的"流浪汉"也分担了他本人的精神痛苦。"自由"原本难以界定,何况在其土壤极端缺乏的地方!

"桑树坪"的李言老汉,与"洼狸镇"的隋不召,是新时期文学中有闯荡世界的经历的农民。作者极力强调人物得之于"流浪"的通达见识与洒脱姿态。"流浪汉气质"使他们与庄稼人格格不入。作者以形象直接表达着对乡土人生、农民人格的省思与批评。

移民倾向:历史与现实

上文已经提到了农民的城市向往与离土倾向。这不属于新时期文学的题材发现。不同处只在对上述倾向的评价——"评价"自然又在描写中。

实际生活中,离土行为或者与农耕的发生同其古老的吧。土地的捆缚必然同时推动挣脱与走出,桎梏势必强化背叛冲动。到了帝王士大夫呶呶不已地鼓励"力田"、抑制"末作",当是在去农离田已成严重社会问题的时候。春秋战国时代有"游士",农民也有其"游",即"去农桑,赴游业"(游业盖指百工商贾之类)。于是,你注意到了古文献中的下述矛盾内容,一方面强调民(当时主要指农民)的安土重迁[①],另一方面又痛心于民的"游"。虽

[①] 《汉书·元帝纪》永光四年诏曰:"安土重迁,黎民之性;骨肉相附,人情所愿也。"《通典》卷一《食货一·田制上》引崔寔政论云:"小人之情,安土重迁,宁就饥馁,无适乐土之愿。"王符《潜夫论·实边》:"民之于徙,甚于伏法。伏法不过家一人死尔;诸亡失财货,夺土远移,不习风俗,不便水土,类多灭门,少能还者。代马望北,狐死首丘。……"

然"事末"者未必出乡,但百工商贾的活动,固有其流动性。

至于"离乡不离土"的"游",其来源之古、规模之大、发生之频繁,更加使人印象深刻。讨论这一现象,重心一向在"不离土",即上文说过的"由土地走向土地";却不妨同时注意,这毕竟是"离乡"。《庄子·让王》篇记述"大王亶父居邠",狄人索求土地,大王亶父曰:"……且吾闻之,不以所用养害所养。""因杖策而去之,民相连而从之,遂成国于岐山之下。夫大王亶父可谓能尊生矣。"《庄子》肯定的,是其不惜"离乡"(寻求新的土地)以"尊生"。这更是"农民的真理"。生存是第一义的,为生存而离乡(亦一种"游"),乃是农民的现实主义。因而有明代行经山西洪洞大槐树下的大规模移民,有南部省份来自中原地区的"客家",有山东农民的闯关东,有陕西农民的"走西口",更有华工的漂洋过海。《科尔沁旗草原》(端木蕻良)写闯关东的山东人先辈的剽悍,《老井》则写了老井村的先人由冀入晋重建乡土的历史。仅仅"客家"、"山西洪洞大槐树"这些语词,即足以令人想象当年农民离乡背井大迁徙场景的悲壮了。不止是迁流,更是由中原流向蛮夷之地! 其间"根"的拔除的痛苦与重建乡土的艰辛,是真正的史诗题材。可否认为,这漫长历史过程中农民的流动、迁移、"游"(包括迁徙与赴"游业"),作为其思想根柢的农民的现实主义,准备了近现代尤其当代农民的大规模离土? 农民爱土地;但当土地不足以维系生存或限制了可能的发展时,他们选择中的气魄与勇毅,或许远远超出了知识者的想象。

五四新文学写到了近代以来乡民的流动。除王统照的《沉船》、吴组缃的《栀子花》、丁玲的《奔》以外,还有左翼文学及沈从文小说中上海闸北贫民区的农民流入者,路翎小说中来自乡间的矿工。我在上一节里说到乡村小说的"父子对比结构"。儿子与父亲的不同,也在不过分沾恋于土地、乡土。《山雨》(王统照)中的青年农民,是终于在城市里谋生的。

推动农民离土,倒像是由战争提供了机缘。农民从"干禾堆里或牛轭后面"涌进工矿,走进军队,不能也不必再"抱紧那贫苦的,狭窄的小生涯以致于最后使每一块肉、每一滴血都化做泥土"(路翎《卸煤台下》)。新文学中有农民因民族解放战争的召唤而走出土地、乡土的颇具规模的画幅。骆宾基《一个倔强的人》中农民领袖号召乡民抵抗时,高喊着:"乡亲们!你们都是跑过关东,下过崴子的人,不用多说,有枪的拿枪来,有土炮的扛土炮来,你们在张宗昌老总底下吃过粮的,在海北挖过人参的,砍过大木头的;你们贩过烟土的,拉过山帮,当过胡子的,在东三省吃过日本人亏的,受过高丽欺侮的……到了咱们出头露面的日子了,到了咱们喘气的日子了,都来呀!别贪图你们那亩半地的地瓜了,别恋恋着你们老婆那两只绣花鞋了。……"由这一番壮语,亦可看出山东农民特有的洒脱豪迈、准流浪汉气质。战争将农民驱赶出乡土,行伍生活则使他们得以在广大地域走来走去。《山洪》(吴组缃)、《大江》(端木蕻良)都写了空间、眼界的拓展所引起的农民的精神扩张。当然,知识者对于以战争为历史机运更新民族也曾寄望过高,不免夸大了战争对于农民的"解放"意义。那在更广大的大地上走来走去的,仍然是"农民"。知识者及其文学还需等待,等待以生产方式的更大变更为前提的农民人格的重建。

名副其实的"新机运"直到新时期才姗姗而来。新时期文学也如写乡民的城市向往,一度用了响亮的色调写经济改革、农民在城乡间的流动所引出的传统人格调整。文学强调的不再是农民被赶出土地的被动性、非自主性,而是他们向土地以外寻求发展,开拓新的生存空间的主动姿态(如贾平凹《小月前本》、《鸡窝洼人家》);离土农民也不再祥子(《骆驼祥子》)似的向城市寻找类似土地的稳定可靠的生产资料(如祥子的车),以维持其乡民似的生存原则和价值观念,而尝试着最与传统农民人格牴牾的商业活动方式。小说也写到乡村年轻人消费观念的变动——农民外在形象的调整。一时的文学、新闻媒体无不对上述种种持乐观态度。人们确信乡村正发生着20世纪中国最重大的事件、中国乡村最具革命性的变化,热心地谈论着城乡壁垒的打破、城乡经济结构"一元化"的前景,预测着到2000年,我国将有两亿农民游离于土地①……

"农民"的界定问题也顺理成章地出现在这里。小说人物争论着"像"或是"不像"农民。庄稼人、农民的标准形象受到了乡村青年的揶揄。贾平凹的小说人物说:"唉,我当了多半辈子农民,倒是怎么不会当农民了?!"《老井》的女主人公说:"农民……农民……农民咋?低人一头?农民……农民就得破衣烂衫,就得土?"《河魂》中的县长还发表了一通"庄稼人这个概念开始变了"的大议论。

知识者又在一度夸张的乐观之后,看到了改造与重建工程的艰难。王安忆的《悲恸之地》写进城经商的农民因城市陌生感与城乡人之间坚厚的隔膜而终至坠楼而死的阴郁的故事,那种不祥之感与苍凉调子,是作者们在前一时不可能想见的吧。②

性文化

你会感兴趣于文学在两个时期——五四新文学与新时期文学——描写乡村两性关系形态时的差异,其彰明较著者,如:新时期文学中难得有沈从文"阿黑"系列的诗意化,却蓄意渲染了乡村性蒙昧、野蛮婚俗等"伦理黑暗",如张弦的《被爱情遗忘的

---

① 参看《文汇月刊》1987年第2期袁丽娟文。
② 刘恒写经济改革中的乡村,写释放中的情欲——包括金钱贪欲、征服、占有、侵犯欲,以至缘此而生的杀机;他写毁灭性的失败,也写"成功"的毁灭性。这是一片荒芜已久的焦渴的土地,即使洒落滴水,也会有欲望以至罪恶疯长。乡村"生机"必呈现为善恶交织。解放,也意味着"恶的解放"。刘恒之于社会转型、文化重构的由人性方面的把握,势必导向追求深度模式:深层意识、深层心理。这里有不同的作者对于经济改革中乡村"现实"的不同的反应方式。刘恒不规避历史情境的具体性而追求文化深度,与前一时某些寻根之作见出了区别。

角落》、赵本夫的《雪夜》、朱晓平的"桑树坪系列"等。叶蔚林的笔调原是宜于诗的,竟用了同一副秀丽笔墨写《五个女子和一根绳子》。以上算是其一。其二,五四新文学在写婚俗、两性关系中的残酷与野蛮(如罗淑的《生人妻》,柔石的《为奴隶的母亲》等)时,强调的是女性地位的卑下、伦理不平等,有意避开了性文化中的残酷①。一方面,文学服从于当时的"问题"意识(如以男女不平等为更重大、基本的社会现实),另一方面,也出于未必自觉的禁忌。新文学作者颂扬过"原始强力",在表现盛壮的生命力的奔涌时,同样选中两性间情欲作为符号象征。耐人寻味的却是,看起来颇为大胆地触动中国人伦理情感中最敏感部位的,表现出的又是敏感中一贯的节制、含蓄、分寸感。这里的"一贯",指正统文学的文人诗文。因而那个看起来粗野不羁的农夫,仍然是我们所熟知的。使之"发乎情止乎礼义"的,更是创造它们的作者的一份教养。作者们于此证明着他们逼视"生命"的眼光仍是怎样地小心翼翼。这种节制,极敏锐的限度感,不一定出于明确的规范。这里也有传统的文人心态。正是这种敏感处最足见出趣味的俗雅。这儿有一种充满风险的界限;在极关心"品味"的中国文人,一向有严重意味。

新时期文学不大尊重乡村文学已有的美学风范。作者们在面对乡村性文化的粗陋丑恶时,心态与前辈作者有了显然的不同。从维熙《走向混沌》一书写 1957 年反右后在乡下劳改中因乡民的猥亵玩笑而"意识到文学需要去伪写真"。"我甚至于反躬自问曾经发表过的那些小说,是不是歌颂光明生活的音符太强烈了?或许它从一落生起,就打上了为政治服务的胎记,使自

---

① 《为奴隶的母亲》一篇所写"典妻",出于习俗,是传统形态的畸变,描写也因避免涉性而不构成对读者道德与审美承受力的冒犯——事件残酷,见诸作品,却并不"粗鄙"。五四时期周作人等即有对于国外性心理学的介绍与对于落后的性意识的尖锐批判。五四启蒙思想的激进性,与文学创作中的某种保守态度,也可作为说明五四启蒙主义实际命运的例子。

己的艺术视野没有投射到这块粗犷的原野上来。"从维熙所反省的那种有意净化,由五四新文学看下去,是愈到后来愈甚的。两个时期的文学都有过某种粗鄙化——在新文学,主要是写城市之作,包括一时的左翼文学(丁玲的《夜会》、戴平万的《都市之夜》等),涉性的文字,有意追求粗俗,那也曾是文学的时尚呢。作者们或者以为"国骂"中更有无产者、产业工人的粗豪气概,也更见出作者的平民风度。① 因而以无节制地引入粗话为新时期"痞子文学"特有,实在是冤哉枉也。但总的看来,五四新文学的乡村小说,确实给人以纯净感。作用于其间的,也确实有文学传统积久的力量。

"风化"意识与猥亵趣味

上文提到作者们写乡村人生时自觉或不自觉的"化简"以至"还原",这里还得说,他们并未将对象"还原"到原始状态(新文学写乡村性文化时的有意净化,也是对原始性野蛮的清洗)。文学即使放纵想象追求理想,也仍然表现出对于农业文明的事实与乡俗人情的尊重。比如乡民的"风化"意识。蒙受几千年教化的乡民比之城市人,更有维持风化的自觉与挞伐淫邪的热忱。出于对乡俗人情的谙悉,文学在表现乡村社会的道德力量与群体意志时,最生动的,是对乡民舆论威力的描写。无论在新文学或新时期文学中,这都是最生动有味的"乡俗人情"。台湾作家李昂的《杀夫》写了井边女人。这井边的女人世界拥有一种对于同类执行惩戒的权威感,其实际杀伤力决不下于沉潭或祠堂上

---

① 写这种文字,不消说还会有新鲜的刺激,宣泄中的快感,在边缘处冒险的乐趣。而当时的作者(知识者)对一切贵族气、雅人姿态、绅士派头几乎怀着憎恶。粗话也是一种非士大夫化、非雅化、非绅士化。这种粗鄙化,在两个时期,都是自觉的文化姿态。

的棰楚(张天翼《脊背与奶子》)一类宗法制家族风味古老的私刑。井边(或村头,或其他乡民群集的场所)的道德挞伐同时又是乡间常见的娱乐形式。善良的村妇们在兴致勃勃地玩味同类的丑闻时,决不会想到那个耸人听闻的字眼"吃人"的。我在下文中还要谈到乡民以其婚俗表达的对于秩序的尊重。井边人言也出于秩序感,传统社会坚决的排异心理。

五四新文学生动地描摹过这类场面,如《春蚕》、《生死场》,这是作品中乡间日常生活的一部分。类似场面出现在新时期文学(如贾平凹的小说)中时,几乎毫无变化。在这种事件上,乡村依然是那样的乡村。李锐《清清的泉水》中说:"全世界最现代化的新闻机器,也比不上婆姨们的两片肉嘴唇。"这种公众对于私人事务的干预,出自集体的偏见与集体的私欲,是乡间宁静中最刺耳的不谐和音。

更愤激更尖刻地嘲弄了上述群体意志、其自以为是的"正义性"的,并不是乡村小说,而是以城市为背景的女性文学和写城市女性、新女性的那部分作品。如新文学中茅盾的、新时期张洁的、台湾当代女作家的作品。台湾作家苏伟贞《红颜已老》写人物由国外归来,不堪忍受台湾城市的声音压迫——那是因过分的人情关切造成的。张洁小说也写到对于窥视、侵犯以至闯入的烦躁与愤怒,对裸露(无隐私权)的恐惧等等。凡此,出诸城市文化所鼓励、助成的个人意识。

在乡村文学,上述"井边",已经属于那种可供作者发挥才力,却难有"发现"的情景了。新时期文学描写更生动的乡俗人情,或许更是乡民的猥亵趣味。如同上述风化意识,这并不是乡民社会特有的,甚至也不限于"传统社会"。到目下为止,它仍可以被认为是一种"大众文化"的固有品味[①],只不过在传统社会

---

① 周作人、刘半农五四时期曾发起征集"猥亵的歌谣",固然出于对封建伦理、正统文学的挑战,也出于对"大众文化"特性的了解。

的农民文化中,有其特有土壤及表达的具体性罢了。中国本没有西方那样由教会制造的性禁忌①,较古的古人,倒是对于"性"取一种通达率真的态度。然而传统社会势必发达起来的性神秘,仍然导致了性意识的暧昧化。两个时期中,只有极少作品,写及乡民有关心理的极暧昧的方面。如《红高粱家族》写兽、牲畜(大黑骡子、黄鼠狼、狐狸等)与人之间的神秘关系。小说写二奶奶被"雄性"黄鼠狼"魅住",有闪烁、隐晦的关于兽交的暗示,充斥着浓烈刺鼻的蛮荒气味。这还只是此作所写古老诡异的性文化形态的一部分。在莫言这部作品中,乡村性文化的暧昧神秘,是与乡民的思维形式(神秘直觉)以至整个生存形态一致的。更多的乡村小说,探究的是"性的迷信"所造成的性道德、性心理的畸态,而不大像莫言这样热衷于发现乡村人生的古老(以至"原始")风味。

周作人曾再三谈到中国人的萨满教倾向,渊源于生殖崇拜的"性的迷信",及由此造成的维持风化的社会性狂热②。这古老社会即使没有关于性交的罪恶感,也有自己极其发达的禁忌、迷信,如《杀夫》的男主人公认为"女人的经血会触男人霉头",杀了怀胎的母猪大不祥,因其"毁及天地间母性孕育生物的本源"。在李昂笔下的偏僻海埔,禁忌(塔布)更表现为粗野猥亵的关于性的戏谑(男人们)、暗示、私语(女人们)。上述语言行为在世界不同民族中的表现惊人地相似。塞林格《麦田里的守望者》的主

---

① 罗素说:"……教会使性道德成了一件比圣保罗所规定的还要困难的事情。不独婚姻外的性交是非法的,就是夫妻间的性交也是罪恶,除非性交的目的在于导致怀孕。根据罗马天主教教义,希望得到合法的孩子,事实上是性交的唯一合理动机。"(《婚姻革命》,东方出版社版中译本,第37页)

② 周作人《狗抓地毯》(收入《雨天的书》)中说:"社会反对别人的恋爱事件,即是这种(按,指生殖崇拜)思想的重现。虽然我们看出其中含有动物性的嫉妒,但还以对于性的迷信为重要分子,他们非意识地相信两性关系有左右天行的神力,非常习的恋爱必将引起社会的灾祸,殃及全群,(现代语谓之败坏风化),事关身命,所以才有那样猛烈的憎恨。"(岳麓书社1987年版)

人公,一个十六岁的小伙子,在几处见到"×你"的字样(一种"厕所文化"),他想,哪怕给你一百万年去擦,"世界上那些'×你'的字样你大概连一半都擦不掉"①。因此新时期文学不过摆脱了一点知识者、文人的洁癖,破除了一种也算"古老"的"文学禁忌"而已。

李锐的《锄禾》写乡民在名为"裤裆"的庄稼地里锄禾时的笑谑,那差不多是他们苦重的活计里仅有的消遣;不是文人们的雅谑,而是"活驴野狗的咒骂",且"骂得男人心里熨熨帖帖的"。史铁生《我的遥远的清平湾》中的破老汉,"骂牛就像骂人,爹,娘,八辈祖宗,骂得那么亲热"。这不是《山乡巨变》、《艳阳天》中无伤大雅的绰号之类,不是士大夫可以远距离欣赏的野趣,而是气味辛辣的直截了当的粗野。"性"除了用于"种根留后"外,也是一种"文化生活"。如此粗鄙的话语形式("活驴野狗"、"驴下的"、"狗日的"、"他是牲口"等),却又令人隐约感到乡民对于"人"的尊严的模糊意识。《锄禾》一篇意味深长的是,乡民肉体行为的坦然,竟使作品中知青身份的"我"羞愧难当——文人在粗野的俗文化面前常有的自我孱弱感。

乡俗的猥亵趣味,生成在极度的精神匮乏、文化贫瘠中:"入夜的时光往哪儿消磨?说来丑人,猪婆起草,种猪引苗,年壮青春的后生伢子团团围看。姑娘小伙成群结伙,黑暗里打做一团。"(彭见明《那山那人那狗》)有关作品尽管决无猥亵话语的展览,但在已习惯了"净化"的读者看来,仍不免像是美丑淆乱、生态芜杂,因未施蓐伐而令人看得不大放心。

乡民在"性"的方面活跃的想象力、生动的话语创造,与其风化意识,执行挞伐时的道德义愤,是乡俗人情中互为补充的方面,在传统社会的大语境中并无扞格。本节开头提到食、色,两项中,与"食"关系密切而直接的土地意识,较之伦理观念、性文

---

① 漓江出版社版中译本,第257页。

化更易于调整。这也由文学中得到若干证明了。

常态与非常态

新文学史上许地山的《春桃》,在一个长时期里,使研究界难以置评。说"畸态",说野蛮原始,都像是分寸失当,且有违于阅读中的实际感受。《春桃》并没有使得新时期文学中如《远村》(郑义)、《天狗》(贾平凹)一类作品失却了新鲜感,何况知道有过一篇《春桃》的当代读者原就不多。

"常"与"不常","畸"与"正",施之于具体事例、个案,常令人不免于踌躇。"……毕竟'道德'一词的本身就是从'习俗'一词演变而来的。习俗乃是道德,而习俗仍在变化,而且在各个不同的国土有着很大的差异。"①《清稗类钞》中的"婚姻类"、"风俗类"及清人著述所记录的非常态婚俗,可以作为上述作品(包括《生人妻》、《为奴隶的母亲》)的注脚②。而时至清代尚存的那些地方性习俗,其延伸到现当代,是再自然不过的事。

读其故事与《春桃》相类的《远村》、《天狗》,是令人百感交集心情复杂的。《远村》的作者本人说到自己插队时曾对乡村中"打伙计"、"拉边套"嗤之以鼻,"并困惑于对此倾注脉脉温情的村社舆论",最后才终于"颤栗地发见:这被扭曲的爱情婚姻关系

---

① 〔美〕约瑟夫·布雷多克:《婚床·序》,三联书店版中译本,第2页。译注:英文字"moral"(道德)是由"mores"(习俗)演化而来,系同一词根。
② 《清稗类钞》婚姻类"汉中乱伦之婚嫁"条:"汉中恶俗,往往有指媳以继子,招夫以养夫,甚且以胞弟妻其孀嫂,谓之转房。……且一女可嫁数家,曰放鸽。"风俗类"甘人租妻"条:"雍乾以前,甘肃有租妻之俗。盖力不能娶而望子者,则僦他人妻,立券,一书期限,或二年,或三年,或以得子为限。过期,则原夫促回,不能一日留也。""宁绍典妻"条:"浙江宁、绍、台各属,常有典妻之风。以妻典与人,期以十年五年,满期则纳资取赎。为之妻者,或生育男女于外,几不明其孰为本夫也。"〔清〕赵翼《檐曝杂记》记甘肃风俗,或即《清稗类钞》该条所本。

中,竟深蕴着那么朴素无华而感人至深的东西"。① 下文还要说到乡民那里"食"与"色"的孰轻孰重。本节开头所引铁凝小说里那句"为了张嘴",已够用来解释这里的"畸"了。《远村》、《天狗》中的"三角关系"决不出于文明人似的情感奢侈或性的贪婪,这更是一种生存组合、为了生存的组合,是一种生活互助的形式。文明社会的"情人"角色,出于饱食之后的情感(或者仅只是性的)需求,这里的"打伙计"却将情感需求系在温饱上。"他要活下去!叶叶和她的孩子们要活下去!""打伙计"的必要性亦在这"活下去"。"仓廪实而知礼仪,衣食足而知荣辱",穷到了极度,是没有条件关心"形式"的。"拉边套"是无可选择的选择。铁凝的《闰七月》中的七月,"为了张嘴"("人嘴像个无底洞")委身于铁匠时还心存感激。这也是严酷的生存条件下农民的现实主义。我还将在其他场合谈到,中国传统社会中最严整的家庭形式,仍然是由士大夫(尤其所谓"礼法士")创造的;大量的例外、规范外形式,在民间、小民之中。"习俗"里就往往有对于现实条件的顺适。见诸典籍,最迂执顽梗绝无弹性拒绝变通的,也正是士大夫们。

乡村文学在这种场合,感染着农民式的现实主义及思维、情感的质朴性。如《远村》、《天狗》所写,如《我的遥远的清平湾》中破老汉及其相好,决不使人感到是"畸恋"。那里呈现的,倒是非人状态中最人性的情景,是黄土中、石缝间挣出来的点点绿色。乡民的素朴理性与人情自然呈现在伦理昏暗的背景(不能否认上述伦理形态的落后)上,事件、行为的意味不能不繁复化了。

然而"常"与"畸"又毕竟不是望空虚造。文化(在特定时空范围)确有其常,这包括了更普遍更有覆盖性的"习俗"婚姻形式,及有关观念。我已经说过,农民是天生的秩序派,这里还须添上:乡民也有其"形式主义"(形式亦秩序),比如对于婚姻形式

---

① 郑义:《太行牧歌》,收入中原农民出版社版《老井》。

的尊重。李锐小说《合坟》写善良的村人为淹死的女知青撮合冥婚("配干丧"),这是他们所能表达的对于死者的最大善意。婚姻的神圣性给荒唐的"合坟"添加了一抹庄严。尊重秩序、注重形式的,甚至也是大度地容忍"打伙计"的《远村》中人,"在维持家庭绝对稳定的村社舆论中,'打伙计'不算什么了不起的事情,甚至还可传为美谈,而'端锅锅'却最为人所不齿"。"端锅锅"即离婚。因而女主人公命里注定了要夹在两扇磨盘间碾磨。本节已一再提到的铁凝的《闰七月》,其中乡民即使容忍了一个年轻女子与铁匠叔侄住在一处,也仍然要计较是否"明媒正娶"。他们把这两回事区分得清清楚楚,婚姻形式被认为是更实质性的。乡间因而又是种种偏见、歧视的滋生地。李杭育写农民出身的船长欣赏城里的"新式夫妻"、"外国派头",自己却非"新鲜大姑娘"不娶,不能要"二婚头"(《船长》)。我在下文中还要谈到,乡村文化(亦传统文化)上述形式的庄严性,与形式之内的冷漠亦成对比。

在对乡村婚俗、两性关系形态的呈现上,新时期文学所达到的复杂性,是较五四新文学为胜的,尽管真正有伦理深度的作品也实在算不得多。

另有一种文人素来更感兴趣的常与不常,即儒教文化与教化之外。对"化外之民"的欣赏出于微妙的文人心态,透露出深心里藏着的不安分、不肯明言的叛逆性,以及中国文人对逆向思维(或者说反常思维)的热衷。最漂亮的例子是新文学提供的,即沈从文那些写辰河上水手与吊脚楼女人的作品。新时期文学中情调略近的,如李杭育写葛川江人物的小说,倒令人有别种感慨。"秦寨男人都不大规矩,即便是讨了老婆的,有外遇也不算太出格。"但这又不意味着他们不尊重家庭。他们在"轧姘头"找"相好"(当地叫做"户头")时,仍然一本正经地认为"户头总归比不得原配。一个堂而皇之,那一个嘛……实在是难为情的。"(《船长》)葛川江人何尝真在"化外"!或许倒是这看似"化外"中的规矩、绳墨,更见出几千年教化的无远不届。倒是莫言的"红高粱",写人物在黑土地红高粱间的风流,略有沈从文早期作品(《野店》之属)的风味,恣肆狂放似又过之。

性文化中的女性角色

乡村小说所写乡民中,即使"基本"到了"食"与"色",也仍有主从轻重。食比性更基本,土地比娘儿们更亲。上文所引狗儿爷说"不是找她,是找地",说得有多么实在。轻重又转成因果:有了地就有了她,她是跟着地来的。因而小月论地与爱情的比价,才叫出语惊人。这种极细致不动声色(不诉诸理性分析)的观念探究,更出于新时期作者的文化兴趣,琐屑也因而转成重大。

新时期文学对于乡民家庭中女性地位的关切,集中在"女人与生养"这个传统题目上,这也是女性地位卑下的最具普遍性的证明了。"走遍天下也是男人睡女人,女人生娃娃。"(李锐《假婚》)"他叫她'哎',她也叫他'哎'。不能象别人那样,叫'孩他大','孩他娘'。没个孩子,连个叫头也没了。"(王安忆《小鲍庄》)她与他的地位以至称谓,都只能靠孩子确定。"他觉得这个娘们就是专给他生孩子过日子的,就是个不折不扣的娘们,家里的。搂着这样的娘们睡,睡得踏实,睡得实在。"(同上)由集市上买个大肚子女人,也像买牲口农具一样打算得极精明实际:"只要孩子能生到自己炕头上他就得姓郭!"(李锐《古墙》)至于为女人作价,亦如牲口市上的看牙口,看的是体态腰身。"能生养就行","看她那粗腰大腚,能生一窝哩!"(《小鲍庄》)"身板儿不错,能干活","腚盘儿挺大,能生出大孩子","奶膀儿大,日后有了孩子奶水旺"(莫言《球状闪电》)——彻底的"农民现实主义"、"实用理性"。这也是贫穷与蒙昧对于人(不只女人)的贬低。这小说中的农民文化,同样土地般"本色"之极。比较之下,李昂作品里一个受过西方教育的女人,只想以生养证明"自身有孕育另一个生命的能力"(《海滨公园》),那思路对于乡民,简直太深奥玄妙了。

贫穷与蒙昧多方面地贬低着人,对于女人的侮辱也同样是对于男人的,即使这里的男女对此都浑然不觉。李锐最有力的短篇之一《眼石》,写男人以允许别的男人睡自己老婆来显示权威或彼此示好。这男人事件中的女人是不被认为有其意志的。妻作为夫的所有物,可以用于补偿夫妻关系以外的关系。这也是绝对的男性价值统治下的纯粹的男人世界。

无论王安忆,还是李锐、莫言,文字中并没有太刻露的讽意。即使对乡民社会中女子地位低贱较多愤慨如李锐,当着在其力作《眼石》中呈现那浑浊的生活深处时,仍有意掘发包藏于粗野形式中的人性力度。但文学中乡村最浓黑的伦理暗夜,仍然是见之于女性生存的。由五四新文学到新时期文学,纵贯着知识者的启蒙主义激情。最愤激的话语,是女人非人。朱晓平笔下的桑树坪女人问着"女人是人呀不?"喊着"我是人呀还是猪狗!"(《福林和他的婆姨》)赵本夫的《雪夜》写残酷事件刻意用了轻淡优雅的调子,乡民对于残酷的麻木即见诸叙事风格。以文体的优美作为事件残酷性的衬映,使故事残酷得含蓄蕴藉的,叶蔚林那篇《五个女子和一根绳子》更是适例。用这种笔法,也是中国作家的长技。

最后不能不谈到的是,多出于男性作者之手的乡村小说,在伦理严酷中显示着非凡道德勇气的,是故事中的女子。这或可认为呼应了古文学中的大量爱情悲剧。男性世界也一向有其自省,无论出于何种动机、用了怎样的辩护。由五四新文学中张天翼的、路翎的、孙犁的小说,到新时期贾平凹、郑义的作品,都以生气勃勃、坚忍强韧的女性人格力量的表现而动人。在贾平凹笔下,她们不但质地坚韧、较少负累(包括罪感)、有道德勇气,也是山民中最具开放心态最先醒觉迎接新生活的人物。关于女人

"水性"的旧有形容,其意指关系也已不同(《老井》、《河魂》)。从古文学"风化事件"中叛逆的女子,到五四新文学、新时期文学上述女性人格,都隐秘或直率地寄寓着改变生活的期盼,有关描写也通常是乡村文学最富于美感的所在。

第三节 在群集中,死亡之际

这里是两种情境中的农民。现当代乡村小说中的有关描写未见得"深刻",却亦时有精彩。

在群集中

正是分散经营的、个体的、小生产者的农民,构成了这个敬畏群体意志的乡土社会的主要部分。乡民较之城镇居民更易于群集、纳入群体行动。这仅从乡村社会随处可见的集体权威的象征物(如祠堂)也可以知道。由节庆狂欢、降神行巫、祈雨祭社,到吃大户打秋丰,直至"揭竿而起",席卷天下,是传统社会历史上屡演的大小节目。问题更在于造成群体意志支配的心理机制。有人说到过家族集体主义。家族集体主义看起来很像是"分散"、"个体"的补充。乡村社会的集体意志崇拜,不消说是由宗法制所培植的,但"崇拜"却往往自行推广——不限于"家族"这一"集体"。历史上群体意志最声势煊赫的表现,无疑是大大小小的农民造反事件。日常状态下卑琐胆怯小心翼翼地关着门过日子的农夫,像是轻而易举地被非常情境中的"群体"裹挟而去。至于有意识地组织并灌注"组织观念"的,则是现代史上的革命运动。由1920年代的农会,到土地革命中迅速扩展的农民武装,到土地改革后形式屡变的农民集体组织——这一过程直至近十几年分田到户方告一段落。

五四新文学,尤其二三十年代之交兴起的革命文学、左翼文学,强烈地反映了上述事实,且大大发展了描写农民群体行为的艺术,由蒋光慈的《田野的风》,丁玲的《田家冲》、《水》,叶紫的《星》,张天翼的《仇恨》等,到抗战文学中的《生死场》(萧红)、《一个倔强的人》(骆宾基)、《洪水》(吴组缃),到《爱民大会》、《燃烧的荒地》(路翎)、《还乡记》(沙汀),直至写乡村民主改革的《暴风骤雨》(周立波)等,写"群众斗争"场面,无不有声有色,且隐约形成了一种戏剧化的结构样式。作品的高潮处往往人潮汹涌、万头攒动,以此为露骨的政治预言、有关"历史发展趋势"的象喻——《蛇太爷的烦恼》(张天翼)、《一千八百担》(吴组缃)、《苦难》(沙汀)等一批作品均如此作结,像是在以文字与戏剧舞台上的类似场景较力。甚至在艺术上,农民(人物)作为个体,其重要性也被群像的重要性掩过。冯雪峰评论丁玲的《水》,即合政治原则与艺术方法为一,以为该作"新的描写方法"在于,所写"不是一个或二个的主人公,而是一大群的大众,不是个人的心理的分析,而是集体的行动的开展"①。丁玲由《莎菲女士的日记》之属到《水》,跨度之大令人咋舌。《水》中几无"人物";同期田汉剧作《乱钟》、《战友》中的人物,则仅以甲乙丙丁或 ABCD 标示。《一个倔强的人》虽说明了是"一个",这"一个"却常淹没于、掩蔽在复数的"他们"之中。

在此期间,小说家写自发的或有组织的骚乱、革命,写抗日,甚至写难民群、流民图,不但气势充沛声态并作,而且在将乡民作为"群"的观察中,达到了某种群体心理学的深刻性。如《一个倔强的人》写"拉山帮"的农民为祭坛的特殊氛围煽动起的短暂狂热,那种因强烈暗示而被"诱入"的迷狂状态:

> 那些平日聚谈总忘不了喂牲口的时间的庄稼人,现在

---

① 《关于新的小说的诞生——评丁玲的〈水〉》,原载 1932 年 1 月 20 日《北斗》第 2 卷第 1 期,署名何丹仁。

完全浸沉在这神秘的夜景里来了。完全给这时低时高时缓时急的鼓声所陶醉了。只有在这种场合,才知道黑夜的魔力,等到柳世杰升起火来,人群在红艳的火辉里,更神往意迷了,喧声高腾,有人在焰火跟前很快的打了个飞脚,于是爆发了笑声,有人喊:"打套拳呀!"

……

那时鸡叫第一遍。啼声初开始,就给鼓声淹没了,打鼓手完全受高占峰那一注视的指挥而敲打的,实在谁也没有知道这敲鼓的用意。并且即使没有鼓声,人们也未见得能听得清楚鸡叫的声音,因为村外的马嘶声永没有休止,其中还有两匹公马鼻啸的短促声音,从那声音里可以知道它们一定在相嗅的状态下,刨着蹄子。注意到鸡叫的声音的,只有高占峰,因为他一直有着这预感,那就是他们听见鸡叫,一定会从狂醉的状态中惊醒,那时候,该突然会说是"给鬼迷住了!"记起他们的家庭和妻女。

这里由乡民结成的,仍不免是内里松散的"群"。群体狂热掩蔽着个人的自私、畏怯,个体固有的软弱性、动摇性。小说写领袖人物对上述群众心理的利用与估量时的清醒,亦有精彩。群体心理学认为,农民易于接受暗示,发生"移情",即依从他们内部的"父母"的声音,跟随某一必然或偶然出现的领袖人物,造成"群体意志"的幻象。这自然与传统社会固有的求同倾向,与农民在意识形态上的被动性,与宗法制下对于父母、家长根深蒂固的依赖,与缺乏精神创造力和自主人格,均有关系。这样的农民,从来易于为魔法所动,处于被催眠状态。这也解释了传统社会历史上那无数次卓有成效的农民发动,尤其借诸宗教、民间信仰、方术的名义、手段的发动。当然,诠释如此复杂的历史文化现象并非骆宾基上述作品的命意,他只不过生动地呈现了一个"发动"过程而已。

五四新文学写乡民群集,在更多的时候,只以气势、氛围胜,并未将群体心理的发掘作为既定目标。这种情况对此后的文学亦有影响。当然"群众"并未被视成铁板一块,其间有前进落后革命保守之别,更有阶层间的细致区分。这属于动态过程中的静态分析。一旦"群众"在革命、抗日一类行动中,其意志就是无可怀疑地向善(即向着人类光明)的,正义的。这行动中的"群"似无可分析,令人只震慑于其伟力伟观——这或许确也是知识者曾经有过的真实感受。他们将其领受的冲击,将其瞬间的惊讶慨叹,将其自我渺小感,都投注在场景的渲染、氛围的营造上了。

　　无论观察有怎样的粗疏,知识者毕竟抓住了一个方面的事实:分散的个体农民,是群体动物;乡民生存因其粗糙原始,更易于群体化。即使《山洪》这样的作品,也写出了"群"对于个体农民的吸引力,写出了自觉其软弱的农民对于群体行动的隐秘向往。这与现代科学对原始人类的发现不无相通之处。"在原始社会中,个人的全部精神生活,和在我们的社会里一样,也许还要更强地达到深刻的社会化。"[①]不如说个体与群体这种二项对立的描述方式本身,不大适宜于对象的复杂情况,它们太明确,太斩钉截铁,而"事实"却是参错重叠,互为渗透、覆盖的。

　　新文学史上也有另外一些写群体行为的作品,如许杰《惨

[①] 〔法〕列维-布留尔:《原始思维》中译本,第100页。同书关于"原始思维"还谈到"这种思维是稳定的、停滞的、差不多是不变的,不但在其本质因素上而且也在其内容上,乃至在其表象的细节上都是这样。这里,原因在于这种思维尽管不服从逻辑运算,或者更正确地说正因为它不服从逻辑运算,所以它绝不是自由的。这种思维的一致。反映了它所符合的社会结构的一致。""除了那些纯粹个人的和依赖于有机体的直接反应的情感以外,在原始人那里,没有任何东西比情感更社会化了。"(同书第102、103页)

雾》写械斗,写乡民间的盲目仇恨与彼此施暴①;如蹇先艾《水葬》写对同类(另一乡民)的群体杀戮,而且是兴高采烈地娱乐式的杀戮。洪深的剧作《青龙潭》写祈雨的村民痛殴并杀害乡村教员:以往的文学史著作一味强调其于知识者的训诫意义,未免将这"事件"的意蕴简化了。更值得提到的,自然还是鲁迅的《阿Q正传》。小说中乡民(及城镇民众)观看行刑的场面令人毛骨悚然,甚至麻木蒙昧如阿Q者,也被这人群表现出的冷酷意志慑住:那些看客们狼一般的眼睛,"又钝又锋利,不但已经咀嚼了他的话",而且"在那里咬他的灵魂"。②此外还有乡村小说所写更日常的农民群集,比如井边、水边女人的飞短流长、汹汹人言——乡民社会滥用舆论力量对个人的迫害。这些作品与上文提到的那一组作品相映成趣。

这里由人群体现的意志无疑是"恶"的。这属于那种拥有破坏力、毁灭之力的"群"。"群"的功能在于以其巨大的脊背屏蔽私欲、兽欲的宣泄而避免了诉诸"良心"。因而这无个性的力量中又包含着一切"人"的东西:嫉妒、贪婪、占有、侵犯欲,等等。当这种时候,个人在"群"的庇护下,卸却了习常的角色面具,放纵其虐待、施暴的原欲冲动。群体的宣泄通常也是更有效的宣泄。日常状态下其心理行为备受抑制的本分拘谨的农夫,比之任何其他人都更需要这种机会。这里的"群"的确像是"一个人"——在"个人"消失了的地方出现的一个虚假的"人"。借诸

---

① 胡也频有题为《械斗》的短篇。当代文学中,如郑义的《老井》、韩少功的《爸爸爸》,亦写了械斗。械斗中的乡民有超紧密的结合。械斗往往起于争水争土(争衣食之资),而绝非教义、义理之争——这里又遇到了农民的"现实主义"。

② 此作应与《药》、《示众》等并读。此外,张天翼的《脊背与奶子》、沙汀的《在祠堂里》、《兽道》等,写蒙昧麻木趣味卑下的看客,亦笔锋犀利。沈从文也屡写围观杀人的场面,其气氛犹如"乡村节日"。这属于乡土社会为人们见惯不惊的普遍日常的方面:体现于乡俗人情的冷酷的群体意志。乡俗人情,是模式化也习惯化日常化了的群体行为。新文学者于此有意弄破了为田园诗传统所钟爱的融和温馨之境。新文学者写这种消极被动看似无所作用的"群"时极其沉痛。

"集体"的名义对个人意志的逃避,是人类生活中随时可见的现象。因而不常、异常,又恰与常态、习常互为条件。其实所谓"常"、"常规状态"等等,未始不是先人之见的创造——在将其与"非常"、异常绝然对立起来时尤其是这样。仅由乡村小说中亦可看到,被以为不常的事件、行为方式,竟如此地充斥在乡民生活中。E. 贝克尔告诫说:"农民的精神远远不如蒙田要我们相信的那么浪漫。农民的平静通常沉浸在一种有着真正的疯狂元素的生活方式之中,因而它通过这样一些事情给他以保护:以世仇、欺凌、争吵、家庭纠纷所表现的持续不断的相互仇视和刻薄的暗流、狭隘的精神、自我贬低、迷信、以僵化的专断主义对日常生活进行的强迫性控制,等等。"①

正是个人赖为安全屏障的群体性冲动,使离心的个人、局外人处于危险状态。洪深的剧作《青龙潭》,其题旨的确不同于鲁迅的《药》。两作关于知识者与"民众"关系的思考,带有各自鲜明的时期性印记。《青龙潭》写改良主义的知识者与农民,因宣传意图,不免有生硬之处,却也令人看到了当"群"作为一个意志出现时,其极端的排异性,其对于知识者们所珍视的个人意志的无情践踏。剧中人物说:"现在人人都发了老极;有一个人不赞成迎龙王,别人就说那个人是不许乡下人求救命!"出于理性与教养(知识),既不能赞同乡民的"吃大户",又不能以稍许的"灵活",苟同于乡民的"迎龙王",知识者林公达被疯狂中的乡民打杀,至少有逻辑上的"合理性"。此作中非理性的乡民之群,为其时乡村小说所未见(剧本作于1932年)。作者写到了知识者的空想空谈无裨实际,也让人看到了知识者的理性与信仰在非理性的群体面前何等脆弱。对知识者处境与命运的上述洞见,自有肤浅评述所未及的深刻性。

与上述作品(其中甚至有经典之作)相比,当代文学并不显

---

① 〔美〕E. 贝克尔:《反抗死亡》,贵州人民出版社版中译本,第44页。

得更为深刻。现代史既是革命的时代,也是知识者意识觉醒的时代,虽有革命理论的日见普及,启蒙主义者有关国民性的惊人分析仍如枭鸣,并未即刻失去其刺激性。《阿Q正传》等作之后,巴金的《灭亡》、《新生》等,继续证明着启蒙思想入人之深。因而即使有"主导""主流",乡村呈现在新文学者笔下,仍非出于统一意志的设计完整的画幅,随时透露出知识者观察乡民社会乡民命运时所达到的认识深度。

  但也应当承认,当代作家提供了值得谈论的描写,至少证明着知识者认识能力的维持。朱晓平"桑树坪系列"写桑树坪人对外乡人的集体迫害,这尚属乡村的寻常事件;张炜《古船》所写乡民的集体肆虐致使"血流成河",更有惊心动魄的性质。另外两篇值得提到的作品,是贾平凹的《古堡》与郑义的《老井》。前者写乡民在催眠状态下的本能释放,较之上引骆宾基之作,显然出自更自觉的近代心理分析学说的理论背景。"……他们全脱了身上的棉衣,甩掉了帽子和包头巾,将那些废纸撕了条子,一条一条贴在脸上,带着钎子、镢头绕着篝火堆跑。皆横眉竖眼,皆龇牙咧嘴,似神鬼附身,如痴如疯。"但不久也就收拾起放逸出来的那部分人性,"清醒过来,又都恢复了往常的寡言少语的秉性,默默地坐起来,站起来,蔫沓沓地走散,消失于深沉的巨大无比的黑暗中"。具体刻画也较骆作用笔细密。写乡民借夜幕借人群屏蔽丑陋欲念,暂时放弃自律、松弛耻感时的微妙心理,略有所谓的"穿透力"。贾平凹写那种像是神魔附体般的骚动,充满了有关原始人类的仪式行为、史前文化在乡民社会中的遗留的暗示。作者蓄意让你看出某种沉埋于乡民无意识深处的原始力量,听出像是发自远古的语义隐晦的呓语,使你想到人(尤其农民)受制于自身历史的不自由不自主。正是农民,以其几近癫狂的本能释放原欲宣泄,证实了压抑之久、之深、之痛苦。这类群体性狂欢从来就有不祥意味,人们于非自主中执行的,更像是一种毁灭(包括毁灭自身)的意志。

人于这种状态下非但消溶于"群"而失却了"自我"、"个性",而且暂时放弃了其作为人的理性——却又正以情境之极端性作成了关于乡民社会日常状态的象喻。其意义或者不止于此,它还有可能是关于人类(不限于乡民、农民)心理行为的更"一般"的象喻。荣格说:"文明人阈下的本能力量有巨大的毁灭性,它远较原始人的本能更危险。"① 我们正由自己(而不只是乡民)的生存中,随时嗅出原始的蛮荒气味,那片荒原从来不曾真正消失过。由此回头来看,新文学作者好用"洪水"这样的题目,可惜从来没有将这原本生动的意象充分地利用过。贾平凹作为当代作者,当着写小说时,不免会刻意求深。他的用意深刻之作未必是佳作,但求深毕竟是导向对乡民社会深入探究之路。

郑万隆《夜火》一篇,也写到被诱入迷狂的那种情状。村人为"夜火"而追猪,如狼一样吼叫,"姚未名也疯狂地跟着跑,跟着喊。而且喊声越来越大,使他都不敢相信是自己的声音了。他跑着跑着,已经忘记了是寻找他的猪,而是追随一种什么强大的诱惑"。

上述那一类有浓厚分析性的描写在乡村小说中仍然显得特异。本节谈到文学所写革命、造反一类群体行为,以及集体肆虐、施暴,很少如骆宾基似的强调"下意识"。乡民通常是被作为自主行动着的人(虽然也为群体性的热狂所裹挟)描写的,他们虽是积习、自身蒙昧的奴隶,却未全然失却"理性"。其中写"革命发动中的农民"诸作,意欲突出的,更是"觉醒"。觉醒状态也是无须再作分析追究的。文学写乡民的"个体与群",之所以难以入深,也应由这"无须追究"负责。

郑义的《老井》像是一篇改写、扩充了的"愚公移山"的寓言,其中的"祈雨"一节,则是寓言中的寓言。写乡民社会这一寻常的仪式行为,难得见到有如郑义所写的庄严,悲慨淋漓。但你由

---

① 荣格:《心理学与文学》,三联书店版中译本,第236页。

那庄严的描写文字间,却隐约窥见了群体性的虐待。死于祈雨的农民英雄,是大众供奉于他们想象中的暴虐神祇祭坛上的牺牲。这鲜血淋漓的牺牲,总是被隐匿着狂欢冲动的民众抬上祭坛的。当这种时候,能令人最真切而毛骨悚然地察知民众对酷刑的嗜好。酷刑(或其他方式的施暴)永远是大众文化中不可或缺的观赏内容。

值得提到的还有,当代作者更长于在上述群体行动的场合,窥见农民式的孤独。这种因生产方式、因利益原则、因性格与命运而致的孤独,同时又是由农业社会的悠长历史、乡民生存的无穷世代承袭而来的。聚族而居的遵循群体行为规范、顺从习惯习俗的农民,其孤独或也更系于人类宿命的吧。贾平凹所写摹仿古老巫术行为而陷于迷狂的乡民,其利用假面正为了遮蔽真心。其中最孤独的,当然还是那个企图改变乡民命运的人(张老大)。王安忆的《小鲍庄》,通篇于平淡宁静里,流淌着乡村人生的寂寞。乡民在古老的和谐中,彼此并不相通,各自守着一份狭小的人生。小说散点透视似的布局,也像是为了与这"人生"对应似的。可惜还没有更多的作品,进入这人生的深处,将笼罩于"群"的巨大投影中的孤独,精细地描画出来。"个与群"像是太老旧的题目,却又常常正是这类老旧题目,并未得到过真正有力的阐释。

死亡之际

这里不说"生命意识",是因其包罗太过广泛。比如乡民对食与性的态度,亦根于生命意识。即使说关于死亡的"意识"亦会嫌夸张,因文学未必提供了考察乡民这一种"意识"的足够材料。所能抽取的,不过是散见于作品的乡民面对死亡时的某种态度、神情而已。

我们的文学作品中,"死"通常只有"情节意义"。死是一个过程的终结或转折,是突变或完成。"死"常常被用以"济穷":当作品难以进行下去或无意继续下去之时,召唤死神是方便的选择。而死本身则难得被作为探究的对象。即使有探究,亦罕能找到相宜而有力的结构形式。因而,萧红的《生死场》的构思、结构更见出别致。以生死轮回这一大线索统领全篇,以四时流转为段落标志,单纯自然之至而又意味深长。篇名就令人赞叹不已。这该是作者所能为此作想出的最恰切的题目。萧红以稚拙的笔与单纯朴素的心,抓住了乡民社会通常被忽略的最普遍的事实,即近于"浪费"似的生与轻易的死。似乎造物主将生命造得太滥,故此全不知珍惜。这生与死的麻木,令敏感的知识者沉痛,以之为中国社会中最深的暗夜。尚未自觉其为人,其为人之可珍,不爱惜同类以至自己的生命,生命岂非在暗夜中?知识者于此怀了一份悲悯。

鲁迅对此却别有一种解释。他在《偶成》一文里,提到"绥拉菲摩维支在《铁流》里,写农民杀掉了一个贵人的小女儿,那母亲哭得很凄惨,他却诧异道,哭什么呢,我们死掉多少小孩子,一点也没哭过。他不是残酷,他一向不知道人命会这么宝贵,他觉得奇怪了","奴隶们受惯了猪狗的待遇,他只知道人们无异于猪狗。"这样的民众因"见酷而不再觉其酷",倒是"会踏着残酷前进"。[①] 在《〈溃灭〉第二部一至三章译者附记》中,鲁迅又由小说所写杀伤兵,谈到西洋教士说"中国人的'溺女''溺婴',是由于残忍"的不确:"其实,他们是因为万不得已:穷。"[②] 这后一段文字,尤可与《生死场》相发明。

"生死场"大可充当一批作品的总名。如上文所谈到的施之于同类的集体迫害以至虐杀,岂非将社会作成生死皆不关心的轮回之地!当代文学中,《小鲍庄》由洪水写起,"引子"之后,捞

---

① 《鲁迅全集》第 4 卷,第 584、585 页。
② 《鲁迅全集》第 10 卷,第 336 页。

渣生了,社会子死了,生死都平淡。王安忆写乡民近于麻木的平静,笔致有近萧红处,却无萧作的那种沉痛(王安忆的淡然,可归入下文将要谈到的"当代倾向")。《爸爸爸》写仇杀械斗中生命的无谓消耗,神色的冷峻则令人想到了新文学作者。《古船》更宜于纳入这一总名之下。这部长篇写生与死,写虐杀,写洼狸镇一代老人的死,这死给予乡民社会的隐晦暗示,写新一代的降生,及与这降生相伴的凶险预言(铅筒之谜),写老的与少的,已死与方生,比之死更艰难沉重的生,两代人于代谢中命运的重叠,以及子一代挣脱锁链后的再生——整部《古船》犹如一幅乡民生生死死的大图画。《灵旗》(乔良)也写生与死,其中人物以为:"这世道的变化好象就是人生人死。没别的名堂。"似乎是,"历史"又回到了最基本的支点上:个体的代的存亡绝续。而那呈现于作品的无始无终的生死轮回,像是将"历史"澄清同时又使之更隐晦暧昧了。

也有些作者面对这一"生死场"而另有发现,这些作者正是被乡民死的宁静安详(同一态度亦可说是麻木)所震撼。何士光《种包谷的老人》中说:"这儿的庄稼人既不厌恶生,但对死也一点不怯惧。说起来的时候总是静静的,时候到了,就该回去。"朱晓平的《桑塬》中也说:"我非常吃惊,庄稼人说到死,竟同玩笑一般轻松。"李杭育《最后一个渔佬儿》、《葛川江的一个早晨》,都写到了人物(渔佬儿、船佬儿)生死之际的坦然。"据说寿终正寝、真正死而无憾的人,才有这心安理得的死法——出泡溲交代了,象儿童一样坦荡。"(《葛川江的一个早晨》)因而要换一种方式,才便于读莫言《红高粱家族》所写如生命狂欢般的生命屠戮,不至于讶异作者何以写得如此轻松(以至像是有点轻佻)。当代作者的发现与萧红式的发现,各有其"思想背景",你却不禁暗自猜想莫言式的轻松或许更近于乡民经验,虽然莫言分明将那片于生生死死中肥沃盛壮的黑土地神奇化了。乡村中国从来就有这一种因顺乎自然而宁静安详的生命智慧。《庄子》不论,宋代大儒张载那篇著名的《西铭》就为这种智慧所充满："存,吾顺事；没,吾宁也。"顺乎自然,或也是迄未将自体与自然同体中分离出来的乡民本然的态度。① 当代作者避免诉诸评价,多半也因不自以为有条件俯怜悲悯吧。

最惊心动魄的,当推《爸爸爸》结尾处的生与死。在盲目的无理性的仇杀、相互屠戮之后,老者从容就死,少者为保存生命种子而悲歌远行,却又是极理性的场面。到了活不下去的时候,关于生死的议决竟有如此的冷静："几头牛和青壮男女,要留下来作阳春,繁衍子孙,传接香火,老的就不用留了罢。"于是老的去死,临死的老人还铡牛草,谈天气,说奶崽的裤子,然后"面对东方而坐"："祖先是从那边来的,他们要回到那边去。"青壮年结队远行,"人影像一支牛帮,已经缩小成黑点,折入青青的山坳,向更深远的山林里去了。但牛铃声和歌声,还从绿色中淡淡地透出来"。在遥远不可知的某地,这支队伍驻下,又会有大批子孙生出来。——你疑心这个民族历经劫难(且是大劫大难)仍生生不息,也出自如此冷静沉着的大计划："几头牛和青壮男女,要留下来作阳春,繁衍子孙,传接香火……"

你于是得知"生死场"是可以这样描绘的。这也可以是乡民社会的历史图像。其中固然有麻木,却亦有平静与庄严。由简单的信念——将有传薪般的生息繁衍、生命传递——支撑的死的意志,其中寓有人之为人的尊严。

在乡民(以及市民)意识中,阴阳两界的界限,怕是从来不甚分明的。他们虽非《庄子》似的"齐生死",却有时也看死人一如生人,因而才有李锐《厚土》中《合坟》所写的郑重其事地"配干丧",撮合"冥婚",下葬时还不忘嘱咐:"慢些,不敢碰坏她。"原始思维的"互渗律"毕竟在乡民中更有存留。上述行为毋宁说是诗

---

① 当然,"重死不远徙"、厚葬、大造阴宅等等,亦属于传统文化(包括农民文化)。

的,是想象与创作。以往被简单地斥之为"迷信"的,又被人看出了其中的"美"来。

当然,平静地就死并不都可供欣赏赞叹。林斤澜《白儿》写饱受屈辱的乡下老汉自造坟墓,在生命尚存时将"光明"堵在洞窟之外,那平静从容(甚至并无怨尤)更出于无奈与绝望。作者的文字于有意淡然处,是含着怆痛的。郑万隆《夜火》所写乡民于丧仪之际的饕餮,则根源于卑怯和自私,亦属乡间普遍的陋俗。

对于同一种乡民态度,萧红的沉痛与当代作者的讶异欣赏,其间无所谓对否,无所谓是非——出诸不同的观察角度与评价眼光,背后更有时代、文化氛围的不同。由此一具体方面,亦可见诠释之难以穷尽对象——乡村社会可供文化发掘的宽阔余地。

第三章 "大地"的颜色

第一节 模式及其变易

本节试图由一个较为具体的方面清理文学"代换"的历史。这历史与其说是由简单而且势所必至的"否定"、"取代"构成,不如说由一些更复杂的联结形式构成。然而我们永远无法全部把握这种复杂性,我们赖以"清理"的永远是一些历史联系的简明易解的象征形式,比如这里正要谈到的"文学模式"。

如若把文学视为知识者的一种精神史,那么不妨认为文学模式集中地凝结了一代、一个时期知识者对世界的态度,他们对世界形式的把握,他们的思维方式、情感状态,他们最明确的认知方向,他们的兴趣中心,甚至那一代、那一时期的神态、情绪;最后,对于"文学"更重要的,他们与世界的审美关系。也可以换句话说,文学模式、艺术模型是一代、一个时期文化心理、思维方式等等的形式积淀。即使简单形成、沿用的粗劣模式也不免包含有上述种种因素,它们的存在依据永远比人们设想的更为充分。还应当说,"模式之外"(指任何模式之外)作为一种状态在文学中也如在其他思维领域一样不可想象。模式破坏者终于发现自己呼唤出了别一模式,是文学演进中屡见不鲜的事实。

即使持有上述观点,当着一种社会历史的把握方式几乎是径直地"转换"为文学模式时,由今天看去仍然不免显得触目。1930年代以来乡村文学中形式化了的阶级对立模型、社会阶级结构模型以及连带着的追求全景展现、追求严整的社会结构剖露的倾向,是直接长在思想史的背景之上的。认为鲁迅所写未庄、鲁镇是中国缩型,分明出于研究者的诠释,反映着研究者自身的兴趣与见识。就鲁迅作品而言,与其说"缩型",不如说"象征";象征不求取"完整性",也如鲁迅画人之对于真实的人,取其一肢一节一口一鼻而已。倘若论者当真从中寻找出了个结构完整的中国,不如把这"中国"的发明权归之于论者自己。而《子夜》(茅盾)的容纳"结构完整的中国"才真的出于明确意向。在其时更为拘执的作家看来,社会只宜于由"阶级构成"的方面来分析,及艺术地"复原"、"整合",每个人物都是一个合目的性的存在,有其确定无疑的结构意义。作为《子夜》创作背景的二三十年代之交关于中国社会性质问题的论战,被证明了不是偶然事件,其影响覆盖着 1930 年代以还漫长时期的学术理论界,牵系着这个时期的理论兴趣和理论方向。茅盾曾谈到《子夜》的创作构思为上述论战所启发的情况。文学构思如此直接导出自思想史事件,也许是更值得注意的,这里才有新文学以来的强大传统。

不是自鲁迅而是自茅盾始,新文学——尤其乡村文学——才明确地追求中国社会、中国乡村社会的结构性(而且是社会经济、社会阶级结构)呈现,追求这一种社会科学意义上的完整性,并形成自身传统的。这种以文学模式直接对应于社会理论模式的情况,是中国文学发展中极特殊的现象,在其初现之时,倒是理所应当地被看做对于既有文学传统、审美传统的"反叛"。还必须公正地说,模式并未形成在茅盾手里。如若在一个文学多元发展的时期,茅盾的创作方法不过是一种个人选择;即使在新文学的 1930 年代,茅盾选择其理论立场和作品的结构样式,仍然应当看做个人行为。所谓"模式"的形成当在个体取向群体化,理论立场已无须"选择"的那时候,因为已经有了唯一标准。当此之时,我们所说的这种"模式"才最终完成,并造成否定自身的条件。至于这模式之于创作的意义,更不可简单论之。直至"十七年",长篇小说的优秀之作多为农村题材,不能说不与上述传统和艺术积累有关。作为文学史的骄傲的乡村文学的史诗性,构思的宏伟与场景的开阔,乡村文学创作者的恢弘气魄,对于阔大时空的追求,也得益于"传统"。

顺便说一句,新文学两大题材(乡村、知识分子)之一的知识分子题材,到后来("十七年"及其后)渐少规模上可与之匹敌的作品,更遑论"史诗的庄严性"!即使新文学史上,除少数作品外,写知识分子的作品,通常也被认为可以容纳较为渺小的(即个人的)情欲,无妨守住小小一隅(而非总与时代风云相通)——或也曲折地反映出对于"农民问题"与"知识分子问题"不同的分量估算。因此之故,知识分子题材的作品,反倒有可能出乎普遍的文学风气,同时,也较少谨严宏伟构造精美的大作品。

那一时期的理论提供了最简便易行的解剖手段。过于沉重的社会分析的内容是乡村文学为其"谨严"、"宏伟"支付的代价。回头看新文学史上的乡村文学,你会发现,较之写知识分子的作品,这一部分创作更充分地体现着那时期主导的美学理想,以及作为那一时期文学基本特色的"理性化倾向"(以至使人感觉到某种理论态度);更强调客观性、结构展现的精确性,更强调"现实主义"创作原则,创作意识更明确,更排斥作者个人观点的介入,却又因此更"主观"(更体现时期思想对于经验事实的改造);因系出自理论化的意图、明确的艺术设计,(较之写知识分子的作品)少随意性,同时也少灵感,少即兴生发。这也应是乡村文学为其优长支付的代价。

共同的理论背景、创作方法和相似心态,自然造成了共同性选择——未必即是彼此"追随"。一望了然的,是主题的趋近:1930年代的乡村破产(茅盾的"农村三部曲"、王统照的《山雨》、王鲁彦的《野火》等),1940年代的"一个人的成长"(骆宾基的《一个倔强的人》、吴组缃的《山洪》、沙汀的《还乡记》等),更不必说五六十年代论"批"出现的作品。"趋近"的背后,是直接的思想史主题:二三十年代关于土地革命的思想,关于中国社会进一步殖民地化的思想,1940年代有关乡村民主改造的思想,五六十年代关于集体化的思想、关于新的历史条件下阶级斗争的思想,等等。无论得失,新文学史上的乡村文学,都更足以体现时期文学的特征,更值得作为研究文学思潮演变的材料。

乡村文学的艺术成就在一定程度上系于理论的严整性,那种文学题材的庄严性与理论思想的至尊地位有关,甚至那气魄也与笼盖一切的理论气魄有关,这是毋庸讳言的文学史事实。文学模式的确常常依赖发展得较为成熟(或曰"充分")的理论模式,后者对于前者的意义决不总是负面的。这同时又是过去的事实,不适用于变化了的世界,这是后话。我们在这里看到由1930年代《田野的风》、"农村三部曲"、《山雨》、《野火》,到1940年代末的《暴风骤雨》、《太阳照在桑干河上》,五六十年代的《创业史》、《山乡巨变》、《艳阳天》、《金光大道》,乡村人物的性格类型分布,"父与子"的历史层次,日益为阶级对峙格局阶级斗争线索所调整、规范,这也正是文学模式达到最终的完整性的过程。这模式已精致、完整到这种程度,即使没有"文化革命",也很难想象会再有超越《创业史》的乡村文学巨作出世。这里是"终极"。文学已将一种社会认识具象化到尽善尽美的极致。

倘若进一步推究上述模式的文学史意义,还应当说,演绎"理想形态"的作者,使自己失去了向无穷丰富的经验世界寻求滋养的机会。文学的兴趣本应在普遍概念、标准形态之外,在个别性,在无穷变幻的感性面貌。且不去讨论那个聚讼纷纭的"真实论",我们知道的是,在这一段文学历史之后,几乎整个社会(包括读书界和间接接受其尺度的人们)关于"现实性"的理解都狭隘到了惊人的程度,以至使企图修复、完善现实主义理论的理论家无所措手。"标准化"经由创作影响到接受心理。沈从文所写"湘西"不消说是子虚乌有的"世外桃源",如新时期郑义《老井》所写那种"没有老财"的村子,在"十七年"文学中也难以想象其存在,更不必说如《红高粱家族》的以村中"首富"、高粱酒作坊女老板为作品的诗意象征。"理想形态"有时也是"极态"。对"极态"的钟爱使作者无以顾及无穷丰富的所谓"中介形式"。被理论模式筛去的非稳定状态、模糊面貌、不纯粹性,也同样被文学模式筛去。一种普遍的信念是:世界是一个大村落,因而有可能像对一个村落那样了如指掌、无所不知,或者说无所不可运用现成的概念系统、推理手段"推"知。乡村,这一大片"生活",是由一个角度看取的,定向观察的眼光又被训练了同一标准的弃取。力图包罗万象的"百科全书"倾向,就这样与褊狭见解、狭窄尺度缠绞在一起。

理论的过分明晰不利于作者进入创作状态。对象世界的可分析性对于创作几乎是无关紧要的。创作要求面对混茫、整一。对于"解剖"、"分析"的嗜好终于使作者丧失了面对混茫整一的能力。因袭的结构化不但是作品的形式特征,而且正是艺术创造者的思维特征,是他们脑中贮以备用的固定图式。到后来,"分析"、"解剖"也仅余名目,只消在大格局上摹写标准样态,和以个性化的细节描写找补。我们还记得我们的评论界曾一度多么珍视"细节",那是文学性、作者的秉赋才华的仅余的证明,赖此使得一批出诸真正作家之手的创作与匠气的制作区分开来。

我们已经在淡忘曾经使用过的一整套的批评语言,比如"本质"、"规律"、"必然"等等——直接取自社会科学理论,其对于文学的适用性被认为是无须讨论的。它们保证并注释着"标准化"。"……乔治亚州一个邋遢女人纠缠了我们一生,只是因为当初伦敦一名小偷没有被处死。我们的每一时刻皆是四万年的结晶。"(汤玛斯·伍尔夫《天使·望故乡》)对于接受过标准化训练的思维,这种因果论简直是骇人听闻。"命运"这个语词的运用并未废止,但其所有的暧昧含义,对于"不可知"的敬畏,被以明晰的必然性和关于规律的乐观信念代替了。

我说到一个时期的模式化,并未说到这是个模式化时期。事实上,任何一种通用"模式"都鼓励(或曰促成)对它的逃避,都鼓励无视模式的倾向,都造成不同于自身的潜在模式,即使在那个有着"主流文学"、主导倾向、文学主潮等等的时期也一样。由此,文学仍然被证明为人的生命力、人的活力的最理想的表现场所。

　　我想到萧红。她的《生死场》、《呼兰河传》等,由命意到结构样式,都足以令人看做新时期某种探索的前导。《生死场》更以越轨的结构样式包容关于"循环"、"轮回"的历史、文化感觉,在强调历史进化论的主流意识形态面前显出特异。萧红该是令人嫉妒的,因为她以其天性的单纯诚挚,抓住了如"生"与"死"这样基本得无可再基本的生命环节,以春夏秋冬这样现成而单纯的自然现象为节奏形式,写乡村生命圈的封闭、无可逃遁的生命循环,使得后代作家被迫为传达类似感觉而寻找较为晦涩或笨拙的形式。至于描写乡村的"非阶级对立模式",可以想到路翎、张天翼、沙汀的有些作品。路翎由自己的思想趣味出发,在一个时期里更关心"农民—流浪汉"这一组对比。张天翼凭借的则是独特的经验材料。较之同代作者他更长于写乡绅;"乡绅"固然以"农民"为潜在对照,张的有些作品却使你感到,他的企图更在于写乡绅人物常见的市侩品性,而不限于当时一般理解的阶级属性。沙汀的情况略近于此,只不过他的写四川乡村土劣、袍哥势力,另有挖掘蜀中特有风情、文化面貌的立意。至于废名、沈从文迥异于主流文学的选择,更是近十几年被谈论较多的题目。

　　一种通用模式的破坏,势必赖有诸多条件的辏集:思维方式、认知方式的变动,审美意识的调整,其后还会有社会转型、旧有价值系统信仰体系的颠覆等重大事件的背景。即使仅仅是一种企图,也往往须有一代或一批人不同于前代人的目标意识,他们有别于前代人的意义追求,他们自己的文学功能理解、人生经验以至历史经验等等。对旧有模式的挑战,是一代创作者创造自己存在前提的方式。我发觉正是在"文化热"兴起的那几年，作者们发生了如上引汤玛斯·伍尔夫所说"我们的每一时刻皆是四万年的结晶"那样浩茫的历史文化感受。这种过于广大的因果论，瓦解着以往认识中明晰的学究气的因果链，扩张着文学的内容世界。

《古船》(张炜)将发生于边陲的战争，与农民的生存似绝无关联的"星球大战"，以及同样茫远的古莱子国交织于小小洼狸镇，造成极其寥廓空旷的时空感。无怪乎小说中的人物会推断河滩上吹笛子的跛四是邹衍托生。《浮躁》(贾平凹)也由神话、民间道教，由自然界异兆，由茫远过去，寻索决定现时乡村的广大的历史文化力量。贾平凹说："……我是认真来写这部作品的，企图使它更多混茫，更多蕴藉，以总结我以前的创作……"郑义则以对自然力的描写使他朴素的故事扑朔迷离。他笔下的狗、狐俨若山的精灵，自然与人之间的感应中似有极古远的生命联系，作品境界顿然见出旷远迷濛。至于李杭育，他对于理性态度的小心翼翼的节制，他的不动声色，有助于作品世界的混茫。当然你可以说，有意的混茫其实正出于发达的理性。李杭育说："……一个好的作家，仅仅能够把握时代潮流而同步前进是很不够的。仅仅一个时代在他是很不满足的。大作家不只属于一个时代，他的情感和智慧应能超越时代，不仅有感于今人，也能与古人和后人沟通。他眼前往往着现世景象，耳边常有'时代的召唤'，而冥冥之中，他又必定感受到另一个更深沉、更浑厚因而也更迷人的呼唤——他的民族文化的呼唤。"[①] 莫言则以对其"感觉"的钟爱，使"意义"在传统眼光中显出模糊。他较早的作品《三匹马》竟然只写对人对马对其间故事的那点奇异感觉，把一个原本可能意义明确的故事写得闪烁飘忽。他说："……我用低调观察着人生，心弦纤细如丝，明察秋毫，并自然地颤栗。"

---

① 李杭育：《理一理我们的"根"》，《作家》1985年第9期。

(《白狗秋千架》)即使《透明的红萝卜》,你也难以归结"主题",纵然有,它也被感觉结成的奇幻意象遮蔽了。与"红萝卜"语义关联着的是什么?理想?何其生硬的概念!你宁要本来的"语义未明"。"红萝卜"这一意象本身,那一片色彩缤纷的文字,就是作品的魂儿。

对于模式,"破坏"或"摆脱"的一个可行步骤,正是"模糊化",将一向被认为不言而喻的明晰认识、结论、线索、因果归结模糊化。张炜写宗族势力作为一种政治文化力量,使他那部由以往"题材学"的观点看来"写农村经济改革"的小说,减却若干明晰性,添加了某种因文化根须深藏、渊源古老而来的神秘晦涩。王安忆的处置像是更别致。她以其惯有的散漫琐细,绕过旧有的意义框架,以似无目的,避开过于急切的"主题"趋赴,以大量(被通常视为)"剩余材料"的松散铺排营造她自己的意义空间。从容而郑重地叙述"无意义"过程,即足以酿造出一种"意义"。常规的叙述方式正为了使人相信这一点并顺从地适应作者的价值态度。这种赋予琐细事物本体意味的叙述,不消说与文学久已习惯了的价值论、意义论扞格。其对于旧有模式的出离,是不动声色地达到的。李锐别是一路。《厚土》系列一出,吸引了风格上有"同好"者。李锐本人所追求的,非止家织蓝印花布那样粗糙结实的手感,粗制木器木茬在外的朴质。他那一组小说中的佳篇,极讲究文字的质地、语词组合中的张力,追求鲜明的形式美感和"短篇小说特征"。他以对"生活"的独有感觉和对感觉的传达,以对"生活"的自出心裁的截取,使你艰于寻常的意义归结。在阅读中你被看似"本色"实则极用人工的形式技巧迷惑了。作者的企图则更在使他的小说出于"文化决定论"和其他简明的"决定论"的阐释能力之外。更有"革命性"的,仍然是较为后起的一批作者有关文学功能,有关小说结构原则,有关文学、小说与经验世界关系的理解。马原的小说人物说:"小说是反映人的精神活动的,是表现人们的生活的。然而生活是早就开始了的,无所谓始,也无所谓终。"(《零公里处》)你不能设想在似"无始无终"的小说时间中,意义还能像往常那样酿造出来。

我注意到了新时期写乡村的作品那一种模糊而混茫的命运感,"命运"在这里,恢复了其语义本有的模糊性。一向由社会层面理解的农民命运问题,被置于文化层面,于是一些宗教气味的概念,如"宿命",如"轮回",一时成为流行用语。这类语词和有关意境,最初正是被用于对一种思维和表现的模式立异的。

你在《古船》两代人命运的重叠中觉察到神秘的命运力量。隋抱朴"突然意识到自己和父亲当年使用的是同一把算盘!两笔账在某一点上相契合了"。深刻的宿命感使这整部作品沉重不堪。"老隋家的人就是有折腾自己的毛病,白天晚上折腾,折腾到死。"老井村人宁以血以死换水而不愿迁徙,也俨然出于某种庄严的命运领受;"宿命"在这里,更像是"历史文化(包括家族文化)负累"的另一种说法。制约着人的复杂因素,并不总能够厘清的。"命运"是对一切难以参透的人生奥秘、不易索解的人生现象的归结。中国的乡村因过于古老,其间的神秘更是非"理性"所能穿透。① 新时期文学像是用了借自异域的眼光,才发现了这神秘。② 就这么一点感觉,即将寻常事物的意义改变了。承认不可知、不能解,也会是一种认识的进步的,这并不就意味着放弃了"认知",它本身也是一种认知形式。

明亮的电灯光注定了要与"梦"为仇,而乡村正延续着几千年的大梦。昏昏然的烛光、油灯光、灶火光下更宜于说梦。乡村世界自有它的具象与抽象、世俗与哲学、梦与真。我们的乡村文学却处处实在,像脚下的土;乡村本是保存"过去"、收藏"故事"的所

---

① 即使"儒教文化"覆盖的乡村,也比城市更能容纳人关于自身的幻想,更能接纳参与人事的鬼神世界,更能保留神话思维。只是当上述种种被刻板划一的形、线排除了之后,才有了如文学所写的"现实的乡村"。

② 也因"借自异域的眼光",乡村神秘常常不像是出诸感觉,而是出于意念。一时写原始性、谈玄说禅成为风尚,难免没有以艰深文其浅陋的平庸之作夹杂其间。

在,我们文学中的乡村却一味平实干燥。那是不负载"过去"的"现在",无梦的夜,没有幻景的白天,每一个具体求生的日子——这与其说是"乡村",不如说更是中国知识者的乡村理知。那是一片对应于中国知识者的社会结构意识、社会斗争意识的乡村,是一片意识内容太过清明、被理性仔细整理过了的、澄清了滤净了的乡村,清晰到了使人惊慌,"逼真"到了不真实。这是一个幻想与梦无所容身的世界。在这里你处处感到知识者对于自己乡村观察的坚固自信,不但相信乡村已"尽收眼底",而且相信自己正代乡下人说话,以至自己就是"乡下人",却忘记了"知识"是那样的一种东西,它使人在获得它时必有所丧失,比如丧失农民式的"感觉"与"想象"。因而我宁可把那些文人笔下的乡村文学作品,看做寻索知识者与农民间文化联系(包括其间文化差异)的材料。我也不认为新时期乡村文学找回"乡村梦"即是打破文化壁垒。其中最吸引我的,毋宁说是知识者自身认识(不限于乡村认识,也不限于认识内容——还有认识工具)的进步,与文学的进步。

模式破坏中最激烈的行动,是神话结构、象喻系统的运用。《爸爸爸》、《红高粱家族》等,都可作为这种努力的实绩。正由作者们的这一番努力,使最称稳健的乡村文学脱出对经验世界的追摹,令人感到形式创造与意义开发的巨大可能性。关于《红高粱》的"现代神话"意味,季红真已有论说。《爸爸爸》则是形态更完备的寓言,通篇由系统化的象喻构成,而且被公认喻意深奥晦涩。另有一些作者,寻求返回最基本的生存命题,最基本的生命形式,如邓刚那篇类似《老人与海》的故事,如郑万隆写边鄙山民的系列小说。当"人"被覆盖太厚、修饰太过时,出示近于原初山野中赤条条的人,是最能醒神的。《老井》所写,剥除纷杂枝叶,真正动人的一幕,是人对于自然的献祭,是"牺牲"的仪式行为,是"牺牲"这一悲壮的主题。基本性、单纯性,也由另一个方面模糊着更改着习见的作品架构,使创作脱出对"生活"的笨拙摹仿。

即使自信其"再现"、"摹写"的作者,也只能在事实上提供关于经验世界的象征。然而自觉于此,从而更充分地运用其对于经验世界的诠释权,刻意营造象喻系统,使创作脱出对"生活"——或者不如说是对一种理论形态的摹仿,自可期待为创作带来某种变革。

知识分子主体意识的复苏,社会转型期个体意识的强化,和作者(尤其知青作者)在非常态的历史运动中积累的个人经验,构成了不同层次的背景。并非仅仅由于外铄,说出个人的乡村感知,也迫使作者寻找各自的表意系统。应当承认,对象征、神话结构的热衷,的确是与权威理论受到挑战后作者们急于表达各自的意义发现这种强大的冲动相关的。那些标明题旨、"寓意深刻"的象征形象,出于一时期文学对"意义"的无餍追求,是为扩张"意蕴"而被精心营造出来。

问题不在于技术。这里缺乏的,或许如那位瑞士心理学家所说,是关于"一种超越了我们今天的理解力的意义"的"暗示"①。在这位著名的心理学家看来,艺术的象征性不在于明白说出早已不言而喻的意义,而是"意味着有人在推测、预示着这一事物那隐蔽而不容把握的实质,在费尽心力地要用文字捕捉住那躲避他的秘密"②。这显然不是指我们的作品里那些意义裸露的"象喻"。形式过分凸显和刻意求深的风气,固然利于突破成规,也利于取巧,比如使缺乏知觉能力的作者假借"理论化"以文其浅陋。由新文学至今,我们已一再看到得之太易的象征符号如何被作为负载流行观点的通俗形式,败坏着欣赏口味的,它们非但不"启示"、"暗示"某种"超越了我们今天的理解力的意义",且适足以为思索设置限阈。

共同的难题似乎在于找到一种结构去实现意义重组、意义发现,经由重新组织创作思维,使陌生意蕴在与形式的相互包容

---

① 荣格:《心理学与文学》,三联书店版中译本,第115页。
② 同上书,第162页。

中自然生成,开出一片仅止属于自己的新地。仅仅有了对"自由"的许诺是不作数的。创作思维、艺术想象的"自由",作为一种心灵能力,须用了大气力去获取。没有对于锢闭了自由心灵的"模式"的突破,稍为自由的"构造活动"就压根儿不可能开始。因而郑义自愧乏"灵秀之气",只能"笨笨"地"写实",实在太苛求于自己了。每一代人只能用他们的方式思维。他的同行挖空心思搜寻传说、神话、禅或道的玄虚思想,却终不能如他们所崇仰的加西亚·马尔克斯似的气象恢弘诡异,笔下"现实"与神话的浑融如鬼斧神工。你也许会说,作者们自己被"长牙齿的土地"咬住了。我以为他们正是忠实于自己的经验,自己对于世界的感觉和感知方式。透过经验的组织方式反映出的,是这一代尚没有(或者说"没有可能")真正形成属于自己的历史经验模式。都在形成、生成中,又都难尽如人意。

也许,文学史上那种如朝代更替似的思潮演变、形式代换还会发生,但"思潮"与"模式"从来不是同步出现的。文学演进过程中确有一些难以易移的东西,使"史"见出延续性。又有新人、有后知青文学被人许为"颠覆"。这或许是真的。如若他们当真"颠覆"了什么,也一定是在别的一批人"模糊化"、局部变通的基础上,尤其在那种艰苦的摆脱与创造的努力、对于可能路向反复选择的基础上之颠覆。在讥评上一批作者成为时髦,成为"青年才俊"炫示于人的标志时,郑重地回顾文学史上几代人的努力,或许不是无聊之举。

第二节　色彩斑驳

——读作品札记

色调:代际差异

任何一个文学时代,呈现于作品,色彩都是斑驳的。因而代际比较纵然不是绝无可能,也是太困难的事,势必要有所省略、无视、避谈,使"代"的实际涵容缩小,将"代"片面化、简化。我自知难逃定例,所幸这里只说关于"色调"的印象。"色调"本身即模糊,"印象"更是"主观"的——于此已申明了"局限"。

五四新文学写乡村,其彰明较著者,有两种呈对比的色调,一种上承古代田园诗的传统,写偏于静态、稳态的乡村,而注重均衡匀称的形式美感,追求美感的"纯净"——废名、沈从文是公认的大家,何家槐的部分作品,风致亦近之。以往的文学史,以之为非主流现象;所谓"主流文学",则主张写革命化的乡村或破产中的乡村,见之于作品,即有传统诗境的破坏,有非均衡不匀称。只是"主题"、意图当呈现于文字,其调子即生出诸种差异。自然更有大量不便类归的作品,如鲁迅的《故乡》、萧红的《牛车上》等等。同一作者(即如沈从文)笔下,亦有题旨、色调的变易。

上述两种极态,倒是可以由当代文学中找到其对应物,"比较"也更易于在看似相近间进行。

古代田园诗(及田园诗风的散文作品)中的和谐,也来自乡村生活固有的和谐。这和谐即使在革命时期也仍然存在,而且会长期存在下去。这里尚未及于人们关于这和谐的记忆,这种记忆将更是长久的。写乡村小景较易达于优美,已屡被证明了。这自然因依于文学传统,中国知识分子由"文化"陶养而成的近于本能的审美能力。到新时期,刘绍棠的《蒲柳人家》之属,何立伟的《白色鸟》等作,引起的毋宁说是重睹旧物的欣喜①。其实

---

① 社会动荡使人的情感生活粗粝。将乡村诗意化的心理依据之一,是大动乱中积蓄起来的向乡村寻求抚慰的愿望。集中发生于城市的政治热狂、暴烈行为,使人们梦见了乡村的和谐恬静。史铁生、王安忆、朱晓平都写了人物于乡村宁静与城市喧嚣间的感触。《大刘庄》(王安忆)写大刘庄时,突兀地插入以下城市场景:"在一千里外的北京,正进行着一场江山属于谁的斗争。一千里外的上海,整好了装,等着发枪了。"强度对比,唤醒着人们温柔细腻的文化感情。我想,孙犁那种疏淡优雅之作,或者也由类似条件助成。

乡村小说的作手,大多能画如是漂亮的斗方小幅。那小小一景,常是最能勾起乡愁的。写这一景,文字之美,也似不假人工。刘绍棠的《蒲柳人家》写乡间黄昏:"鸟入林,鸡上窝,牛羊进圈,骡马回棚,蝈蝈在豆丛下和南瓜花上叫起来。月上柳梢头了。"史铁生《我的遥远的清平湾》写归牧:"傍晚赶着牛回村的时候,最后一缕阳光照在崖畔上,红的。"

莫言让他那芜杂的语言材料发出一片喧嚣,将乡间涂抹得一派火炽时,仍能随手一抹,以简朴的文字写出令人心神宁适的乡村小景,寄寓他同于常人的乡村眷念。"雷雨过后的路面还很潮湿,被激烈的雨水抽打过的路面粗砺干净,低凹处凝着一层细软的油泥。小毛驴又一次把清晰的蹄花印在路上,那星星点点的矢车菊开得有些老了……""村子里已经炊烟升腾,街上有一个轻俏的汉子挑着两瓦罐清水从井台上走来,水罐淅淅沥沥地滴着水。"像这样写乡间酒店:"泥巴柜台上放着一只青釉酒坛,酒提儿挂在坛沿上。"[①] 似不经意,已境界全出。画鬼容易画人难,不经意而"工",才更是中国作家写乡村的技艺入神处。

贾平凹的作品中古雅精致的小景随处皆是,倒教人难于摘引,只好随手录下几句以见一斑:"……阿季就往崖下走,一面看夕阳从汉江下游处照上来,在一面石壁上印一个圆圆的淡红,便发现自己在竹林里形影俱清,肌发也为绿了。"(《火纸》)

由五四新文学到当代文学,这种笔墨趣味更借了散文天地谋发展。其置于小说中时,常被指为"散文风",言外之意,是文体特征模糊。新时期十年,写小品散文式的小说卓然成大家者,是善写江苏高邮一带风情的汪曾祺。汪曾祺写故乡诸作,有的并非写乡村;古旧小城镇,在乡土中国,是介于城乡之间的。《大淖记事》等写水乡的作品,初问世时,真使读书界为之一惊:久未睹如此精美的田园画幅了。中国读者为了欣赏美并不计较文体

[①] 均见《红高粱家族》。

界限分明与否。这类作品也一向被用做读书界审美能力的衡器。

不论传统的审美趣味如何的顽强，由五四新文学到当代文学，人们仍可看出一种贯通着的倾斜，即偏离以至破坏传统诗性、乡村文学既成的审美标准，力图开出新境。这使六十年来的乡村文学显出芜杂，水平参差。这种破坏冲动的背后，除社会思想、历史环境、文学思潮（尤其新文学史上）等显而易见的原因外，也应有审美创造的要求。如果那漂亮的乡村小景有可能无须斟酌几笔勾勒而成，如果这些形诸现代白话的"小景"即使再精美也难以超过千锤百炼沙里淘金后的古代田园诗，那么何不另辟新径，尝试一下别的可能性呢！何况20世纪中国乡村在如此剧烈的破坏与重建之中，那些如画的情境、时刻、瞬间即使仍然是现实的，"乡村现实"也早已复杂到不胜把捉了。

你因而可能想到，写乡村骚动之所以吸引了创作界的普遍兴趣，不只由于号召，也因于上述审美创造的内在动力。我在本书第一章"荒原"一节已谈到了乡村文学的写乡村荒原与乡村文学自身的荒原化，兹不重复。我这里只想补充说，新文学的写"骚动的乡村"，常令人感到一种挣扎，一种因囿于已有形式、话语规范的痛苦挣扎。无论这一番挣扎的结果如何，都不妨肯定其意义的。近几年亦成一种时尚的有意的晦涩，有意的粗粝（由内容到文字），即使不是新文学史的重演，也应是寻路中不意的邂逅。"余地"在具体时期具体的人们那里一向是有限的。题材与意象有意粗粝如张天翼作品，文字表达有意艰涩佶屈聱牙以至重浊不堪如路翎，形容描写有意冗长芜杂出乎常规如端木蕻良①，此外还应想到有意粗放的初期左翼文学；这当然只是一些越轨的例子。发生在乡村的骚动是政治骚动，在当时的历史情境中，不可能演成更深刻的文化变动（虽然政治骚动自有文化后

---

① "非规范"的，不限于写乡村骚动的作品，如废名式的文体。

果)。相应于此,写乡村骚动的文学,无妨其有传统的习见的和谐,在提供给人"骚动"这一政治信息时,并不予人以审美的陌生感。文学的美感面貌应是文化变动及其深刻度的灵敏试剂,于此也可以得一证明。回看新文学史时,你或将上述笨拙的努力视为艺术冒险,甚至视为以"艺术性"为抵押的赌博,但你由如此艰难的挣扎中察知了作者们当年意识到的紧迫性。这紧迫性于几十年后被另一代人感受着,他们所作的努力同样是不能保障成功的。只是在这里,你才更清晰地看到了文学事业的艰苦,仅有几十年历史的现当代文学创新的艰难。你因此对寻路者怀着敬意。他们的探索毕竟出于一种极重大的觉悟:文学者应当不断致力于发现语言表达的新的可能性,文学的生机也应系在这种(或许是无望的)挣扎上。①

新时期的作者正是当越轨时使人感到较之前代,更为挥洒自如,更有艺术自信。这不只因为具体作者的才情,也由于时代风气。尽管文学演进非即"上行"、进化,已有的文学积累毕竟垫高了后来者的起点。李锐式的文体试验,稳健沉着,更有美感的节制;莫言、刘恒的粗粝则有逼人的才华,更像是出诸不羁的才情。新时期文学有意在文体、意象的缝隙间,透露给你文化人类学、神话学、精神分析学说等等理论背景,使所写荒芜、粗粝、丑陋、"病态"不像是对读书界的无谓戏弄。文学在其惯例中,曾被作为逃避丑陋、逃避缺陷、畸态的河湾,一旦失却惯例的庇护,也就无可逃避。因而有了莫言那些令人反应复杂的乡村图画。作者那异乎寻常的感觉能力本可以用于酿造诗的,却造出了"真实"到粗鄙的乡村散文。

---

① 端木、路翎等以有意的芜杂、累赘,造成新的视听效果,力图唤醒被流行文调、"新文艺腔"麻痹了的语言感觉,逼使你去注意语言本身——这种意图是可感的。过分的风格化虽非大道,但这种努力,从来就是文学进步的积极推动力。在文学语言的变革上,即使个人之力如何微弱,以个人之力转换风气如何地不可能,那种知其不可而为之的顽强,也值得尊敬。

五四新文学已感染了俄国文学的阴郁,如许杰,如骞先艾,如芦焚(师陀),更如沙汀、张天翼、路翎,所写阴郁的乡村,由古代讽喻诗,由反映民间疾苦希图达于圣听的古代诗文那里寻找联系已显得牵强,它更与19世纪以来的域外文学调性相近。这种阴郁并没有从新时期乡村文学中消退。当"城市文学"(尤其城市改革文学)还洋溢着年轻人似的兴奋时,乡村小说已先一步如久历忧患的长者,眉目间一派苍老荒远了。率先复原牧歌情调的乡村文学,又较早地以阴郁严冷令人震悚。如刘恒,如何士光,笔下的阴郁,像是能直接诉诸感官。何士光所写乡场,阴湿而晦黯,"被烟火熏得灰黑的瓦檐"下,人们为生的沉重魇住了。"……隔着人家的壁板,听得见睡熟了的人们的鼾鸣,好像人们在夜里也不曾歇息,而是嘶叫着,在梦中继续着生存的战斗,又好像日间连喘息的功夫也没有,必须在夜间得到一点补偿,喘一个够。"(《梨花屯客店一夜》)[①] 你从张炜那里,从李杭育、贾平凹那里,都可以发现色调日见阴晦的过程:贾平凹由《小月前本》等到《古堡》、《浮躁》,李杭育由《最后一个渔佬儿》到《阿环的船》,张炜由早年作品里的枣林海滩到《秋天的愤怒》中的"冻土沟"、《古船》中的小磨屋。无论贾平凹的州河,还是李杭育的葛川江,都像是在日趋沉浊,不复有沈从文笔下的沉辰二水般的澄彻浏亮。轮回、循环之感亦足添沉重。作品何止不浏亮澄彻,有时直如泥石流,将迂缓凝滞钝重,以情节以文字传达给读者。[②] 这阴郁沉重像是特地用来反衬"十七年"乡村文学的明亮轻松的

　　[①] 何士光作品的调子,令人想到俄国小说家蒲宁的作品,其世界的阴湿泥泞意境的荒寒等均近之。

　　[②] 也应当说,在张炜这一代作者那里,沉重感并未全然掩没了对生命、对历史的乐观信念。如张炜,虽写了"冻土沟"、"老柳树"一类死亡意象,却不吝作品结尾处的"亮色",人物也终经遍布死亡阴影的苦难历程而得到超渡。史铁生作品也有苦难、死亡阴影与走出深渊——至少避免归结于无望。小说家们对"结尾"的处置从来都是耐人寻味的。

调子似的。禁忌的松动不只留出了观察与思考的余地,也稍许解放了作者们的调色板。这里的阴郁已难以用了写光明还是写黑暗的简单尺度衡量。"色调"中有中国作家深刻化了的历史感,他们对于历史文化的沉重性的体验,较之新文学史上的"揭露"之作,其阴郁之来已有不同。

  同中见异的还有见诸文字的情感态度。激情化,在新文学的所谓"主流文学"中是常见的。极端的例子,是群众斗争的场面。《水》、《一千八百担》、《蛇太爷的失败》等作,篇末的爆炸性(以及不少作品通篇的火爆),灵感似得自同期的话剧(尤其活报剧型的话剧)。无论写乡村革命化还是写破产中的乡村,都便于情感的投入;形诸上述场面,更被认为是有效(即足以煽情)的情感形式。近十几年的乡村文学,其优秀之作只不过更将激情内在化了——如汪曾祺的有些静穆悠远的作品的确少见。《古船》、《天狗》等篇,甚至有一种宣泄痛苦的冲动。痛苦往往在觉醒过程中深切化,压抑通常是因了"解放"的许诺才骤然变得不可承受的。即使如《小鲍庄》式的疏淡、《爸爸爸》式的诡谲隐晦,也掩蔽着文化批判的激情。因激情化而有事件的极端性,如《古船》、《灵旗》所写,如《五个女子和一根绳子》、《芙蓉镇》,如"桑树坪系列";因激情化而有情节的戏剧性,如《眼石》(李锐),如《雪夜》(赵本夫),如《远村》、《天狗》,更不必说莫言笔下的强人家族,与刘恒那些凶险的洪水峪故事——汪曾祺似的平淡倒像是刻意为之。无论现实感觉由麻痹中苏醒,还是文字感觉由惯例中苏醒,都会有一时的极度兴奋,激情之来是顺理成章的。于宣泄痛苦的冲动之外,还有释放情欲的冲动,疏导流泻个人情思的冲动,等等。冲动也导致着美感失衡。作者们不讳言其"投入"、"参与",以至"感同身受",如莫言,如张炜。张炜关于自己如何投入的描写,令人想起巴金曾有过的自白。以这种心态写作从来难以"旨远"。

  上述激情化与同一时期另一部分作者(如王安忆、阿城)表现出的情感节制,同属对一个长时期中浮夸的"激情"的逆反。只是在较为开放的环境中,如张承志那种更为个人化的激情发抒才有可能受到鼓励,而痛苦的宣泄也少了一点风险性质。对于已发展得如此成熟的乡村文学,仅仅标准式样的取消,就不只解放了情感及其表达,而且有更广泛的解放意义。比如因不追求旧有标准的"逼肖"而扩大了创作的自由度。其时作者不唯在情感发抒时较为松弛,更力求写出由"我"出发的乡村感知,为此不避一向被贬抑的"神秘性",乡村幻觉,竟使这一片被过度耕耘的土地长出了奇卉,景象之奇诡,非前辈作者所能想见。

新文学作家与当代作家间的传承关系,在乡村小说这一隅,或许更看得清楚。正如当代京味小说的成就多少因了老舍的范本,当代晋、陕、湖南作家的写乡土,也凭藉了前辈作家(如赵树理、柳青、王汶石等,沈从文、周立波等)已有的成就。赵树理、柳青,创作时期跨越1949年。新时期晋、陕地区乡村小说之所以特具魅力,应赖有1940年代直到"十七年"前辈作家的艰苦经营。尤其那显而易见的语言优势。这一点在近十几年出现的年轻作者如郑义、史铁生、朱晓平等那里也令人羡慕。将其作品与湖南、山东、江浙的同代作家的作品相比,方可见出那贫瘠地方文学土壤的异样肥腴。这种语言优势,只有京味小说可与比拟。"大西北风情"在某种意义上是文学艺术创造的结果。文学艺术不只成功地创造了这"风情"的美感形态,而且创造了陶醉于这风情的观众与读者。十几年间新潮迭起风气屡变,晋、陕作者似不为所动,其作却仍能以坚实厚重动人,亦因于上述文学传统与依旧"普遍"的审美期待。

易于看出的,还有文体方面的传承。比如上文提到的那一种近于散文的小说。乡村固然尽有"故事",乡村文学却无妨单以情趣胜,散漫的描叙一向被以为天然地宜于"乡村"。这"宜于"自然依据了大量成功的事实。新文学史上,鲁迅之外,郁达夫、沈从文、废名、萧红、芦焚(师陀)、孙犁等一批作者,都是长于写散文式的乡村小说的。因而汪曾祺、林斤澜、阿城、王安忆、铁凝、何立伟类似体式的作品被读书界接纳是顺理成章的事。文体也有自己的命运。当散文创作不太景气时,一时最好的"散文"或许就在小说里;人们也在当它"小说"读时,领略了它的散文之美。这种借地繁衍,亦是文体生命之顽强的证明吧。说到底,文体界限毕竟是由人划定的,我们的小说散文之间从来不曾有过绝对的分界。散文因其文体历史,一向更有严格的审美要求。以散文笔墨写小说,亦有助于美感的节制。由此,更在新文学的基础上发展了以淡雅纯净(以至轻松)的笔致写残酷的一格,如叶蔚林的《五个女子和一根绳子》,如赵本夫的《雪夜》。文体与"内容"的有意不谐,助成了特殊的审美效果。

你于这里看出了"传统"的功用。乡村文学创作中"传统"是限制,又是凭藉。写乡村小说,易于因袭,也易于维持水准。乡村文学可凭藉的,远不止于文学传统与范本,还有乡村世界固有的历史纵深,相对稳定的文化结构。这里还未说到民间形式,神话、民歌、说唱艺术,等等。当代城市小说有时更像出自"自由创造",有可能出奇制胜,却也可能不伦不类、粗劣不堪。较为"无序"的城市容忍"胡涂乱抹";却正因无序,更苛求作者的艺术功力。但也不必否认,文化的陌生化从来就造成着新的审美经验。城市对于艺术家感觉方式的改造,早在1930年代就进行着。城市艺术天地诚然是遍布陷阱的,乡村文学却因缺乏类似的风险不免鼓励了平庸。对于个体作者,先在的经验、意识,以至审美范式等等,在乡村文学这一领域显得如此强大,难以为个人化的以及性别的经验留出空隙。写乡村的艺术在长时期里更是练到了这样纯熟,几成一种创作中的集体无意识。呈现于作品世界的,常常是稳定却已凝定了的美感,难以如"现代城市"呈现于文字时的泼辣清新、生机淋漓。

乡村文学作者正是当力图翻新出奇之时,体验到了传统的沉重性。他们急于重新解读"乡村"、"农民"这种古老文本,急于表达自己的文化诠释,却不意发现了既有意符、象喻,原有命题与解答方式的顽强介入。当你试着独自面向广大的乡村社会时,蛰伏在你本人那里的"历史"、"文化"首先被唤醒了。似乎整个乡村历史与历代人们关于乡村的沉思,都意欲借你的笔说话。受制于传统、模式的不自由,即使不是写乡村者特有的经验,也是他们体会尤深的经验。但我写本节决非为了嗟叹一番"宿命"。我更感兴趣于对宿命的反抗,更感兴趣于作者们在不囿于传统、积习的奋力挣扎中,涂染出的那一片斑斓色彩。这是古老星球上"人"的痕迹。即使一小片颜色,也足为人的意志与愿望作一证明。

色彩斑驳

代代相继的文学创造俨然是一场语言捆缚中的持续挣扎,只不过有人挣扎得笨拙,有人挣扎得轻灵,有的因挣扎而弄到面目狰狞形容丑陋,有的则虽挣扎而仍不失姿态的优雅,如是而已。

力图张扬主体意识的小说家,首先在这里发现了他们无以逾越文化限定:"一个作家的'语言风格',它总是被某些来自传统——也就是来自社会——的言语模式所充满。"[①] 这或许可以作为"主体"处境的绝好象征。文学也以此证明了其对于人的生存情境的体验的深刻性。

捆缚中的挣扎,是文学创作者演出的最壮观的一幕。正是各个人的挣扎使文学文本色彩斑驳。我们曾过分地估价了日常语言活动中的创造。较之文学,日常语言毕竟是偏于惰性、较为因袭的。在正常的历史年代,由活人的唇舌间汲取灵感的文学,

---

① 〔法〕罗兰·巴特:《符号学美学》,辽宁人民出版社中译本,1987年9月第1版,第16页。

应当更有语言发现、创造的愿望与活力。这几十年间,上面所说的"挣扎",仍以近十几年为剧烈。"挣扎",又是以脱出新文学史上(直至"十七年")形成的范式为目标的。

范式在最称活跃的语言活动中也易于形成——证之五四文学革命以来的文学史,谁曰不然！1930年代流行译文体,乡村小说结构与叙事大都取法域外。这在当时,不失为雅化、文人化,与旧小说、与市民通俗文学在文体上划清了界限;却又因囿于相近体式,难以将作者们更鲜明地区分开来。"大众化"运动的意识形态背景且不论,其于文学语言,应是救病之举。但口语、方言,也可能是另一种通用语——倘若未经"个人化"的制作程序的话。对"知识分子趣味"的深闭固拒,也制约了语言创造。虽然1940年代因特殊条件文体试验又一度活跃,但创作界更可称述的是写知识分子的作品,写乡村以文字新异惊人的,究竟不多。"十七年"接续根据地、解放区文学传统,大众化、方言运用,成绩都有可观,较之二三十年代,乡村文学的泥土味的确浓重到了不可比拟。其间知识分子"结合"、贴近、融入的艰辛努力,仅由文字亦可以感知。但"泥土味"究竟只是一"味";写乡村必泥土味,谁说不也属成见、偏见！近十几年新锐作者求取多味,不避(或更有意追求)"个人话语",亦是文学史上常见的逆反。当然,文体创造还有别的推动力。意义的更新从来是与表意方式的更新互为条件的。尽管文体努力并不就能消除了语言困境,倒多半是将这困境强调了,但如文学史上屡见不鲜的,在活跃的文体创造中,表达与限制(不胜负载,无以表达,难能呈现)间的紧张,使创作思维活跃,构成着作品的内在张力。

下面是我读部分乡村小说时"文字印象"的琐碎记录,作为以上及以下章节的补充。本书其他处已较多地谈到的,不再重复或言之从简。使人忘其为"文字"者,或者更是好文字。但文学研究者毕竟是专业化的读者,理应另有阅读兴趣,这也是不待说明的。

刘恒的《狗日的粮食》、《伏羲伏羲》等作,精彩处在写食与性,写乡民粗陋的生存,写得拙重、大气,比之知青作者,似笔锋坚硬,态度亦更沉着,于浑朴厚重处,发散着旷野气味。但那是极雕琢而后的浑朴,极人工的厚重。有泥土色并非就是泥土,也不见得比之书生味的更"本色"。《伏羲伏羲》一作,更仿佛有一种阴鸷之气,一股沉沉的力,含着威压。写得有力处,不像是因了情感灌注,倒像是因了冷然。"冷然"中有关于"命运"的隐晦暗示。直接见诸文字运用、氛围营造的"命运",让你想到了"历史",同时瞥见了君临人物世界之上的作者。1920年代末茅盾写《蚀·追求》,让他的人物一个接一个地大触霉头,俨然在劫难逃,何尝不是滥用了造物主(作者)的权力!当然,刘恒在提供人物逻辑时,更审慎,更耐心。他所写的那些关于仇杀,关于爱(性?)与死的故事,对逻辑的坚硬度本来也是特别挑剔的。

拙重,并不就有了纯正的方言趣味。河北作者,由新文学史上的孙犁,到当代的刘绍棠、铁凝等,除京畿之地的作者笔下那道染了乡气的"京味"(如刘绍棠作品),其用乡语方言并不能如陕北味的易感。刘恒作品,更有与上述作者迥不相侔的方言趣味。可见方言趣味决非现成地存储在自然形态的方言中,那是由作者的运用中生成的。方言在刘恒,是助成"我化"的一种语言材料,更具体地说,助成了他的表达的"简"与"拙"中的那"拙"。刘恒不铺张,不虚张声势,不好挥霍地重叠形容。他的文字给人的力感,也因了内敛。那犹如"命运"似的阴沉、阴鸷,含而不露的威猛,也从这节制、内敛中来。

我在本书其他章节及注释中,谈到了刘恒作品与时尚间的呼应。但有些过分明显的呼应,倒可以不必当真的。比如《伏羲伏羲》一作篇末及附录关于男根的神话。即使作者果真态度郑重,你也仍可当它是有意的误导(情欲辩护、生命礼赞也属流行主题),因为你由作品中读出的,是充满罪感的偷情故事。这故事中的人物虽然也如"红高粱家族"似的几无左邻右舍,小说中处处可见的关于"乱伦"、关于名分的暗示,仍提醒着传统的乡村环境。这里刘恒的力量或许在于,他写处于如此具体的社会情境中的情欲时,使人感知了被称为"命运"的神秘意志,而别的作者为达类似境界,或许是以牺牲了"生活"的具体性为代价的。刘恒此作中,生命与情欲挣扎得愈有力、顽强,愈见得渺小——而且男人与女人同其渺小,同样孤弱无助。小说关于男女媾合的描写,非但不予人以悲壮感,毋宁说示人以猥琐。使这故事中本应是"古典"的情境见出异常的,正是这令人战栗惊怖的猥琐。有关描写令人想到鲁迅关于"沉滞猥劣和腐烂的运命"(《"民族主义文学"的任务和运命》),关于"叫起灵魂来目睹他自己的腐烂的尸骸"(《娜拉走后怎样》)那样的话。由古典情境所避写、有所不写之处,写生活本来的粗陋,决不像是意欲张扬"人的自信",而是示人以深重的生存痛苦。这样的"写什么"与"怎样写",更是20世纪的文学现象,甚至与前代中国作者(路翎多少是例外)的趣味也难以并论。

不像莫言的醉心于形态,刘恒更有对心理的兴趣。《伏羲伏羲》较之王安忆《岗上的世纪》中偷情者的故事,也更富于心理含量。"传统乡村"与"现实秩序",均在这心理内容的备极曲折中。就《伏羲伏羲》而言,故事的残酷亦系于其心理内容。这罕有的残酷强化了作品的"力"的印象,只是这"力"未必直接呈现于"人物",它更像是在描写间聚集起来的,因而你的所感大半应属"文字印象"。

除《力气》等作,刘恒似无意神化、英雄化他的男主人公们。他们通常比之同作中的女性有更沉重的生活负荷、更深重的罪孽感,更脆弱、神经质、焦躁不宁。他们即使复仇也显得像是出自懦弱、褊狭、"小不忍",而非基于男性智慧的深谋远虑。他们因而是十足世俗的农民。唯其是这样的农民,其行为愈像是操纵于冥冥之中的命运之手。经由这种复仇故事,刘恒写文化崩解、破碎中的乡村,写这一过程中禁制(经由传统、历史、规范、前代人生)与欲望间的强度冲撞。刘作的阴郁性,部分地应由这景象来解释。

刘恒那过用了锻炼的文字不会适用于一切情境,写另一些故事他也会显得平庸,如《种牛》、《狼窝》。《四条汉子》亦不见佳,谐谑不免过火——中国作家中至今仍缺少"幽默"这一种禀赋。但调式的变换能教作者成功地藏匿自己,使你无法自信地断言何者为"本色"。话语—叙事,你还是当它"花招"看更适当,不必一门心思地搜索作者本人。

当代写乡村的作者通常划出一块地面在自己名下,郑重其事地命名,之后又反复提示,务使你的眼光一触到那名色,就同时嗅出了那片土地的特有气味。刘恒将他的那一块命名为"洪水峪"(有时也作"桑峪")。"洪水峪"暂时还不及"高密东北乡"来得响亮,但或者也会有故事打那里源源地流出来。

写乡村,莫言的一副笔墨最远于规范——但也并非一开笔就如此。"奇气"也是渐次生成的,因而才不至于奇得莫名所以,不知何来。"奇"在最初只是局部的,征兆性的,如《民间音乐》的写小瞎子的耳轮。他的感觉或许从来都不只是片断的,只不过须待相宜的语言形式,才足以渲染得奇气满纸。感觉能力与文字能力不能不互为条件:凭藉了语言去感觉,因感觉而导致语言材料的陌生组织——终于弄不清楚孰因孰果。

他或许确如李陀所说,到写《民间音乐》时,被什么灵感突然击中,蛰伏着的感觉整个儿激活,属于他的"高密东北乡"顿然由意识与感觉深处苏醒过来。他在找到了感觉找到了用以传达的语言方式的刹那也找到了他的乡土,让这乡土带着感觉记忆的全部鲜味、辛辣味浮出于文字。一旦感觉与表达相契,那只笔就触处生新,使得陈熟的事物亦如被闪电照亮般地神异起来。

《民间音乐》之后,《三匹马》也写得很有劲道,那一片泼辣劲健的方言口语令人乐于预言一位乡土文学作者的面世。正是写这并不陌生的事件时莫言使人感到了陌生。他的兴趣所注既不像是传统主题的"农民与马",也不像是英雄主义的拦惊马救儿童,却像是只为传达人对马对其间事故的那点奇异感觉。对陈熟的意义网络的放弃,使小说于常规演进中突现奇幻、飘忽。你由寻常的开头读到了收束,已觉迷离惝恍。

真正的奇作是《透明的红萝卜》,这也是我迄今读到的最好的莫言作品。似乎是,写作此篇时,不但旧有的感觉记忆一并苏醒,而且所有感官都生动地开张着,以至全作充满了灵性。"河滩上影影绰绰,如有小兽在追逐,尖细的趾爪踩在细沙上,声音细微如同毳毛纤毫毕现……"由一切"物"上读出"人世的冷暖"——作者本人亦如他的黑孩,有此奇妙的心灵能力。那通常是儿童(以及其他特富灵性的小动物)的秉赋,极难保有且极易失去。"红高粱"虽令人目眩五色,笔墨仍可摹得,不那么嚣张的"红萝卜",才更如出自鬼斧神工。

上文已引莫言所说"我用低调观察着人生,心弦纤细如丝,明察秋毫,并自然地颤栗"(《白狗秋千架》),这里"低调"似指一种受动状态,如旧说的芦苇,为风声所激而自然鸣响。这种状态出自异秉。因为我们的生活中"预设"、"前定"太多,以至人们已不复能"自然地颤栗"——"知识者"这类特殊的理性动物尤其不能。与莫言同代的作者大多耽于体悟,嗜好沉思,难能"低调"且"自然地颤栗"。"低调"也应指避免意义的预定。如莫言那样,有时像是只为写出一种感觉记忆者,也实属少见。

莫言的文字,常使人想到"兴会淋漓"这成语。遍看当代作品,能使人想到"淋漓"二字者的确不多。较为常见的,是省略浓缩。汪曾祺的小品,令后进作者倾倒备至。阿城、李锐、何立伟的文字,无不是精练过的。文坛还流行过笔记小说,流行过文言趣味的文调。文字上的放纵、挥霍,一向较之简省更有风险性质,这可以汉代的大赋与魏晋后的格律诗为例。然而在谨严、节制的风气中,莫言的汪洋恣肆越发令人神往,作者也多少如江洋大盗处羸弱的文人以及谨愿的农夫间顾盼自得,尽管那文字愈到后来愈不免于泥沙俱下,"淋漓"而泛滥,使人想到了节制终究必要。①《球状闪电》等作已露出下述端倪:有意触犯禁忌而超出了必要,使人察觉到了"淋漓"背后长期的禁制造成的心理固置。暴露欲是对压抑的报复,"淋漓"则是报复而尚未逾矩时的状态。

莫言并没有缘他丛生的感觉而入于魔幻。剥脱那些如菌如苔如毛羽的"感觉",你发现了他所写"事件"的极现实的性质。《天堂蒜苔之歌》卷首有如下所谓"名人语录"②:"小说家总是想逃离政治,小说却自己逼近了政治。小说家总是关心'人的命运',却忘了关心自己的命运。这就是他们的悲剧所在。"《透明的红萝卜》《枯河》《老枪》等作写对儿童的施虐(他在多篇作品中写这类事件),写乡村基层干部的横作威福,有切肤之痛。莫言、张炜这些曾生长在乡村的作者,较之知青作者,对于乡村政治的体验更有尖锐性,写这种"现实"常常极痛切之至。这种切身的痛感,使他们即使写得飘忽时也不会迷失在天际云端,那地面于他们,是太熟悉太血肉相连了。

《红高粱家族》字行间更有恣意挥洒的沉酣,但过分的放纵使人感到,那也是失却了某种精微感觉后的蓄意弥补。这里因随心所欲而致的芜杂,不是如前此作品的缘意象丛生,而是由于词语的挥霍,不免于"沉酣"处约略现出了窘迫。他在抓住了缤纷之极的色彩的瞬间,失去了某些更微妙的感觉;他在平原上恣

---

① "汪洋恣肆"通常被作为较自由舒张的心灵状态的文字显现,五四新文学以来一向稀见。"东北作家群"的萧军、端木蕻良略有此种气魄,却又缺乏必要的畅达,倒是令人觉出了欲张扬反致艰涩的窘困。三四十年代曾有一批作者极力扰动("扰动"是路翎的说法),不只为传达社会、政治信息,追求陌生美感、意象,也因渴望解脱,渴望心灵自由。较之前辈作者,莫言的"扰动"显然较少痛苦,较能痛快淋漓,宣泄渠道更通畅,驱遣文字时也较为得心应手。

② 使用显然的伪"语录"或出处可疑的"语录",也是不止一位作者的花招,或意在戏弄某种文本的庄严性。

意游荡却难以再次找回那一片感觉与意象的繁茂丛林。即使"红高粱"这意象比之"红萝卜"也更现成,意蕴更浅露似的。

莫言长于色彩象喻。《红高粱》中的红与黑像是由《透明的红萝卜》中衍流过来,只是也嫌意境太分明,而少了后者那种迷濛与空灵。但《红高粱》仍不失为色彩的奇观。以大胆的设色对传统意境的破坏,使此作较之《透明的红萝卜》,更像一次有声有色的反叛。这也是极挥霍且不合常规的色彩运用,务求鲜亮抢眼,以至有俗艳的农民趣味。较之《透明的红萝卜》中那些过于微妙的感觉,这里的场面、色彩,更通俗也更响亮,自然也更张扬招摇。

你在莫言这里也看到了语言束缚中的挣扎抗拒。而杂用旧小说笔法(写女人处甚至有狭邪趣味),有可能意在以俗雅并作文野杂陈脱出纯文学的纯知识分子品味,在"杂陈""并作"中为文字灌注生气。"纯"有时也意味着孱弱。用杂,亦见勇气与气魄,虽然用之不当,太易于败坏阅读口味。较之话语的挥霍,语言材料的杂用更是艺术冒险,尤其面对趣味保守、感觉复又纤敏的读书界。

莫言式的语言奢侈与作品对于奢华场面的醉心,似乎掩蔽着某种农民愿望。绿林响马式的大碗吃酒肉、论秤分金银、杀仇人、睡女人、横行无忌天高地阔任逍遥,是农民所能想象的自由境界。《红高粱家族》一再写戏剧性的大场面,对各章的中心事件都极尽形容。第四章《高粱殡》写奶奶的"大殡"更事铺张。循规蹈矩备受抑制的农民,偏偏钟爱极态,神往于极度的红火热闹,有如此缤纷华丽的梦,暗中渴盼着豪纵的生命挥霍。因之我要说《红高粱》较之《透明的红萝卜》,更有有意的农民趣味。《透明的红萝卜》多少可见时尚"走深沉"的影响,《红高粱》则有脱出羁束后的不顾一切的任性狂放。于焉得之,于焉失之,对于作者而言,两作的意义又是难以轻论的。

应当承认,在《红高粱》中,作者运用他的感觉优势时更自觉。

小说写"父亲"有"一种类似嗅觉的先验力量",有"一种类似视觉的感觉",有"超敏的类视觉感觉",这可以读做作者的自道。他所凭藉的,正是这种"类似……的力量"、"类似……的感觉",这种"超敏的……",这是作者赖以"自由"的优异才秉。同作中还说到高密东北乡人"心灵深处某种昏睡着的神秘感情",说"我每次回到故乡,都能从故乡人古老的醉眼里,受到这种神秘力量的启示",显系出自20世纪理论思想的启示。但太自觉即难如自然流出。人类总要为其每一种获取支付代价,亦是无可奈何的事。

此作的"跋"是一篇关于文体的小议论,说是"文章之道并无至理,穷途变化,存乎一心。南拳北脚,各有招数,各打各的就是了","对待长篇小说应像对待某种狗一样,宁被它咬死,不被它吓死",可以看做有关这部可疑的"长篇"的自辩。此后如《天堂蒜苔之歌》等作,应是更合规格的长篇,却已少了那奇气。人们长久地记得的,仍然会是这俨如大拼盘的《红高粱家族》,无论认为它怎样地不尽如人意。

张炜的早期作品无耀眼的才华,却清新不俗。《芦青河告诉我》一集中的精致之作让人想到了孙犁的小说,而且也如孙犁的《荷花淀》诸作那样像是浸染了水气。

中国作家长于写小女儿的娇憨之态。蒲松龄、曹雪芹不论,新文学作者中,沈从文最是好手。近十几年的小说家里,是应当提到张炜的。他的《声音》、《看野枣》、《山楂林》等作无不清新可喜;虽然那一时期的张炜作品显然可见流行的意念,但仍无妨其可喜。我还注意到,写小女儿写到天真流溢的,多半是阅世已久涉世已深的中年(且男性)作家,因"久于"且"深于"人事,更能于柳暗花明之处,惊喜于全无沾染的纯美之姿。《声音》之属出自年轻(亦男性)作者手笔,或许使你略感讶异。倘若你试着倒过去,由张炜较后的作品看起,会发现那清新也由沉重中来,是托起在沉重之上的。你似乎懂得了一点作者。"纯情少女"这女性角色不只寄寓着男性期待(以及男性偏见),也往往涵有(不限于男性的)更普遍的文化理想,对于清明澄彻纯朴的人生之境的向往。这类文字如童谣:即使世界早已混浊不堪,童谣式的天真美丽依然动人。再苍老的心灵,也会保存有"好的故事",何况如此年轻易感如张炜者。以这份洁癖阅历人间世,那沉痛与愤激才毫无矫作,出自同一纯正(有时也过分严正)的道德感情。

当别人写政治苦难、写改革"问题"的时候,张炜自顾自地写这类童年故事、乡村童话,写得忘情、投入,之后又出人意表地推出场面庞大气势盛壮而沉重不堪颇用"思索"的《古船》。你不知道他还会由他的袋子里拎出些什么,因为这位作者像是不大左顾右盼,一心一意地潜在自己的世界里,尽管也隐约有与同代人的呼应。他有他自己的梦魇,一再地被魇住难以挣开:"出身"这一宿命下的乡村人生,老人权威,为邪恶者所把持的乡村政权下的乡村人生。① 这确实是一些极沉重的经验。于是,你由《古船》读出了一派沉郁凝重。但这沉重又仍然是以初作中的文化感情、以他那些"好的故事"为底色的,否则你就难以解释"秋天"两篇(《秋天的愤怒》、《秋天的思索》)与《古船》中近乎自虐的激情。即使站在他那些神态严肃的同代人中间,张炜也仍然显得有些钝重迂执似的。

我在上文中提到了张炜自述写作状态令人想到巴金的自白②,这里应当说相似的激情状态或也出自气质的某种相近。只有那种关于"纯美"的顽强信念,才会使得憎爱有异乎寻常的炽烈,以至让对于善的痛惜与对于恶的愤怒如火般灼伤了自己。这种激情使两位异代作者陶醉于苦难,写苦难时因过分投入而将自己弄到痛苦不堪,令人疑心这写作比之人物所历是更沉重

---

① 家族政治,一个时期的乡村文学因种种原因未便深涉。如《古船》、《浮躁》这样的作品,借家族—政治关系的网络编织故事,以政治上的邪正较量为情节走向,充满了政治预言、历史暗示,只能写出在新时期。

② 参看张炜《秋天的愤怒·后记》,人民文学出版社 1986 年版。

的苦役。在《古船》里张炜常常提到"罪",这在中国是因语义过分严重一向被慎用的字眼。罪感与(以苦难)补赎,是铸造隋抱朴的要件。读"秋天"两篇与《古船》,你偶尔会想到,作者是因他本人宣泄痛苦的需要才让他的人物世界遍布死亡阴影,如此渲染人物那种绝望反抗的惨烈激情的。

那一代作者其作品日趋沉重沉痛的,非止张炜一人。这些小说家(以及与其同代的"第五代导演")普遍地缺乏幽默才秉,其作品随处给人以重压感、创痛感,及有时显得过于沉重的忧患意识。读其作品教人想到"自虐"的,也不仅只张炜之作。郑义的《远村》、《老井》,史铁生写残疾者的小说,张承志的《大坂》、《GRAFFITI——胡涂乱抹》与《金牧场》,都会令人作如是想。但其中张炜仍然显得突出。"秋天"两作写主人公与敌手的对峙、较量以至皮肉撕裂的肉搏,有异于常人的耐心。他所钟爱的人物无不伤痕累累,被逼处险境,身历着并且细细地品尝着苦难。这极清醒的受虐,也如上述罪感,有一种陌生的性质,令人想到基督教的原罪,基督与使徒为众生的受难。张炜的乡村小说如他所希望的那样质朴,但这或许只能使之更远于乡民。下文还要说到,那质朴是张炜自己的品性。他那些质朴的作品是十足知识分子趣味的。那些受难的男主人公的哲人气味(以及作品钝重的哲思调子),也与上述罪感、殉道感一样陌生——尤其对于乡民社会。你只能说,张炜在其写乡村的作品里,将他的个人气质、个人好尚充分地对象化了。这里有一点很耐人寻味。张炜、莫言这样曾长期生长于乡村的作者,反倒漠视"逼真"这一惯常尺度,至少并不比一度插队的知青作者更少运用主体的"自由意志"。但你仍然看到了感到了长期生活的深刻痕迹,比如上文谈到莫言时说过的,对于乡村政治现实的体验。这极"现实"的经验在不刻意"写实"的作品中,有时倒是更凸显了。

无论张炜,还是莫言、乔良,似乎都不再自居为"复写者",而努力充当"历史"的对话者。"我"在莫言的《红高粱家族》中负担了奇特的任务:述说"我"不能亲见亲历者一如亲历亲见,坦然作现场性述说,"历历如在眼前"。这是自信能与他们特选的前代自由对话(而且共一时空)的一代人。张炜在《古船》中亦借他的人物(隋家子弟)与历史与前人对话。只有真切地体验着蓄之于自身的历史生命,意识到自己作为历史的创造物从而有宿命感的人,才能于对话中那样地激情与执拗,坚持要越过既经流行的历史文本直接面对"事实",执意逼问出被"历史"掩藏了的历史来。他们既然追求非亲见亲历的历史生活的肌肤感,就不能不承受犹如身历的历史痛苦。至少在张炜,上文所说其作的沉重,也缘于此。

张炜的文字有几分拙,这也不如说是作者个人"本色"的显现,并非"仿农民"的、刻意"泥土味"的拙。张炜曾反复地很珍重地提到"质朴";这质朴在他,几乎是一种信念。或者可以说,他的文字,即是对这"质朴"的摹仿。但"质朴"决非无色,它也是一种色。张炜常写拙于言辞的乡下人,乐于对这一种"拙"持欣赏态度。但一味地拙,即成单调。何况冗长的内心独白、长篇演说,有时除了拙并无其他。拙在这种时候,倒像是为了掩饰思理的迟滞与单调。张炜也如他的人物,真切地感受着承受着历史与现实的重量,他们自己却并非哲人。

脱出清浅的"初期"之后,他像是越来越醉心于男性的严峻,但对故乡对童年往事对苦难记忆的过于缠绵且絮叨,又有某种女性气味,文字的拙中亦含有妩媚。这倾慕着"严峻"的作者,自己的心性怕是太温厚了。这不止见于他那些写芦青河、海滩、树林、小儿女的作品,也见于他那些写老人的作品[①]。以如此温柔

---

① 张炜写过作为乡村历史的凝结物以至象征物的老人,到后来,在短篇里,他一再写孤独的老人,写老人与儿童的交流,写这种人事里的天趣。他关注着老人与世界的交往方式,衰老中的生命与世界的联系,老人渐就枯萎的生命的坚韧,如《一潭清水》、《烟斗》等作。

的笔触写老人与儿童的,同代作者中也极难见到。你由那些沉重之作察知作者的男性理想、为他所激赏的男性意志,同时由他的清浅之作(不限于"初期")感知他对人世的温情,他的交流渴望,他对被忽略遗忘的人事一角的体贴与抚慰。张炜不大会失去他的那份质朴——你想到这儿会觉得放心。世事不妨无穷变幻,人还是有一点不易改变的东西,才更有根基。

刘绍棠、古华的文字最有乡俗气息。知青之作少有这两位笔下那种泼辣鲜亮的乡村文化色彩,那种乡民式的谐趣,态度大多偏于矜持,有准知识分子的严肃劲儿(李杭育多少是一例外,但他的幽默不具"俗文化"品性)。这两位又都长于讲故事,讲得热闹、铺张处有民间"说话"艺术的风味,文字富韵律感,上口可诵。"村"、"俗"(这里的"俗"是近于"村"的那种"俗")、"野",一向为雅文学所避忌。我也不认为以农民趣味写农民方为乡村小说之正宗,只是觉得不妨有此一味,且有时确能于那村、俗处,嗅到既生且辣的山野气味。

古华熟于湘中农村,熟于乡民口语,写得熟,方言运用亦熟,笔下常有民间艺术般朴拙的美感,却也如民间艺术的一览无余。因了上述的"熟",写起来气势很盛,无论精粗文野,不择地而出,挟泥沙俱下,自然就少了一点蕴藉。读古华读刘绍棠,你都能读出娱乐情态,你难以想象写这等作品在作者会是苦事(知青之作有时正令人作如是想)。像是凭藉了自然之势(情节运动)信笔写下去,那笔墨兴奋得有几分醉意似的。写到一气灌注略无窒碍处,难免少了余味余韵。这里的得失是不消说得的。湘省有楚文化遗留,又远于京城,性文化粗放。古华写情欲,较刘绍棠多一些"猥亵趣味"。刘绍棠的大运河属京畿之地,刘虽也好写风月,笔下就谨慎得多。这里也应有南北风气的差异。刘绍棠的小说做得太熟,结构熟、意境熟、意象熟——后两种熟也缘文字熟。五四新文学作者如郁达夫常用古诗文意象,但多属化用,且情景融汇,出之以畅达的白话。刘绍棠用类似的意境意象却将其俗化了。孙犁的行文避熟避巧(亦避仿古式的意境陈腐),写出的境界澄明清新,有古典文学修养的底子却几不见迹,文字极浅易极白,却有十足知识分子的雅趣。刘绍棠不属这一路,却以其气味的村、俗,写出了孙犁之作所无的明快劲爽。如其写瓜园:

> 他的香瓜匀溜个儿,滴溜儿圆,白的玉白,黄的金黄,摘下来带两片绿叶,更显得好看。从河边挑来两筲水,蹲在绿柳浓荫下,香瓜浸入水筲里,一个时辰捞上来,撕一片苇劈儿,轻轻划上一道,瓜分两半,甜脆爽口,蜜汁原汤,喝下去沁人心脾。……(《瓜棚柳巷》)

刘绍棠的形容大多类此。这里不消说还有方言的爽利脆生。"明快"的是文字,亦是"生活"。刘绍棠笔下大运河边人有情有义,堂堂正正,活得敞亮痛快,有燕赵慷慨悲歌的遗风。刘绍棠的形容好用野语村言,这村野之语经他运用时,却透着熟。他行文时用排偶、俗谚,更使文字熟。他缺少那种以熟为生、以熟为新(陌生化?)的秉赋。读他的作品,也常觉一味畅达,而不耐咀嚼,文字于读者唇齿间滑过时几无余味。文字是要有一点生味,才更经咀嚼的。但刘绍棠文字的熟,或正合了乡民口味。刘绍棠也如古华,不追求"创意",更无哲学野心。在崇尚深沉的文坛风气中,倒是另有一种别致。他们的终归团圆式的故事,像是由五四新文学叙事原则的后退。但还是不用"进"、"退"来描述为好。文学运行并不总在直线上。刘绍棠没有提供足以称道的"意义"、结构创造,却提供了美感。北方乡村风物的开阔明朗,由刘作中最易感知。即使少一点蕴藉,也有其补偿。

贾平凹的才能或许更是散文的,写"商州三录",笔致简劲曲折,炼字炼句,有古散文神韵。其中如《桃冲》(《商州初录》)一类篇什,令人想到沈从文写沅辰水民的佳作。贾平凹籍属陕西商洛,其文字意境却较之同代的"湘军"中不少作者更近沈从文,或也可以作为文学创作中代际承传的一段佳话。以散文笔法写小说,如《天狗》、《火纸》等,自然有造境的精巧别致,笔墨温润而境界幽深。

贾平凹说商州在陕西境内但不属陕北陕南,也不属关中,因而他写商州风情,自不必走陕地前辈作家的路子,倒是方便了依着才情的创造。"三录"写在"文化热"中,"初录"、"再录"的有些篇什,写得从容悠然,略有闲适趣味,其中的小品玲珑剔透,颇堪把玩。但太用力,太精工制作,也会少了浑融。属于那一代作者,贾平凹难以将对于乡土的夸炫态度坚持到底,"三录"愈写愈深入"世道人心"。贾平凹沉痛于山水风物间人的冥顽愚陋、短识浅见,作品的"沉重化"亦势所必至。

这一代作者中,土生土长者,如贾平凹,如莫言,如赵本夫,似乎比知青作者更是讲故事的好手,这份才能或也多少得自农民文化的浸染。贾平凹行文好用文言句型、成语,叙事却有古典白话小说式的紧凑流畅,一气灌注,也如民间说话或古典白话小说似的长于蓄势,如瓶泻水。沈从文自说其艺术感觉得之于水,你也确于那文字间感到了如水般的润泽。贾平凹得之于水的,应更在造势。他总能使其笔下的故事跌宕曲折,又饶有笔情墨趣。

贾平凹是极其注重意境的营造的,这却又系于古典文学中更细腻的文人传统。即使"事件"中有残酷丑陋,出诸他的布置,也仍不乏诗境诗趣。既有余裕(经验的及文字运用中的),笔下就有了雍容的气象,不像有些同代作者似的时时透着局促;熟于风习民情,叙说自然饶有情趣,无需刻意去点染。

他的商州诸作中,《天狗》确属佳构,较之郑义的《远村》更有笔法的谨严与节制含蓄。作品修短合度,剪裁极其工致,只是所写人情风习过于温厚,像是将这故事的残酷意味遮蔽了,与其另一些作品(如《金矿》、《古堡》等)中的情境调子适成对比。日见强烈的农民的政治义愤,也会使贾平凹难以顾到情致。对乡村基层政权的腐败、乡民承受的政治压抑的描绘,到《浮躁》更大幅度地拓展,那条州河岂止"浮躁",更其凶险。

你又于这里看出了土生土长或久居乡村的作者,与一度插队的知青作者间的差异。以贾平凹的关心情致、笔墨趣味,以莫言的感觉纤敏特异、挥洒自如,以张炜的耽嗜纯美之境、淳厚人情,足可用来凌空虚构,写得空灵飘逸一派洒脱的,却不能不在如经济改革、乡村政治这类极"现实"的题目上倾注心血。① 你可以为此而遗憾,却不妨认为这里有作者对其经历、其生存体验的一份忠实。倒是知青作者,似乎更关心文化、历史哲学一类较为"虚"、较形上的方面——这也与其在乡间所处位置、实际生存状态有关。即使凭工分吃饭,也曾一颗汗珠摔八瓣地土里刨食,这些外来者也仍然与生长于斯者不同。

因不归属(至少没有根深蒂固的归属感)、非隶属,自有一份超然。知青作者写农民时的幽默态度,也多少倚赖了局外身份。"清平湾"的写破老汉,"桑树坪"的写李金斗,"葛川江系列"的写渔佬儿,鉴赏农民渔夫的天真神情,如较多世故的文明人看童年人类,是有暗中的文化、智力优越感的。农民式的天真纯朴从来为知识者所欣赏,因而笔底的亲切并不即是文化态度上的平等。倒是来自乡村的作者,他们对于乡村文化、乡民历史的夸炫,他们对于乡村落后面的批判,他们的政治愤慨,更有对乡村间事的郑重,态度上更"平等"。朱晓平写李金斗的幽默趣味,多少可以作如此观。此李金斗,虽曾逼死彩芳,致残小麦客,使外来户家破人亡,却天良未泯,有他的可悯甚至可爱处,令人无妨对之持

---

① 张炜的有关作品写到了农民在政治权力、权利上的匮乏,写到乡村政治人物阴柔残忍的政治人格。"整个村庄仿佛就是一个巨大的轮子,他认为它需要旋转一下了,就伸出手指轻轻一拨。"(《秋天的愤怒》)有关作品渲染了压抑与反抗间生死攸关的紧张性。

幽默态度——你会想到,如若由张炜、莫言写来,态度会峻厉得多。朱晓平的宽容中有局外者的理性趣味,与俯怜众生的优越感①。"俯怜"者自然不在其中,不在某种如"命运"般严峻的"关系"中。朱晓平赖有这"不在其中",写活了他的人物。李金斗确系朱晓平所写最生动饱满的桑树坪人物——肯定了这一点,你却不必要求张炜、莫言、贾平凹等也如朱晓平似的有出之以"人性"考虑的体谅。你不如承认前者的严于憎爱,是可以由其经历由其经验充分解释的。

知青下乡之初所感受的冲击,主要来自乡村的物质匮乏与乡民的蒙昧,其次才是乡村的古旧(历史感)。土生土长者却有可能因久于其间而对"生活质量"习以为常(至少不再如外来者的惊愕莫名),却因后来的知识与教养而对乡民的政治命运、对具体的迫害行为有切肤之痛。知青作者日后的追求文化概括(当然是艺术方式的概括),多少是由他们的经验内容"前定"了的;莫言、贾平凹的作品的某种政治化,亦有其必然性。

至于虚实处理上的不同,亦与同代作者互异的经验背景有关。贾平凹、莫言作品的或神秘或空灵处,竟也因作者的久于乡村。作为农民之子久于乡村,才会有莫言那种对乡村"心灵深处某种昏睡着的神秘感情"(《红高粱家族》)的知觉与兴趣。因而常常是,极贴近极"现实"的感受(如政治感受)与迷离惝恍的神秘体验容纳在同一作品中。知青作者则对其经验持更理性的分析态度,作品的内容由这一方面看,又像是更"实",意境亦罕有混茫。——这里也只涉"差别",非关优劣。

属于同代人的上述作者,都能以纯朴的态度对待自己的经验。那种"纯朴"使他们各自避过了一些模式、框架的羁束。外

---

① 《桑塬》一作中说:"可对桑树坪人,我没有一个恨的。都是好人,都是可怜人。"《桑树坪记事》写到李金斗,用了辩解的口吻,说:"因为他是农民,是大块地大块地耕种收获,却要一粒粮食一粒粮食算计着过日子的农民。"

来者对乡村社会中习以为常素被忽略的日常过程的文化意味的发现,是真正的文化发现,决不因作者系"外来"未"扎根"而稍减其价值;土生土长者虽然因"寻常"、"惯见"的消磨对日常情景少了敏感,但对更深潜隐秘混茫弥漫的文化境界的探入,却更有赖异秉。

插队知青作者与土著作者间的比较告一段落,我们接着谈朱晓平。

朱晓平一度入陕的知青经历,已被他很充分地利用着。"知青"这一身份对于朱晓平很可能也像对于马原一样重要①,写"桑树坪系列"即使在极投入时,也仍示人以叙事者的知青角色。不同于郑义的写《远村》、《老井》,朱晓平口讲指划,时加点评,而且正是知青身份的点评。所讲故事之惨痛,应属太平世界的奇闻。作者极写"事件"的不公正、不合理、野蛮落后、反人性非人道,文字间仍有当年那个城市少年的讶异情态。城市少年闯入乡村,所见种种,无不可叹。在知青作者,这反应最正常自然。奇而不奇,不奇而奇,多出于叙述者的感知与认识方式,原也没有绝对客观的尺度。《私刑》、《林游山道》等作,隐去了知青叙事者,笔法更透着圆熟,方言运用也更地道,甚至状物亦更生动,却也多了一点农民式的猥亵趣味,与《桑树坪记事》等作调子不同。

朱晓平不大理会创作界另一些知青哥儿们的"贵族趣味",他坦然地以传统方式讲他的桑树坪故事、林游山道或陕甘大道的故事,每个故事都完整得恰像"故事":剪裁依了旧章法,首尾整齐,合于接受期待(尤其哀情、惨情故事)。这写法的确太不入时,却天然地适于舞台、荧屏——又以此证明了其大众文化品味。"桑树坪"一组"人物谱"的写法像是业已古老,却诱你一篇篇读下去。我得承认,读了那篇饲养员金明的故事后,我是黯然久之的。虽然"生活"被朱晓平充分地故事化了,你仍可觉出乡

---

① 参看马原《冈底斯的诱惑·作者小传》,作家出版社版。

村给予作者的关于"人"的经验的厚实。见多了形式大于内容的"实验",这用老旧方法写出的关于"人"的故事,别有一种新鲜。读者(专业化的读者即批评家有时例外)最要看的,仍然是"事儿",是人物及其命运。你在回忆这一代作者的作品时,会发现其中生动结实的"人物",仍是上文谈到的朱晓平的李金斗。这人物经得住严格的古典尺度的衡量。由"人物"体现的人性洞察力与世情知解力,仍然应当看做小说家的最重要的秉赋吧。由这里看,朱晓平施展的余地尚大,创作前景正未可限量。

这一代作者大多能写一手漂亮的创作谈(或创作论),足以证明其理论素养与创作中的自觉意识。李锐关于《厚土》的"自语"即是。其中有些见解异于时论,令人读之不禁一惊。比如他说:"我们再不应把'国民性''劣根性'或任何一种文化形态的描述当做立意、主旨或是目的,而应当把它们变成素材,把它们变成血液里的有机部分,去追求一种更高的文学体现。在这个体现中,不应以任何文化模式的描述的完成当做目的。"他自己的《厚土》当可看做"有机化"的一种尝试。那只是"厚土",或者可以再标出"吕梁山"这一地名,却不是缩微形式的"乡村中国"或"中国乡村"。但也不妨承认,"文化"是那一代作者借以摆脱习惯眼界的最方便的借口,而整合文化模型,较之前此流行的文明愚昧的二项对立,确也是进境——写"文化"更有可能入深,境界亦更旷远。由韩少功、李杭育极尽形容的楚文化、吴越文化,贾平凹的自是一世界的商州,到赵本夫标举的黄河故道文化,以至陕甘作者得天独厚据为生命之泉的黄土地文化:其时作者的兴趣的确不止于民俗风情的展示,而更在艺术地把握"文化模式"。其间的得失,是可以继续讨论的。只是文化决定论与"反文化决定论"均属理论命题,它们似乎都不宜于作为作品的主要支点。仅由作品,确也看不出李锐与同代作者作品间的显然区分。写乡民的具体生态,与追求文化概括,其实是同为其时作者所注重的。

李锐的"厚土"一组,是精悍的短篇。新时期之初,中篇一度行时。彼时作者们或复出,或归队,都有倾诉不尽的积郁。初试的新手能写短,却难得"精悍",以至短篇的艺术要求也渐就模糊。到"厚土"问世前后,作者们已重新试着在短篇的狭窄空间里折腾。汪曾祺、何立伟、李庆西的小品式、笔记体小说,走的是较现成的路子——其实几乎没有哪条路是绝不"现成"的。李锐写"厚土"诸作,取径与上面几位不同,却更合于19世纪以来短篇的结构要求。我们的新文学史上,找得出一批合于短篇规范的作品。"厚土"系列中《眼石》一作,尤有精悍之气,其剪裁令人想到电影的镜头运动与组接。这一组作品,所选都应属刻凿短篇的最佳用材,材料用得充分,几无一点浪费,意味全出,又不着一句俚语。写这种作品,是对力量的训练。作品的力量感当然也来自浓缩(主要指"单位面积"的意义含量)以及叙事间的顿挫。那种横云断月式的组织,与朱晓平小说的首尾俱全,各有结构渊源。只是前一种结构方式运用起来更有难度,重复运用也更易于造成阅读疲劳,尤其在仍然习于脉络分明且贯通的中国读者。

同写晋地乡村,郑义写太行,李锐写吕梁,都由那山读出了"历史"的悲怆意味。对吕梁山苍老面容的慨叹,是迂回地响在李锐的"厚土"系列中的。"苍老"是不止一位知青作者由记忆中提取的最深刻的乡村印象,这印象的提取又赖有"知青后"据以省思的理论氛围。不同于郑义,李锐更将对那山的深情与慨叹压进谨严的框架中,以收敛积攒力量,在顿挫有力的句型中有节制地释放,以此强调了操纵者的意志,而不像郑义那样,写乡民写到似忘情无我,作品亦无郑作那样浓厚的方言趣味。

无论取径有怎样的不同,其时的年轻作者,阿城、何立伟、李锐等所共有的锤炼文字的热情,无疑提高着小说(尤其短篇)的审美品位。李锐《月上东山》等作的文字还是平滑流畅的,未有日后《眼石》似的嶙峋崚嶒,令人想见作者用于文字提炼的艰苦劳动。读书界赞赏艺术创造中的严肃,却仍期待作品的格局时有新变。汪曾祺评曹乃谦的小说《到黑夜我想你没办法》,说"小说的形式已经不是一般意义上的朴素,一般意义上的单纯,简直就是简单。像北方过年夜会上卖的泥人一样的简单。形式不成比例,着色不均匀,但在似乎草草率率画出的眉眼间自有一种天真的意趣……我想这不是作者有意追求一种稚拙的美,他只是照生活那样写生活。作品的形式就是生活的形式。天生浑成,并非返朴"①。关于曹作,汪曾祺以为"天生浑成"处,我看出的却是技巧化、人工化。汪曾祺的下述劝诫我以为不止对曹乃谦有益:"曹乃谦说他还有很多这样的题材,他准备写两年。我觉得照这样,最多写两年。一个人不能老是照一种模式写。曹乃谦已经意识到自己的写法,别人又指出了一些,他是很可能重复一种写法的。写两年吧,以后得换换别样的题材,别样的写法。"

上面说读郑义的作品觉其"忘情无我",其实也因阅读习惯。阅读在适应了某种格局之后,会不再意识到"作者"、拟作者的存在。当此之时,以变体为适时的提醒,使叙事脱出走得太熟的路径,是必要的,但这无妨于作者用他以为最适宜的方式叙述。我相信,即使文坛风气再经几度变换,如郑义《远村》、《老井》那样的作品仍足以动人。普通读者也仍会心甘情愿地被诱于作者的叙事花招,乐于读到忘身所在。郑义曾自惭其"愈写愈实,愈写愈笨"。写《老井》,意欲将"现实、历史与一系列神话、传说,结构成千年村史",使这村史成其为"中国农村史之缩影","具总体上的浓郁象征意味",却"又写结实了",乏"灵秀之气","大体上仍是一面'镜子'"。② 其实现在回头看,写"结实"谈何容易!

知青作者的乡村小说中,知青观点最隐蔽、乡土味最浓重者,或应首推郑义的两作。朱晓平善于讲乡村故事,有意示人以

---

① 汪曾祺:《〈到黑夜我想你没办法〉读后》,《北京文学》1988年第6期。
② 郑义:《太行牧歌》,收入《老井》,中原农民出版社版。

讲述者的知青身份,且一再用第一人称叙事,视角明确无疑。郑义以第三人称叙事隐蔽了知青身份,却并不规避情感的注入。《远村》、《老井》两作中,不但小狐子、牧羊狗有情,狼亦有情,那山野草坡更非无情物——写来自是满篇皆情。① 写乡村人物,郑义写得很体贴。这态度为某些同代作者所不取,更不论有先锋色彩的年轻者。但这份体贴的确成就了郑义作品的魅力。作者的体贴,与所写乡间男女的万种柔情,融成一片缠绵与凄恻,"风格"似更与陕西作者相近。

"相近"的是所写土地极贫瘠而男女偏饶风情,是由贫瘠而饶风情以及作者的情感态度中酿出的深长忧郁。这忧郁是写吕梁山的李锐笔下所无的。相近的还有民歌陶醉,及那些民歌的凄婉节调。这使人想到陕北风情、大西北风情的成因。这里应当有一些可用"规律"名之的东西,如物质匮乏与情感补偿,如山民由孤绝处境造成的情感方式与习癖。至于文字间相近的方言趣味,我下文还要谈到。

郑万隆的"异乡异闻录"中,力作当推《老棒子酒馆》。这《老棒子酒馆》与李锐的《眼石》,都像是攒足了劲儿的一跃。因气势充沛,所写无不妥帖,舒卷自如,亦所谓"气盛言宜"。这些或许不只赖有写作前的酝酿,也赖有写作当时的状态;而写作状态太偶然,太难以"做成"。《老棒子酒馆》的好处,还在不刻意追求寓言品性。郑万隆对寓言性的一度醉心,亦来自一时风气。其时作者们大约将意义发现认做了小说家的要务、作品的存亡所系,不惜力竭于此,挣扎得窘相毕露。郑万隆的寓言是更像寓言的,也就更能显现普遍困境:既难以使寓意出人意表,又乏营造情境氛围的足够笔力。你不难察知作者的野心,同时不能不惋惜于

---

① 郑义作品中,乡民所处自然环境充满灵性,这或略近于乡民的感觉方式。写人与自然的和谐、和解,也是一种当代趣味。《老井》之外,郑万隆的《峡谷》也写这一主题。阿城的《树王》则以批判的形式表达和解愿望。

其力有未逮,从而想到"倘若作者向自己提出更有可能承担的任务……"

《陶罐》是寓言诸作中较为浑成的,寓意却毋宁说"古老"。但真的写到了得意处,郑万隆的形容会如刀斩斧凿,忽忽生风。令人想到这种文字驱遣中的快感,或许比之玄妙的思理更值得追求。寓意的平凡由富于光彩的文字得了有效的弥补。读阿城作品,读"异乡异闻",读李锐"厚土"系列,都令人猜想,发现了文字(话语—叙事)创造着故事、"意义",一定是一种激动人心的经历。那是一种比之一般所谓"写作"更近于"原创"的经验。至少在写作者的感觉中,像是由自己孕育成功了一个世界。就文字运用而言,一般说来,写浓比写淡易,写浓便于藏拙。刻意形容,笔墨浓重,是年轻作者的常态。浓而有力,可由训练而致;淡而有味,却既是功夫又是秉赋。郑万隆那一代作者中,能写出汪曾祺那种"淡"来的,还未见有。阿城不过"似淡"而已。浓淡自然也系于年龄,现在弄笔的年轻人,或终会由绚烂归于平淡——无须乎巴巴地去追求的。批评界通常不止容忍而且赞许文字"锻炼"这一种"人工",而对情节、结构上的太"做"(太人工)持挑剔态度;大约认为前一种"人工"是艰苦的艺术劳动,后一种"人工"则多半因取巧或平庸。

新时期写乡村的作品中,最容易使人想到五四一代的笔意与境界的,是高晓声、何士光的部分小说。何士光的《蒿里行》、《苦寒行》等,不但如上文所说令人想到蒲宁,也让人想到鲁迅、蹇先艾等新文学作者。这未必出于有意的"师承",多半是气质以及所占有手段的相近使然。何士光的阴郁,与上文所说郑义作品的忧郁,自然不属一种境界。郑义的以及写大西北黄土地的作品的忧郁,是挟着人事的暖意以至人情的缠绵的,而何士光的二"行"则阴湿沉重,因无上述暖意而有更近于"彻底"的荒凉。何士光的文字重浊,透出在文字间的作者,也像是思虑过重,有疲惫困顿的神色。他的叙说强调主体的知识者气质,写乡土的地域性却决不肯融于那乡土,在同代作者中尤以态度的凝重冷峻异于他人。

故乡的河,亦如故乡的老树、老井、老屋一样,从来为乡情所系。沈从文的系念于沅、辰二水,是新文学史上的著名例子。当代文学中,张炜之于芦青河,贾平凹之于商州的州河,亦一往情深。其中张炜更有一份痴情。葛川江之于李杭育,似有不尽相同的性质。或也多少因了李杭育原籍山东,那条南方的江在他笔下,更是人文地理的、文化的,既是作者蓄意营造的文学象喻,又是他探察、研究的客体。《最后一个渔佬儿》于淡淡的惆怅中,境界还不失澄明,到《阿环的船》等,这江水已难说清浊。它不复如沈从文笔下的沅辰诸水,水下沙石可见,有水鸟悠然飞掠。这条江渐渐地将亦美亦丑亦惨酷亦壮烈亦卑琐亦崇高的诸种人生相一并涵容于自身了。你于此清晰地看到了水色随作者思路(以及文学风气)的变幻。不同于张炜的芦青河的,不止是这江非作者的乡情所系。"葛川江"绝无芦青河似的纯洁。它出现在李杭育笔下,一开始就是充满情欲的,只是这情欲最初因某种人性理想而显得"健康",此后渐渐难论美丑罢了。较之贾平凹的州河、张炜的芦青河,这确也是南方的河,是流淌于吴越之地的河,是生命力健旺的放荡的河。沈从文写情欲,写湘西山民水民的放恣,却越写越节制、净化。当代作者像是取了相反的方向,不避他们所以为的生活的稠浊。这样的江虽不便以"美"目之(其情欲也常常是"卑下"的),却多一点"生人气",人的血肉之躯发出的气味。

马原的作品属于那种使你无从论"文字"的一类。它在用了极平常的文句构造出阔大境界时,令人无视那些文句。初读马原的作品,你会以为正是那表达的单纯不免可疑,那种由单纯达到高旷境界的能力是近乎神秘的。或许"神秘"本身即宜用最单纯的话语形式言说,而单纯到了极度自然就有了神秘。史铁生说:"马原的小说非古非洋,神奇而广阔。李劼说他是在五维世界中创作,我有同感。精神是第五维。"① 只是马原的写法不可轻试。上面已经说了,写浓通常比之写淡更易于把握。那种出自作者"气象"的文字,从来是难以摹得的。

史铁生本人写知青的作品,也浑成,不宜于句摘。史铁生有那一代作者中少见的细密地状写情境的能力——无论在"知青小说"中,还是在写残疾人的作品里。写后一类故事,他极擅传达那种含有些微暖意的凄清。因这"些微暖意",虽时有死亡阴影,也仍是人间,只不过多半是人间黄昏或清夜而已。他不玩"形上",不刻意求深,而以朴素真切地写伤残者的琐碎经验动人。他的话语风格,是宜于娓娓叙说的。不以曲折跌宕取胜,平易疏淡自然与机趣,使这叙说别有一种魅力。在插队的故事里,史铁生更以"娓娓"而谐趣,异于同代人的叙说。他也有那一代作者中少见的幽默秉赋——亦如李杭育,那并不是乡民的幽默,而是看乡民者的幽默。如史铁生所写那纯朴得近于童稚的陕北农民,似乎正合于用史铁生的态度去看。这幽默也如悲悯,并不"平等",都出自知识者的情感态度,有知识者对于自己角色的忠实。

以这一种态度回忆与述说,作品自然饶有情趣。在我看来,史铁生的笔致天然地宜于"回忆"。《插队的故事》一作中有不少"记趣"的笔墨,在知青文学中,在知青作者的乡村小说中,均属少见。富于情趣,本应是乡村文学的通性,知青作者的乡村小说却往往缺少这一种品性。

中国古代的田园诗,其佳作不追求理趣而饶有情趣——出诸士大夫的世俗感情,对人间味、生活味的耽嗜与细腻的品味。文学中,"情趣"是由"余裕"中来的,不只是生存的余裕,还有心灵生活的余裕。五四新文学史上,如鲁迅的《社戏》、沈从文的《阿黑小史》之属,即富于情趣。当代作者中,汪曾祺作品的佳处

---

① 史铁生:《礼拜日·随想与反省(代后记)》,华夏出版社1988年版。

常在于此,比之他的老师沈从文,有时笔致更悠然。这种心态、文字境界,自然不是"为人生"或"为"别的什么那些个严肃的大题目所能范围(却也决非如某种理解那样是与此相反对的)。总的看来,新文学因"使命"与经验的沉重性而少余裕,近十几年出诸年轻作者之手的乡村小说,则因意义耽嗜亦少了余裕(都常常使人觉得饱和以至满溢)。生活并不总是为意义所充满;人的心灵生活、内心需求更是多方面的。

对日常生活的审美态度更赖有上文所说的"余裕"。知青作者中,史铁生的回忆略有闲话当年的心态,有时即笔下闲闲的,将无关大旨的细事写得可喜可爱,在那一代作者中实属难得。比较之下,王安忆只是淡、平易,文字与史作殊不相类,譬如不属富于"情趣"的一类。淡,未必就轻松,王安忆的作品通常是质密的。王安忆初期创作中令人感动的单纯,已有人谈过了。那单纯自然与心境、与文字的"淡"均有关。有人以为如《小鲍庄》中乡村人生的单纯,亦出自知青(即局外者)趣味,与生长于乡村者的乡村感知不同,这也可信。情况有可能是,作者以其单纯将"世界"单纯化甚至也朴质化了。此外,还应系于观念背景。在肯定平凡人生世俗生活这一点上,王安忆笔下的乡民与城市居民的人生愈来愈无绝然的分割。"淡然"似乎也缘普通人生无以承受语义过分严重的"价值论"似的。关于王安忆,本书已多处写及,不便重复。陈村《走通大渡河·后记》中说:"白天在一天天变长,梦的时间自然少了,这五、六年,似乎在向清醒走去。我怀疑,觉得这对艺术不一定是好事。"我猜想会有不少作者因这"向清醒走去"而懊恼,但王安忆却处之冷静泰然。她的创作像是随时序(年龄)流转,不在意既成形象与别人由此寄予的期待。由少女式的清纯甜净,到入世渐深后富于智慧的庄重、安详——顺乎自然,与时俱进,这份从容就值得羡慕。生命不断地流走与补充,如河道然。或许有人希望出现在《雨,沙沙沙》等作中的,是永远的王安忆,我却嫌她将初期的语调保留太多,叙事语调太过单调,有时琐细近于絮叨,久读即易生倦。她说"不要语言的风格化"、"不要独特性"[①],确系悟道之言。但她本人实在也难免为"风格"所囿,只不过因有见于此,极力将"风格"淡化罢了。弄文字者,有逃不脱的命运。王安忆试图仗着那些个"不要"逃脱,却注定了不可能全然如愿。

倘若为这一代作者由幼稚到成熟的惊人一跃取证,可读铁凝的作品。由《夜路》一集到《哦,香雪》、《村路带我回家》,到《麦秸垛》、《棉花垛》、《玫瑰门》,是一个虽连续却充满了激动人心的顿挫的过程。关于《村路带我回家》,本书已多处谈到,那不消说是知青文学中的佳作。《麦秸垛》却不大易于纳入本书有关"知青文学"的界定。小说写知青也写乡民,其间有分际亦有融合。作品中知青与乡民的人生都如每天的日子般舒缓平淡,只是乡民的日子平淡得坦然,似无思无虑,知青的日子于平淡中不免有小小骚动而已。叙述中亦不像史铁生《插队的故事》那样作判然区分,其间乡民与知青的话语界限略见朦胧模糊。这里应有下乡几年后的知青生活状态。小说的难以纳入界定,或也因其是更成熟的知青小说。当然作品并未于浑融之境中消融了"意义"。铁凝对意义的关切决不下于同代作者,只不过力避刻露罢了。《麦秸垛》的结穴令人想到王安忆的《大刘庄》。《大刘庄》中的乡民说:"天下姓刘的都是大刘庄的叉上分出去的。"知青也说:"我们的祖宗是一个。……大凡姓刘的,说不定都是大刘庄的哩。"《麦秸垛》写回城后的杨青觉得"世界是太小了,小得令人生畏。世上的人原本都出自乡村,有人死守着,有人挪动了,太阳却是一个"。城乡的人生在一种经验一种感觉中连成了一片。这或许是唯知青作者中的女性作者才有的一份细致的体验。王安忆在《大刘庄》里反复地用了城—乡这一对概念,铁凝索性将这对照也模糊化,只说其知青人物自觉"不过是从一个麦秸垛挪

---

① 王安忆:《写作小说的理想》,《读书》1991年第3期。

到另一个麦秸垛",那麦秸垛、大芝娘随处都在,大芝娘甚至就活在她自己身上。这不消说也是意念,但表达的确更含蓄,意境确也较《哦,香雪》、《村路带我回家》等作更深远了。

铁凝似少一些同代人的浮躁,神情沉着而自信,由节制含蓄中渐渐施放着她的力量。铁凝与王安忆都长于写日常之境,述事写情,委曲尽致且从容舒展,而又各有一份蕴藉。其入世之深,其与时俱进,其驾驭文字的腕力,描写中日见增强的力度,都令人相信她们较之自己的男性伙伴,有更开阔的发展余地、不可预测的创作前景。

赵本夫早期小说,写得质直泼辣,几无修饰,颇见劲爽。那地方的方言也像是很有几分粗直痛快。苏北黄河故道也苍凉,赵本夫不用晋陕作者那种委曲低回,倒写出了另一种情调。《雪夜》一组,渐就含蓄,也更讲求技巧,由质直明快而追求一种掩映的美,可以看出时尚的积极影响。境界的变化与沉重感的潜滋暗长互为表里。写"沉重",亦一时风尚。至于后来更向通俗小说一路发展,凭藉的是其天然的优势,并不在人们的意料之外。

第三节　方言趣味及其他

关于部分当代作品的"文字印象"拉杂写来,犹未尽意。有些印象,宜再加记述,如文字运用中的方言趣味、文言趣味、通俗文学趣味。

方言趣味

"方言文学"不属于当代创造。五四新文学前,已有吴语小说如《海上花列传》,有京白小说如《小额》。名著中,《红楼梦》、《儿女英雄传》运用当时北京方言的成就,一向为人称道。"小说"既为"街谈巷语,道听途说者之所造",从来是方言口语、民间语、官话、文人腔调等等的仓库,有时期性、地域性及社会各层话语的丰富存储。

五四新文学运动,是现代史上由文人发动的文学运动,其最初所设的对立面(文学思潮、运动通常要以此种设置为自我界定),就有市场极大的市民通俗文学。这种对立强化了初期新文学的精英品性,使之不能不在话语层面,严于与市民通俗文学的区分(以免模糊了运动的性质)。其实运动的发动者如胡适、鲁迅、周作人等,深知古典白话小说的好处,也未必真的以为当时的通俗小说一无可取(鲁迅供鲁老太太读张恨水的小说,可为佐证)。由此看来,1920年代新小说界的文人腔、知识分子腔,实在有不得已的苦衷。此外,现代白话文尚无规范,初期作者多受学院式教育,一时无从占有更为丰富的语言材料,也是不难知道的事实。

1930年代初的大众化运动有鲜明的意识形态背景,是一次改造新文学使之适应政治需求的运动。运动中对于初期新文学语言方面的批评虽嫌尖刻,却是切中时弊的。"大众语"的说法,以"知识者"与"大众"的二项对立为自明的前提:大众语更指底层话语。此次运动确也导致了新文学向底层人生的进一步靠近。"将活人的唇舌作为源泉"①(注意,鲁迅这里说的是"活人",而未指明是某一社会阶层的人),成为作者们自觉的追求。方言以其民间性、口语性以及表情达意的生动性,自然被作为重要的语言材料。大众语运动明白可见的成绩是,1930年代到1940年代写乡村的小说,较之1920年代更有口语的自然,以至当代文学在这一具体方面,也要拜新文学之赐。

---

① 鲁迅:《写在〈坟〉后面》,《鲁迅全集》第1卷,第286页。原文说:"以文字论,就不必更在旧书里讨生活,却将活人的唇舌作为源泉,使文章更加接近语言,更加有生气。"

1917年文学革命以后,小说的口语化,方言的入(新)文学,是与"新小说"作为艺术形式的成熟同步的。仅由话语层面,也令人看出作者们经验的扩展,他们使叙描具体化的能力。话语作为所写"生活"的质地,其日渐丰富的过程,是新文学疏浚、拓宽其河道的过程,也是新文学的文学语言的美感以至文化涵蕴日趋丰厚的过程。

下面的语言现象颇耐人寻味。现代城市较之乡村更有活跃的语言创造力,实际生活中经常发生着的,是城市语(挟城市优势)向乡村实施文化渗透的过程。我想,即使在城乡壁垒高筑的现代史上,上述过程也应已发生着(五四新文学即写了进城农民以及阿Q式的对城市话语的新奇感)。反映在五四新文学中的,却更是乡民的口语、方言对知识者(城市人)的吸引。仅此一点上,倒像是乡村文化向城市的渗透或曰"倒流"。写城市的作品,相当长时期内其成就集中于写老旧城市(如老北京),作者于此表达的,更是对古老文化的钟爱,不足以反映城市语言创造的活跃事实。这种情况直到近十几年才有所改变。但除"京味小说"外,"方言趣味"仍然只是乡民语言趣味,城市(除北京外)像是在方言区域之外。这除了因城市五方杂处、知识分子集中外,也因乡村文学口语化、方言化的积久的优势。这种情况或许不会持续得太久。小说对于乡民语言、方言的迷恋,目下已成城乡文化对流中的偶然事件。但你仍然不妨承认,文学中的乡村魅力是可供玩味的象征:乡村即使在经济劣势中仍保有某种文化优势,乡村对于知识者的吸引在一定范围还是不争的事实。方言趣味中或许有保守的文化心态,但文学从来就以此种不趋时,坚持了自己的文化品性、自己的价值立场与审美好尚。即使在将来的某一天,富于方言趣味的当代小说(包括京味小说)被视为语言化石的仓库,它们的价值也将在于以化石的形态保存了特定时期特定地域的语言文化面貌。

这里将话题扯远了,我们仍回到文学史的线索上来。

在五四新文学作者那里,方言是作为大众语、民间语、口语被采用的。在当时,写乡村而特重地域特性,特具人文地理意识、趣味,将方言作为地域文化材料的作者,实不多见。你看根据地小说(如《高干大》、《种谷记》等),甚至看赵树理的作品,都会有此感。吴组缃写《鸭嘴涝》(后改名《洪水》),本来企图将篇中对话"纯写方言口语",后来承认"这次的试验碰了钉子。简单的说罢:第一,方言口语中的词儿往往有其严格的窄狭的地方性……第二,就是多数方言口语中的词儿,根本写不出来。……因这些困难,原想把对话写的活泼逼肖些的,结果却弄得似是而非,半死不活,还是不像个话"①。有其志而无其力,应属那时文学实践中普遍的困窘。当然也有成功的例子。沙汀写四川,对于人物话语的川味就有良好的感觉与传达能力。这一时期的老舍,其创作中北京方言的运用达到了相当成熟的境界。当时亦有写京白小说的提倡,只是除老舍外并无相应的实绩罢了。

方言之为"趣味",在现当代文学中,是积累而成的。周立波写湖南,就较沈从文之作更有方言趣味。这不关水准,或许除作者气禀外,也缘风气。

五四新文学因系建立在"白话文运动"的基础上,虽亦强调"不避俗字俗语"(胡适),却必得极端注重现代白话作为文学语言的规范化。即使老舍,其志也在"把白话的真正香味烧出来"②,因而写北京市民语言力避生僻费解,务求于口语的自然中,兼有北京以外读者易读易晓的明白畅达(倒是当代京味小说以至京味的影视作品不守此种规则)。下文将引述的汪曾祺评赵树理的那句话,说的正是新文学作者共同遵循的原则。马烽等被归入"山药蛋派"的作者,亦奉此为圭臬,用语决不一味求

---

① 吴组缃:《鸭嘴涝·赘言》,抗战文艺丛书第三种,文艺奖助金管理委员会出版部编辑兼发行,时与潮社印刷,1943年初版。

② 老舍:《我怎样写〈二马〉》,收入《老牛破车》,人间书屋1937年初版。

土。"普遍化"的原则以外,还有提炼的原则。"原味儿"要靠烧制才能出来。上述原则仍为当代一些乡村小说作者遵行。由柳青、王汶石到路遥等写陕西乡村的作者,笔调毋宁说是相当"文"的,文字极雅驯,写人物话语使用方言尚且节制,叙描用的更是所谓"知识分子调子"。新文学史家承认有"山药蛋"、"荷花淀"派,写陕甘宁边区的那批作品却不名一"派",应与地域色彩尚不鲜明有关——也包括了方言魅力尚未在文学中形成。有关作者对"运动"的兴趣绝对压倒了领略风情的热心。"风情"是赖有悠然闲适的态度,才成其为文学的对象的。

　　当代,尤其近十几年,较之五四新文学,大大发展了"方言趣味"这一种文字趣味。这与"文化热"不无关系,也因"文革"后相对宽松的创作环境,鼓励了审美追求。"文字趣味"被公然作为目标,从来是在意义追求相对放松的时期。即使当代(近十几年)的京味小说,比之老舍作品,也更表现出对语言本身的陶醉。

　　汪曾祺称许赵树理的语言工夫,以为赵树理所写是山西味很醇的普通话,而眼下的不少乡土文学作品,怎么写怎么看,都觉得是城里人在说乡下话①;我则以为,有时作品的味道,正在"城里人说乡下话"。"乡下人"从来更靠"城里人"发现,乡村与城市原是互为界定的。外来者与土著,自有不同的文化兴趣,各有其熟悉与陌生,作者正不妨利用其外来者或土著的便利。方言在土生土长者,会如空气一样,因呼吸其间反不大被留意,通常赖有外来者凭藉陌生感将其拔出习常状态,赋予其审美品格。知青作者写乡村,较之土生土长的作者,有时有更浓厚的方言兴趣,也因作者系外来者、城里人,更有对乡气、土气的敏感,对方

---

① 1990年10月18日《文学报》。

言的鉴赏以至研究态度。① 你比较了韩少功的《归去来》与古华作品,史铁生《插队的故事》、朱晓平的"桑树坪系列"与贾平凹、路遥的小说,不难同意我的说法。当代京味小说作者(包括汪曾祺)中,有不止一位外省人。周立波固是湘籍,却是"城里人"。他对湘中土语的敏感,亦未必不是由"城里人"的趣味所致。

这也证明了方言的美感功能并非出诸"天然",而是赋予的。文学中的方言是选择的结果。被以为"天然"、"本色"的,恰是一种经努力而达的美感境界。方言魅力赖有外来者的发现,是外来者的文化发现的一部分。即使运用中因其"外来"而并不十分地道,也会由于较为自觉的审美意图而更有"创造"性质。与此相关的另一值得注意之点是,方言(亦可谓"大众语"、民间语)在这样的运用中不再为了掩盖作者的知识者身份,倒是强调了知识者的主体意向。为汪曾祺所不满的"城里人说乡下话",表现在有意的强化、浓化、特征化;方言不只被作为构造作者个人的文学话语的材料,而且被作为文化剖露的材料。方言、乡语在这种运用中,有可能离本来的乡民语言更远,更具知识分子趣味(及城里人趣味)②。

当代文学中对方言的鉴赏态度,以方言为地域文化现象的

---

① 出诸知识者之手的乡村小说,往往并用乡民与知识者两种语风。这种处理既缘传统也因知识者与乡村间的实际关系。知识者对其间的区往往格外强调,亦可看做对"关系"形态的尊重。史铁生《插队的故事》,写知青用知青口吻,俨然当年的顽童,写老乡则用方言——其间并无不谐,倒令人见出作者对那乡村,亦出亦入,在其中又在其外。语言材料的转换中,亦有知青的主体情态,主体与客体间关系的演化过程,以及作者对此的朴素态度。另如朱晓平、李锐所写有知青人物"在场"的乡村小说,都兼用方言与知识分子语言。老知青陆天明的《桑那高地的太阳》则以知青口吻日益方言化,作成了关于人物消溶于那生活的象征(小说确也写到知青人物为所在地方所同化,以至忘了上海话)。

② 常见的情况是,作品中乡民人物说乡语方言,叙事则用知识分子语调,两者的特征都加以强化,而非使之中性化(比如中性化为地方味的普通话)。在这种不同语言材料的并置中,知识者的观点亦得到了强调。

研究态度,构成特殊的文学语言现象,使方言作为语言材料的运用,有前所未有的复杂动机。发展"地域性"的得失,一向众说纷纭,对于方言运用的这一方面的批评已不新鲜。我想,至少在一个时期,对于方言的上述鉴赏与研究态度,有助于文字训练、审美训练。这也因为自新文学兴起至今,流行腔、共用语更是创作界的痼疾。这里所说的"方言趣味",以及下面将要谈到的"文言趣味"、"通俗文学趣味",得失不论,在我看来,都属于脱出"大路"文调的努力。对文字本身的兴趣,从来都有益于推进创作。

新时期文学中,其方言趣味值得谈论的,是京味小说与写晋、陕乡村的作品。晋、陕文学由根据地时期起经了不少老作家经营,到当代作家笔下,其方言趣味似更引人注目。郑义笔下太行山民的话语,比之赵树理小说人物的,的确更有浓重的乡气,那山地风情在人物以及叙事话语中,也更见凄婉缠绵。"呀呀,美气!真个是'拉面面、油点点、葱花花、姜片片'!杨万牛呼呼噜噜吃了两大碗,提上鞋,拎起羊鞭便往外走。"(《远村》)那些个叠字,使所写"生活"绵软,平添了几多柔情。

晋、陕文学少北方式的鲁直、粗鄙,或也既因地方风情,也因作者们的方言提炼。黄土地文化的魅力,相当程度来自文学家提取的方言魅力。此种经了提炼的方言作为"质料",确较别处的方言更富于质感,更有可触摸的泥土之感,对于呈现那黄土地,像是有某种奇妙的"直接性"似的。史铁生生长在北京,写胡同生活并不追求京味的纯粹,对陕北方言却情有独钟。《插队的故事》写乡民,描摹口吻,神情毕见,因方言更见出黄土地的纯良质朴,在这一个城里人那里感印之深。大西北方言魅力在文学中,主要来自那带天真气的纯朴——这种语言感觉,不消说为城里人、知识者所特具。方言对"纯朴"的摹仿最令人酸楚,《麦客》(邵振国)即以此动人。大西北方言的纯朴之美,甚至吸引了张承志,他在写宁夏回族农民的《黄泥小屋》里,为逼近生活的原色,不惜牺牲了他引为骄傲的华丽的长句。

或许可以说,就乡村小说看,写北方乡村者,更富方言趣味。同一时期歌坛"西北风"独盛,"探索片"屡以大西北黄土地为背景,或也多少凭藉了文学营造的大西北形象。西北之外,河北作者的方言运用亦成绩可观。汪曾祺说曹乃谦的语言"带有莜麦味,因为他用的是雁北人的叙述方式"①。至于刘绍棠,王蒙说:"刘绍棠的成就首推他写的京郊农民的语言。"② 我研究京味小说,是将刘绍棠的作品有意排开的,因京城内市民与近京乡民的话语,在我看来并非一味。以刘绍棠写大运河的作品论,较之京味诸作,文字少一点机趣雅趣,明亮或又过之——刘绍棠作品的语言,的确使人感到亮度,给人以视觉触觉上的亮滑之感。乡民——又是燕赵之地的乡民——比之市民,口语自然少一点曲折,多一点亢爽之气,声音意象与"气质"均有不同,溜滑脆爽处或又近之。这明亮而带着脆响儿的乡语,自不会有掩映之美,不便写幽渺曲折的情致,其涂染出的,是北方那干燥清爽的乡村世界。刘绍棠得力于"生活"的熟,似无所用其深思,即有浓烈的乡俗趣味。民间文化、俗文化趣味浓到了十分,那文字亦是一种"文化"。无论文野、无论审美品位的高低,都值得研究。

我却由这里察觉了外来者与土生土长者方言材料运用中的另一种不同。刘绍棠(贾平凹亦然)不对乡民口语之"土"加意强调,他们更熟于运用乡间"成语"、俗谚等,用到极熟时令人忘其为"方言"。这是别一种方言趣味。对乡间"成语"(经了提炼而成"共用"的乡民俗语)的熟稔自非久居乡村者不能及。有关作者叙述语风的紧凑,也因诸种语言材料的并用而无间隙(人物语言与叙事语言有时亦无间隙)。叙事风格的不同,其实也与语言材料的掌握与运用有关。

---

① 汪曾祺:《〈到黑夜我想你没办法〉读后》。
② 王蒙、王干:《自由与限制——当代作家面面观》,1989年6月17日《文艺报》。

至于张承志在《美文的沙漠》一文中谈到的"母语",不是指方言,而是指民族语,属于更深奥的语言学课题。这课题即使在张承志,也仍然是未解的。他在《金牧场》中一再写到对蒙古族额吉、哈萨克族老妪,尤其对西海固回族阿訇宗教祈祷的语音感受,在《凝固火焰》(以及《金牧场》)中,写异族伙伴间的交流,极力寻索话语微妙的文化意味——这也可以用来注释新时期一代作者共有的语言文化兴趣。至于用所谓"母语"表达,我由张承志那里,还未看出此种前景。

　　无论母语还是方言,都并不能保障文学语言上的成功。母语、方言在未经制作、未经"审美赋予"时只能是大众语、(某一地域某一民族的)共用语。张承志早期的《北望长城外》与较后的《黄泥小屋》使用方言,反失了这位作者语言的固有魅力(不过以此种代价证明了一种能力而已),可以作为因特殊的语言材料反成"大路"的例子。张作的魅力,仍在那文人气十足的时见滞重的书面语中,在那些情感含量极重的长句里。这长句、书面语,才更能呈现张承志的个人情境。①

　　写到这里,有必要申明,方言趣味只是当代乡村小说文字趣味之一种。我已说过,这趣味在多数作者那儿,正是知识者趣味而非乡民趣味、农民文化趣味。这一时期的文学,比之1930年代以后的新文学,比之"十七年"的创作,有更纯粹更浓厚的知识分子趣味,其表现就包括了使用知识者特有的话语形式写乡村,如何士光、贾平凹、张炜(张炜且钟爱所写乡村人物的知识者气质)。这是新时期知识者意识苏醒的文学表现。

---

　　① 进一步说,张作的魅力应在那种呈现"难言"的话语努力中。读他的作品,你时时可感作者在极力使难言者可言,使微妙的、飘忽朦胧暧昧、形态不定似不可把握的,极其个人、内在的意绪呈现于话语。这"难言"与"言说"(且务求痛快淋漓)之间的张力,影响到他的作品的整个文字面貌。

文言趣味

更公然坦然的知识分子趣味,是近十几年间乡村小说的文言趣味。

当代文学中的文言趣味与下面将要谈到的通俗文学趣味,都像是对于五四新文学运动、白话文运动宗旨的逆反,或曰由当年"原则立场"上的倒退。只是在六七十年后的当今,除文学史家,尤其坚持"原则立场"的文学史家外,人们并不作如是观。其实,文学语言从来没有质地真正纯粹过。五四时期因文白夹杂倒是成就了最具时期特征的文风。鲁迅自承"不三不四"[①];周作人、郁达夫等,不但用语,而且造境也往往"陈旧"。恰由那"夹杂",令人感到这一代人深厚的知识素养,倒是补了"初期"在结构手段上普遍的幼稚粗拙。1920年代的小说作者不便与三四十年代作者比结构能力,却可用文字能力(尤其文字的文化含蕴)骄人的。当时作者中,如郭沫若,使用的倒是畅达的白话,却偏让人感到太白,白到了无余味余意。三四十年代文学,白话更趋规范化,文白夹杂的现象渐少,文言趣味却仍借白话而存留。沈从文谈其文字经验,说是少用虚字,就是由文言训练中悟得的。沈从文造句的短劲曲折处,也确能得古散文的神韵。

当代(近十几年)年轻作者对"文言趣味"的追求,一方面出于好奇,由"旧"中味出了新鲜,一方面则为寻求文化包装——也是由"文化热"中发生的需求。这也正是拟古、仿古风大盛的时期(歌舞、器乐、工艺美术、建筑以至"食文化"),为风气所动,舞

---

① 鲁迅说:"别人我不论,若是自己,则曾经看过许多旧书……因此耳濡目染,影响到所做的白话上,常不免流露出它的字句、体格来。""当开首改革文章的时候,有几个不三不四的作者,是当然的。只能这样,也需要这样。"见《写在〈坟〉后面》,《鲁迅全集》第1卷,第285、286页。

文弄墨者也竞相追求古奥。写乡村的作品,如《古船》,如《浮躁》,有些处被制作得铜锈烂然,作者似乎也自得于那仿佛"古色古香"的文调,可见风气移人之力。何立伟的《一夕三逝》等作是更极端的例子,因极端而为时论所不满。① 也有较隐蔽的文言趣味,贾平凹的"商州三录"、阿城的"三王"、《遍地风流》可为例子。以贾平凹、阿城的才华,仍做不到如汪曾祺似的醇厚。阿城行文的苟简,即嫌乏自然之致。汪作中,文言趣味更内在,外观则是浅易畅达的白话。这种境界极难达到。写到这地步,"文化"才不是一颗痣更不是一帖膏药,亦不是涂料、包装纸,而是"精神"。这里要的是古文学(以至古文化)与现代白话两方面的修养,年轻作者一时自是难以兼备。

即使自五四新文学起已有七十余年,现代白话较之历史悠久的文言,仍是未经充分提炼的语言(也有人说是"缺乏文化"的语言)。由七十余年的文字实践看,文字通常病在"现成",现成的译文体,现成的"新文艺腔"等等。"乡村题材"最传统,写乡村,语言也更易"现成"。方言固能助成"乡气",但若非高手,方言口语不过是"现成话"而已。萧红用其特有的稚拙语,倒令人耳目一新。端木蕻良等追求涩味,也无非想有新变。二三十年代也曾有过极端的例子,即废名小说。废名用唐人写绝句的方式写小说,写出来意象语境均出人意表。但雕琢过甚,不免像是新文学中的异端。如此极端,既无以重复,也无法摹仿,且只能供少数有古文修养者赏玩。当代年轻作者的用半生不熟的文言,除好奇外,也应为了逃避熟滥——写熟悉的世界使读者有陌生感。即使限于修养,不大成功,这意向也值得肯定。广收博采,自铸伟辞,一向是文人的文字理想,在相对开放的环境中自

---

① "文化"的浮面化,有时确也见诸这类文字。那铜绿毕竟不是沉埋于地下生成的。就语言实践看,逆反,极端化,属有意犯规(犯五四新文学以来通行原则之规),所选择的却也未必是大道,有时倒是更狭窄更不便腾挪的文字陷阱。

不妨作多种尝试。文言固也现成,但在几十年搁置之后,在普遍缺乏此种训练的读书界已成新鲜。当然一股脑儿地半文不白,又是趋同,也会成滥调。文字上的翻新,余地一向有限,也真难为了一代代文人煞费苦心。

应当说,当代作者部分地达到了预设目的。传统文学经几千年的经营,已熟到了这种程度,往往一个意象乃至一个语词,即能点醒一种境界,完成一种意境。贾平凹用文言句法,确也时收造境之美。这种修养更有助于他在写美丑同在的"生活"时保持美感(当然有时也因文言嗜好以致失了表达的自然)。无论何立伟还是贾平凹,其文字间的文言趣味,都收了下述功效:经由"情调"、"意境",将"过去"与现代生活衔接起来,使"过去"流入了"现在"。传统文学本来就生成在"乡村中国",而乡村社会尚未经历彻底的结构性改造。语言形式有助于提示你以此种事实,使乡村的古老、古旧呈现于话语形式。①

对本土文化的重新发掘、再认识,必然包括了对汉语、对汉民族语言文化的再认识。当然,这种努力未必非表现于上述文言趣味,但也无妨表现于此。传统文学特重的"笔墨趣味"终会返回文学,只是如何返回,还难以测知。可以断言的是,决不会只循一种路径。

通俗文学趣味

"通俗文学趣味"已不仅仅是文字趣味,文字趣味却仍然是其主要方面。

其实,严于与通俗文学的区分,只在由五四新文学运动到1930年代那一个不太长的时期。五四时期,前文说了,是为了

---

① 同时期的有些城市小说,却使人感到形式、感觉先于生活而变。形式结构不像是生活结构调整的审美表现,而是对"生活"的构造,乃至强加。

坚守运动的原则。1930年代,新文学者仍不能不极其艰苦地与市民通俗文学争夺市场。茅盾等新文学运动宿将,对此的态度就绝对地严正不苟①。这一段时间里,就读者人数发行数量言,新文学实在像是孤岛,处在市民通俗文学市民趣味的包围之中。由1938年的民族形式讨论始,到1940年代,壁垒有所松动。为新文学作者坚守了二十年的"新文学意识",在全面抗战中终于淡化②,起用通俗形式(被认为是"民族形式")则成为"时代要求"。通俗形式堂而皇之地登上了正殿,张恨水的《八十一梦》等,与新文学作者的作品同属"抗战文学"而无分畛域。此一时期,解放区、根据地也鼓励通俗小说创作,《吕梁英雄传》、《新儿女英雄传》等一时风行。通俗小说与新小说的界限已渐近模糊。赵树理的《小二黑结婚》、《李有才板话》的通俗文学趣味,是极易感知的。到这一时期,新文学宿将茅盾有关于《虾球传》的评论,朱自清则谈到赵树理。"十七年"间格局大体如旧,《青春之歌》、《红旗谱》、《创业史》、《红岩》等"文人小说",与《烈火金刚》、《铁道游击队》等通俗小说,均有广大的市场。《林海雪原》正因通俗小说趣味赢得了读者。

到新时期,情况就不免复杂了。一方面,这时期似乎在重建壁垒,再度严于区分。"严肃文学"等名目成为流行的批评用语。现代主义的影响,1985年文学实验,都使"严肃文学"发展了精英品性,读者圈子日见紧缩;武侠言情侦探等通俗小说,则泛滥于城市书市。另一方面,一些以"严肃文学"创作获取了一定的文坛地位的作者,尝试某种改良型的通俗形式,冯骥才的"怪世奇谈"系列最为突出。乡村小说中,刘绍棠、古华的作品可为适例。年轻作者的创作,莫言的《红高粱家族》的使用通俗小说笔

---

① 参看茅盾《封建的小市民文艺》(1932)等文。
② 民族形式问题讨论中围绕此一焦点争论激烈,是新文学者保持意识纯洁性的最后一度努力。

即使冯骥才、刘绍棠所写,与市面流行的通俗小说,也非处在同一层次。冯骥才写《神鞭》、《三寸金莲》等,有津门文化研究的意向,题旨上即异于一般通俗小说;刘绍棠的作品更是俗雅并陈,言情而力戒狭邪趣味。这些差别非同小可,至少是关乎文化品质、品位的。作者的用意,或在取那一味为我所用,并不打算改土归流地为彼所化。当然,这只是初衷。冯骥才的《三寸金莲》在我看来已有恶趣,不止于通俗文学趣味,更有市民趣味。这二者的不同,用了"文革"期间的说法,乃姓氏之别。举个例子说,赵树理的小说有通俗文学趣味,却姓"新文学"无疑。

刘绍棠乡村小说的通俗文学趣味,首在传奇性及有关的文字形式。传奇性并非出于一度时髦过的神话思维,而是出于传统的侠义小说、历史演义式的思路。团圆式结局以及善恶二分且各取极致,就有通俗小说式的人生见解[①];文体则有相应的铺张。乡村传奇,往往出于夸大的形容。野语村言,街谈巷议,素善添油加醋,务求火爆,耸人听闻。刘绍棠以这种乡民式的语风入小说,倒做浓了文字间的乡野气。不同于楚地以及吴越之地,开化较早且文明过熟的北地乡村,是不大易于保存原始思维的。刘绍棠的乡村传奇(少不了郎才女貌,经了困厄磨难终归团圆一类情节),就搬演在白花花的日光下,十足有农民喜爱的明朗。

张爱玲将她的集子题为"传奇",其中作品,除了旧小说笔意外,实则与俗间嗜好的"传奇"不相干的。张爱玲更像是有意告白了如其所写这种大城市中产或上流社会男女已无"奇"可

---

① 刘绍棠提倡过北京的"乡土文学",其"乡土文学"与鲁迅当年所谓"乡土文学"界定不同。鲁迅强调的是主体(知识者)情怀。为鲁迅归入"乡土文学"的作品,较之此后的乡村小说,更远于农民意识,几与任何一种通俗文化趣味无缘。参看鲁迅《〈中国新文学大系〉小说二集序》,《鲁迅全集》第6卷,第247页。

"传",或者只能产出这等"传奇"。较之张爱玲作品,如刘绍棠所写,甚至如莫言《红高粱》所写,才更是中国式的民间式的传奇。莫言写《红高粱家族》,引入通俗文学的调子作为造境的材料,以夸大的形容,以大红大绿的俗艳设色,有意制作民间艺术格调;却以这"有意",透露出文人式的设计意图,与刘绍棠的以农民趣味写传奇,又有主客关系上的微妙差异。这一种通俗文学趣味看似最远于知识分子趣味,却正出于知识者的文字策略。传奇性在莫言,更是笔墨趣味,是缘文字运用造成的。莫言以其将通俗文学笔法作为语言——文化材料的运用,炫耀着他不忌生冷的极好胃纳。的确,严于区分,高筑壁垒,也会划地为牢,使文学日就屠弱。就莫言的作品看,得失不论,你总可察知去除了俗雅间禁忌的解放感,那种无所避忌恣意张扬时的快感。也因此,《红高粱家族》中的境界,迥异于含蓄闪烁精微细腻的《透明的红萝卜》,时以文字开出一派高旷豁朗,如秋日的天、艾刈过的田野。小说第二章写九儿骑驴过高粱地,即令人有如是之感。

这小说表达了十足的农民愿望,比如农民对强人(响马绿林一流人物)的倾倒,对奢华铺张的神往。但由作品整体看,其题旨,其知识(以至理论)背景,其与通俗文学笔调并用的其他种笔调,以及莫言式的奇特感觉,等等,又有十足的文人趣味。因而它注定了不会为通俗小说读者们所宠爱,只不过为"严肃文学"添了一本奇书而已。

其实,"通俗文学趣味"作为大众趣味,在五四新文学、在当下的严肃文学中所在皆有,并不限于上举作品。严于区分,正因难以区分。作者毕竟在"大众"中,以诉诸大众为期待。以当代作品论,京味小说,写轶闻趣事的小品式小说,以及涉性的文字,就不难令人发现大众趣味以至通俗文学特征。

文学现象的异常性质,往往是由文学史造成的。自中国人"发现"了18、19世纪的域外文学始,到整个五四新文学三十年,严肃文学都以写平常、普通、日常等等为写实原则,虽然也常不免于写大事件,戏剧性场面(因为大事件、戏剧性也属于"生活"),写非常之人、非常之事(如写英雄),却力图与传统文学(小说戏剧)的传奇性划清界限,对侠义性通俗文艺最为排斥。以至近十几年禁忌一开,此类作品即率先泛滥乎文坛舞台银幕。中国因城市化水平尚低,城市现代化尚不发达,因而侦探、警匪等通俗小说门类未及发展,武侠小说、功夫片(以及言情之作)即因渊源有自而一度独占市场。本节所谈通俗文学现象,作为文学史上并不少见的"轮回",与一时通俗文学尤其新旧武侠小说的流行,不见得全无干系,也许可以作为雅俗间文化交换的例子。我倒是以为由上述通俗文学趣味看,当代文学尚有可待开发的语言矿脉。1940年代初张爱玲因其笔法来源的"杂"而成就了一种特别的文风。下文还将说到阿城叙事有旧小说笔致;但就阿城的运用看,仍嫌局促,不能于俗雅间从容裕如,尤乏以俗为雅的那一种手段与修养。俗—雅是老而常新的课题。上面所说的诸种文字趣味,无不与俗雅有关。无论极端的雅化,还是俗雅间的互渗、对流,都由新时期文化重构的过程所派生,作为文学语言现象,无不映照着大语境,因而也提供了研究时期性社会语言现象的有趣材料。

第四节　南北东西

本节将谈到当代乡村小说中的地域色彩及其背后的文人心理。之所以于南北之间着重于北,又将"西北"特地标出,既依据有关的文学材料,亦因我个人的兴趣。

北方气象

"桔生淮南则为橘,生于淮北则为枳,叶徒相似,其实味不同。所以然者何？水土异也。"① 古代中国人对于气候、水土等条件造成的性格、气质差异有极精到的判断。"子路问强。子曰：'南方之强与？北方之强与？抑而强与？宽柔以教，不报无道，南方之强也，君子居之。衽金革，死而不厌，北方之强也，而强者居之。'"(《中庸》)朱注曰："南方风气柔弱，故以含忍之力胜人为强，君子之道也。""北方风气刚劲，故以果敢之力胜人为强，强者之事也。"(《四书集注》)颜之推生当南北朝时期，《颜氏家训》辨析南北士民语音的不同，说"南方水土和柔，其音清举而切诣，失在浮浅，其辞多鄙俗；北方山川深厚，其音沈浊而鈋钝，得其质直，其辞多古语"(《颜氏家训·音辞》)，有当时士人对于北方(洛下)的文化崇拜。由语音更及于人物风尚，以为"冠冕君子，南方为优；闾里小人，北方为愈。易服而与之谈，南方士庶，数言可辩；隔垣而听其语，北方朝野，终日难分"(同上)，观察不可谓不细密。至于顾亭林说"北方之学者""饱食终日，无所用心"，"南方之学者""群居终日，言不及义，好行小慧"②，是毛泽东与鲁迅屡引的妙语。由风习、气质，影响到文化面貌，浸染至于学术文化各个门类，经学、佛学，以至诗、画、书法等等。我们下文所谈论的，自然也未出离文化史的上述背景。

由五四新文学至今，因投入小说创作者日众，作者隶属的省籍互异，文学作品中"地域覆盖面"之广阔，是前此的小说所不能比拟的，提供的地域文化材料，也丰富到了不胜采撷。我在上一节中已经提到，五四新文学史上，只有有数的作者，有较为自觉的地域文化意识。此"有数"中，有意于南北、东西文化比较的，更属少见。鲁迅曾一再地谈到过南北差异，如南人与北人、南国

---

① 《晏子春秋》内篇《杂下》。
② 顾炎武曰："'饱食终日，无所用心，难矣哉'，今日北方之学者是也。'群居终日，言不及义，好行小慧，难矣哉'，今日南方之学者是也。"见《日知录》卷十三《南北学者之病》。

的雪与北国的雪,等等。如说"北人的优点是厚重,南人的优点是机灵。但厚重之弊也愚,机灵之弊也狡"①。又如说"江南的雪""滋润美艳之至",而"朔方的雪花在纷飞之后,却永远如粉,如沙"②。惜其未将这类比较写在小说里。

文学既赖有感性、具体性(以至个别性),地域性必会由文字间透现出来。由 1920 到 1930 年代,写南中国乡村而有色调感的,如沈从文的写湘西,沙汀的写四川;还应提到 1920 年代洪灵菲的写潮汕一带乡村。这里尚未及于鲁迅写浙东乡村诸作。沈从文笔下湘西山民水民一派天真的情欲表现,山水的明丽与人物的妩媚,都足以傲视北国的阴郁荒寒。

1930 年代初"东北作家群"异军突起,以北国广袤的黑土地使人震惊。这一被事后命名的"群",因其出现于文坛的时机,因其创作推出的集中,自然造成了一种气势。"北方"这片荒凉土地为现当代文学所钟情,我想应由此始。五四新文学史上严格"风格"意义上的流派并不多,以写乡村为主而常被提起较成"公论"的"东北作家群"、"山药蛋派"、"荷花淀派",均由北中国的水土滋养而成。推尊赵树理的山药蛋派,与取法孙犁的荷花淀派,前者崇尚朴质厚重,后者主清澄秀丽,"北方"的色调因之而愈益丰富。此外更有写陕甘宁边区乡村的一批力作。这种文学中的"北方优势",毋宁说主要出自革命史的精心安排。"北方"的得天独厚,甚至影响到当代乡村小说的创作格局。"十七年"间写乡村的,仍以写北方(如写晋、陕)的作家队伍更称严整,而《创业史》、《艳阳天》,以及土地革命农民战争题材的《红旗谱》等,也像比之同期写南方乡村的名作气象阔大。

承五四新文学余绪、前代作家遗泽,到新时期,晋、陕的乡村小说仍保有强劲的发展势头。山东、河南,各有一批确有实力的

---

① 鲁迅:《北人与南人》,《鲁迅全集》第 5 卷,第 435—436 页。
② 鲁迅:《雪》,《鲁迅全集》第 2 卷,第 180、181 页。

乡村小说作者。其中山东的几位,笔下更有北方式的宏阔气魄,与同代南方作者所写乡村小说,气象亦自不同。

由五四新文学至今,"北方魅力"中,有丰富的精神、文化蕴涵。所谓"北方气象",也非全由南人北人气质的不同造成。长于写北方乡村的康濯即为湘产,《高干大》的作者欧阳山则是湖北人。五四新文学的几代作者中,南人均占有数量上的优势。因而"北方"对于(包括南人在内的)知识者的吸引,才是有趣的现象。

古代史上由两晋南北朝到宋代,士人有关南北的议论见解,大可作为文化史专题研究的材料。至于20世纪以来知识者的南、北意识,则与特定历史时期的政经条件,与知识者的精神气质、文化思想有极大关系。除北方(尤其西北)于抗日战争爆发后所居地位、所起作用外,还应考虑到这一时期知识者的历史—民族感情,他们所择取的文学范例等等因素。那几代作者中的相当一部分,是受鲁迅等第一代新文学者的影响,引苏俄、北欧及东欧"弱小民族"文学为同调的。北国土地的寂寥广漠,不但易于触动民族、历史感怀,亦与他们个人由时代气氛中"选择"与培植的气质较为契合。这仅由鲁迅谈苏俄社会政治革命、谈苏俄文学、谈司徒乔画作的文字,也可察知。司徒乔(系广东人)画北方的"古庙,土山,破屋,穷人,乞丐……"鲁迅以为"这些自然应该最会打动南来的游子的心。在黄埃漫天的人间,一切都成土色,人于是和天然争斗,深红和绀碧的栋宇,白石的栏干,金的佛像,肥厚的棉袄,紫糖色脸,深而多的脸上的皱纹……凡这些,都在表示人们对于天然并不降服,还在争斗。"他还说较之司徒乔所画明丽的南方风景,自己"却爱看黄埃,因为由此可见这抱着明丽之心的作者,怎样为人和天然的苦斗的古战场所惊,而自己也参加了战斗"①。上文引过的收入《野草》一集的《雪》,由乡

---

① 鲁迅:《看司徒乔君的画》,《鲁迅全集》第4卷,第72、73页。

情缱绻的江南梦写起,却结在当时(1925)作者身居的"朔方"令人神往的雪景上。那雪在晴天之下的旋风中"蓬勃地奋飞,在日光中灿灿地生光,如包藏火焰的大雾,旋转而且升腾,弥漫太空,使太空旋转而且升腾地闪烁"①。鲁迅由北方人生的严酷险峻处,读出了他本人的生存感受与人格意志。至于出生南方的知识者对北京的迷恋,亦有对北方气象的醉心在里面。周作人、林语堂、郁达夫是著名的例子。这方面材料太丰富,宜专门谈论。

自1930年代初战事一起,北国浴血的土地,就触发了知识者深沉的历史感情,他们由这荒凉苍莽中,读出了民族辉煌的以及黯淡的过去,大大地复杂化了面对这土地时的感觉。艾青在其诗作《北方》中说,"北方是悲哀的"。这"悲哀"不只缘于经济现实,也缘于知识者的历史感、民族兴亡之感。"北方"较之"南方",从来更宜于充当这类感怀的触媒。艾青在同诗中说:"而我——这来自南方的旅客,/却爱这悲哀的北国啊。/……我爱这悲哀的国土,/一片无垠的荒漠/也引起了我的崇敬——我看见/我们的祖先/带领了羊群/吹着笳笛/沉浸在这大漠的黄昏里;/我们踏着的/古老松软的黄土层里/埋有我们祖先的骸骨啊……"文人式的北方气象倾慕,背后有如此复杂的思维运作。正因荒凉,正因汉唐气象已荡然无存,"北方"才如古战场似的引人凭吊。

文学艺术作品还给我们以这样的印象:似乎南方因土地丰沃,更令人目眩于其上丛茂明丽的人事风物,而北方那裸露的黄土地黑土地,才足以吸引你注视"土地"本身。无论五四新文学还是当代文学,写北方者,尤其写大西北乡村者,其作品往往更有泥土的颜色与质地。新时期的探索影片,如《黄土地》、《黄河谣》、《红高粱》等,也决非偶然地看中了大西北或北方的单调景观,来安置其人物故事。

---

① 《鲁迅全集》第2卷,第181页。

现代文学史上自1920年代末文学运动中心南移(上海)之后,新文学发源地的北京曾有一度的相对空虚。新时期北京作家麇集,京城的文化优势自然成为凭藉。虽然写乡村卓有成就者未必是京居的作者,但上述情况势必鼓励着北方迷恋,也是不消说的。

近十几年来,因有文化热,有方言兴趣,有对地域文化的注重,不但写北写南都强化了特征性,部分作者且表现出南北文化比较的强烈意识。发起"寻根"的韩少功、李杭育,在其理论文字中极言楚文化、吴越文化的绚烂,是明明白白地以"中原文化"为否定面的,阐发主张时不惜大力扬抑;而张承志则标举北方精神、气魄。他的写大草原诸作,他的《北方的河》,他的记述沿北亚——中亚一线"自由长旅"的《金牧场》,谈论"北方"时不无挑战意味;以"北方"为精神乡土,不厌其烦地表达爱恋——即使在那个特重地域文化的时期亦称特出。张承志情不可抑地述说那"神秘的辽阔北方"("这片苍莽的世界风清气爽,气候酷烈,坚硬的大路笔直地通向远方"),借诸人物说自己"对那些北方大地上的河感情深重,对那儿的空气水土和人民风俗,对那个苍茫纯朴的世界一往情深"(以上均见《北方的河》);充满感激地赞叹着"中国北方的陆地"——"那片神示的奇异大陆"(《金牧场》),指"北方"为他笔下那个奇伟男子的精神摇篮,那个男人的血缘所自、气秉所承。这种狂热的北方之爱自有极其个人的缘由,礼赞也掩蔽着对"南方"之为"精神"、"性格"的贬抑。在《黑山羊谣》里,他半是自嘲地写道:"醉一场吧——/我听见了北国的召唤/说是北国那是因为我的狭隘/准确说是因为我对南语畏惧。"莫言写一度作为儒教文化中心的齐鲁地面上的强人世界,纵然并未明言,却不妨读做对于一种文化扬抑的驳正。如此鲜明的地域意识,以至直接借诸"南"、"北"一类语词表达文化选择,是五四新文学以来罕见的现象。

还有介于南北之间的广大地区,有中间色、过渡色阶。贾平凹所写商州,其色调像是在南北之间。贾平凹在《商州三录》中说,商州不属陕北、陕南,也不属关中,在陕西境内也自是一世界。序其《浮躁》时又说他所写州河,"明显地不类同北方的河,亦不是所谓南方的河"①。将贾作置于写大西北诸作中,其色彩与其他作品确也不混同。《商州三录》等作所写该地民风,俨然混合了南方的柔媚细腻与北地的粗豪强悍,所写景致也秀丽与浑朴兼具。此种风情,尤于贾平凹所写两性间的交涉上看得分明——自然也应计及贾平凹借这地界造一"世界"的企图。"丰县虽属江苏,人的性情却更接近山东。《一统志》曰,丰'地邻邹鲁,夙有儒风,然俗好刚劲,尚气节,轻剽急疾,虽庸下莫肯少俯。'这里出硬汉子,人们也佩服硬汉子,……贫穷落后却亦豪莽尚武。"②赵本夫所写苏、鲁、豫、皖四省交界处的黄河故道,亦在南北之交。由赵本夫的作品看,人物风习的确更有北方式的犷悍。《世说新语》刘孝标注引《南徐州记》曰:"徐州人多劲悍,号精兵。故桓温常曰:'京口酒可饮,箕可用,兵可使。'"(见《捷悟》篇)赵本夫写黄河故道风习,乐于夸炫的,也是这地方的强悍民风。

　　无分南北,一些作者不约而同地垂青于豪客强徒以及粗豪强横之气。莫言、郑万隆、赵本夫外,湘人古华的《浮屠岭》,写"粤北、湘南、赣西南地方一些犯了血案死罪之徒"及其后代,不甘认命的"强悍愚顽"的山民,与沈从文写《虎雏》趣味略近。可见"南方"也非止一色。

　　南北气质差异作为人文地理现象,是世界性的,非独中国为然。最为人知的,是南北欧、南北美的例子。托克维尔比较南美与北美,说"在北美,一切都是严肃的、郑重的和庄严的。只能说

---

① 《浮躁·序言之一》,作家出版社版。
② 赵本夫:《历史·民风·乡情——我和文学》,《寨堡》代序,中国文联出版公司1985年版。小说集中《斗羊》等作,即写出了当地农民好勇斗狠的民风。

这里是为使智力有用武之地而被创造的,而南美则是为使感官有享娱之处而被创造的"①。

上文已经说到有志于地域文化发掘的未必是当地作者,如写京味小说的未必是北京人。本节所言作为风格现象的南、北,也不全系在作者所籍的地域上。金克木曾谈到"以地域名风格、流派",往往将地理、历史的界限混淆的情况。"戏曲音乐的南曲北曲还以地方为主。画法由明末董其昌倡所谓山水画的南北宗之说,主要指风格。书法自南宋赵孟坚说分为南北以后,清代阮元、包世臣等人又以北碑南帖划分地域风格。以地域标名的风格流派,如江西诗派、桐城派之类,多是以人为主,不是以地为主。"② 新文学史上所谓的京派、海派,亦是以人为主。现代史上由于战乱、革命,近几十年则由于政治放逐、上山下乡等等,作者所熟悉所写的,的确未必是本乡本土,却仍以写乡土者更为常见。上述南、北,系于人,也系于地域——这样说或较近于事实。

大西北情结

东—西,从来不被认为有可能构成文化比较的相对两项,文学亦然。这既因南北意识的深入人心,也因东西部经济发展的不平衡。便于比较的是东南与西北。事实上人们也早已在作着如是比较。但若以局部为限,东、西亦未尝全不可比。如以山东与晋、陕作家的作品比,你会发现,同属北方,山东作者的作品更染于当地的强人崇拜。莫言自是极端的例子。即使多情如张炜者,写暴力事件(大至地主与农民间的相互屠戮,小至政治对手

---

① 〔法〕托克维尔:《论美国的民主》中译本,商务印书馆1988年12月第1版,第24页。该书还比较了美国南部与北部居民因气候、也因社会制度造成的性格差别,见第437—438页。

② 金克木:《文艺的地域学研究设想》,《读书》1986年第4期。

间的肉搏),也不惜笔墨,极尽形容。矫健说胶东民风:"这块土地上毕竟有股英豪之气。"(《河魂》)山东地面民气本来就与北方其他诸省不同。新文学史上端木蕻良的《科尔沁旗草原》开头写闯关东的山东农民,就写得一派豪横。骆宾基《一个倔强的人》写山东农民起而抗日,于场面的盛壮之中亦有强悍之气。相比之下,晋、陕(尤其陕西)作者的笔调及所写民风就绵软多了,作者们较之山东及其他北地作者,尤长于写多情男女,写柔情、痴情。当代乡村小说言情最委曲尽致者,当推路遥的《人生》、郑义的《远村》、贾平凹的《天狗》诸作。除此之外,你还可看出,山东作者偏于峻急,如张炜、矫健的沉痛愤懑,莫言的狂热激切;晋、陕作者则较能含蓄内敛。因而前者浓烈,有宣泄欲,张、矫二位的作品,痛感于"历史的阴影",时有阴郁的调子;后者则缘蓄之于内,易演成茫漠的忧郁。这"忧郁"、"阴郁"之不同,是不难感知的。调性的差异系于地方风情,亦系于作者(多少养成于那土地上)的气质、情感状态。这大西北的忧郁,其深沉、其感人力量,为其他北地文学罕有,那更是大西北黄土地特有的色调,生成于那一片黄土地与作者之间。还应当谈到晋、陕文学远过于山东文学的方言魅力。那种方言优势由积累而成——我已在上一节中写过,兹不赘。

知识者的大西北情结,与上文所说的北方气象的倾慕,自然是相通的。大西北乃北方的一部分。但这一具体区域,却足以使得历史感情更加具体化——长安是中国历史上最称辉煌的汉(西汉)、唐两代的帝都。即使这一带早已贫困化、沙漠化、衰落破败,中国的士大夫仍时由这里看出隐隐的"王气",相信华夏文化由这里发祥,也只能打这儿复兴。直到明清之际,满族入关,汉族士大夫仍关心着西北边务,认定了西北为汉民族气运、命脉所系。这种深沉执著的历史文化感情,不可能不成为现当代作者们潜在的心理—情感背景,是当他们面对、感觉大西北时,先在的经验、历史意识。贾平凹说:"在整个民族振兴之时振兴民族文学,我是崇拜大汉之风而鄙视清末景泰蓝一类的玩意儿的。"(《腊月·正月》一书《后记》,北京十月文艺出版社1985年版)

当作文化对比时,相对于西北的,是东南,这种对比格局亦是历史安排就的。明清以来,东南沿海地区的商业发展,同时是文化构建、人性重塑的大工程。对于这番改造与重建,文人素来感情复杂。明代谢肇淛《五杂俎·地部》引《绀珠集》语,比较东南与西北自然条件与民风、土风,褒贬扬抑即毫不含糊:"绀珠集云:东南天地之奥藏,其地宽柔而卑,其土薄,其水浅,其生物滋,其财富,其人剽而不重,靡食而偷生,其士懦脆而少刚,笞之则服;西北天地之劲力,雄尊而严,其土高,其水寒,其生物寡,其财确,其人毅而近愚,饮淡而轻生,士沉厚而慧,挠之不屈。"以为"此数语足尽南北之风气,至今大略不甚异也。但南方士风,近稍狞悍耳"。大西北情结,或也因这一种对照而益加强固。"迷恋"的表达中,未必没有否弃的潜在语义。

当代作者展示着较之前代远为多样的价值取向、文化选择。东南以上海为中心,一度大倡"城市文学",所倡不只是文学题材、样式,也是新的文化眼界、眼光、价值尺度。同一时期写江浙乡村的作者,各有其文化陶醉。汪曾祺的《大淖记事》之属,写江苏高邮一带乡村,明丽澄彻处,较沈从文作品又有过之。高晓声却被推许为有"鲁迅风",写江苏一带的农民,别有一种冷峻的批判态度。李杭育描画渔佬儿、船佬儿波光上的闯荡,捕捉着吴越文化的流风余韵。上述作者的作品是不便拼接的——不只由于"风格",也因所用色调、所取景观。这里也有开放、剧变中的地区文化的"破碎"。大西北则因相对稳态、因凝滞落后而(暂时)保了文化的"整一"。这整一与东南的破碎,亦呈一种对比。

"大西北情结"更是当代现象。大西北在政治史上的地位,大西北文学对于新文学的特殊贡献,是革命之赐。上述历史状况无疑提供了一定的文化、文学基础,也构成着情感依据。但

1940年代战争环境中的边区、根据地作者,无暇作地域文化探索,当时的知识者、文化人对大西北的感情主要是政治感情,这感情自然是会迁流的。作为"当代现象"的"大西北情结",则根于知识者的历史—文化感情,与上文说到的古代士大夫的文化情感有一脉相通之处。

文学,依其性质,更感动于大西北苦旱的黄土地,感动于其上的乡民在极其严酷的自然条件下的人性魅力。张承志写大西北"焦干焦干的黄山包","没边没沿的黄山包包",写冬三月的黄胶泥山道("回回们走的道"),由那些似与这黄土地一体的回族庄稼人那里,看出了一份极辽远而苍凉的人生(《黄泥小屋》)。他还写甘宁青边和西海固,那"满眼满世界的焦旱的黄土山峁"。陇东西海固的回民,"用无法生存的绝境挡住了黑暗",守住了"信仰"和"心"(《金牧场》),令张承志低回不已。西海固寻根,是张承志沿北亚——中亚一线的文化探寻之旅中最悲怆庄严的一段旅程。借诸人物,他说:"苍凉悲壮的西海固,你使年轻人一刹间就成熟啦……"

近于生存绝境的严酷条件与乡民生存意志的坚韧,令人不能不忧郁。

艾青曾在其《新诗论》中谈到过"忧郁":"叫一个生活在这年代的忠实的灵魂不忧郁,这有如叫一个辗转在泥色的梦里的农夫不忧郁,是一样的属于天真的一种奢望。"他还祈望着"把忧郁与悲哀,看成一种力!把弥漫在广大的土地上的渴望,不平,愤懑……集合拢来,浓密如乌云,沉重地移行在地面上……"他在这里说的,自然是那个过去的"年代",但面对挣扎于泥土中的农人而忧郁的,不只是那个年代的知识者。忧郁,是知识者由黄土地上读出的,也是知识者加诸、赋予那土地的色调。西北文学使人感到的厚重,不只系于黄土地,更系于知识者、作者对黄土地的"性格赋予",系于知识者加诸黄土地的深沉忧郁。这忧郁是特殊表达的土地之爱。西北文学使人感知的土色,是在无可言说的爱中浸染而成的。

极端匮乏中乡民的极端纯朴令人忧郁。文学艺术(如影视作品)中的"大西北忧郁",来自上述人性与生存环境间的映照,这映照近于残酷,使情感纤敏者难以忍受。邵振国的《麦客》中的人物,就纯朴到令人心酸。这种在艰窘中全无玷污沾染的近于童稚的纯朴,常使得知识者为之心醉、也为之心碎。王蒙写《在伊犁》,也动情于维族农民的纯朴天真。这天真与天赋的幽默使那生活明朗柔和,却如黄昏时分的光雾,柔和明朗得让人忧郁。

极端匮乏中极微末的欲求令人忧郁。铁凝的《哦,香雪》即以此动人。西北乡村文学中,这忧郁更见深沉。史铁生《我的遥远的清平湾》写拦牛老汉神往于"一股劲儿吃白馍馍","老汉儿家,老婆儿家都睡一口好材"——是这样单纯至极又微末之极的想望。《残月》(张承志)写"老回回庄稼汉"在赴晚祷的途中不可抑制地想着"寻个乳牛娃"。《黄泥小屋》中年轻的回回庄稼汉则梦想他的"黄泥小屋":"傍黑时喝上一碗苞米糊糊,啃几口洋芋,坐在那泥屋前面,能看见远远近近的黄土山岗。"小说结尾处,写荒山坡上一老一小,"啃着香喷喷的烤洋芋","心底隐隐微微地有着一丝飘忽的满足"。念想与满足的微末渺小中有无尽深沉的悲凉。

这片焦旱的匮乏之极的黄土地上,那些虽无知无识却爱得缠绵凄怆的男女教人不能不忧郁。在这一点上,郑义所写太行山与西北黄土地相仿佛,《远村》中的苦恋、民歌,令人疑是出诸陕北——较之李锐笔下的吕梁山、赵树理所写农民及农民艺术,的确别是一种风味。

朱晓平的作品里说:"山里后生和女子一旦有了情,就像这贫瘠裸露的黄土塬一样,坦荡,直露,不用任何哼哼唧唧。"(《桑树坪记事》)读写西北乡村的作品,如朱晓平的《桑树坪记事》,你会想到,或许那女子们的柔情,是这生存中仅有的补偿与慰藉,黄土下的一脉水。这极度贫穷中的情感富有让人忧郁。或许也因生活落到了最简单原始处,才有了如此"纯粹"的男性的坚韧与女性的温柔。最足动人的,是这风情中的悲怆意味。柔情将"生活"酿制得又甜又苦,其滋味复杂到难以辨析。有关的作品其味之"厚",亦由于这多味的混合。比较之下,刘绍棠写大运河之作,明亮得像是略无阴翳,其味也不免单一。

你由这风情以及下文将要说到的民歌魅力中,感知了储积于西北这贫困土地的文化力量,即使在"贫困化"之后也未销磨净尽的古文明的遗留。或许正因有此种遗留存储,西北文学较之其他北地文学,才多了一份(即使是令人心碎的)细腻,而少了一些粗粝粗野的?或者更恰当的说法是,纵然"生活"不免于粗粝,作者们当面对这土地与乡民时,由于先在的经验、历史意识与文化感情,仍能由其中汲取到用以润泽作品的泉水(如朱晓平所录的动人的歌)。西北文学以其浑朴温厚,以其饶风情富柔情,以其对于"纯朴"的特殊感觉与传达,复杂化、细腻化了"北方"的影调、色阶、层次。北国自然条件的酷烈严峻所导致的人性后果是如此丰富,作为人文地理现象亦应有其研究的价值。

写大西北的作者(以及写晋地太行山区的郑义),无不陶醉于那点缀了荒凉人生的歌,且都由那歌深味了人生的悲凉。如上所说,这歌是匮乏的补偿,其酿成在黄土地上,亦如黄土地上的痴情女子,因了"匮乏"才更柔美多情的。"破老汉一肚子歌","老汉的日子熬煎咧,人愁了才唱得好山歌"(史铁生《我的遥远的清平湾》)[①]。作者们的解释大同小异。朱晓平也说:"最苦的

---

① 史铁生《几回回梦里回延安——关于〈我的遥远的清平湾〉》一文中说:"我真是喜欢陕北民歌。"

地方,歌儿反倒最美最动听。"(《桑塬》)① 朱晓平所录的"山歌调子"足为其所说的"美"与"动人"作证:"嗨——哟/阳婆嘛哟下了,/叫一声哥哥哟回了,/山梁上留下个影影哟,/的儿哟——/天黑哩你来这里寻哟,/寻下个水灵灵妹子哟,/的儿哟——/心心儿在一搭化了……"录后,作者禁不住叹道:"这歌儿美极了。"(同上)

这些歌的动人处不只在其表情的坦荡细腻,也在其响起在如此贫瘠的黄土高天之间,令知识者想到人之初,想到初民艺术,想到自天地开辟以来人类的生存挣扎,他们世代相继的以艺术对抗死亡的悲壮奋斗。这些歌中的意味,在与知识者的上述感怀相遇时,才如许悠长,令人感动不已。

史铁生《插队的故事》中有一段记梦的文字,梦到的,就有陕北黄土梁峁间的歌。"天地沉寂,原始一样的荒凉……忽然,不知是从哪儿,缓缓地响起了歌声,仿佛是从深深的峡谷里,也像是从天上,'咿哟哟——哟嗬',听不清唱的什么。于是贫瘠的土地上有深褐色的犁迹在走,在伸长;镢头的闪光在山背洼里一落一扬;人的背脊和牛的背脊在血红的太阳里蠕动;山风把那断断续续的歌声吹散开在高原上,'咿呀咳——哟喂——',还是听不清唱些什么,也雄浑,也缠绵,辽远而哀壮……"这不只是关于陕北的,也是关于生民、关于黄河岸边先人生存情境的梦。只有这片黄土地与其上的歌,才足以使人有此悠远之想。张承志由大西北穷苦孤独的行路者的歌里,听出了类似艺术起源的原创冲动(《黄泥小屋》)。《金牧场》第三章开篇处写歌,陕北高原的、陇东西海固的、北疆蒙古族牧民的歌,也写得惊心动魄,像是生命

---

① 郑义写《远村》,也极陶醉于"旱天旱地"之间的太行山歌,所录山歌备极缠绵(而非柔靡),率真坦露(却不粗鄙)。人情的温润和软与自然环境的粗粝参差映照,令人感动于生存挣扎中人性的丰富性。郑义说:"我不能不崇拜民歌。我们民族的传统,民族的生活,民族的感受、表达与审美方式,在我血肉深处激荡起神秘的回音。"见《老井·太行牧歌(代跋)》。

的呼喊——这里更杂有张承志本人不可禁抑的激情。

与大西北、西北文学不相干的,沈从文曾谈到他写湘西时的一种情怀,即浸透了他的作品的"一分淡淡的孤独悲哀","仿佛所接触到的种种,常具有一种'悲悯'感"。他敏感到这种情绪正缘个人情境而生,"或许是属于我本人来源古老民族气质上的固有弱点,又或许只是来自外部生命受尽挫伤的一种反应现象"①。他经由其知识者的挫折感、孤独悲哀,给了他的乡土湘西以颜色。我想,"大西北忧郁"的生出,其条件应与此相似吧。这里有知识者以其"忧郁"与对象的遇合,依其生存体验、自我情境知觉对于对象的发现与赋予。那块干燥、赤裸的黄土地,高天厚地间的孤独农人,无疑比之湘西更易于诱发也更便于寄寓知识者的身世情境之感,使他们将个人意绪无碍地宣泄于文字。

史铁生那一代作者不约而同地表现出对民歌、民间艺术的迷恋。阿城有《树桩》,莫言有《民间音乐》,刘索拉有《寻找歌王》,张承志除上面提到的作品外,还有《黑骏马》、《白泉》等——应当同根于知青经历中生成的文化价值意识。在此一点上,作者们上承了中国士人的某种传统,但由民歌民乐中读出的与那"读"的态度,又不同于任何古人。中国古代文献文学,摹写乐音的文字,精妙到无以复加,能由民间音乐中领略上述历史之悠远与生存情境的苍凉的,更推当代作者。这里已不止于民间艺术、俗文化陶醉,他们将一代人复杂的历史感怀与现实体验,赋予了那歌,与乡民共同创造了上文所说的意境。

因而不妨说,导致了方言趣味追求、对泥色人生浑朴歌谣的迷恋的,是更加文人化的文化感情。史铁生的、郑义的以至路遥的小说,比之当代京味小说,更有骨子里的雅趣(京味小说倒是时有通俗文化趣味)。埋藏在一批作品深处的慨叹,出诸知识者的胸臆,也只有知识者才能领解。

---

① 沈从文:《〈散文选译〉序》,《读书》1982年第2期。

风俗画

"里仁为美",是两千多年前孔老夫子的民俗理想(《论语·里仁》)。"百里不同风,千里不同俗。"中国地域广大,风俗沿革的情况无穷丰富,形成了如地貌般多样的民俗面貌。民间有"一方土地"(或曰"当坊土地")的说法①。"土地"这神祇的地方属性,即与历史上的政经及文化分割有关。

民俗学的兴趣,也非近十几年大陆的当代文学所特有。以小说为文化(包括民俗)展台的,应首推林语堂的那部《京华烟云》。但就其中译本看,实在不便称好的"小说"。老舍《正红旗下》的前五章(亦是这十一章未完稿中的精华)才真正出诸小说家的妙笔,写风习极琐屑具体处又有一种丰腴,是真正由"人物"演出的风俗。

新文学史上风俗描绘给人印象深刻的,如沈从文的《龙朱》、《神巫之爱》、《七个野人与最后一个迎春节》,写湘西苗民风俗,写得一派绚烂。萧红《呼兰河传》第二章写呼兰河种种"精神上"的"盛举":"跳大神;唱秧歌;放河灯;野台子戏;四月十八娘娘庙大会……"作者将上述场面逐一细细绘出,时有感慨,是写土风民俗的不可多得的好文字。小说之外,鲁迅写浙东会稽民俗的《五猖会》、《女吊》等,是以民俗为题材的用意深刻之作。新文学作者的写风俗,常有文化批判的动机。鲁迅、萧红不论,即使沈从文,也为了以那生命的炽烈强盛,映照他所以为的"城市人"、文明人的孱弱矫情。上述作者的民俗发现,都有本世纪以来西

---

① 汪曾祺《故里杂记·李三》:"土地是阴间的保长。其职权范围与阳间的保长相等,不能越界理事,故称'当坊土地'。"废名小说《"送路灯"》(《桥》)已写到过:"村庙其实就是土地庙。何以要设土地庙?史家奶奶这样解释给小林听:土地神等于地保,死者离开这边到那边去,首先要向他登记一下。"

方文化输入的显明背景。当代文学中,京味小说写风俗更出诸民俗学的趣味,命意不像新文学作者的严重,对风俗亦较能持审美态度。乡村小说在这方面并不特别值得称道,只是乡民中本有古老风俗的丰富储存,即使作者并不经意,也随手涂染下了风俗的颜色。

婚丧嫁娶,从来都是传统社会的大节目,民俗集中演出的舞台。周立波的《暴风骤雨》写郭全海成亲一节,即宛如东北乡村的风俗画,读来亲切有味。萧红《呼兰河传》所写放荷灯,当属人间最美的祭仪。

> 河灯从上流过来的时候,虽然路上也有许多落伍的,也有许多淹灭了的,但始终没有觉得河灯是被鬼们托着走了的感觉。
>
> 可是当这河灯,从上流的远处流来,人们是满心欢喜的,等流过了自己,也还没有什么,唯独到了最后,那河灯流到了极远的下流去的时候,使看河灯的人们,内心里无由的来了空虚。
>
> "那河灯,到底是要漂到那里去呢?"
>
> 多半的人们,看到了这样的景况,就抬起身来离开了河沿回家去了。
>
> 于是不但河里冷落,岸上也冷落了起来。
>
> 这时再往远处的下流看去,看着,看着,那灯就灭了一个。再看着看着,又灭了一个,还有两个一块灭的。于是就真像被鬼一个一个地托着走了。
>
> 打过了三更,河沿上一个人也没有了,河里边一个灯也没有了。

意境深邃幽远,透着凄清,确是萧红的心境与笔致。放河灯,是民间智慧将生活艺术化的例子。在类似的风俗仪节中,"迷信"

意味被审美创造的热情所掩,美的创造有时即成了目的本身。对民俗的审美观照,则有可能导致价值发现,聊补社会学民俗学之不足。

新文学作者中,老舍的《牛天赐传》、《四世同堂》、《正红旗下》写葬礼,用笔极其精致,虽各篇命意不同,却都写出了北京文化特有的"气势"。沈从文则长于写与"性"有关的风俗。这类风俗活动中洋溢着生命欢乐,"信仰"的形式掩盖了世俗动机。较之这种山民、苗民们的"酒神的狂欢",老舍所写京城礼俗,有时即繁缛得像是蓄意的虐待。

当代文学中,贾平凹的《商州三录》,直是一部商州民俗大全,写来如数家珍,充满文化自豪。"三录"应属散文作品。同一作者的小说中亦时见风俗描写。《腊月·正月》写当地的婚俗:"送路"本是"女子出嫁时娘家举办的酒席",终于"衍化"而成"人与人交际的机会"。"老亲老故的自不必说,三朋四友,街坊邻居,谁个来,谁个不来,人的贵贱、高低、轻重、近疏便得以区别了。"这也是传统社会的常态。郑义《远村》所写"打伙计"、"豆腐换亲",有残酷意味,出于匮乏中无可选择的选择,乡俗映照出的,是太行山区的贫瘠面目。朱晓平"桑树坪系列"、史铁生《插队的故事》亦写了乡间的嫁娶之事,陕地的穷,乡民生存的艰辛,尽在其中,不借渲染自凄恻动人。至于丧葬,韩少功《女女女》写到的该地古俗"生降死不降"虽无可稽考,读来却饶有趣味。贾平凹《火纸》写汉水边小镇上的葬仪,则有人情之美。"文化"即千百万人的生活方式、生存形态。文学中的"文化"更在其所写日常情景中。我在这里将礼俗类特别指出,只不过因其便于述说罢了。

年节,也是乡俗中的大节目。贾平凹写农历正月:"正月,是一个富于诗意的字眼。……随便到谁家去,屋干净,院干净,墙角旮旯都干净;门有门联,窗有窗花,柜上点上香,檐前挂彩灯,让吃让喝让玩让耍让水烟让炭火,没黑没明没迟没早没吵闹没哭声。这是民间的乐,人伦的乐,是天地之间最广大的最纯净的大喜大乐!"(《腊月·正月》)李杭育《沙灶遗风》写甩火把,则是浙江乡间诗意的风习。

与农事有关的,邵振国《麦客》所写"麦客跟场",是"庄浪人的'祖传'",亦是缘穷而形成的习俗。庄浪人的"跟场走",是跟着吃食走。"每年古历四月,庄浪人便成群结队来陕西割麦,一步跨到顶头,一站站往回走。宝鸡割罢,凤祥的麦刚黄;千阳的麦倒了,陇县的又跟上了。到了古历五月,便离家门不远了,回去割自家的麦还能跟上。"这是商品经济最不发达地区"祖传"的"劳务市场"。"祈雨"这习俗与农事有关,且极普遍,写到如《老井》似的惊心动魄的,毕竟少见。可以读做一则关于农民苦难与农民英雄主义的寓言,亦是写风俗而别有寄托的例子。

《汉书·地理志》:"楚地……信巫鬼,重淫祀。"巫卜遗风在沈从文笔下有十足的诗性。楚地以外的乡村,端木蕻良《大江》中写东北乡间的降神活动虽无诗趣,却于气氛的极度动荡中膨胀洋溢着野性力量。至于萧红在《呼兰河传》中所写致死小团圆媳妇的巫术行为,则是诡异邪恶的。沈作那狂热炽烈的性爱气氛,令人疑心其间真有人神交通或神灵附体,萧作中的同类动作却像是一味嚣张、暧昧鬼祟,与前者似有神魔之异。新文学作者关于风俗,或有意略其迷信性质而欣赏其作为人的生命、生命意识的表现。沈从文之外,鲁迅写"女吊",即出自这等趣味。郭沫若由民间月蚀时的击鼓声中,亦领受了类似的震撼。习俗的意义在此几乎全赖诠释。

不同作者赋予同类习俗的不同意趣最耐人寻味。即如击鼓救日月蚀,鲁迅、郭沫若的反应即全然不同[①]。贾平凹《天狗》一作以这一习俗的演出,织成其哀情故事的情境氛围,用习俗之古

---

① 参看:鲁迅《"骗月亮"》,《鲁迅全集》第 8 卷,第 384 页;郭沫若《月蚀》,《沫若文集》第 5 卷,人民文学出版社 1957 年版。

旧映照乡民的古老人生,确也收了情景融汇意境深远之妙。

附注：

还有西藏这一"西部",如马原《冈底斯的诱惑》、《西海的无帆船》中的"西部"以及"西部硬汉"。文学界没有美术界那样的"西藏热"。马原不是探险者,他像是更关心讲故事的方式及故事之为"故事"。但他却仍以其难用任何一种"风格"名之的普通文句,与那片高原的气象相配。此一时期电影界有所谓"西部片",主要指取材大西北的作品。唯田壮壮的《猎场札撒》、《盗马贼》,与美术界的"西藏热"呼应。马原《西海的无帆船》篇首诗："没有人能说得清楚/从什么时候开始/西部/成了一种象征/成了真实的存在/与虚幻之间的一块/谁也不稀罕的空白"。

当然,扎西达娃所写,是更道地的"西藏——西部"。如《西藏,系在皮绳结上的魂》、《西藏,隐秘岁月》,那种"西部硬汉",西部的男人与女人,其为宗教文化所浸透的内心世界,是内地作者难以窥入的。内地作者也难以如扎西达娃似的,潇洒地往来于城市的现代青年的西藏与从来未为文明人的历史意识穿透过的仅属于这民族的"隐秘岁月"之间。这两个时空都陌生而新鲜。

第四章 知青作者与知青文学

第一节 知青一代·知青文学

"第三代"？

已有人谈到过"代的同属意识"在当代的明显增强成为一种"趋势"。与此相应，我们的理论界有过一个众口说"代"、说"代沟"的时期，其理论成果就有我下文将大段称引的出自青年之手的《第四代人》。美国人类学家玛格丽特·米德认为"四十年代中期以前成长起来的人与此后成长起来的人"之间代沟的出现，是一个世界性的事件，这当儿她提到了中国的"文化革命"。她认为，"六十年代在人类历史上是独特的"，"当新一代跨进了大学校门时，全世界的学生暴乱使他们与其四十岁上下的父母们分道扬镳了。他们以全新的眼光对他们的所见所闻进行思考和判断，去审视一个以前从未有过的世界。这是一个全体青年人同时踏入的世界，不管他们的国家如何古老，如何不发达"[①]。这里的"全体青年人"中最引人注目并为异域"造反"青年效法的，即"文革"中率先下乡的一批中国红卫兵——知识青年。

---

① 〔美〕玛格丽特·米德：《代沟》中译本，光明日报出版社 1988 年 1 月北京第 1 版。此段文字见《作者序（修订版）》。

国外的社会科学家或许更多地注意到了中国"文革"中的造反青年与其异国同代人（比如法国"五月风暴"的参加者，其他西方国家校园中的暴乱青年）间的"同"或"似"。"文革"期间中国的造反青年并非如他们的外国同伴那样，是较为准确意义上的反叛者，他们毋宁说是因虔信、因过分"忠实"而在维护一种已经确立的秩序、价值原则时，由于误导而走向了极端。因而毫不奇怪，代沟问题不是在其看起来最为尖锐的"文革"时期，而是在"文革"后的恢复时期才被人们提到的。对此谈论尤为热心的，是"文革"后崭露头角的更年轻者。这批人经由谈论而自我命名、自我诠释，那些议论，是他们精心拟定的宣告自己一代出现的演说辞。他们首先是为了与距他们最近的那一层划出界限才急不可待地发布此种宣言的，而新人迭出、宣言纷呈，也曾经被作为一个生机蓬勃的时期的表征。

　　关于"代"的话语满涨着急于面世的新一代人的热气。1988年出版的两位年轻人的社会学著作《第四代人》①，即充斥着这种热烘烘的气息。这部热情洋溢却缺乏社会科学著作的严谨性、其中结论事后看来大可商榷的书，开宗明义地界定了"代"，以为代是指"一定社会中，由一定的年龄层的人构成的具有一定社会特质的人群"，还以为"使一代人真正成为一代人的，主要的不是由于他们的共时性，而是他们的共有性；代的差异也主要不是年龄的差异，而是其社会性差异"。这本书划分"代"的标准不免含混，将"文革"中的红卫兵笼统地划为一"代"时也未顾及其间的区分，但对于"第四代人"（即此书作者所属一代）急欲与之立异的"第三代"人的描述，却不乏灵气，至少证明了他们对于这一更直接的对手，即对于哥哥的一代，较之对于父亲与祖父的一代远为熟悉且细心地估量过。同一时期也有出于另外的动机、

---

① 张永杰、程远忠：《第四代人》，东方出版社1988年8月第1版。

意图的代的划分①。柯云路风行一时的小说《新星》的续篇《衰与荣》中,人物以"老三届"为"第四代",而将"老五届"(其中亦多为红卫兵)作为异代("第三代")对手②。应当说明,如此密集的社会分层,属于"文革"后的特有现实。此外还应提到的是,这里所说,是知识分子的分层。对于此处谈到的无论哪一代,都如有人已经提醒过的那样,宜于在"知识社会学"的范围中考察。

《第四代人》对其称之为"第三代"的那一代人的如下肖像描画,尽管十足自信,咄咄逼人,却毫无疑问地更出于直觉与情绪。"第三代人,那些名声不佳的造反者,闻名中外的'红卫兵',恢复高考后的第一批应试者,今天的许多新事物和新思想的创造者,野心勃勃却身无要职的现实主义者,在上一辈和下一辈之间对话的调解人,两面讨好却独立不羁的边缘人,老谋深算、不动声色、能量丰富、缺陷明显,能来激情、退时也快,——总之,就在前不久还跟上一辈人大谈'代沟'的这个第三代人,颜色那么杂驳,性格那么独特,参与意识那么强烈,而前途又那么模棱两可。"(第61页)这看似随意、失之刻薄的刻画,却由"第三代人"的作品,如上文提到的柯云路的《新星》、《京都》系列长篇,印证了其肖似的程度——当然只是对于这一代人中的部分精英人物而言。撇开粗线条的情绪性勾画而进入分析性描述,这些"第四代人"也表现出了他们关于"第三代"的某些独到观察,比如说"他

---

① 刘小枫《关于"四五"一代的社会学思考札记》一文(刊《读书》1989年第5期)则将中国现代知识分子分为四组代群:"'五四'一代,即上世纪末至本世纪初生长,二十至四十年代进入社会文化角色的一代,这一代人中还有极少数成员尚在角色之中;第二代群为'解放一代'即三十至四十年代生长、五十至六十年代进入社会文化角色,至今尚未退出角色的一代;第三代群为'四五'一代,即四十年代末至五十年代末生长,七十至八十年代进入社会文化角色的一代;第四代群我称之为'游戏的一代',即六十至七十年代生长,九十年代至二十一世纪初将全面进入社会文化角色的一代。"

② 柯云路《京都》第二部《衰与荣》的主人公李向南提到自己准备编写的一本书,恰恰题为"第四代",此"第四代"指知青——老三届。

们经历了三个时代,在他们的心灵上,叠加着三段历史,这三段历史,构成他们过去的人生的背景,构成他们今天生活的根据,也构成他们未来人生的基础。他们是这样特殊的一代,他们的经历与共和国的历史重合,共和国的每一个变化,都被储存在他们的灵魂上,翻检他们的经历,就可以看到共和国历史的每一页;而了解共和国的历史,就总是要看到他们的影子"(第102页),说"他们被农村的一切所熏染的思想和行为,象烙印一样,是终身抹不掉的,所不同的,只是这思想和行为二次改造的程度而已"(第100页),说"第三代人已不仅仅是一个概念,它所指向的是一个整体,他们不但客观上是一个整体,而且他们自己能够明确地意识到自己作为一个整体的存在。没有哪一代人象第三代人这样具有这样明确的代意识"(第107页),"他们比任何一代人都更加迫切地意识到将要对历史承担的责任,比任何一代人都要更加迫切地意识到时间对于他们的宝贵"(第110页),另如说"第三代"人中的作家(即本书所论的知青作者):"他们写他们这一代,所有的眼光差不多都关注在自己这一代人身上;他们写给他们这一代,把共同的命运用文学的笔展露给自己的同代人。这本身就是代意识强烈的一种表现。"(第107页)① 说到这里,著者又像是不无艳羡,因为在他们看来,"代意识的形成是一代人最后成熟的标志"(第101页)。不必死心眼儿地追问像耶非耶,这一代(而且任一"代")是如此庞杂,任何一种描述都不难找出事实材料对应。这里有趣的更是论著作者的取样方式——他们选中的正是十年间活跃在文化领域的第三代人,或者可以称之为第三代人的文化代表。

甚至该书中某个象喻,也像得之于知青之作的启示。比如说"他们仿佛注定永远是搭乘不上火车的旅客"(第101页)。叶

---

① 这一时期,何多苓、艾轩的油画作品《第三代人》,画中呈群体的一代,神色严峻凝重,似久经沧桑忧患。

辛小说《我们这一代年轻人》就写到过："知识青年好象是在火车站上等待列车的旅客,在人们的心目中是即将乘车远行的旅客,一个还将走很多路的年轻人。不同的是这个旅客还没有买票,连他本人也不知道自己将到哪儿去旅行。……"王安忆《当长笛Solo 的时候》的人物语义双关地说："想上车的意识真强,都怕被甩下。"其中也有等车、车站等意象。此外王安忆的《本次列车终点》,也与上述意象、与知青"等待"的经验有关。我并不以为这是个如何高明的象喻,只是惊讶于更年轻者的从旁观察与个中人的经验间有如此的契合。

父祖辈投向这一代人的眼光,与弟弟辈的有所不同。曾任中组部副部长的李锐《起用一代新人》、尤其《尽快起用一代新人》等文①所说"新人",大致是被《第四代人》归为"第三代"的那一批人,包括"老五届"即所谓"红卫兵大学生"以及工农兵大学生中的"老高中生"(六三、六四、六五年考入高中的)。在作者看来,他们之所以是应予"起用"的"新人",因为"总的说来,他们世界观的形成时期,正是我们党威望最高、社会风气最好、社会主义建设在曲折中前进,在各方面取得很大成就的时期"。还因"就文化知识来说,他们在'文化大革命'前至少都基本完成了严格、正规的中等教育,大部分人还经过严格的高考考上了大学或读完大学,他们接受文化教育的时期也正是建国后教学质量最高的时期","他们一只脚踏进了中年,另一只脚还留在青年,年轻人的锐气和热情没有消失,又略具中年人的审慎和经验","这是我们国家当前承先启后的一代人"(以上文字均见《尽快起用一代新人》一文)。

不同的评价,出于不同动机的评价,都提到了这一代人的过渡性位置(即"承先启后")。后者(李锐文)在关于这一代人的可

---

① 李锐:《起用一代新人》,湖南人民出版社 1985 年 5 月第 1 版。《起用一代新人》、《尽快起用一代新人》等文均收入此书。

用性论证中更强调了"承",比如这一代人经由"文革"达到的政治成熟性——他们已"通过正反两面的经验,更加自觉地把个人的命运同党和祖国的命运连在一起"(同上)。

本章所论知青作者所属的知青一代,只是《第四代人》所谓"第三代"中的一部分,即参与红卫兵运动、上山下乡运动的中学生,而且不限于李锐"新人"范围划分时指明了的"老三届"。如《新星》(柯云路)中人物强烈地意识到的,这一批人,与同时期参与红卫兵运动甚至也有农场或插队经历的另一批人,即老五届大学生,是有不容混淆的区别的,长者与弟弟们却不免粗疏地将其归作一堆了。上文所引《第四代人》关于第三代中作家们的描述,就只适用于知青作者(尚不能全然准确)。较之当年的中学生,老五届大学生恰恰缺乏上述强烈的代意识、关于代的文学表述。或者可以这么说,那一批大学生并没有创造出自己独特的文学形象与文坛地位,不曾为新时期文学打上自己"代"的印记;甚至不妨认为,他们不曾创造出自己独特的"文化"。造成这种区分的原因自是多方面的,其中之一或者是,受过更多教育的那一批人,更快地溶解于社会,被社会消化了。

一代人,将国家特定时期的政治历史独特而较为完整地内化为他们的性格以至命运,在几年十几年间,集中地经验了他们的前代人用了更长时间才经验到的由革命狂热到省悟反思的过程,这不能不是十足戏剧性的。这一代人的经历却决非前代人经历的缩写本,他们的经验具有不可复制的性质。倘若你的兴趣不限于文学,而关心历史运动作为巨大陶轮的铸型功能及其运作机制,关心人的被铸造及其条件,那么知青作者们的自白,他们有关自己一代的描述(当然"描述"同时又会是掩盖),足以作为了解当代中国"历史与人"的有价值的材料。

知青作者的作品中有关"代"的话语

确如"第四代人"所发现的,知青作者们更富于"代"的自觉——较之那些"轻视对自己一代人形象的设计"的"第二代人"(见《第四代人》,第92页)。这是一个可作纵向比较研究的题目,此处暂不展开。

柯云路《新星》及其续篇《京都》所提到的一代,不只是如《雪城》(梁晓声)所写已散落在终至淹没于城市的前知青,而是以"前知青"的身份进入了政界、文化界的老三届精英人物。《京都》第二部《衰与荣》令你看到的,是年轻者自觉地以关于"代"的阐释为自我宣言、评价,宣告自己的存在,表达参与愿望,力图实现社会力量(以及政治权力机构)的结构性调整。那正是鼓励改革狂想、进取热望,年轻一代得到最多许诺的时期。上卷中由古陵县城进京的李向南,他所属的精英圈子这样地谈论着他们自己:"现在,有人说这一代是'文化大革命'中起来的一代,有造反的血液,不可信;有人说这一代是乱世之奸雄,治世之能臣;有人说,历史应跨过这一代。""他们不承认也不行啊! 现在,老三届在各处都起来了,压得住吗!"这些雄心勃勃的人物也意识到了自己的过渡性地位,察觉到了年轻一代大学生们("他们是更厉害的一代?")咄咄逼人的势头。柯云路的这些作品对于时期性话语的保存,无疑可供日后作社会学研究的材料。

此外,梁晓声在《今夜有暴风雪》中提到过"知识青年共同的人格"。甚至张辛欣的小说人物也以"代"的名义解释自己对成就的渴望,谈起过系于"代"的"朦胧的使命感":"为了我们这一代生的和死的,走着、爬着、站着、躺着的……"(《我在哪儿错过了你》)张承志尤其敏感于"知青"的身份记号。《北方的河》中人物提到"插队出身的"、"老插队出身的",俨若出示族徽。到《金牧场》,代意识更漫到了海的对岸:对于异国(日本)同代人的认同。小说结束时,还不自禁地提到了接受期待视野中的知青伙伴,那些"插队插得比我更狠而且一边读我的小说一边锉牙的哥们儿们"。的确,知青作者当着写"知青岁月"时,不能不以有共同经历的同代人为首选读者对象①,那历史陈述更期待的也是他们的认可,比如听一句亲亲热热的"哥们儿,是么么回事儿!"

在知青作者的作品中,与他们同代的人物,也如海外华文文学中归来的游子,用了"曾经沧海"的苍老眼神看较年轻者(我猜想这眼神一定令年轻人恼怒)。孔捷生《南方的岸》中的"老知青"即用这种眼神看一个"属于八十年代的姑娘":"生活对于她完全是一首押韵的抒情诗;而对于我们这些老知青已经是格式清楚的应用文了。"叹息中有掩饰得并不彻底的"知青的骄傲"。他们欣赏自身所有的沧桑颜色。池莉《烦恼人生》的人物这样评论他们的女性同伴:"女知青有种特别的味儿,那味儿可以使一个女人更美好一些。你老婆是知青吗?我想我们都会喜欢那味儿,那是我们时代的秘密。"在这种意义上,这一代也同样乐于指点出有关"代"的"事实"。②

知青作者当创作时对于年轻一代的反应的过分在意,也出于代的敏感。那种"曾经沧海"的骄傲,故作高深的智者姿态,正是冲着那帮乳臭未干的小子们的。张承志一再愤愤不已地回敬轻薄小儿们的哂笑。陆天明在《桑那高地的太阳》的《后记》里说到面对年轻者盛气的轻蔑,"忽然觉得自己该是'很老很老'的

---

① 叶辛《我们这一代年轻人》在卷首题辞中也说将他的书"献给成千上万在'文化大革命'中上山下乡的知识青年同志们"。

② 郑万隆《那条记忆的小路》中的人物说:"虽然他只比我小两岁,却迥然是两代人啊!""……我参加过'红卫兵'、插过队、待过业;他却什么滋味也没尝过……"《红叶,在山那边》中的人物也说:"你别看咱俩才差几岁,才差几届,却好像是两个时代的人。因为你没参加过大串联,不知道那些外地学生,穿一条单裤,赤脚穿一双塑料凉鞋,隆冬腊月跑到北京来等待红卫兵大检阅是个什么心情;也没插过队,更不知道我们打着红旗唱着战歌上山下乡,然后又怎样像个三孙子似的求爷爷告奶奶'为回北京而奋斗'的滋味。"

了",却又说"反正得让世人知道这一代人弯弯扭扭曾经走过了一条什么样的路,特别是为了肯定将瞧不起我们这一拨的后人,留下这点轨迹……"这里或有更真诚的接受期待。他们向后来者敞开襟怀,渴望着这些如当年"我们"一样年轻(也一样气盛)的少年人的理解。他们的不能保持绅士般的宽容,正说明了那帮小子理解与否,在他们决非无所谓的。于此也令人察觉到了这一代人承启之间的沉重与悲哀。

知青文学正集中了这一代人有关代的、有关自己这一代的话语。在知青文学作为时期性现象成为过去之后,作者们或将更有力地谈论代。譬如王安忆,终于将她对于上一代作家的认识、对于上一代作家与自己一代作家间差异的认识,诉诸分析性描述(《叔叔的故事》),令人惊讶于十几年间默默的注视中积累起来的认识深度。

知青文学

这里的要务是界定。可以有若干种界定,比如以知青作者所写的"文学"为知青文学(着眼于作者身份),或以知青作者及非知青作者写知青生活的文学为知青文学(题材论),或以知青作者写知青生活的文学为知青文学(作者身份与题材双重限定)。我取最后一种。在本章中,我试图说明"知青文学"的作为一代人的自我诠释,"知青"身份之于这一代作者的意义。至于本书序言及其他章节所涉及的知青作者的乡村小说,自是了解知青一代的重要材料。知青作者的有关创作活动,不妨认为是"知青"作为一种人生经历的后延。

还应当说,知青文学非仅仅系于作者身份及所写题材,即不等于两项的简单相加。有关作品证明了,"知青文学"已构成一种文学品格。这是依据文学尺度的命名,经得起以文学的标准审核的命名。当着尚未创造出足以引人注目的审美价值时,有关创作是不便以此种命名肯定自身的。我在下文中还将一再说到,甚至"知青"这一历史名词,在相当程度上也是由被以"知青作者"指称的这一部分人参与界定,赋予其语义的明确性与丰富性的。

尚须说明的是,知青文学(依照上文的界定)并未囊括这一代作家的最优秀之作,或者不如说,就总体而论,这一代作者的成就更在知青文学之外。知青生活不是张承志《黑骏马》、《晚潮》、《残月》等作中的"现实",王安忆的《69届初中生》,功力远逊于她的《流逝》、《小鲍庄》等,张辛欣几无可以归入严格意义的"知青文学"的作品,而一大批知青作者,郑义、李杭育、李锐、朱晓平等等,他们的文学成就是由他们写乡村的作品标志的。然而知青文学确也拥有若干精品、佳作,如阿城的《棋王》、《孩子王》,史铁生的《我的遥远的清平湾》、《插队的故事》,铁凝的《村路带我回家》、《麦秸垛》等。知青文学及知青作者的其他作品,无论"精"否"佳"否,都提供了有关这一代及当代中国的极可宝贵的材料①。我将要论及的那些知青文学主题,在我看来,应属当代中国知识者的重要"主题"。

无论取何种"代"的划分,你都得承认,与知青一代共存于同一时空的任何其他"代",不曾拥有如此众多且代意识强烈、自觉为一代人立言的文学作者,不曾拥有如此严整、生机勃勃,以其创作影响、规定了一个时期文学面貌的作家队伍。五四时期过后,难以找出足以与之相比拟的生动地展示一代人文化姿态的表述行为,知青作者因而是那一代人的骄傲。因有这批作者,那一代人才将自己的形象与历史呈现到如此充分,将自己的欲求与愤懑、困惑与怀疑表达到如此痛快淋漓——这也算一种补偿?

---

① 应当承认,某些平庸之作作为研究知青现象的材料,未必比之有才华的作品缺乏价值,事情或许正相反,前者因包含更为普遍的经验(而非远远高出平均数的个人体悟),更便于充当说明"代"的行为、意愿等等的材料,有关作者也因更专注于知青问题,更专注于倾听那一代人的声音,表现出更强烈的代的自觉(而才华超群者往往沉溺于个人思路)。

对那几年、十几年,对不能以"年"计量的支付、损耗的些微补偿?不论他们的诠释能否为同代人首肯,"知青一代"的形象,在相当程度上,仍然是由这些记述者、批判地省察自身者设计与构造的。他们本人,则因对其这一种社会、文化角色的自觉,成为了世人以之为"知青"的知青。产生于"文革"中的诸多"身份"印记,有些早已由人们身上消褪,甚至知青的"前红卫兵"身份亦渐少为人提及,"知青"这一称谓,在其指涉对象消失多年之后仍然生动,且将作为能指长久地保有指涉功能并继续被丰富,谁说不是赖有这一代人经由文学艺术的自我形象设计呢!

知青文学非但提供了有关知青历史的话语形式,使这"历史"得以陈述,而且是一种赋予意义的活动。下文有关知青文学主题的分析将会证明,这一代人的文学代表何等关心"意义"。"代意识"正体现在专心致志锲而不舍的价值估量意义究诘上。"知青历史"并非仅仅由于当年人数众多的参与、卷入,而是因事后的陈述与意义论证,才成其为真正的"历史"的。历史学在这一方面的无所作为,使得知青文学仍然是迄今为止有关知青历史的重要文本。即使日后终会出现更合于史学规范的历史陈述,我相信这陈述仍得由知青文学汲取灵感。

当知青文学的意义系统由一批作者共同创设、构组时,其间在重要关节处思路的同趋,提供意义的个人间的呼应,也是当代文学中的奇特现象,为同时期其他代的作者(包括那一批归来的流放者)所少见。而前于"文革"上山下乡的那一批老知青,因缺乏如此生动的陈述、意义建构,其历史过早地被人们淡忘了。

彼此呼应的,更有在不同文化部门艺术门类从事创造并显示了"实绩"的同一代人:美术界,电影界,音乐界,文学批评、研究界。这是在一时的精神文化领域有广泛建树的一代,而且因互为诠释,相互补充——这一点在文学界与电影界之间表现最为醒目——构成了相当可观的人文景象。这种缘时势、机遇助成又不无自觉的群体性的文化创造,是理应作为当代中国重大的文化事件的。

即使如此,知青作者及其创作仍然不足以构建一个"文学时代"。这一批作者力不足以"开时代"。他们自身的成就也依赖于文学风尚的转移,依赖于与其他代作者的创作间的辉映。这除了由于多元格局的形成,也因他们自身的过渡性。他们或者作为旧有文学范式的实践者,或者为新的范式前导,以此担承着承启使命。他们本身特具敏感的时空意识、方位感,时时不忘为自己在时空坐标上定位。他们经由文学活动体验人的自由与人的被限定,他们的骄傲与悲哀也往往系于此。

对于知青作者,插队或兵团、农场经历,是一个过程(文学创作)的无意识的开端。由日后的选择看,那是一个未经策划的准备时期。这批作者由此与有过下厂、下乡经历,以至在乡村基层有其"根据地"的异代作者见出了区别。那段经历并不因其久长或短暂,对于知青作者即增添或减损了意义。马原《冈底斯的诱惑·作者小传》(作家出版社)中说:"……填各种登记表的时候,本人成分需要我填学生,这样填说心里话我不情愿。我不是个学生,骨子里不是。我下乡四年多,我因此永远是个下乡青年。"永远的知青!知青生活的永远性,在于它已不仅仅是一段经历,一个时间长度,一种空间位置。"知青"意味着某些观念、信念、特有的现实关切与历史反思、情感态度与情感所系、人生姿态,以至气质、话语形式——足以构成(对其人其文学的)规定性的东西。知青历史在有此历史的一代人,是一道重要的铸型工序。这一代人由此体验到的人的"被造性",是一种极"个人"的经验。

然而知青身份及相关历史,对于知青作家中的单个人,毕竟意义互有不同。张辛欣即使在较为早期的作品中,女性意识也较知青意识为强烈;张承志则越到后来,越强调男性自我,强调他的人物的"北方"、"大陆"、"大西北"等等精神血缘以至回族英雄祖先的后人一类身份,而只将"知青历史"作为人物成长史的一个重要段落,一个重要章节;知青这一身份符号,对于说明王安忆、铁凝、韩少功这样的作者,也显然是过于狭窄的。

当我试图在"知青作者"、"知青文学"的题目下综合时,也像类似研究中通常会有的那样,有意忽略了对象世界本有的丰富性,比如这一批作者极其多样的个人取向。在几个知青文学主题上的思路同趋,并不就是创作选择的趋同。如同文学史的任一世代,这一代作者中的最优秀者,是无以类归的,下文抽取的,只是他们作品的碎片而已。

代的姿态,与独异的个人姿态,并不就那么不相容。即使在代意识上,他们彼此也显得不同。张辛欣的作品偶尔提到"代",那在作者更可能是一时感兴。张辛欣一向更关心个体生存状态,命运的个体性、个别性,而非"代"的历史与处境。有关"代"的话语不过是她的作品本文中的注释性成分,她所写的两性问题(或曰女性问题),其解答也远远超出了"代"这概念的应用范围。史铁生的笔调尽管写知青生活记忆格外相宜,他却更关心残疾人的命运(并力图进于人类命运主题)。有关思考的艰苦沉重性质,常使其作品有与年龄不称的苍老。似乎是,他因个人经历,较早地走出了同代人的普遍状态。即使由本章所规定的有限方面看,你由这一代人的作品读出的,也更是他们的知青历史的个人性,人各不同的"成人式",所达到的互不相同的人生境界,属于各自的意境或意境向往。

"知青"毕竟是时期性的身份符号。因而上文所谓"永远",总归是一种诗意说法。历史与历史地造出的身份都将成为过去。知青文学及知青作者的其他创作,正向你展示了一代人脱出其知青历史的过程。我相信张承志在《金牧场》中所渴望着的"新的存在方式",将包括了进一步将知青历史推向远景,而《金牧场》则是为此目的的设祭———一个声势浩大的青春祭典,一次庄严而深情的告别仪式。知青文学已走过了其盛期。上文中有关知青文学的界定,也为便于叙述一个有其起讫的完整过程。我不怀疑未来的文学中仍将继续有"知青历史"、知青人物,只是

在自身变化了的前知青作者或非知青作者笔下,它们会获得另
外的质地与颜色。这只要看马原作品,看李晓作品,即不难推
知。马原等人的创作并未导向另一个知青文学时期,却示人以
既有知青历史文本的改写。他们以不同于众的陈述改换了知青
历史的叙述模式,以似无意义或荒诞,瓦解着知青文学已有的意
义结构。即使只是偶然的轨外表现,也令人生动地想到了诸种
尚待实现的可能性。

附注:
　　这一时期,有关电影界导演们代际特征的分析,达到了较大深度,其
中论述"第五代导演"(与知青作家大致同代)的文字尤见精彩,如《电影艺
术》1990年第3、4期连载的戴锦华文《断桥:子一代的艺术》,1990年第4期
载孟悦文《剥露的原生世界——陈凯歌浅论》。关于第五代导演,吴贻弓
说:"他们绝大部分是北京电影学院78级的同学,从同一'入口'进入角色,
又从同一起跑线开始'集团冲刺',尽管他们也有不同的经历和遭遇,但他
们对'第五代'的旗帜都有比较清晰的认同感和自豪感。""我也承认,年轻
的'第五代'导演有些特殊,共性突出,棱角鲜明,某种意义上说是'文革'
浩劫后,从废墟上破土而出的植株,是特殊历史时期孕育的特殊产物。不
是有人把'第五代'比喻成冰川大活动后,携有大陆断层性的新岛群落吗?
把这种'自然界痕迹'用来比喻电影导演群落的文化心态,不能说毫无道
理。"(《承上启下的群落——关于"第四代"导演的对话》,《电影艺术》1990
年第4期)。
　　电影界人士有关第四代导演的评述亦可作为研究知青作者与其前代
作者(文学创作界没有关于这"前代作者"的明确称谓)间差异的参考。如
汪天云以为:"'第四代'和'第五代'的说法是一种约定俗成的思潮性的演
化物。""一般而言,观众习惯于把冷峻的反思,对传统的嘲弄,以现代派表
现形式僭越规范美学的影片,称为'第五代'作品;把温馨的眷恋,对历史
的崇敬,以恪守因果关联的'易读文体'模式去满足观众的作品,视为'第
四代'风格……"(同上)黄健中说:"第四代导演是中国历代导演群体中人
数最多的一代。群体大,宽容度也大,人员结构不象第三代、第五代那么
单一,个人风格的差异也比较大。"(《"第四代"已经结束》,《电影艺术》1990

年第3期)上引吴贻弓的谈话中,也有对第四代导演的分析:"所谓'第四代'导演群落,受教育于比较稳定的50年代,其成长历史有共同的复合部,有普遍性,文化功底、艺术气质、思维特征包括情操与修养,都比较稳定趋落差不大。传统文化的熏陶很浓重,十七年主流意识很深地镶嵌在我们的脑海中……尽管'文化大革命'似乎突如其来地朝我们打了无情的一棍,在以后的实践中,我们这一群落的命运分流大了起来,但归根结蒂我们的深层文化心态,或者说内心情结是很纯情的'共和国情结'。总把新中国母亲看得很理想,很美好,很亲切,千方百计想把这种'情结'投射在银幕作品中。""有人说,'第五代'以集团冲锋上了制高点。历史对谨慎小心的'第四代'予以过分的嘲弄……"

文学界知青作者的"前代作者"似较电影界第四代导演更难综合,代层的分割发生在文学界也不如电影界那样显明,知青作者对其前代作者也未形成犹如电影界"第五代"之于"第四代"那样强劲的冲击波。

第二节　怀念与回归

——"知青文学"主题之一

初期知青文学

这里将1978年起的几年里推出的知青文学划为"初期",是以有所遗忘为条件的。"文革"前,六十年代初,一批上山下乡支边的老知青,也有其文学。因而王蒙序陆天明的《桑那高地的太阳》,以为此作"填补了'老知青'的空白"①,应指新时期文学而

---

① 王序(人民文学出版社版)中说:"文化革命中的知识青年上山下乡成了举世瞩目的大事,'知青题材'、'知青作家'成了专门名词,在新时期的文学中占了一席地位。与此同时,人们似乎忘了早在六十年代早期,就有一批'老知青',自觉自愿一心革命地去了边疆、去了最艰苦的地方,他们同样有自己的追求、自己的锻炼、自己的幻灭、自己的希望,同样也是、也许更是可歌可泣可叹可记的。陆天明就是其中的一个。""他的作品填补了'老知青'的空白,也算是完成了一件'历史使命'。"

言。本章所论知青文学,也限于这一时期。

新时期之初的文学令人油然想到五四文学:大批作者涌入文坛凭藉的是历史提供的机缘,热闹繁华掩盖着普遍的肤浅与幼稚;两个时期都有一些作者来去匆匆,流星般倏起倏落。李锐回看充满戏剧性的新时期文学时,表达的是这一代人的那份清醒:"正是亿万人巨大的情感积累,亿万人巨大的心理期待,造就了中国当代文坛一代群星辉映的名家名作。请注意:我说造就是有意的,意在指出新时期文学一个极其显著的特质,这个特质就是它是被造就的。与新文化运动不同,它呈现出一种更多的历史被动性。而这种被动性必然导致一种鱼龙混杂的局面,导致一种文学自身品位的低下。大批作家与作品的即时性和迅速的销声匿迹,最好不过地说明了这一点。""可以毫不夸张地说,中国新时期文学是在伪作家、伪作品、伪评论家和伪读者的夹缝中难产的。"(《〈厚土〉自语》)其实"文学时期"通常都是"被造就的";只是这里的被造就,多了一点上文所谓的"戏剧性"而已。

参与构成"繁荣"的知青作者的初期创作,甚至在同期文坛上也更显出"被动",被动地追随、摹仿——由主题模式到叙事模式,以至于被动地继续受制于"文革"期的流行样式、话语风格。长者们对此,自有一份体谅:知青文学注定了不可能有显赫的开端。一批未受过完备的教育复又经历了不同程度的"荒废",蒙受了"文革"时期流行文艺的熏染的年轻人,你不能指望他们出语惊人。就中那些日后表现不俗者,也大多现出起点上的幼稚,他们的初作同样未能脱尽中学生作文笔调与流行范式。相比之下,较为年长的一代作者,更有实力开风气、提示方向,如刘心武、王蒙、高晓声等。知青作品,诸如竹林的《生活的路》,叶辛的《我们这一代年轻人》、《蹉跎岁月》等,在话语—叙事层面与流行作品几无区别。不但"知青话语",而且"知青主题",也需要人们耐心等待。《生活的路》属于流行样式的写路线斗争的小说,《我们这一代年轻人》、《蹉跎岁月》则另有情节原型。小说写的是那些备受政治压抑的知青,因创造了价值(建功立业)而改善了命运(包括赢得爱情)的故事。受难者的角色从来易于邀致同情。受难者与红粉知己曲折有致的爱情事件,是某种模式中必有的部分,尤其知识分子受难者。这既合于普遍的接受期待,又合于知识者、文人的愿望及愿望方式。那也正是写伤痕的时期。"文革"中落难者的后代(知青)的故事,很难较之那些落难者本人的故事(如张贤亮、从维熙所写)更哀感动人。上述知青小说中,不但人物肯定自己的方式是标准化的,而且令人不难从中发现久已熟悉的情节架构、人物类型,诸如落难秀才遇佳丽一类情节模式,中国古代小说、传统戏曲中习见的文弱书生、落魄才子类型等等——不只覆盖于一时的文学风尚,而且令人清楚地看出极瘦瘠的知识、文学背景。那更是一些用别人(亦即"现成")的话语讲述的知青故事,用别人的话语讲述的非知青特有的故事①。

耐人寻味的是,相当一些知青及同代作者,是经由个人对压抑的承受,引发了宣泄冲动的②。然而当他们发声时,喊出的却并非自己的声音。陈建功在回顾他的初期创作时说:"……我发表的处女作是一首诗,题目叫《欢送》——对'工农兵上大学'这一'新生事物'加以讴歌——虽然写这首诗的时候,我刚刚被无理剥夺了被推荐上大学的机会。""那时的我,'是一个受着生活的挤压,却还拿起笔,歌颂那个挤压了我的时代的陈建功;是一个对现存的一切产生了不少的怀疑,却又不断地寻找理论,证实

---

① 写被迫害者的子弟的不幸,本有可能达到较为深刻的命运主题的:比之他们被视为罪人的父辈,这种不幸更像是宿命。另一位青年作者张炜一再写到这类不幸者,从《天蓝色的木屐》到《古船》。"出身"这一种"原罪",引出张炜小说中一再出现且重复不已的"命运主题"。《秋天的愤怒》的主人公说:"我们这类人(当然包括我!)是这世上真正的'孤儿'。"——这类人物(政治孤儿)在张作中,大多正是孤儿,无父无母。较之叶辛人物的自怜自伤,张炜的人物的存在意义更在反抗命运、对命运追究诘问,也更富于反抗中的男性力量。

② 《陈建功小说选·序》(北京出版社版):"我是1973年开始写小说的。'辞赋小道,壮夫不为'。不过那时我混得挺惨,为了找点出路,便开始舞文弄墨起来。"

存在合理性的陈建功;是一个……'"(《陈建功小说选·小说起码……——代后记》,北京出版社版)这一代作者尚须借助于新时期提供的观念与形式手段,才可能发出较近于"自己"的声音,找到他们的"知青主题",发现他们的"知青命运":尽管仍不能对于先在的"经验"、"形式"无所依傍。在此之前,文学中的"知青"仅只是身份符号,而非独特命运与独特历史,更不是形成于独特命运与历史的精神特质、文化个性。

稚气地应和着一时的流行主题,年轻作者也纷纷谈论着"美"与"爱",述说着"人性扭曲"、变异,在这一方面,他们同样不能比年长的一代作者的述说更动人。大批作品迅即散落在时间中,甚至不具有所谓"文学史的价值"。然而也应当说,其中确有一些作品,以清新纯真而独具魅力。如王安忆的《雨,沙沙沙》等作,那份清纯因太属于年龄而格外令人怜惜①。年长的文学家确也于激赏中怀有面对儿童式的天真时的爱怜之情。《雨,沙沙沙》等也因而终不能如《班主任》、《如意》(刘心武)、《风筝飘带》、《夜的眼》、《春之声》(王蒙)等更足作为那个时期文学的标记。

当此之时,一批年轻诗人,在诗坛上却风头正劲,有关朦胧诗的讨论,成为诗国持久的理论热点。诗人比之同代小说家更先赢得了读者(主要是青年)。浓缩的久经沉淀或提炼的思想,浓缩的因压抑既久而凝重不堪的情绪,更合于那时期读书界的接受期待,几乎每一首精致的小诗都会如巨石入水般轰然有声。与诗相比,小说中最初的知青话语显得絮叨而空泛。或许成就一个小说家比之成就一个诗人从来就更需要耐性。新诗是青年的领地,而小说似乎更是"中年的艺术"。诗的思维天然地较少

---

① 这一时期的王安忆也如当时的一般作者那样,努力于发现美,同时亦如别人,发现了美丑同在——当时人们所认识的生活(人生,人性等等)的复杂性,在美丑、善恶二项对立的模式中,发现二者间的互渗、不相离,等等,却仍能以其特有的单纯态度与稚拙话语动人。

羁束,更私人化,更加自语、私语——尤其借诸"现代诗"所许诺的更大的形式自由。而小说形式则易于羁束才情,更有利于容纳共有经验,对小说形式的驾驭也须经更繁难的训练。因而极其自然地,"社会"首先经由诗人听到了知青一代的声音,但随后就被小说家的声音所吸引:诗潮更迭究竟比小说潮迅疾。小说的成为这一代人更为有效的发言方式,不过是时间问题。

即使在未脱稚气的"初期","青春仍在"也是这一代人独据的优势,他们在当时的文坛上大可以此骄人。因了年轻而有上述诗国,也因了年轻而有虽稚嫩然而生气勃勃的小说天地,使敏感的中年人及时察觉到了这一代人积蓄待发的力量,他们的不可预测的未来。某种风致,某种情怀,是青年者的文学专利。如史铁生《我的遥远的清平湾》,如张曼菱《有一个美丽的地方》,都难以写在另一年龄阶段。初期知青文学也讲了不少故事,凄恻缠绵的落难者的故事,垦荒者的爱与死的故事。但知青文学却始终不能以故事胜。他们在这一方面难以与前代作家争锋。文学史由知青文学中记住的,很可能更是知青情思、知青式的记忆方式与"知青精神特性"。与知青一代在诗坛上的成功相联系,初期知青小说以其年轻人的情怀、表情方式而独擅胜场。张承志在《老桥·后记》① 中说:"这本小书说明,我曾相当偏爱过抒情散文式的小说叙述方法,因为我觉得它那么合乎草原生活的特质。"即使稚气,清浅,也会是一种青春者的才禀,亦如青春一般不能长驻。王安忆、张炜(张应是来自乡村的知青)早期作品的那份可爱的清浅,即在作者本人也不可重复。张承志自初期创作起,纵然写知青历史中的沧桑感、创伤感,也不失豪迈;伤痛以及在岁月中积攒起来的委屈,都混在了辽阔而甜蜜的忧伤里。当着最初一度于文字间回首大草原时,那岁月中的甘苦以至血泪,依然新鲜而烫人,情之所至自然取了"抒情散文式的小说叙

---

① 《老桥》,北京十月文艺出版社1984年版。

述方法",经久而更锤炼成可为张承志个人标记的话语形式、话语风格。① 以认知与思考为特征的知青文学,是稍后的事。最初的冲动是倾诉。这毕竟是对一段难忘岁月中情感郁积的倾诉,即使为规范所框限又囿于学养的匮乏,倾诉中依然有动人的纯朴,这经了沧桑的一代人所获致的情感的与经验的纯朴。知青时代的特有氛围,即收摄、保存在了素朴的表情方式、纯朴的话语中。

> 一切都是瞬间,一切都会过去,
> 而那过去了的,就会变成亲切的怀恋。②

怀念是顺理成章的事。乡村之于知识者一向是那样的所在:难以吸引他们久居,却使之在离去时不能无所怀恋。五四新文学以来的怀乡之作,无不系于上述矛盾的"乡情"。至于知青文学,尤其初期创作,正如上文说到过的,本应是对于一代人的青春、对于一个时代的盛大祭典,知青历史的隆重的终结仪式,怀念致悼,是题中应有之义。然而回顾不已,迷失于怀念,以至使得仪式冗长不堪,毕竟有其特别的情由,"非共同经验者"的他人所难以探知。出现于新时期之初文坛上的作者们,有过种种怀念之作或怀念之情,对革命历史、对老区人民的,对流放地的地母般的女性、质朴的人们的,对浪漫的1950年代的,等等。我意欲探究的,是知青这份怀念的极私有的依据,知青的所以怀念,他们怀念文字的更潜隐曲折的语义。对此,普希金的诗句,

---

① 张承志的初期作品《骑手为什么歌唱母亲》(1978)、《青草》(1979)等,也有习作调子,未出一时的流行套路,甚至可以嗅出中学生作文的气味,但他的小说的主要角色已近于全部出场:知青,青年牧民,一个伟大的"额吉"(母亲),一个兼有恋人与母亲品性的年轻蒙族女子。

② 普希金:《假如生活欺骗了你》,《普希金文集》中译本(戈宝权译),时代出版社1955年版。

"过去"即成"怀恋"云云,不免是一个太过一般的理由。

将知青的怀念之作、怀念文字作一番全面巡视,即使不是不可能,也是太繁琐的事:几乎所有知青作者,都有有关的篇什或自白性话语。史铁生在其情致悠远的《我的遥远的清平湾》之外,还在关于此作所写的《几回回梦里回延安》一文中说到自己"总是梦见那开阔的天空,黄褐色的高原,血红色的落日里飘着悠长的吆牛声"。《我的遥远的清平湾》的动人处首在那份情感的纯朴。在经历了自身的磨难,遍阅充满缺憾的人生后,怀乡自有一种滤净了虚浮之气的淡泊与澄明。这或许是更宜于怀念的心境,只是难能达到罢了。朱晓平在其《桑塬》中感慨地说:"忘得了吗?这村!这人!"张曼菱《有一个美丽的地方》也是一时引人注目的怀念之作,且因情设辞,取了散文诗的形式,以舒徐的节调,拟沉思、回想的情态。"那个生产绿瓷般的鸭蛋和黄金大瓜的地方,永远牵动我的乡情。那座我不再归宁的江畔小寨,化为我人生逆旅中的憩园。"初期知青文学较普遍的抒情形式,也为便于怀念。"怀旧"中情感的温柔多少因了所怀者已经遥远,非关切身利害,而往事经了"回忆"制作后的温情化,又是对创伤的抚慰。

知青作者言此也有一份率真。陈村在《蓝旗》一篇中写着:"我走了,我的七房。我没想到,当我能抬起头来看你时,这块曾被我千百次诅咒的土地,竟是这样美丽!"乡村生存当其在我已非"现实",也就获得了某种诗意品格。当我能抬起头来看这块土地时,才有了怀念、眷恋;当我不再隶属,不再拥有乡民的身份,不再被"队长"之流所喝斥时,这土地才"这样美丽"。这也是知识分子怀乡的一般条件。[①]

[①] 陈村于小说之外讲到他自己由于遏制不住的怀乡冲动,在航行中直欲"跳下船去,变作一条回游的鱼,沿着曲曲弯弯的河道,游过船闸,游过雍家镇,游向我的板桥,踏上当年放小牛的河滩。"见《走通大渡河·遥远的灯光〈代序〉》。

这类文字如通常那样,拟想作者与叙事者绝少间隙,即使所怀念的(叙事内容)与"本事"相去甚远。此时的孔捷生,怀念(及其情节模式:回归)构成他一系列的知青故事。并不特意强调人物的"前知青"身份的张辛欣,《在同一地平线上》也写了人物的知青生活怀念,只不过更有一种怀念中的清醒罢了:"……她说过,在这儿生活的时候,很难、很苦,身边也有丑恶的东西,离开了,回头想,那时的生活还曾经充满着单纯的信念,有它朴朴实实的回味……她想回来看看,她说过不止一次,她又说不可能。离开了,都会变成亲切的依恋。生活却再也倒不回去……"

当时我们总觉得委屈。
后来我们总觉得留恋。
——张承志《金牧场》

王安忆写知青生活最少留连低回,她的人物对所在乡村更难以进入也更急于离去。即使如此,也终不能绝无顾盼。当着乘船离去回看那县城,"远远地看去,小小的,小得叫人有点心疼。雯雯望着它,忽然对它觉着了抱歉"。这不能释然,即是日后怀念的种子。还应当说,怀念并不全系在怀念之作、怀念文字上,或者可以认为,知青写知青生活、知青作者写乡村,无不根于怀念,根于不能忘却(同时也"为了忘却")。人类感情的真正深刻处,是难以言说的,说出来的或只不过是其"粗"。这也是从来如是的语言困境。

同代作者中,再没有人比之张承志对大草原、对草原母亲蒙古族额吉的怀念更顽强、更坚韧持久的了,那几乎是一种因重复不已而令人疲劳的怀念表达。他的怀念并非仅在"执著"程度上不可与其他知青作者混同。那更是唯他才有的怀念——不只对草原母亲,而且对一个少年成长的历史,一个男人成人的历史。他神色凛然地卫护着的,是那个长成于大草原上的生命,和滋养护育了这生命的草原。而且越到后来越混杂着因伤害而激起的愤怒:他不能容忍任何对于这圣洁感情的轻浮态度。在《GRAF-FITI——胡涂乱抹》中,他更从习用的叙事形式的硬壳中挣出,用拼贴镶嵌、用意识流、用交叉剪接,暴风雨般地倾泄其怀念,同时用了论战姿态、用了粗野凶猛的反击姿势,维护他的怀念。闭锁在旧有形式外壳中的激情一旦放出,顿然演成一片话语的撒野。这是在典型城市舞台(大学校园的演唱会)上的草原怀念。乡村怀念从来借城市舞台才成其为真正的"怀念"。张承志的气势汹汹的怀念,是知青作者此种作品中最称奇特的景观。作者对于"误解"的过度反应恰恰证实了一种压迫感,一种对孤独命运的体认。卫护怀念,也是卫护知青历史与知青信念,护住"人心里"那个"薄软的地方"①。你由张承志不止一篇作品里听到了同一个诅咒般恶狠狠的誓:关于不放弃备受误解非议的草原母亲主题,关于守住孤独,关于永不忘怀。《金牧场》中的人物更严正地宣称:"是的,草原仍留在我们尚还年轻的心里,使我们不觉间变得深沉博大。尽管它时时使我们感到痛楚,尽管正是因为它我们才觉得自己的青春去而不返,而且残缺不全,但我们仍旧沉浸在一种独属自己的永恒体会中。在这美好的体会中,我们惊异地发觉自己已经获得了一个庄严的蜕变,我们自己已经成为了一种神奇的新人。……哪怕人们再加十倍地嘲笑和贬低吧,哪怕不偏不斜的准则把我们的这一套看得一文不值,我们已经在自己的内心中守卫了自己,守卫了自己心中最高贵的、千金难买的一个梦。"知青作者之所以怀念且卫护怀念,也为了打破意味深长又含义暧昧的缄默,为了击破关于这一代人的误解。怀念的庄严,背后是一代人的尊严。

---

① 张承志《黄泥小屋》有"你拣着人心里薄软的地方糟践"这样的句子。

所"怀"种种

知青作者们所怀念的与其说是那村那人,不如说更是那村、那人中的知青自我、知青历史。那更是"知青历史怀念"。乡村怀念,在知识者,通常也正是个人生命史(如童年历史)的怀念。《插队的故事》(史铁生)还将两种怀念由叙事方式上区分开来,以见作者萦怀系念的种种。至于兵团农场知青之所怀念,更只是自己的青春岁月。那是一片"我们的田野"。公然的、毫不避讳的对于自己历史的关切,也是这一代作者的特征。执著于怀念,沉湎于反思,纠缠于评价,都出自这情结。"知青文学"也正赖此而得以成立。

然而这无妨于怀念着的个人各自举出其意识到的那理由。如张曼菱所谓"人生逆旅中的憩园"。乡间并非所在皆有叶辛所写那类施之于知青的政治迫害。知青——尤其插队知青,感受更深切的,是乡村那不同于政治喧嚣中的城市的古老宁静。《大刘庄》(王安忆)、《我的遥远的清平湾》都对这宁静慨叹不已。张曼菱所怀念的,是那片逃避政治压抑的土地,那片无明确政治属性的土地。陈村《我曾经在这里生活》也写到类似感觉:和老乡一起,"我没有压抑感","只要不当队长,他们都不以教育者自居"。这的确难忘。王蒙《在伊犁》一组中的伊犁,亦是这样的一片土地。当着乡村被作为这一种意义上的逃避与休憩之地,其属性的确是"乡土"的:抚慰、庇护、母性温暖下的安适。

怀念往往又因了返城之初对于城市的适应不良,比如对城市道德氛围中的不适。陆星儿的人物因而怀念北大荒雪原上"冰清玉洁"的初恋(对知青历史作为道德境界的怀念):"似乎只要一提及那个地方,一切都净化了,像纯洁的雪。"(《斑点》)这些负有伤痛的心灵还不免敏感到城市的冷漠或拒斥。王安忆《本次列车终点》写返城者对于十年向往中的停泊地的失望。匆匆逃离的"那地方",是因失望而重新记起的:"唉,他想那个地方了。"一时返城的知青,还难以发现在城市环境中自我价值实现的可能性。

也有不明所以或者"说不清楚"的怀念,这大约更寻常。怀念本不需要申明理由,也未必总能或总愿申明。史铁生在《插队的故事》中说:"使我们记住那些日子的原因太多了。""我常默默地去想,终于想不清楚。"原因或也真的是难以言说的。但本节的宗旨仍在言说,只不过想避开史铁生所批评的那种武断的"只是因为"式的言说罢了[①]。

这同时是"代"的怀念,怀念有其群体心理背景,有对群体归属、群体经验的确认。怀念,是含蓄隐蔽的关于群体历史的评价方式,一种情感评价。"可怀念的",包含有毋需明言的价值肯定。《南方的岸》写了一个男人(前知青)与三个女人的故事,也如其他男性作者在类似情节框架中那样,这里"他"在"她们"中的选择,是选择价值以至命运。他的最终选择暮珍及其归去(回归海南橡胶林),正是选择、肯定过去。过去(即知青历史)的价值,一再成为某几位知青作者的叙述所指向的意义归结。结局是由叙事预约了的,情感与意义逻辑,僵直地通往"终点"——或可以称之为"话语形式中的'人的命运'",一种话语形式的定命。

价值信念大大强化了怀念的道德性质,忘却,即难免如背叛一样触犯着群体的道德感情。不止一篇知青作品,对忘却(忘却知青历史,忘却那"乡土"那土地)深致愤慨。这里也集中了这一代人对道德纯洁性的关注,他们虽历经曲折仍然顽强地保存下

[①] 《插队的故事》:"有人说,我们这些插过队的人总好念叨那些插队的日子,不是因为别的,只是因为我们最好的年华是在插队中度过的。""得承认,这话说得很有些道理。不过我感觉说这话的人没插过队,否则他不会说'只是因为'……"史的《我的遥远的清平湾》、《插队的故事》亦是说"因为",说其所能说而已。

来的敏锐纯正的道德感①。

较早的知青之作一再把怀念具体化为对死者、同代人中的牺牲者的纪念——怀念是如此沉重的记忆方式!梁晓声等人的作品有关死的描写,应属这一漫长的回顾仪式中的祭奠动作,不只是对于牺牲者的,也是对于留在了草原、旷野、田地上的青春岁月、青春生命的。怀念因而是庄严的人生义务,是生者、在者对于死者、对于"过去的生命"的祭扫与告慰。这动作中隐含着"代"的意志。忘怀,拒绝重访、回归则俨若背弃。《绿色的蜜月》(孔捷生)中说:"愿子孙记得我们这辈人!"知青文学当发轫时,动机或也在于此的?很少有哪一代人(参与民主革命的一代除外),赋予自身历史记忆以如此严重的意味。

卫护怀念时异乎寻常地执著的张承志,面对"背弃"也有一份异乎寻常的愤激。他的短篇《老桥》向你揭示了那古老而又常新的关于背弃的主题。这里的背弃,指对于过去的岁月、过去的诺言,对于红卫兵式的忠诚、少年人的诚实,对于作为这"过去"的见证的老桥("历史"的具象),对于老桥边如蒙古族老额吉一样的厄鲁特族老阿爸("人民")……在同代人中,张承志于忠实、诚实这种美德,有着近乎痛苦的认真,指斥背弃时,也有执法者似的严苛,绝不宽假。他所坚守的,是那个年代普遍认为的"人之所以立"的德行标准。在那篇《北方的河》里,张承志又写到了知青同伴对诺言、信义的背弃,可见旧创之深。广义的或具体行为上的背弃,都足以使之受伤。伤痛激成了张承志的挑战姿态。他在这儿也享用着孤独者骄傲的悲哀、独行人心境的广漠苍凉。《老桥》里的背弃者各有其自审。作者施之于同代人道德度量的严苛不苟,也使你具体地感觉到了"代"的尊严——这严峻而至

---

① 知青文学的这种道德耽溺,或许是其难于适合当代青年口味处。知青式怀旧很容易与一种古旧情怀混淆,怀念中亦有夸炫——像那些自信拥有辉煌过去的老人们那样。

于痛苦的尊严感。或许在张承志看来,这一代人固然需要历史评价的公正,却更得立在他们自己的操守上。他尤其不能容忍出自这一代人的对他们自身历史的玩视。我在下文中正要继续谈到,如此强大而纤敏的自尊,是由这一代人的历史与现实境遇造成的。

怀念与不容忘怀,于更复杂隐秘的动机之外,还因了"过去"的骄傲,知青历史的骄傲。这份骄傲有助于他们在冷漠与误解中有效地护住尊严。在知青作者笔下,知青人物以曾经沧海者的眼神打量那些无此经历者,知青的骄傲情见乎辞。知青的骄傲(以至更具体一点的"兵团战士的骄傲")在梁晓声的作品中是更贯穿性的,即使"委屈和愤怒"的表达(如《雪城》),也一派冷傲。这些作品使人想到,似乎正是"知青后"的屈辱与磨难,强化了这骄傲。骄傲的表达,也应属于重建自信的一部分工程吧。我想到现代心理学所谓"移情"。在一种精神、心理需求中,局部历史扩张了,它在想象中代表了人的全部生活与命运。这多少可以解释某些知青作者那里短暂的知青历史所被宣称的意义含量。知青作者决非一些恋旧癖者,他们不是"过去"价值至上者。他们毋宁说在创造"过去"的意义值。那种关于"过去"对于人的意义的说法带有臆想成分,却正是文学艺术素所钟爱的一种命运解说。文学艺术习惯于"解释","过去"即以合乎普遍接受期待的方式满足了此种需求。实际生活却难以归结因果。关于"命运"与"性格",有时无解恰是一种解。

无论在知青作者还是在其所写知青人物,"知青的过去"确有其现存性,正如张承志《金牧场》等作以不同叙境的直接拼贴所喻示的。那是对于一个活生生的人而言,平行、"共存"的历史时空。知青历史迄未过去,它与当下、此时,构成同一生命的肌肤,这生命也即同时活在那些时空、情景中。"历史"因已铸入肌体而于人有了永远的"现实性",记忆则如抚摸、感觉这肌肤,成为了人的存在方式、存在状态。我不敢断定,知青作者对"过去"

的感觉是否都如我上文所说,但我相信这说法至少适用于其中的几位作者。

知青历史的骄傲普遍见于知青之作,尤其对于那段历史的造人功能。张承志作品,梁晓声的《雪城》(下),以至王安忆的《运河边上》、《命运交响曲》,都含着上述角度的知青历史评价。《新星》(柯云路)的主人公说:"我感谢历史给了我强者的性格。"陆星儿的人物则要"感激林场十年砍伐过的那千百棵大树,是它们给了她毅力和韧性"(《呵,青鸟》)。从来就有历史评价的诸种尺度,其中不妨有极个人的或者特定的"代"的尺度。上述"知青的骄傲"中,隐约可感"贫贱忧戚,玉汝于成"、"天将降大任于斯人也……"之类古老的乐观信念。在这里历史骄傲与创伤感、苦难感的同在,是不难解释的。

上文已经提到当知青文学发轫之时,正有一种怀念氛围。文坛上不但异代作者也在写怀念、重访、回归,甚至他们也在写背弃,比如对老区人民、对养育过革命的根据地父老(也即对自身革命历史)的背弃。自审出于历史动荡后的觉悟。知青文学的怀念之作、写怀念回归的文字,不但未在风尚之外,倒是参与构成着风尚的。只不过在风尚之中不仅有自己的一份经验依据,而且有自己的历史记忆方式;更重要的是,因怀念的持久而认识与时俱进,历史记忆的方式呈现为一个过程。对于苦难的夸炫式的渲染,是知青历史叙述中最先被放弃或有意规避的。阿城、王安忆关于知青生活的平淡叙说,史铁生插队生活记述的平实朴素与谐趣,都像是出于更成熟的历史感知与自我角色评价。作者们经由知青文学反思其历史,同时知青文学又在自身反思中经历着蜕变。这可辨识的过程,为异代作者那里所未见。知青文学在自我否定与不断选择中的演进,是一代人更新其生命境界的过程;告别青春的漫长仪式,也包含在知青文学的发展中。这里又须得说,知青历史毕竟不是对于每个知青作者都如对张承志那样"现实"。当着这历史被阿城用了"闲话当年"似的口吻述说,因心境淡然而流露出自我调侃的那一种智慧,作者已超越了那年代,也超越了"怀念"。史铁生的记述虽然生动地"再现"着当年的顽童心态,却实实在在地出自参悟了人生后的一种宁静淡远,文字的疏淡素朴正自这心境中来。

知青文学越到后来,"记忆方式"越显出重要。记忆方式改造着记忆的形态、色调,以若干佳作,使知青文学脱出平庸肤浅。我想,知青作者关于知青历史的记忆方式,更有可能持久地吸引研究兴趣,不同的研究者将由这里不断读出文学文本中的隐蔽语义,知青文学也将因此而成为更经得住诠释的文本。至于那些不囿于知青情境的知青历史述说,自然会获得某种隐喻性质,指向更大的意义系统。《隐形伴侣》(张抗抗)等作可以看做此一方向上的试探[1]。本来,知青历史记忆就生成在"知青后"的命运、经历与思索、体悟中,不存在纯粹当年的"知青情境"[2]。

知青作者的注目内心,关注自己一代人的历史,反思以至自审,这内倾性格,同样出自选择[3]。我已经谈到,即使对于乡村,插队知青作者也不曾表现出如同来自乡村的青年作者那样尖锐的政治感知。生活感觉与文学选择的背后,不仅仅是经验,还有

---

[1] 《隐形伴侣》以"知青情境"作为"文革情境"的一部分,作为历史—人生荒谬所寄存的具体情境。"知青生活"的这种隐喻性运用,或许会更多地见于今后的作品。

[2] 知青出身的第五代导演陈凯歌拍摄《孩子王》(根据阿城同名小说改编)时说:"影片不仅仅是对当年到云南插队生活的回首,而且调动了我三十多年来的全部的人生经历和体验,集合了我对文化、人的尊严和人的价值的思考。"阿城原作又何尝不是经验"调动"、思索"集合"的结果!参看本书附录《知青作者的作品及其电影诠释》一文。

[3] 证明知青文学的"内倾性格"的另一个例子,是知青文学难得写及乡村、农场对于知青的怀念。知青运动决不会无痕迹地过去,它势必留下些什么在大地上,这一批青年被生活所改变,也改变了生活。然而知青文学对效应的后一部分(即"改变了生活")却感觉迟钝,缺少关心,只有较少的作品(如张抗抗的《杯》)有所涉及。知青文学耽于自我省思、追忆,知青写乡村的小说,以乡村为观照、认知、分析对象时,亦不大顾到"知青运动后乡村"、"知青给予乡村的"这一方面。

更多的东西。

去留之际

关于知青文学的写怀念及所写怀念谈了这么多之后,你会发现我们仍是在"外围"兜圈子,迄未触摸到这情感的内核,虽然它并不曾被层层包裹、刻意深藏。

知青怀念之作的沉重,往往在于那层未予明言的语义,即对于离去的负疚感。这一种"道德良心"的苛责,甚至使得怀念本身也有待辩解。史铁生《插队的故事》里说:"有人会说我:'既然对那儿如此情深,又何必委屈到北京来呢?用你的北京户口换个陕西户口还不容易吗?'更难听的话我就不重复了。拍拍良心,也真是无言以对,没话可说。说我的腿瘫了,要不然我就回去,或者要不然我当初就不会离开?鬼都不信。""于是心里惶惶的,似乎连这思念也理不直,气不壮,虚伪。"①

怀念本是无需申述理由的,知青一代却不然。知青文学在不少时候,即是在辩护其怀念,用了曲折的故事,用了旧而又新的情节模式。他们需要一种有说服力的逻辑,为此不得不在话语中挣扎。而写归去,写扎根式的"留",亦是辩护,包括辩护这一代人的怀念、眷恋的真诚。这更是一种特殊的知青现象,知青历史的特殊沉重的"尾声"。归来的流放者无需这类申辩,无需为怀念申述理由,或辩护自己的不曾留下。他们的流放是"受动",而"流放"的语义已指明了"不公正"。他们不但于归来时毫无歉疚,而且以归来后的怀念,加倍地证明了宽容与豁达,证明

---

① 史铁生在《几回回梦里回延安》一文中也说:"我知道,假如我的腿没有瘫痪,我也不会永远留在'清平湾';假如我的腿现在好了,我也不会永远回到'清平湾'去。……但我想念那儿,是真的。而且我发现,很多曾经插过队的人,也都是真心地想念他们的'清平湾'。"

了对历史对人民始终不渝的信念。之所以如此,还因为他们不曾有过具有约束性的红卫兵式的誓言(一切誓言都应有约束性)。他们不曾许诺什么(比如"扎根"、"一辈子"等等),他们幸运地被剥夺了许诺的权利。返城知青未能有如此的坦然。怀念的沉重性与为怀念的辩解,证明了这一代人在继续为"过去"支付代价,不只为他们并非作为受难者、流放者,而是作为"小将"的下乡支付代价,而且为那个时代的政治话语、为他们本人的豪语支付代价①——这是一种将会愈来愈费解,却极其真实的"心理现实",理应作为当代中国社会心理学的对象的。史铁生小说所写因不曾留下而招致的对于怀念的真诚性的质疑,正说明了当年话语的迄未解除的符咒般的魔力——不只仍施之于立誓者,而且施之于质疑者。经由了这样的思路,一种政治历史难题被道德化了,无怪乎"个人"不堪其沉重。

不少知青小说,写知青的小说,都写到了知青们于去留之际的内心挣扎。在梁晓声的《今夜有暴风雪》中,去与留,竟如哈姆雷特著名独白中的生与死。某种情境,对于某种人,道德意味的承诺确也有生死攸关的严重性。小说中那些自己也在排队待办返城手续的知青,"瞧着那些领到准迁卡和档案的人欢天喜地的样子,心中产生了一种淡淡的忧郁和不满。他认为他们不应该是这种样子离开,应是怎样呢?……他自己也不知道"。他们耻于匆忙地逃亡似地离去,这离去将成永远的愧疚。《隐形伴侣》中的人物,当着离开农场的机会终于到来时,"她在突如其来的兴奋之余","也惊讶自己连半分钟的迟疑也没有,就在心里痛痛快快、毫无抵御地接受了这个安排"。"她感到脸上微微地发热。她肯定会走的。她不能够拒绝这样的机会。她连一点儿克服这

---

① "文革"将语言拜物教与道德主义推到了极端,知青一代受其影响尤深。知青文学即写到了语言神话的破产,"谎言"导致的幻灭(《隐形伴侣》),写到对政治豪语的厌倦(阿城《树王》),作为知青历史反思的一部分内容。

种诱惑的力量也没有。"她对此不能绝无愧意。"她去,不是自愿的;而走,也不是完全甘心的。"(陆星儿《青鸟》)《桑那高地的太阳》写人物返城用了更曲折的辩护,"老知青"当此际,势必更有难言之隐。"……他呢,也不服气,不认输,不肯就此走了。就此走了,这十四年算个啥?""我说过我要在高地上扎根。我食言了。我对不起你们。也对不起自己。我要加入这返城的大流。"陆星儿写"去"之为(对初恋情人、丈夫,也即对北大荒的)遗弃,也写得沉郁(《达紫香悄悄地开了》、《斑点》等),而"留"也就有了同等的道德分量。自审因而严厉得近于不情:

　　……留在了北京——大编辑部——六室一厅——一切都有了。而且,都是最好的,令人羡慕的。
　　俗气!
　　她鄙视自己。只是没人了解她内心的这种对自己的鄙视。

——《斑点》

于是有"遗弃"的报应:一时的去留抉择对于生活长久的支配。

"去"的艰难,是因"去"被理解为知青历史评价,关于知青历史的行为评价。"轰轰烈烈地来,又'轰轰烈烈'地回。""六十年风水颠倒过。"这辛辣的历史讽刺俨若惩罚。知青历史充满嘲讽意味的终结(如《雪城》所写 1979 年春溃逃式的大返城),为这一代中的敏感者造成了持久的心理疾患。早期怀念之作的肤浅浮泛,那种夸炫式的浪漫调子,也由于避视这隐痛暗伤。这使得"知青式的怀念"不能借助知青特有的情境,与流行之作在更深刻的语义层面上区分开来。当然,这避视在较大语境中,又正是指认。内心的无尽曲折,才使得"怀念"仪式有如此漫长,其过程几近自虐。知青文学的创作本应属于一代人重建自信的一部分工程,"重建"的话语运作却偏偏暴露出一代人的深刻自疑。也正是当年的"去"中包含着的自我否定，刺激了知青历史评价的冲动。对此我将在下文中展开。

上述心理疾患的发生，不消说也因这一代人依然年轻，少了一点隐忍苟且的"智慧"。他们不能不在乎。他们对在去与留、怀念与忘却、重访与背离中如何抉择以及如何评价知青历史一类无关乎生计的命题上太在乎了，他们以此表明了尚未远离那个立誓时的激情时期。因了这少年意气，他们对自己对别人都难以宽容大度，像他们那些老于世故的长辈所乐于显示的那样。

中国知识者往往自觉对乡村对父祖辈的生息之地有道义责任，对故乡（包括第二故乡、类故乡，比如老根据地、政治流放地、插队所在乡村）有道义责任。我已在本书第一章中谈到了有关"故乡—背弃"的心理现象及其文学表现，知青文学在这一具体方面，也令人看到了中国知识者流贯至今的文化血脉。

即使写到《金牧场》，张承志的知青人物也不曾动摇于去留之间，他们并没有"留"意，或"扎根"意义上的那种"归"志，他们压根儿不打算向自己提出这种非此即彼的选择。虽然去意回徨，临别回首，难以割舍，他们仍然拒绝以"留"、以扎根式的回归表达价值肯定①。"去"是一种定数，事先决定了的（无论曾怎样地立誓）。但如上文所说，"背弃"的主题在张承志这里，较之在其他作者笔下，又更多"痛苦"的含量。或许也因拒绝了扎根、回归为最终拯救、补赎，才纠缠于"道德良心"而难于解脱。《阿勒克足球》用了蒙古族儿童的眼光看知青们的"去"意："我懂了：住在我们的草原，这本身就是他们的痛苦。"歉意、负疚感是如此铭心刻骨，以至这篇小说非有烧伤与死，即不足以使其知青人物体面地离去（这里是以"死"离去）。这死，或也是作者当时所能想

---

① 《金牧场》写人物当离去时抗拒那道德压力："我冷漠地嘲笑地正视着我的内心，但我这个内心里又不屈不服地满满盛着无愧的骄傲。""我不愿让一种蔑视自己的心情毁灭自己。"

出的最隆重的报偿——对于草原,对于蒙古族额吉(比如《骑手为什么歌唱母亲》一篇里因知青的"我"而致残的额吉)。《阿勒克足球》以人物的死避开了去留困境,同时也提示了那困境。这篇小说较之稍后的《黑骏马》,在这一点上也显得幼稚,《黑骏马》即用了更娴熟的小说技术淋漓尽致地发挥了背弃——补赎一类主题而隐去了"本事"。只有将其置于张承志作品的系列中,才能悟出这种本文的策略①。

我在这里将并非写北京知青的《黑骏马》,作为张承志前此作品中尚未分明的"背弃"主题的浩大铺展。"……哦,故乡,你象梦境里一样青绿迷朦。你可知道,你给那些弃你远去的人带来过怎样的痛苦么?"《黑骏马》通篇是一个有关背弃与补赎的故事,无论这故事怎样藏在一个男人与一个女人的故事下面,仍然令人察觉到了一个知青对于背弃的忏悔与辩护。这知青也如主人公那蒙古族青年一样,"从根子上讲毕竟不是土生土长的牧人"。小说让人觉得,背弃的理由与其说是女人的失身,不如说是另一种文明的吸引。对于"城市"这一经济文化实体的向往,是去乡返城的不可克制的动机,而那个失身的女人,不过是文学艺术通常用于辩护的口实而已。全部问题在于"不属于",不属于草原这一种文明。意识到这一点,小说主人公呼唤"故乡"、"母亲"的声音才有近于绝望的痛切。这是一首唱得如此艰苦的长歌,充满着如此艰难的辩护与忏悔、求赎与原宥②。

《黑骏马》因此更像一个关于知青的背弃与补偿的寓言,那个知青不但为了读书("城市吸引"之一种)而离去,也以回归、重访(《绿夜》、《废墟》、《金牧场》所写)——以文字形式的回归、重

---

① 由《青草》到《黑骏马》,重复使用的人名(如索米娅)暗示着同一个故事,前于《黑骏马》的《绿夜》,亦提供了有关"置换"的明显线索。

② 这里的女主人公扮演了传统的宽恕者的角色,而且在最合于理想的状态,即压根儿不意识到男人的罪孽、亏负。这无限博大,可将一切包容、融化其中的女性之爱,是求赎之旅最终渴望并获得的许诺:"故乡"以此原宥了那个背弃了她的小子。

访(作者的写作行为)为补赎。《黑骏马》的角色置换,使背弃与补偿获得了一个更合于文学惯例(也更"经典")的故事样式,避过了知青式的自审的尖锐性与直接性。张承志在这一个具体的知青主题上,也比别个的表述更有力度,更能展示复杂的情感逻辑,甚至掩盖也成有力的揭示。

张承志的有力还在于他不绕开对于求"去"的解释,他甚至拒绝用"不忍"、"不舍"一类铺张叙写为规避。《青草》中的知青人物忍痛"挖掘自己的深处":"准迪大哥,难道我不愿象这河水一样,深深地渗入到这片可爱的土地中吗?可是,人总是闯不过人生中的某些关口的。你知道这个道理吗?""杨平打开了灵魂的窗口。是的,他爱草原,但不愿在马背上终生颠簸;他爱牧民,更爱牧民的女儿索米娅,但没有勇气做一名普通的、长年劳累的、远离一切城市生活的牧民……"这"爱"与"不愿"都是真诚或曰"诚实"的。张承志用这极艰难、艰难到近乎不可能的辩白求恕——与其说向草原、牧民们,不如说向自己的灵魂。这灵魂所面对的审判异乎寻常地严厉,那是一个对道德纯洁性的要求近于偏执的灵魂。写于《青草》之后的《黑骏马》证明了这审判的毫不放松,以角色置换透露出内心烧灼般的痛苦。同一作者的其他作品中措辞激切的对城市贵族文化的嘲弄,也像是一种语义隐蔽的声明,声明着对草原的坚贞的爱。正如对"城市"压抑的过分渲染,对背弃的过分辩解也会使人感到某种虚伪,尽管作者追求真诚到了痛苦的境地。你由此不无惊讶地感觉着那迫使辩解、迫使规避、迫使置换、迫使人真诚得虚伪的力量,那无形而巨大的道德威压,这威压是在"革命年代"中生长与聚集起来的,它铸造了又无情地压迫着这一代人的心灵。

在所有这类场合,张承志都既在同代人中又在其外,他不是以情感的性质而是以其强度,与同代人相区别,如同一位追寻太阳追寻春天不惜力竭的孤独骑手。无须等到将来,这文本现在已足以使年轻者感到陌生,因而张承志的小说中冲着年轻者的论辩决非虚拟。知青一代中的优秀者也在这里承启,作为一个时代道德准则、道义原则最真诚最热忱的坚守者——不惜坚守到"最后"。

回 归

上文已经说到"回归"作为表达怀念与负疚的情节模式。"回归"也往往是知青作者"乡村记忆"赖以展开的情节模式(如史铁生《插队的故事》、朱晓平《桑树坪记事》、矫健《河魂》等),是对"记忆程序"的情节摹仿;在知青作者,还往往是有关乡村认知过程的文学呈现方式,是"我与乡村"的呈现方式,虽然因纳入惯常的陈述方式而不能不减损了经验的"个人性"。前后有一批作品写知青人物的重访故地。张承志、孔捷生的一批作品外,还有陈村《我曾在这里生活》,陆星儿《达紫香悄悄地开了》,史铁生《插队的故事》,韩少功《远方的树》等等,其中《插队的故事》、《远方的树》可称力作。《插队的故事》以"回延安"为线索,编织插队故事与乡村故事,不循时序,结构散漫而回环往复,任"回想"情态统摄全作,在一时写"回归"诸篇中亦可称奇。此作魅力在记事、记言(记言尤为生动),并不在怀念上过事回旋,也不强调重访的道德意味:那只是一桩个人心愿的了却,是内心需求的满足,因而有通体的朴素、松弛。《老桥》(张承志)、《绿色的南方雨》(何继青)写回归之为履行誓言、践约,即有内在的紧张性。"南方,南方的那个小镇我是不能不去的,我不能失约。……良心的许诺。灵魂的许诺。"(《绿色的南方雨》)也如一时写老革命者的回乡,是含义沉重的还愿之旅。

"回归"往往取了寻访初恋之地、初恋情人一类通俗的故事形式,《绿色的南方雨》、《我曾在这里生活》、《达紫香悄悄地开了》等均属此类。这里的"他"或"她",多少是象征化、具象化了的"过去"、"历史",甚至进而象征着所亏负者。《绿夜》、《黑骏马》是这模式的修订版,而《远方的树》,则多少像是此一模式的讽刺摹仿,虽然讽意极淡,淡到若有若无。

写扎根式的回归而引起一时注目的,比如孔捷生《南方的岸》,再如铁凝《村路带我回家》。孔捷生自己说到过由知青伙伴那里听来的有关小说中人物回归的批评:"脱离现实"、"结尾太浪漫、太理想化,破坏了小说的完整"(《旧梦和新岸——并非谈创作的创作谈》)。至于铁凝的《村路带我回家》,则在这批知青小说中独标一格,其中未始不含有对一时知青之作的淡淡讽意,无论作者有意还是无心。"回归"也如"怀念",是被不同作者用于不同语境的意符,更有意味的是其间运用中的差异,是看似同一中的意义参错。

上述有关孔作的批评,很可能包含着意图误解,作者或许更意在表达一种价值、意义寻求,其背后的返城知青的失落感在知青文学中是普遍的。怀念与回归,是为上述焦虑的表达而精心营造的意符,虽然正是这意符,将知青问题简化同时也道德化了。道德化,也是相当一些知青作品的意义特征。由叶辛,到梁晓声、孔捷生,是非、善恶,以至清浊,必得一一厘清。首先要厘清的,是自身历史、生存中的道德问题,离去当否,知青运动是耶非耶。城市适应不良,亦系于这一种反应方式。《南方的岸》里人物的回归,于寻找生活的"主题"外,也为寻找净土——由此联系于中国知识分子久远的乡村情结。这回归之旅呈现于孔捷生笔下时是悲壮的:"当我登上这艘海轮,已逝的青春立时回来了。命运之神把无数耀眼的白昼和深沉的黑夜还给了我,把年复一年挥洒的每滴血每滴汗重新注进我的血管与毛孔。整整一辈人的动静疾徐、生死歌哭全都在冬日沉酣的梦中复活,跟历史一道斗转星移,尽情呐喊着,化为新时序主调的和声。这一瞬之间,过去、未来都被那哗啦绞起的锚链连结到一起了。"这多情的顾盼很快即成过去,后一时的知青文学,阿城、铁凝,之后的马原、李晓、廖一鸣等的作品,似乎正意在摒除"多余的"感情。

写于1983年的《远方的树》(韩少功),不但其中知青人物与村女的故事有"反知青传奇"的意味(正如小说所说,"生活中没有那么多诗意,一切都平平如常"),写人物的回乡之行,更蓄意调侃(而非通常这种场合必有的温情脉脉、情意绵绵)。这回乡,竟是用了类似拈阄的方式(而非出自不可遏抑的乡思)决定的。你察觉"重与轻"的感觉已渐渐在作者那里生成。至于那篇《归去来》,更堪称写知青回归的奇作,或曰怪特之作,非但避免发挥流行的情感主题,而且以人物经历的怪诞性,极精细浓缩地,写了积累自知青生活的有关乡民轮回式生存的体察。这不是一篇"内倾"的重温旧情式的作品,其深度集中在呈现重访者的感觉中的古老乡村的存在状态。传统乡村是永远"熟悉"的所在,以经验的重复性为特征的极其古旧的所在。

像是有意提供"反题",铁凝以其对人物回归的别致诠释令人一新耳目。乔叶叶(《村路带我回家》)的返回插队乡村,只是选择她已适应了的一种生活。她的理由简单到了不成其为理由:"……我愿意守着我的棉花地,守着金召,他就要教会我种棉花了。让我不种棉花,再学别的,我学不会。"作者以极其"个人"的人物逻辑,使人物的回归、扎根"非道德化",与任何意识形态神话、政治豪语、当年誓言等等无干,也以此表达了关于知青历史的一种理解:那一度的知青生活,不是炼狱不是施洗的圣坛不是净土不是"意义""主题"的仓库不是……作者没有指明它"是"什么,或许"是"即在不言之中:那是平常人生。

附注:

还应提到,有些知青作者所怀念的不止于知青历史,而上溯至于童年、少年,在人类普遍的童年怀念中也有一份独特的依据。童年怀念亦属那个时期怀念之作的一般内容。但你只要想到知青这一代中的许多人除了童年、除了天真烂漫的红领巾时期外几无可怀念(比他们年长者还有回味无穷的"1950年代"),齿颊间就不免一片苦涩。张辛欣的、孔捷生的、张抗抗的作品,都写到人物唯一可供追忆的,那不曾被玷污、尚未陷于罪错的纯洁岁月。回忆又是伤悼:对于永远失落的"童心"、纯真。如同异代作家的童年回忆那样,这里也寓着一个道德主题。"呵!小时候,……我们是多么纯洁、天真、善良啊!究竟从什么时候起,我们变得残忍而凶狠了呢?什么时候我们的心被扭曲得连自己也不认识了呢?"(张抗抗《火的精灵》)你可以从不止一位知青作者的文字间,察觉到对于童贞丧失的持久恐惧。《隐形伴侣》写心灵在"红卫兵—知青时期"被政治阴谋所侵蚀——那段历史中最可怖的心灵污染。这小说所写,就是关于童贞丧失的故事,是惧怕这丧失、拒绝这丧失、述说这一种充满屈辱的代价支付的故事。人物既是发露又是掩盖的自语中满贮着自审的痛苦。王安忆也写了童贞的被玷污,如《广阔天地的一角》中人物的玩世不恭,不得已而用手腕。童贞丧失的恐惧,也系于这一代人敏锐细腻的道德感。他们拒绝某种意义上的"成熟"。《在同一地平线上》、《雪城》都痛心于不择手段的地位营求。他们理解"庸常",认同世俗人生价值,欣赏商业竞争中的勃勃生气,却难以忍受哪怕一丁点儿的政治丑陋。较之前一代作者,知青作者较少写到政治斗争场合,或也因有所规避。规避亦是表达,表达这一代人心理的特殊脆弱,他们的防卫姿态。

第三节 知青历史反思

——"知青文学"主题之二

知青文学渡过了1978、1979年间普遍的稚嫩,不久即有一批成熟之作出世,如史铁生的《我的遥远的清平湾》,梁晓声的《今夜有暴风雪》,孔捷生的《南方的岸》,等等。[①] 到1985年前后,以阿城"三王"的推出,标志了知青文学的又一度兴盛。如若不限于严格界定的"知青文学",而以知青作者的创作为对象,那么足为这"一度兴盛"作证的,更有韩少功的《归去来》、《爸爸

[①] 非属知青文学但为知青作者所创作的,如张承志的《黑骏马》、王安忆的《流逝》、郑义的《远村》、李杭育的"葛川江系列"中的部分作品,亦推出在1981、1982、1983年间。

爸》,王安忆的《小鲍庄》,郑义的《老井》,李锐的"厚土系列"(此系列推出稍后),朱晓平的"桑树坪系列",可称洋洋大观。① 正是在这一阶段,一些似乎处于创作的巅峰状态的知青作者,表现出脱出其"知青时期"的努力。他们借助于输入的思想、尤其输入的文学范例,重新"记忆"、组织其乡村经验、知青历史,使其创作面貌一新。

由幼稚到成熟,不过短短几年,不但写知青经历有新境界,而且洞视乡村历史与现在,因一代人独特的乡村感知而与异代作者手中的乡村文学境界不同。这期间,几位知青作者发起"文学寻根",更以理论宣言与创作配合,显示出造成某种"文学运动"的力量。② 无论对那些出诸创作者之手的理论文字及由其导向的运动作何估价,都不妨认可这一代作者的实力,其从事创作的高度自觉。知青文学的演进、起落(其全盛与其低谷),与新时期文学的运行轨迹大体一致,构成这一段文学历史的重要而有机的部分。

这一代作者还以其在"八五新潮"文学实验中的活跃姿态,证明了其形式探索的潜能,其创作的未定型、自我更新的活力。经由形式实验的意义发现、意义重构,直接启导了一批更年轻的作者,在当代文坛上实现着极其积极的承启功能。史铁生、马原等知青作者,更以前卫姿态,率先跨出普遍风气,与后起者的创作实现了衔接。因而不妨认为,承启之间,这批作者的历史性作用更在其所启,在其所提供的可能、提示的路径,在由其初试的

---

① 分别看,这一代作者的创作成熟期的到来互有参差,但仍可见出彼此间的应和、整体的潮起潮落。
② 这一代作者的理论兴趣,不只表现于他们(韩少功、李杭育、阿城等)有关寻根的论说文字,还在于他们作品中的理论蕴蓄。虽然对这"蕴蓄"不便过分夸大。他们的作品中隐约可见的理论背景,鲜明化了他们创作的现代色彩,其中或有与中国以外的世界对话的意向。他们中的一些人,还同时活跃在几个领域,如影视艺术、译介、文学批评等。

形式,其于叙事—话语等诸多方面的实验、探索。当然,也于承启之际,暴露出"荒废"的后果。陈平原在其所著《20世纪中国小说史》第一卷中,谈到五四文学革命前"新小说家"所处情境,说"新小说家的窘境在于:后退两步,不如吴敬梓、曹雪芹对传统章回小说的驾驭能力;前进两步,又不如鲁迅、茅盾对西方长、短篇小说的了解水平。卡在这'古今'、'中外'交汇的节骨眼上,新小说无论从哪个角度来看都显得不成熟、粗糙生硬"①。尽管各代作者就其作为"中间物"、就其"过渡性"而言,所处情境不无相似,但毕竟置身社会转型、风气转换之际的那一代,被认为更适于用"中间"、"过渡"一类字眼描述。

仍然是这由荒芜中生长出来的一代,在承担与域外文学中断已久的对话时,表现得更自觉更有勇气与魄力,虽然他们之于对话双方的非对等地位颇具敏感,对海外译介中的偏见、不识货禁不住愤愤然②,却还是他们,将中国当代文学与同时期域外文学的对话作为一种目标。这种积极的姿态、清晰的目标感,其意义是不言自明的。

一

知青文学是耽于内省体验的文学。知青文学以此证明着中国的士、知识者自省传统的绵长与坚韧,即使在未经完备教育、训练的一代这里也不曾中断。知青文学不但以知青历史也以自身(即"知青文学")为省思对象,将后一种省思体现在知青历史陈述、知青经验组织方式的不断蜕变上。这种以一代作者的作品为整体方能见出的蜕变,勾画着一代人自我意识深刻化的轨迹。

---

① 北京大学出版社1989年版,第9页。
② 参看张承志《美文的沙漠》一文,《文学评论》1985年第6期。

省思,以直面知青历史中的严酷、丑恶、非正常、不合理为必要前提。初期知青文学中的苦难,是普遍苦难的一部分,并不具有必然的"知青形式",而如《隐形伴侣》(张抗抗)所写强制性劳动对于一代人政治价值的蓄意贬低(小说中由原劳改农场充当的知青点即是对此的象喻),属于更严酷的知青经验,其中包藏了由"红卫兵"到"知青"的情境转换中的屈辱意味①。类似的体验,通常发生于知青式省悟、怀疑、质问之始,是省思的触媒。

王安忆的《大哉赵子谦》一篇里,当赵先生发现儿子"不那么听话"时,想到这变化"好像都是打那插队落户开始的"。乡村、兵团(及农场)施于知青的"教育"是内容复杂的,其成效决非运动的发动者所能预计。知青小说中,人物或由怀疑进向意义重建,或因幻灭而堕入颓唐,都证明了知青历史属于那种使人不能无所变化的经历。其间有人性扭曲、灵魂毁灭,有良知、纯正的价值感从暗昧混沌中"渐渐苏醒过来"(张抗抗《白罂粟》),也有不便以"向善"或"向恶"概括的更深刻的内心经历,对于存在难题,对于人的处境、命运的悟知。知青所在的,因而不只是一片浸透了艰辛汗水的土地,也是一片便于沉思、有所启悟的土地。

知青文学曾经使人感到,知青历史似非赖有"悟"才得以陈述,无论所悟是浅是深。而发生在知青经历后的写作行为则是一种达到"悟"、赋予所悟以形式的过程。知青作者以其"悟"为意义发现、创造,某种意义上的确可以说,"知青历史"在其中一些作者那里,是经由其"悟"才获得我们所看到的陈述方式的。

---

① 《血色黄昏》也写到在政治压迫中英雄梦的破灭,这是这一代人在其知青经历中感受到的"文革"时代的荒谬。《隐形伴侣》与《血色黄昏》都写到了红卫兵、知青时期的话语—意识形态现实之于人的灵魂的制作和这灵魂的抗拒。你读《隐形伴侣》时,却仍会感到人物因十足认真的道德追问而放过了更严峻的追问。她在追问当代中国的政治历史时,仍不免选择了较易了解的方面。真实的与虚假的、真诚与虚伪一类"二分",适足以将问题浅化、道德化。你感到人物虽然说出了却更瞒过了什么。

但也仍有在风气之外者,如史铁生那两篇写插队的作品;更后出者,马原、李晓等,其写知青生活的篇什无所谓"悟",亦出诸"怀念"、"反思"等主题、趋向之外,写状态、人生相、人物种种,即使不能全不动情,其情亦不同于初期知青文学。李晓之作于冷然态度犀利笔锋中,有洞悉世情后的苍老颜色。

但知青文学由起步始,仍令人感到一种特别的"自我意识"。追求省思的深度确曾作为知青文学境界更新的动力,尽管对"思"、"悟"的耽嗜有时使作品枯燥,而思想力的薄弱适足以教平庸之作更见平庸。在过用思考时,深度追求不免构成自我限制,使得那些似乎无所用其"沉思"的轻松之作显出清新可喜。

我在本书其他处提到知青文学少了一些如同期有些作品那样直接的政治内容,甚至较之同时诗作也显得谨慎而含蓄。作者们似有所避讳,有有意的不言、缄默——即如对导致其由"红卫兵"到"知青"角色转换的政治意志。①《雪城》将返城知青感觉到的压抑者名之为"城市",以这个较为中性的相对温和的较难引起政治联想的语词,煞费苦心地将冲突的性质模糊化了。整个知青文学都力图追问历史而又不逾限度,纵然像是不可遏抑地急流直下,也会在临界处吃力地顿住。参与制约的,不只是因历练而得的政治经验,也有因历练而复杂化了的对"中国问题"的理解。十几年间积蓄的智慧,使他们不指望一下子问个明白、说个明白。他们在小说中止不住反思追问,却不打算再给作品以非其所能承担的任务。那种"知青历史骄傲"(一种补偿心理)也缓和了问题的尖锐性,使他们有关"历史"的话语不致过于直露。

然而还得说,在展现怀疑——体悟这一艰难过程时,一些知青之作,仍然将过程赖以展开的政治环境描述了出来,如我一再

---

① 较之同一时期那些归来的流放者的作品,知青之作较少政治批判的直接性;比之出身乡村的同代作者,又似缺乏乡村政治感知的尖锐性与痛切感。

说及的《隐形伴侣》。《大林莽》则以寓言形式,写荒唐的政治指令摆布下的人,蛮荒环境中人的退化(退化为草食动物!)野蛮化,惊心动魄的返祖(一径归返文明前史)。王安忆《绕公社一周》写了知青在政治游戏后的幻灭。人物意识到自己充当了某种"工具"时,觉得"失去了什么,心里空落落的。原先那种肩负重任、不负众望的神圣庄严感失去了,一腔蓬蓬勃勃的热情也失去了"。——一种直到写作的当时仍令作者言之痛心的"成熟"。较为含蓄的政治文化批判更普遍于知青之作。对美的发现、向往,女性意识的苏醒等等,是不止一位作者笔下知青式反抗的诗意形式,知青文学关于"人的觉醒"的流行的表达式。由性别意识,由审美意识、艺术本能的苏醒开始——确也合于"悟"的一般程序。《有一个美丽的地方》就这样抒写女主人公在异族异乡的明丽背景上(她正赖有这背景摆脱"文革"时期的人生模式),因女性自我的发现而获致的重生般的欣悦:

> 田野上的风吹着我的后颈,像一块轻柔的绸子,轻轻地抚弄着我,若有若无。一阵酥痒的感觉从腿弯传了上来,我感到全身一阵轻松。我想笑。我俯下身去看,是一根细细的纤草钻进我的裤管。

知青文学中反思更深入而独具深度的,仍然是知青自身历史省思,是知青自我角色审视。这儿有知青文学因其内倾、内省性格所达到的深刻性。

应当说明的是,知青之作中的"红卫兵运动"反思,并非即是作者个人历史的反思。这批作者中的不止一位,是作为受害者子弟以写作为反抗命运的方式的。然而他们关于"文革"——红卫兵运动的省思,仍有切身的严重性。因为包括他们自己在内的那一代人,曾由那个狂热时期汲取过观念、价值原则。对这一种"悟"的记忆、追述、表达,有助于造成知青文学的独特深度,以至提供尚未实现的可能性。"经历"在这种意义上也是"财富"。比较之下,陆天明笔下的老知青历史倒像是缺着一大块。小说的缺乏体悟的深刻性,仿佛也应由经历的相对平淡来解释似的。

"文化革命"本不是宣布"新一代"面世的运动。在红卫兵的喧嚣背后,是其作为政治工具的历史被动性。阿城所写《树王》中,知青的下乡俨若红卫兵运动的直接延续。在小说里狂热的知青人物那儿,"红卫兵"的角色仍如符咒般法力缠身。但《树王》对李立的讽刺性描写,在"三王"(《棋王》、《树王》、《孩子王》)中却像是偶尔的刻露之笔。这一种省思、批判更含蕴在"三王"的全部文字间,作为作品深远而又贴近的背景。《孩子王》一作,叙事者的"我"看到野林中小娃读一本没头没尾的连环画《宋江杀惜》,"忽然觉得革命的几年中原是极累的,这样一个古老的杀人故事竟如缓缓的歌谣,令人从头到脚松懈下来"。这才更是阿城式的笔墨。

红卫兵—"文革"历史批判在阿城作品中,具体化为时期性话语的批判。《孩子王》全作中人物话语的质朴(那些话语甚至给人以"质地感",譬如新鲜木茬),即是对于荒谬时代话语特征的反讽。这里有阿城作品风格的基座。这一组小说的文字本身,就是一种反叛的宣告,是脱出那个时代话语规范、精神氛围的宣告。将《孩子王》与《树王》并读,这意向可以感受得更清楚。李立是《孩子王》中未出场的人物,反叛、反讽,不妨认为是以李立式的思维方式、话语形象,以李立们体现的时代风尚、文化性格为对象的。这未出场人物,应属作品潜在的结构要素。这种出诸话语—叙事形式的批判,构成了阿城作品最"现实"的品性。(这里也不妨指出,确也有一些作品对"文革"—红卫兵时代的反思所及较浅,否定、清算正有红卫兵式的极端性。或也激于此,张承志在回溯中用了看似逆反的态度。)

两位青年所著《第四代人》对"第三代"(即"文革"中的"红卫兵")有讽刺性描述。现在看来该作使用"文革"、"红卫兵"这种刺目的字眼,而不是相对柔和、较为中性的"知青",并非漫不经心的选择。该"第四代人"太急于对"前代"的批判了,为此有意忽略了"红卫兵"—"知青"在这一代的一部分人那里作为两个虽相衔接、却包含否定的人生阶段,忽略了"知青"作为蜕变过程,忽略了"知青历史"之于"红卫兵时期"的消解。事实上,正是这两个以如此方式关联的过程,使这一代成为拥有独特历史、独特文化性格的一代人的。

体现于知青文学中,一代人不消说各有所"悟",思维取向不一。阿城、王安忆的平民态度出于他们的"悟",张承志嗜谈的"念想"、"美丽瞬间",系于他的所"悟",史铁生的《命若琴弦》等作,更有作者得自残疾中的"悟"。这些作者亦"悟"亦说其所"悟",并不避免"着迹"。即使含蓄如阿城,朴素单纯若王安忆,亦将所悟诉诸文字。你在遍看这一批作品后,还会发觉其中少有"四大皆空"那一种"悟",在否定、放弃、反叛的同时,他们又各有所"执",有所坚守。这里又有这一代人的思维边界,他们的思维的非破坏性、颠覆性,他们对已有思维方式、价值原则的承袭与改造。即如下文将要谈到的"反知青英雄主义",也基于渊源古老的价值态度,其"渊源"甚至包括了士大夫式的对于俗人、俗众、俗文化的价值感情。由这里亦可见出这一代人作为"中间物"在承启之间的位置,他们接受教育与训练的时代、历史环境。① 在后来者眼中,他们或许只是残缺的改革者,非彻底的创新者,却又以此实现着他们在当代文坛上的结构性功能。

---

① 第五代导演之一的陈凯歌,有这样的自述:"我从小所受的教育,带有强烈的理想主义色彩,一心准备长大之后为国家为民族做出自己的贡献。我思想中打下的这个底色,决定了自己想事的基本路子,至今还在对我产生影响,恐怕今后也很难改变。"见《思考人生审视自我——陈凯歌谈〈孩子王〉创作体会》,《电影艺术参考资料》总 183 期。

二

由于知青文学不胜把握的纷杂的个人取向,关于"知青英雄主义"的省思,只是我抽取的个别例证而已。我以此为例证明知青文学达到的反思深度,及其意义疆界。

"知青英雄主义"并不仅仅是知青文学的初期现象,不过在"初期"呈现得较为集中罢了。无论在阿城的讽刺性描述中(《树王》),还是在梁晓声激情的笔下(《这是一片神奇的土地》、《为了收获》、《荒原作证》等),知青式的英雄主义,都令人感到或多或少是由红卫兵时代直接承袭而来的。其实,这种英雄主义与下文所要谈到的作为其对立物的平民态度,渊源几乎同样古老。譬如古代中国人所谓的"三不朽"(立德、立功、立言)。革命、垦荒,是"立功",写作是"立言",均可垂不朽。叶辛笔下的弱者(文弱书生)令人想到传统模式的,亦在这(男性)弱者的非平凡性。他们不只是被迫害者(此亦一种"非平凡性"),而且是建功立业者(亦如落难秀才终因饱学而功成名就),爱情的富有者(为美貌女子所垂青),不同流俗者(意识的某种超前性)——你几乎可以从中找出完整的"文人愿望"的表达。

更具英雄气概的,是对于"艰苦"的自豪。肉体痛楚,也是一种"牺牲";而以苦难为人格造就的必要条件,则是中国传统思想中的准宗教成分[①]。这一种对于造就英雄的条件(以及"自我改造"的条件)的理解,有时辩护了非人生活,赋予后者以合理性乃至"诗意"。这份持久不减的自豪,多少妨碍了梁晓声的历史反思。《这是一片神奇的土地》中写道:

[①] 陆天明的《桑那高地的太阳》,写到人物效法拉赫美托夫(车尔尼雪夫斯基小说《怎么办》中人物)以自虐"磨练意志","拣来许多戈壁卵石,铺到床单下边。有时,干脆裹着棉毯,睡到干草堆里"。

> 如果有人问我:"你在北大荒感到最艰苦的是什么?"
> 我的回答是:"垦荒。"
> 如果有人问我:"你在北大荒感到最自豪的是什么?"
> 我的回答还是:"垦荒。"

而在《血色黄昏》中,自豪的强烈较之梁作犹有过之:"请看看我们知青是怎样干活吧。""……冽冽山风呼吼,蒙蒙雪雾缭绕。一群奋斗者的青春,在这嶙峋的山岩之中,在这青面獠牙的酷寒之中,迸射出一簇簇多么旺盛的生命活力!那堆堆码得整整齐齐的石头,就是肉体撞击岩石的结果,有的上面还沾着点点血迹。""难忘啊,这一帮肮脏褴褛、蓬头垢面的'土匪'!光荣啊,这一群脖上围着破裤子,衣服里爬满'自留畜'的烂知青儿!""这些野汉子们就是七十年代初,中国知识青年的形象。""我们豪壮地站在山巅,环顾苍茫群山,激情满怀。……"于是在狂热的回首凝视中,"知青"作为一种特殊豪壮的生命存在形式,提升到了诗意的境界。

最高形式的英雄主义自然是牺牲,死,这也是最无保留的奉献。张承志的《阿勒克足球》写扑向荒火的知青:在这篇作品中,似乎只有"牺牲",才足以作为有效的救赎方式。不少知青作者,耽嗜高峰体验中人的生命的高扬,尤其那些与牺牲、与光荣豪迈轰轰烈烈的死联系着的瞬间,战胜自我、创造奇迹的时刻。令人感到正是这种耽嗜使梁晓声在《今夜有暴风雪》中不意间偏离了初衷(即以裴晓云的死证明"牺牲"的并无价值)。情况似乎是,在小说进行中,英雄主义激情、对于知青历史价值肯定的要求终于占了上风——篇末的葬仪象征地表达了空洞的抚慰。

或也多少因为有见于此,刘恒小说写到下乡知青时,用了如下挖苦的笔调:"嫩人们起初干得还好,日久便失去新鲜,好象承着天大的苦重。人竟要这么活,不可理解。每日里怨天怨地,跟洪水峪算是无限的格格不入。""一些人纷纷离开洪水峪,或悲切

或欣欣,视自己如复活的耶稣。他们似乎成了洪水峪历史上灾难最深重的人。"(《力气》)

"牺牲"作为仪式行为要求它的舞台、仪式空间。梁晓声小说中的荒原、"鬼沼",张抗抗、张承志、孔捷生小说中的山火,荒火,是文学中习见的英雄主义赖以演出的舞台。在较后出的李晓作品中,同类舞台却被用来演出历史生活的讽刺、知青的自我调侃——也耐人寻味。

我们刚刚谈到知青作者对于时期性话语的批判。知青式的英雄主义,正是借诸"时期性话语"表达的。阅读中你首先注意到的,也是这种英雄主义的话语形式,比如"占领"、"征服"之类流行语词。这类语词曾被广泛运用在不同场合,如"征服自然"、"占领讲台","工人阶级占领学校"等等。它们被用以表达"革命时代"最激动人心的渴望,最崇高神圣、最革命化的情欲,其间弥漫着准战争状态的气氛。一时的知青文学令人由话语层面读出了那个时代:"'鬼沼',它终于被征服了!"(《这是一片神奇的土地》)荒原"毕竟是被踩在我们脚下……"(《为了收获》)① 知青文学也有针对上述话语形式的批判性描写。《树王》之外,《隐形伴侣》、《大林莽》等,都写到了为红卫兵时代所鼓励的狂热的征服欲(这也是"文革"期间时代病之一种)。《大林莽》写知青人物濒临绝境时的意识形态幻觉:他"再一次强烈地意识到自己正在建树前无古人的业绩。他代表的是整个人类,是这太古洪荒之地的第一个征服者。"小说中事件本身的荒谬性,作品对于人物政治呓语的否定,也使人看到了知青文学自身并陈的知青英雄

---

① 你由柯云路的《新星》、"京都系列",随处可以发现这类情欲表达。张承志小说人物的征服"大坂",尚可读作战胜自我(这里寓有一个流行的有关"强者"的定义),柯云路作品中的征服事业则要重大得多。《京都》第二部《衰与荣》(上)里父子对弈的场面可供用作抽样分析。《在同一地平线上》、《雪城》使你看到,权谋、克制、忍耐中的进攻,也属于由红卫兵、知青经历造出的人格意志,可用以印证《第四代人》关于"第三代"的某些评述。

主义话语以及对于这种话语的省思。

由出诸不同意图的作品,你都可以发觉农场、兵团不同于分散插队形式的"造人"功能,这可以作为"经历造人"的更具体的例子,作为研究社会组织形式与人性的关系的标本。由不同经历的知青的作品可以看出,较之分散插队,兵团(以及农场)形式更有利于保存知青英雄主义——这种与群体意志相联系的古老而又被现代社会神圣化了的价值态度。[①] "兵团战士"的称谓背后,就有托庇于群体的自我肯定的要求,有对于集团的归属感,有借"群体"大生命扩张个体生命的愿望。梁晓声的作品证实着兵团的上述功能,同时使人看到,兵团将知青历史有效地后延了。在《雪城》(上)中,正是借诸"兵团战士"的称谓与群体认同感,返城知青一度显示为一种社会力量,凭借集体行为使知青的意志得以表达。兵团有利于保存这一代人的价值观中至关重要的"集体主义"。而插队(尤其非大型"集体户"的分散插队)则恰恰相反,功能在消解形成于群体中的观念与习惯,有助于插队者走出红卫兵状态,重建"个人",以个体形式面对世界,鼓励更为个人化的认知要求。古旧宁静的乡村自然地将知青中的敏感者诱入静观与沉思;"乡村"作为经验对象也改造着知青们的经验形式,外在世界缘曲折的路径进入内在自我。这可以解释何以曾经插队的知青作者常有出常、越轨的笔致与思路。

因上述种种你不难发现,出身兵团的知青作者更关心知青作为群体、"代"(及复数的"兵团战士")的存在方式及其经验,而曾经插队的知青作者则表现出对乡民世界的热切关注。如果说插队形式本身即便于知青们对"革命时代"的反思,那么由出身

[①] 上文谈到知青文学所写知青生活中的政治,这也更是"兵团记忆"中的重要组成部分。一般来说,兵团生活是较之分散的插队生活更政治化的。插队通常成为对当时城市政治情境的摆脱,经验的中断与重组,新的认知方向的产生与新思路的开启,兵团则像是前此经历的直接延续。

兵团的某几位作者的创作经历看,他们像是直到知青后,才更有可能省察兵团战士的历史,因而有关创作包含着某种"自我否定"式的认识过程。这里也难论得失。你已看到,兵团因其群体形式,固然缺乏刺激认知渴望的"农民"这样的对象,却便于其成员更加专心致志地体验其为"知青"。因而并不奇怪的是,迄今写知青生活的长篇之作,大多出自有这类经历的知青作者之手。他们提供了较为完整的知青历史(以至"知青后历史")陈述。

我们仍回到有关"英雄主义"的话题上来。在上文已经谈及的种种之外,还须指出,知青及其同代作者的作品中,也有"反抗死亡"的英雄主义主题。这批作者,张承志、梁晓声以及与其同代的莫言、张炜、郑万隆等,各有其达到、表述这主题的方式。由此看去,阿城小说中的"反英雄"亦是英雄。王一生的车轮大战(《棋王》),是壮烈的英雄戏。我在下文中还将谈到,"反知青英雄主义"并不意味着弃绝一切英雄主义,那可不是这一代人的性格。反思集中于"文革"—红卫兵时期的英雄主义上,集中于那种英雄主义的意识形态特征上。只是由这一种思考、究诘,某些知青作者把目光转向平凡的更世俗人间的价值世界。

三

我们发觉自己像是面对着一种转折。这转折可以阿城作品的问世标志,但作为"态度"在阿城作品前即已存在。阿城的那一组作品毕竟要醒目得多,以至在人们的记忆中,前此的知青之作仿佛在一味地婉转凄怆或悲壮惨烈。其实,原本就存在着关于知青历史的人各不同的记忆与记忆方式("记忆"亦修辞,因而又可以说"人各不同的修辞方式","知青历史"作为能指的不同运用)。只是以知青文学为"总体"而面对时,一种记忆方式才看似另一种的校正或反拨。

本节中我们已经一再提到阿城。阿城"三王"中的《棋王》、

《孩子王》,通篇表达着返回朴素人生的要求,《棋王》更在收束处,写到"平了头每日荷锄,却自有真人生在里面"云云,近乎正面论道。阿城的小说结集(《棋王》,作家出版社版)时,作者自拟的"小传"是有意为之的价值态度宣示。说得平淡,反成奇警——那确也是作者期待别人会意处,只是不便浓圈密点耳提面命罢了。不难想象,在阿城,这一种"悟",如蚌中之珠,定是费了大量体验思索才生成的。"小传"摆出的姿态,亦即作者写作这组小说的姿态,作者在其小说中所欲肯定的姿态。

王安忆的姿态原就不同于众。她的早期作品,较少沧桑颜色,不炫耀久经历练了似的世故,没有看破了、看透了似的哲人神情,笔致仍像出诸一个女中学生——一个走过了一段长途的中学女生。她自认为水平"差一些"的《一个少女的烦恼》等作(作于 1978、1979 年),写"我"返城后在里弄的生产组熨皮夹子,说:"我没有什么大本事,熨皮夹子总归是工作。"这样朴素到无以复加的话语,竟演成王安忆一时作品的主要话语。世界本来更由"没什么大本事"的人们组成,而熨皮夹子、摺纸页则是这世界赖以维持的人类活动之一部分。以这份体验写知青生活,即无悲壮感,无对苦难的渲染,无"英雄主义",无似深沉、似颓丧的慨叹,无秀才村姑的浪漫故事,一切平平常常,虽然也记了当年诸种小小的惊愕。她的《停车四分钟的地方》写人物(一个青年诗人)对于其同行"用自身曲折惨痛的经历来证明创作的动机,自己的见地","简直有些憎恶",他"讨厌有些大书特书自身经历的作者,把生活写得那么残酷,而自己又是如何悲壮地受着煎熬……"——听起来太像作者本人的口吻。不同于阿城之作的有显而易见的传统文化背景,王安忆的平民感情,出于一个无可骄傲的 69 届初中生的体验,更具经验的朴素性(参看《运河边上》、《野菊花》、《庸常之辈》等作)。

王安忆说过:"理想的最大敌人根本不是理想的实现所遇到的挫折、障碍,而是非常平庸、琐碎、卑微的日常事务。在那些日常事务中间,理想往往会变得非常可笑,有理想的人反而变得不正常了,甚至是病态的,而庸常之辈才是正常的。"(《两个69届初中生的即兴对话》,《上海文学》1988年第3期)这是其得自"文革"时期的城市与知青经历中的乡村的体悟,虽然表达未见得恰切。阿城作品看似极端素朴的话语形式实则有十足的理性趣味,而王安忆的经验及其表达,即使有意深刻,也染有琐碎人生、世俗人间的平凡色调。自传体的《69届初中生》就写到人物在乡民中进一步"世俗化",终于向往起她曾以为庸俗的家庭生活。王安忆也写人物作为知青特殊承受的屈辱,在招工、求职、升学上,在年龄、学历与机会之间——但仍不至于怨愤。那作品让人看到,正是在屈辱地奔走、等待、被拒纳遭冷遇中,"生存"落到了最平实处。《当长笛 Solo 的时候》中的桑桑,已"不是一个感情用事的姑娘,她明白首先人要有生存的基本条件,比如饭碗,那么才有权利得到爱情"。有这一种经验,作者才可能以她那种方式写"庸常之辈",认同人物的价值感情。王安忆式的琐碎陈述(吴亮称之为"琐碎风"),或也是在其价值感情中形成的。

铁凝同样值得谈到。不难看出,铁凝较之王安忆有更贴近、更柔和的乡土感,对于乡村的亲和感。在她,那冀中平原是一片"温厚的土地"。知青作者写乡村、写知青历史的上乘之作,非"道德化",不作卑下状亦无傲色,没有英雄气,也没有殉道姿态、苦行神气。那只是一段人生之旅。这才会有深到骨髓的平等意识,看人、看己、看世事的平常心。《村路带我回家》写乔叶叶留在东高庄,在已无须乎"扎根"的时候扎根,那想法正因简朴到极点而动人。东高庄的"柴草灰味儿","初秋时节庄稼地里散发出的那种清甜味儿",是这个生命渴望着呼吸的。只是在其他过分耀眼的"意义"剥落之后,这层属于"个人"的朴素意义才得呈露出来。小说由写政治化的知青生活着笔,却写出一个"化外之人"因懵懂天真而保有了天性自然。她不是先知先觉者、悟道者,不是有仙风道骨的异人,这故事因而平凡,有深长的意味。小说叙事语流的舒缓浅淡,也正与人物那顺乎自然的生存状态合致。乡村就是这样作为一种寻常生存环境被平易地"平等地"打量着,知青生活也就既非惩罚也非"造就",无须怨恨也无须感激。

史铁生的"悟"更得自他本人反抗死亡的经历。《老人》,《来到人间》,《命若琴弦》等等,均可看做写"悟"。只因有了上述的悟,有了参悟后的宁静,才有写知青经历时的朴素自然以至谐趣。所写的插队者,有青春欢乐,有少男少女性心理的骚动,因而是一些更正常的知青,无"奇"可传,可贵却又正在这非传奇性。陈村与史铁生笔调略近,也有叙事态度的平易(只是"平易",而非相对于理想化的世俗化,也非相对于英雄主义的反英雄)。陈作的叙事亦有顽童情态,如史铁生似的含笑回想的情态。这份幽默感,自会抑制了自我想象中的夸张与叙写间的夸饰。本来知青文学即系于"回想",以知青后扩展了的人生阅历、深刻化了的知解力回想。史铁生、陈村不过更能以"平常心"回想而已。

张承志有他自己的表达类似价值感情的方式。他的《绿夜》在极重要的一点上为写作《黑骏马》作了准备:这作品中作为人物(前知青)回乡之旅的终点的,是发现了生活原本的粗糙形态。"生活露出了平凡单调的骨架。草原褪尽了如梦的轻纱。"在《绿夜》也在《黑骏马》里,作为一个曲折故事的尾声,人物在经受了磨难之后,终于被一种简朴坚实而外观粗糙的人生形态所打动。张承志不能如阿城那样,让所悟包藏在刻意质直疏淡的文字里,他用华彩的文句写人物的感动,在张承志,这或也是更本色的表达。我疑心这些作者是在回城之后,在进一步触摸了"生活"的简朴质地后,才将上述意念终于孕育成熟的,虽然他们乐于将所思写进乡村故事或草原故事中。即使在写这种故事时,张承志也仍不能同于阿城或王安忆。你不难注意到,张承志在其描写中强调了质朴中的丑陋,肯定中已包含了拒绝。由他的作品看,更使他着迷的,仍然是超越性追求,只不过他不愿将这追求与对简朴人生的肯定对立起来罢了——你看他的短篇佳作《晚潮》,写平凡的人间情景笔触间有怎样的柔情!

韩少功的《女女女》写了等待、渴望,但"等待"之后仍要回到"生活"。

> 我正逼近那个平凡的路口。
> 我将要看见什么?曾经等待过什么?
> 我终于没有拐弯也没有回头,一直朝前驶过去了。……

"没有什么好想的。日子只能这样过,应该这样过。吃了饭就洗碗,洗了碗就打电话……这里面有最简单又最深奥的道理。……"

陆星儿说她的知青十年,是"泰然处之的十年","这十年里,也许正因为'自卑',我很满足,很安然地看待命运对我的安排"。① 梁晓声的《雪城》(下)也写了前知青的世俗化,被"城市"所"同化"。值得提到的还有柯云路。从《新星》到《京都》系列,他的人物由绚烂归于平淡。他们甚至开始使用另一套话语(而非庄严至极的"目前的形势及我们的任务"),乐于擀擀面条,逛逛商店,"看一场最普通的电影",认为"没有比平常的东西更好

---

① 《达紫香悄悄地开了·后记》,福建人民出版社 1984 年版。同文中作者还说:"也因为'自卑',我只要求自己能象普通人那样生活。老老实实地恋爱,匆匆忙忙地结婚,琐琐碎碎地抚育孩子……一个女人应该经历的,我都经历了,做妻子,也做母亲。……"

的了"。① (《衰与荣》)转折也许来得陡了一点,若是由作者对其知青人物的跟踪描写细心寻绎作者本人的思维线路,也不至于感到突兀。

知青作者的上述价值态度各有渊源,除"传统文化"外,如王安忆写"小人物"诸作,与18、19世纪的人文主义思想、外国文学中的"小人物"主题,未必全无联系。中国古代思想中原有肯定世俗生活、人伦日用的内容。近几十年又有对"平凡的事业"、"平凡的岗位"、"普通一兵"、"螺丝钉"、"一棵草"等等的价值肯定;如果考虑到这些观念深入人心的程度,那么无疑也应将其归入上述作品的或隐或显或直接或潜在的观念背景的。"回到生活"(也常表达为"回归大地"等),是知识者在精神高扬后或倦旅之际通常的选择(有时也是一种"返璞"要求),多少出于知识者的运思习惯、思路的交替。上述主题的来源如此驳杂,其仅只在返照我们说过的那种"知青英雄主义"的意义上,才有新鲜意味,真正出自"人生体悟"。当"文革"过后,"反思"之始,即使只是"返回"某种古已有之或洋已有之的观念、态度,也应合乎实际地看做怀疑、批判某种政治哲学、文化思想的真正起点的,何况在事实上,知青作者的"悟",无不由生动鲜活的个人经验中来呢。

上述价值观的调整、"世俗化",自有其得失。"世俗化"是以有所放弃为代价的。过于称道、肯定世俗生活、凡庸人事的价值,会导致人的存在境界的贬低。当代京味小说有时就令人察觉到这一种危险。平凡人生、日常生活固有其价值,但人间胜景,人类生活中的奇景伟观,究竟是由不甘"庸常"的意志造成,

---

① 同作中写主人公"狂热地追求过了,奋斗过了,激昂慷慨过了,叱咤风云过了,……一切都纷纷扰扰经过了,现在有了超脱和达观"。返璞,也是一种年龄现象,多少属于"中年情怀"。主人公由"强硬的铁腕人物",满怀救世热忱,到迷恋世俗情境,这变迁亦体现于作品的结构:由《新星》的突出中心人物,到《京都》的横向铺排众生相。《衰与荣》结尾处,人物与其女友"挤入了几十万人中","如两滴水汇入了海洋",以至"他们不知觉自己了,身不由己了"——精心营造的象征。

由张承志那种对"辉煌"的渴望造成。实际上,作者们的情感态度决不像他们的表白那样含义单纯、明确。《棋王》中王一生的将命在棋里搏,"三恋"(王安忆)里情侣们的"抵死缠绵",何尝不是以英雄主义对抗死亡!作者们表白时的郑重言之,更是一种有意的姿态,出自逆反愿望。反复谈论、证明自己的平凡、普通,也从来出自知识者的价值自觉,真平凡者反不意识其普通、平凡。至于仅据史铁生关于流行的英雄主义的嘲讽和他写知青的素朴笔调,即将其与阿城、王安忆等归为同道,显然也失之粗疏。残疾人的命运反抗,更是一种痛苦壮烈的"英雄主义"。或者应当说,有关作者不过旨在校正,使"英雄主义"归于朴素,更成其为个人选择而已。因而这不是平庸化的号召,不是对庸人哲学、乡愿人格的呼唤。

知青作者因其文学趣味养成的早年环境,亦因其通常的激情状态,也如其他中国作者一样,更习于以"非常之人非常之事"为材料。铁凝所写乔叶叶,"被动"到了极点,正使她与众不同①。至于作者的价值态度表达中有意的立异,则表明了写作行为的不"平凡"、"庸常"。

还应提到知青作者中价值感情的非同一,相互构成的"参差的对比"。张辛欣能极耐心地写琐屑日常事物,却并非为了像京味小说作者那样在文字间咀嚼品味,多半更在表达因消磨于人生琐屑(种种"小零碎")的疲倦与困扰。在她的作品中,那种琐碎的俗务败坏着人生意境,天然地与梦、与成就感有仇。史铁生写市井人物的《午餐半小时》、《巷口老树下》有契诃夫式的阴郁晦黯,用笔调明白表示了"不能认同"。池莉的《烦恼人生》写人物以大量的丧失、放弃,换取平庸的安宁、微末的满足,价值感情亦不同于上述王安忆的小说。池作更有骨子里的(即不大形诸

---

① 对那个时代的"思想"漫不经心,始终不能进入"规定情境",在一切事关"意义"时都以薄弱的思想能力将意识模糊化,在那个特定年代不能不是"非常"的性格。

神色的)对于中国式生存智慧的批评,对于以失为得的那一种用以平衡、调适的心理机制的批评。

四

由上文中已可得知知青作者对世俗化、平凡人生的肯定决非意在贬低生命存在的"意义"。意义关切本是人这种"形而上的动物"的存在方式,"无主题"从来是一种主题,意义的平凡化也无非为了重建意义。有的知青作品甚至可以认为是提供给同代人的人生意义论证(以至自我心理疗救)——这一代人因诸种荒废,失落,许多人丧失了发展、"成功"的机会。"开放"时代确也鼓励了不同的意义理解,人生意义诠释中的多种思路,尤其对于既有思维定势的突破。王安忆的《叔叔的故事》写到作者所属的一代与前代人不同的"意义观":"我们认为天地间一切既然发生了,就必有发生的理由与后果,所以,每一桩事都有意义,不必苦心经营地将它们归类。认为所有的事物都有含义是我们一种极端的看法,另外还有一种相反的极端看法,则是一切都无意义,意义在于视者自己,一切存在只是我们个人意识的载体或寄存处而已。"她本人的情况,依据她一系列表述,或略近于"我们"中的前一类。在她那里,更是意义的泛化,意义问题的推展①。道在人伦日用,"担水砍柴,无非妙道",是中国士大夫、知识者并不陌生的意义哲学。王安忆长于叙述"无意义"过程,那叙述本身又是郑重地赋予"无意义"以意义的过程。就气质言,这一代人甚至有时显得比之前代人更严肃不苟,活得更认真。《棋王》所写王一生"吃"的虔诚,可以看做极端的例子。他们不过出离

---

① 张炜说:"……每个人都不同程度地探索了生活的意义。意义在哪里? 意义在于生活着,或者是生活过。"(《童眸·后记》,北京十月文艺出版社1988年版)可与王安忆的说法相互发明。

了关于"意义"的旧有思维框架,倒是因出离更见出对"意义"的关切,必要问出个究竟的执拗,神情一派庄肃,即使调侃也有内里的沉重。

《大林莽》并非终结在"意义失落"上,人物于幻灭中重建"信念与目标",才是此作可以预期的结局。这一代人不能忍受无目标状态。"……在发出拯救森林的誓言后,一次次死难都更新了涵义,分队里每个人都得到了超生。"人是在不断的意义重构、意义赋予中自我超渡的。张承志从不隐讳其"不合时宜的"价值追求。他的思路无疑联系于红卫兵以及前红卫兵时代,却不是未经改造地从那时代承袭而来的。越到后来,他所谓的"美丽瞬间"越具有个体人的精神升华的意味,是属于个人的诗境创造与诗意体验,以个人体验沟通了瞬间永恒的宗教性意境。作者不苟同时尚不恤人言对上述"意义追求"的坚执,谁说不也是一种"现代人"的风范!

第四节 评价难题

——"知青文学"主题之三

后期知青文学与"知青后"记述

如果可以用本章第一节的说法,认为"知青文学"作为一种时期性现象已然结束(虽然今后仍会有写知青的作品出世),那么"重新选择"的征兆到这一过程的后期已呈现出来。知青文学不可避免地在时间中调整、变形。风气转换,一代人先后脱出知青时期。个人经验的结构性改造,以不同形式作用于创作。1985年前后,知青及其同代作家中,有一部分转向了结撰鸿篇巨制,其成果包括写知青的(如《金牧场》、《雪城》)与并非写知青的作品。视野扩张,横向铺陈,势必重组着已有经验。张承志用以镶嵌《金牧场》的碎片虽然处处提示着以往的叙境,但当读者熟悉的情境一下子涌入长篇的宽阔河道,汪洋恣肆中仍挟有新鲜的力量。

这一代作者中的不止一位在1985年前后宣告了将重新开始,预约了新的形式。贾平凹在《浮躁》的《序》中说:"……也就在写作的过程中,我由朦朦胧胧而渐渐清晰地悟到这一部作品将是我34岁之前的最大一部也是最后一部作品了,我再也不可能还要以这种框架来构写我的作品了。换句话说,这种流行的似乎严格的写实方法对我来讲将有些不那么适宜,甚至大有了那么一种束缚。""明年我将要'新生'了。"①

结束一个时期的,还有一批后起者。当他们的陌生语调响起来时,前此的知青文学在读者那里不觉变了滋味。这些后出者像是未经母腹中的孕育,露面时就有一副深思熟虑的中年神情。他们的创作似无"过程"(即无准备时期),一出手即见老辣——马原、李晓、池莉等。这些迟到者未及躬逢文坛盛会,来得有点儿不是时候:创作界已略呈衰飒景象。但文学艺术的成功从来不只仰赖天时,他们向世人表明了知青一代犹有未尽之才,未尽出的人才。

马原小说中的知青情境似与前此知青之作全无干系,他的人物在他小说的阔大意境在他流转无痕的叙境幻化中,也像是极自由且同化于境界的阔大。李晓则在其世事洞明中,有一种城市流浪汉似的局外态度,蟹兄、林肯们不是史铁生作品中未失天真的顽童——看那不怀好意的诡谲笑意即可知道。作者既超然又犀利的叙事态度,更是在知青后的复杂人事间"操练"出来的。对于知青人物的荒唐行为的无批判(中性)叙说,以至戏谑化,亦可看做"非英雄化"陈述;自我调侃却又未必因了与"当时"的距离,或者倒是更近于当时状态也未可知。池莉写知青生活

---

① 《浮躁》,作家出版社1987年版。

(《勇者如斯》),写前知青在琐碎人生的消磨中(《烦恼人生》等),亦有一种似饱经沧桑的神情。写得极老道,老道中藏着点疲惫,因而难得有初期知青文学的单纯态度。将这批作者与我们反复谈到过的那一批归堆"综合",总有几分生硬,这也足以提醒"时期"的终结与转折的出现。一代人已到中年,即使其中那些将青春一再后延者,也不能不面对人生季节的转换。正当此时出现者,不可能重走其他人的路径,其有意展露的中年面貌,是对于同代人、一时期文学的适时而严峻的提醒。

被写得更久长的,将是知青后人生,因作者们正在这人生中;他们的写知青(及写别的),从一开始就属于"知青后"行为。前文已经说过,一代作者的代意识表现在对同代人命运的持久关注,也即对自身历史的持续面对上。若是略作统计,那么你会发现,知青作者写得更多的,正是"知青后"的人生(或者说"前知青"的人生)。梁晓声、李晓等,对知青人物是有意作跟踪描写的。梁晓声写知青由兵团而返城,返城后各自就业,李晓则写他们从乡村到小镇工厂到上海。蟹兄、四眼、林肯、博士们(以上均李晓小说人物,且是不少篇的贯穿人物)的故事已经很长,一时还看不出有收束的迹象。其中如《海内天涯》,知青—知青后交叉并进,共同完成某种性格—命运主题。

写"知青后"的作品中,张抗抗的《杯》别有一番滋味。小说中一个农场子弟在知青离去后,发现知青们"曾经带给这块荒凉的土地的短暂的文明,在他幼小的心灵上烙下了多么深刻的印痕",但当他借这余光的烛照终于奋斗而有所成就时,却发现他先前的启蒙者已在知青后的挣扎中委顿而老于世故了。未写过严格意义上的知青文学者,所写也可能是知青后状态,如张辛欣的不少作品。一时争议蜂起的《在同一地平线上》,以不构成直接对话关系的男女主人公的第一人称述说(两个"我"的独白),表达了作者(不限于性别立场的)对同代人性格与命运的诠释。小说中的知青后困境是普遍的。小说的力量更在于对造成性格与困境的条件的寻索,即对"知青历史"后果的寻索,"争议"之起亦因了陈述的直言不讳的性质。在这里,"知青后"不只是一种遭际,一种人与环境的交涉,它是知青全部历史(由童年少年到"文革"、插队)的结果,是由复杂的历史、现实条件造成的人的存在状态。

"北京插队知青"、"北京学生"是柯云路《新星》主人公被一再提到的身份。郑万隆一时写当代青年诸作,多写有知青人物、人物的知青后命运,使人不大容易想到这些作品出诸一个不曾插过队的作者之手。那正是知青文学勃兴的时期。《老桥》(张承志)由知青后写起。人物对于"忘却"的愤慨,也属于"知青后心态"。上文说到的知青小说人物的怀念、重访、回归,何尝不是发生在知青后(如此说来,"知青文学"又不便严格地以写纯粹当年的知青生活来界定)。作品中的知青后,多半正是那一代人的当前状态。张抗抗的《空白》写因十年荒废、前知青令人"心酸泪下"的求知挣扎,是一时备受同情的知青处境。陈建功《飘逝的花头巾》、《迷乱的星空》、《被揉碎的晨曦》等,也写知青们人各不同的命运、际遇。返城后的不平等体验,是不少作者写到的。"上山下乡"运动中的虚假平等,"知青"身份一度意味的"平等",有时竟也惹人怀念。

刚刚说过,知青作者的写作,亦属一种知青后行为,创作中色调、氛围的变易,亦可看作知青后经历的留痕的。知青文学的起落兴衰,提供了知青后历史(包括知青脱出"知青历史"的历史)的象征形式。一代作者从以写作"摹仿"知青生活,逐渐添加省思、批评的内容,并由此达到渴望中的深广;由单纯的自我状写、向世人倾诉的冲动,到以写作为职业,日见受制于文化市场法则,都属于走出"过去"的过程的一部分。

"走出"非即"脱胎换骨"。正是知青文学,证明着这一代人根深蒂固的价值关切。他们以对历史评价的耿耿于怀,表明着与"过去"不可割断的深刻联系,以及以"过去"为"现存"寻找诠释的顽强意向。他们的"评价难题",正是在过去与现在的交接处发生的。他们不只以前文写到的怀念、回归、省思、体悟,也以评价难题的提出与试解,证明着一代人对于生存的严肃,决不苟且。这也正是那一代为人们所熟悉的性格。

价值关切与评价难题

戴锦华在其关于电影界"第五代导演"的精彩评述中,以第五代导演为"无父的一代"("一个寓言式的概括")①,孟悦则认为"莫言也当属其中":"确实,'无父'既是他们的心理现实,又是他们意识形态处境的隐喻。"当浩劫过后,他们的前代作家"终于开始用曾被'砸烂'的价值残片拼凑过去现在未来的乌托邦的时候,唯有这一代人,这在浩劫中长大成人、度过青春期的一代人'无家可归'。他们没有另一样历史。他们原来不是,现在仍不是任何人。他们被裸露在一片荒野,一片意识形态的'空白',那里,'主体的历史'、话语的历史、文化之根、情感的家园一同消失于视野之外。""'根'的缺失、'家'的缺失与'父'的缺失、史的缺失是这一代人共同的主题。"而阿城、莫言们的写作旅程,可以看做"寻父"之旅:"寻找父亲,重建父亲","为这一代荒野中的游魂重建亲子关系——主体的历史"。② 我在王安忆的《叔叔的故事》中,读到这一代作者有关他们与其前代间差异的最新概括:"我是和叔叔在同一历史时期内成长起来的另一代写小说的人。我和叔叔的区别在于:当叔叔遭到生活变故的时候,他的信仰、理想、世界观都已完成,而我们则是在完成信仰、理想、世界观之前就遭到了翻天覆地的突变。所以,叔叔是有信仰,有理想,有

---

① 孟悦:《历史与叙述·荒野中弃儿的归属》,陕西人民教育出版社1998年版,第115—117页。

② 《断桥:子一代的艺术》。

世界观的,而我们没有。因为叔叔有这一切,所以当这一切粉碎的同时,必定会再产生一系列新的品种,就像物质不灭的定律,就象去年的花草凋谢了,腐朽了,却作了来年花草繁荣的养料。而我们,本来没有,现在没有,将来也不会有。"其中的自我状写或可为"无父"作注(由最后几句看,似乎"无父"的状态将无限期地延续下去)。可资证明"寻父"的说法的,阿城、莫言两家的作品外,还能想到郑万隆的"异乡异闻录",张承志的《北方的河》等。张承志的"自由长旅",何尝不可以看做寻父之旅。《北方的河》于人物扑向"黄河父亲"那一瞬的定格,构成全作的情感巅峰;只不过张承志的寻父,不像是由意识形态荒野中出发罢了。张炜也写了众多的政治孤儿,无父者。多读了这类作品之后,对于上引评述,在钦服之余,又不免觉出几分夸张。这受过意识形态强化训练的一代,他们的精神血缘是不难辨识的。这一代正因此为弟弟们所诟病。上引《叔叔的故事》说"本来没有,现在没有,将来也不会有"时,口气也过于决绝,我以之为含有盲点的自我意识。我引以为证的,就有我自己本章以上诸节有关知青文学现象的描述。那些现象,也构成了引发文学界的更年轻者、后起者"颠覆"冲动的一部分根据。

我想到了陈思和关于李晓的描述。陈思和也说到代际差异,即李晓的创作"与其翁早期的人道主义、感伤情调以及强烈的社会责任感和道德感正好相反,他是以对社会道义力量的绝望,揭示个人抗争的无助以及对各种理想主义的无情粉碎而引起现代读者的注意",然而"传统的理想在破灭之后作为一种潜在的参照标准依然支配着他的处世观物,一方面是生活上经历过大苦大难,感情上经历过大喜大悲,进而在洞察世事上达到大彻大悟的智慧境地;另一方面,他对这种人生经验的领悟,又怀着本能的、难以克服的厌恶,这使他不能不用嘲讽的口吻来挖苦自己和他的同辈人"。①读解作品自然不妨见仁见智,只是我个人较能认可陈思和的这一种分析罢了。本节尚不能充分展开:这一代与其前代人的关系是远为错综、微妙的,所呈毋宁说更是张爱玲所谓的"参差的对照"。这一代人的经历中有剧烈的破坏,其间发生过真正的幻灭、富于深度的怀疑,以及如上文谈到的省思与重建。然而,在这过程中,先入的观念不可能不作用于他们的思维与感觉。这里尚未及于"写作"这一活动中不可避免的承袭(话语、叙事,等等)。

"价值关怀"并不能作为知青文学的特点,因为那是一个正常社会中普遍的关怀;只是知青文学中的价值关切可以支持我的上述看法而已。太容易由有关作品中找到例证了。《南方的岸》写人物重返海南,就明明白白地宣告说是在寻找"主题"——"过去的主题"。这一代人几乎没有谁全不在乎"存在价值"、"意义",不使用或暗中使用这类范畴②,即使如史铁生似的以"目的"为虚设(《命若琴弦》),这虚设于人物也性命攸关。正是在价值—评价问题上,集中了知青一代对于人生的严正、郑重、决不苟且,他们为年轻者所讥嘲的沉重的道德感、人生义务感,他们那一本正经的认真劲儿。他们不只活过、活着,而且要为自己的存在以至"曾经存在"找到解释,他们不能忍受无意义或者"无解",尽管他们一旦开口说"解",即难免会肤浅。

上文已经论及知青文学中"去留"因被理解为自我历史评价

---

① 陈思和:《旧札一则:由故事到反故事——读李晓的两个短篇小说》,《当代作家评论》1990年第1期。

② 王安忆初期作品对精神价值的迷恋甚至不无天真,那时她似乎偏好这种思维线路:"尽管……然而……"比如尽管"没有钱",然而(精神生活上)"不穷"(《小院琐事》);尽管失去了很多,然而总算守住了一点"理想"(《这个鬼团!》)。她在"尽管"下面表达她对现实严峻性的了解,在"然而"下面表达她对精神价值的肯定。郑万隆的人物神情肃然地说:"是应该很严肃地总结总结了:人,怎样活着,才具有真正的人生的价值?"(《那条记忆的小路》)陈建功一时作品中喜谈的"人生的价值"、"自己在生活中的位置"等,正是当年大学校园中的流行话题。

而获得的极端严重性。或许正是知青作者写作成一时风尚的价值、意义谈论,加倍复杂化了当年去留的含义,以至在一心一意的返城努力(如李晓所写)中戏谑化了的行为,于事后的回味中变得苦涩难当。因而李晓的戏谑化叙述,倒是有了"反价值"的意味,虽然这叙述同时又是自我揶揄。

　　价值信念坚定无比者或有充分的价值自信者,无须念念不忘地提到价值——那已是牢靠地拥有或自以为持有的东西,知青一代却必得有关于价值的论证与确认。正是那段漫长历史使得已有信念破碎不堪:红卫兵历史,知青历史,知青后求职、求学以至求婚、求取基本生存条件与人的尊严的辛酸历史,造成了巨大的意义困惑,使得关于价值的重建乃至重提,都成为紧迫之事。

　　作者们几乎是毫不迟疑地诉诸"历史"。"历史"在中国有无可比拟的庄严意味。取代了末日审判中上帝的位置的,正是所谓"历史"。这或是一种历史文本迷信、"历史"话语迷信?我们已重复地谈到知青一代赋予自身历史记忆以异乎寻常的严重性,此处应当说,这正因为那"历史"是未经评价(无定评)的,是意义暧昧的。他们何尝不明白"历史"是由人陈述的,"诉诸历史"不如说是"诉诸社会"、诉诸公众(多数),所以他们才如此迫不及待滔滔不止地讲述历史,力图亲手构造"历史",但于陈述中却表现为迥然不同的意图与期待。上文所说省思、批判性陈述只是一种。这种陈述中含有以否定为肯定的复杂动机:"作为省思过程的"知青历史,已然赋有了正面意义。即使全然"事后"的省思,也不妨视为历史的积极后果的。当然其中也有全不着迹的评价。知青写乡村的作品,不也属于知青时期的认知成果的?除此之外,还有以有所回避、有所不论,作肯定性评价的,面对自身投入其中并被其所剥夺的历史,说出真实是艰难而痛苦的。《今夜有暴风雪》结束时,男主人公叮嘱同伴:"今后在回想起,在同任何人谈起我们兵团战士在北大荒的十年历史时,不要抱怨,不要诅咒,不要自嘲和嘲笑,更不要……诋毁……我们付出和丧失了许多许多,可我们得到的,还是要比失去的多,比失去的有分量。"《南方的岸》的作者,也说起过类似的意思:"……那段历史已铸成,凝结着无数青年的血和汗,我们的世界观的形成都是在这片土地上。"①

这里有意省略的,则有另外的作品填补,虽然也未必以为过失、罪错应由这一代承担。《棋王》中说,那大山里的农场,"活计就是砍树,烧山,挖坑,再栽树"。《插队的故事》也说起当年"把后沟里的果树砍了造田"。不止一篇作品写毁林开荒,滥伐热带雨林②——凡此都属令人汗颜的"功业"。《大林莽》中人物如大梦初醒:"莫非这次进山真是在错误的时间,错误的地点的一次错误的行动?遥遥艰险,热病死亡,都毫无意义,恍如一场梦魇。"并非必要的苦难,没有价值的牺牲,无报偿的付出——几乎谁都不致错会了这寓意浅露的故事的语义。这整个寓言可以用两个字总括,即"荒谬"。

上述种种之外,更有一种思路,规避宏观的历史估价,将意义限定在个体人的成长、完成、生命创造上。这从来是一种在历史事件的总体荒谬中个人可能的意义拯救(自我救赎)方式。对于历史运动的评价的个人方式,永远是极其多样的。历史事件的荒谬并不使得个体人生同其荒谬。历史学家的历史诠释,尤其不能勾消、取代个人的记忆与诠释,将属于个人的意义判定为乌有。知青作者中有一种拒绝将过往的一切归之为荒谬的倾向。"反思"是较易于接纳的流行语词,忏悔与拒绝忏悔被容许

---

① 孔捷生:《旧梦与新岸——并非谈创作的创作谈》,见《南方的岸》,北京出版社版。

② 《孩子王》的电影改编者陈凯歌说过:"我和阿城都认为,我们在云南的插队生活实际上是杀手生活,砍伐了无数的树木,其中包括龙血树,一砍便溅一身血似的红色汁液,这对我是很强烈的刺激。"见《思考人生审视自我——陈凯歌谈〈孩子王〉创作体会》。

了并存。

《金牧场》的叙事作为"自由长旅",是对一个人(一个男人)的成长史、成人史的完整巡视。这"个人历史"就是打步行串连开始的,那也是其人生长旅之始。在张承志的笔下,即使时代的荒谬,也不能阻止一个真正的男人的长成,一个新生命的诞生。史铁生说:"历史感不是历史本身。历史是过去的事。历史感必是过去与现在与未来的连接,这连接不是以时间为序的排列,而是意味着新生命的诞生。"① 张承志要述说的,正是这个生成于荒谬时代的人的历史。

张承志写了北京学生在大草原严酷条件下令人伤心惨目的粗野化,却仍坚持将这种描写与知青文学中流行过的诉苦乞怜区分开来。他表明自己厌恶诉苦,厌恶肤浅矫作的历史感情与卑琐的弱者姿态。他拒绝把知青历史形容为炼狱或圣火,也拒绝承认当年自己不过是一场骗局的可怜巴巴的受害者。即使终于写了苦难、写了粗野与丑陋(在《金牧场》中),他也不忘提到梵高,提到"天国"、"神性"、"力量"、"净化和再生",希图以此保有尊严。② 知青文学的难臻胜境,有可能因了先在的主题、话语、调子。你不难发现知青作者对这诸种"先在",对肤浅化、情感的柔弱化以及无解的课题的有意规避。情况很可能是,"知青文学"首先让知青作者们厌倦了。一度的同趋以及由此造成的接受期待,成为一代作者亲手布设的陷阱,使有才华者去而之他。他们发现难于绕开那样一些情境、命题,终不能如写乡民时的富于灵气。

"任何理解都是通过对过去的理解来完成的","对历史的理

---

① 史铁生:《随想与反省(代后记)》,收入《礼拜日》,华夏出版社 1988 年版。
② 如此自信地讲述历史,并不就能使张承志真正避过自己一代遭遇的评价难题。他也明白他选择的主题、他提供的思路的片面性:"……既然我在偏激地爱憎,我就不能不导致一种弱点。我毕竟无法回答复杂的同龄人的一连串尖锐的质疑。"见《老桥·后记》。

解也正是对自己存在的理解"。我们并不能满意张承志的理解,或者说不能满意迄今知青作者们所提供的理解,但他们毕竟为此而努力过了。他们理解与表述中的困境又何尝仅仅是他们那一代人的!在这一点上,即使理解中的肤浅之处,也可以作为映照反思中普遍困境的例子。

不止一位知青作者反复写到"评价难题"。《南方的岸》中几位返城者挂出"老知青粥粉铺"的招牌:"这块招牌意味着什么?'老知青'。既不是光荣,也不是耻辱,它不过是历史奇特的一页——'不过是'!说得轻巧,它是整整一辈人的青春!"因这历史是"整整一辈人的青春"凝成,就不能容忍"轻巧"的"不过是",不便轻率地归结为一次热昏中的蠢举:"'我们都是牺牲品'。这种牺牲没有换来些什么?十年血汗就没有渗进土壤,成为我们青春年华和那片土地的感情维系!'宰割'!那么奉献呢?血是红的,胶林是绿的,胶乳是白的……"(同上)但这苦苦的辩白仍不能使之心安理得:"你不想完全否定你们的过去,但过去的记忆又让你不愉快。"(同上)所以才有真正的而非拼凑出来的"难题"。即使这种"人与自身历史"的纠缠并非知青文学特有的现象,纠缠之久、之苦,也仍然是"特有"的。那些归来的流放者无须乎这样跟自己过不去,因为与他们的命运有关的"政治是非"已由上面厘清。

更"老"的"老知青"陆天明,诉说评价之难时,尤有其难以言说的隐痛和苦衷。《桑那高地的太阳》的主人公因当年曾参与动员下乡竟有一种罪孽感,甚至在同伴为此毒打他以泄愤、逼问"为什么"时,只能用自己的血清偿非应由他承担的历史债务:"谢平的心淌血了。""他知道自己无法回答这些同样在淌血的问题。"正因此,才更要径直去问出对错,打定主意讨一个公道,讨一个有关"对"的承诺,一个一劳永逸的永远有效的承诺。"我们当年到农场去,到底是错的还是对的?就算我们什么也没得到,有文化的人应不应该到农民中间去?沙俄时代,还有个巴札洛夫……"

　　谁来回答这些淌血的问题?
　　谁……
　　为什么一定要我来回答? 我已经三十三岁了……

已将冲口而出的质问,在"……"后面隐去。回答的仍不能不是他们自己:"想来想去,这十四年,大方向,我没错。"这"解"在年轻者听来,或许不值一哂。知青文学中的试解,不过使难题更成其为"难题"而已。史铁生的做法或许更聪明些,他举出指摘、质疑而不作答。或可以之为不答之答。但任何一个不轻浮的人,都不能在听到如此怆痛的追问时绝不动容。

　　前面已经说过知青文学不以故事胜,特色在省思、自我审视;却也正是上面那些个知青主题,不同程度地暴露了肤浅,证明了"思想能力"并未成为这些作者构造自身历史的有力支撑。这不仅仅是知青文学的、也是更普遍的缺憾。作为对比的,是同一代作者写乡村的作品中包含的文化深度。这也由反面证明了,自我认识、自我描述或许是更艰难的课题。但"知青文学"却又正成立在知青特有的难题上。知青文学或多或少以其"知青心理内容"的复杂性,呈现为"人与历史"的某种联系,因而是不可替代的。

　　"难题"是一代人焦虑的表达。"难题"中有一代人意识到的其命运的荒谬性。在包容更广阔的历史估价面前,以一批人的青春生命的名义提出的评价要求,自然是不足道的。但这一代人以其申诉,复杂化了"历史"理解,有可能使历史陈述更富于人的生命气息。

命运追究

上述评价难题本身就是一种命运追究的形式,它与这一代人的得失计量有关。正是对于"代价"的反复掂掇,使得知青作者不甘对自身历史轻下断语,且不断向社会、公众吁请公正。

初期知青之作关心着恢复、重建,如恢复爱的能力(张抗抗:《爱的权力》),重建价值信念、意义模式。恢复、重建的语义背面,即是"被剥夺"、"失去"。思路一时即常在"得失"一类单纯的概念间回旋。上文所写梁晓声小说人物对同伴的叮嘱,强调的正是得失衡量:"我们付出和丧失了许多许多,可我们得到的,还是要比失去的多,比失去的有分量。"不那么刻意求深的陈村也写道:"我无疑变了。有过这一段生活的人,不会不变。在这甜与苦的岁月里,有我永不能收回的失去和永不会失去的获得。"(《蓝旗》)张承志之于诉说所"失"的有意逆反,不也出于得失计量这同一种思路?[1]

达观掩饰着不能忘情。当作者们以一代人的青春的名义吁请公道时,他们大声提醒的正是"代价"。代价和估量方式不消说人各不同。《绿色的南方雨》中人物赴南方小镇,去"寻觅逝去的年华和失落的真诚",说代价较为空灵。陆天明所言代价,就沉重得多:人物在一个长过程之后,在被外界忘却、也忘却了广大的外部世界之后,终于整合于那僻远地方的政治秩序,被改造得几近化外之民,甚至"不会说上海话了"。因而当返城之际,对

---

[1] 在《老桥·后记》里,张承志说:"我不以为下述内容是一种粉饰的歌颂:无论我们曾有过怎样触目惊心的创伤,怎样被打乱了生活的步伐和秩序,怎样不得不时至今日还感叹青春;我仍然认为,我们是得天独厚的一代,我们是幸福的人。在逆境中,在劳动中,在穷乡僻壤和社会底层,在思索、痛苦、比较和扬弃的过程中,在历史推移的启示里,我们也找到过真知灼见,找到过至今感动着、甚至温暖着自己的东西。"

于剧变了的社会、城市,更有一份适应的艰难。较这些"老知青"年轻者(如王安忆、史铁生等人的小说人物),至少还未付出"归化"这一种代价。陆天明当写作时对代价或并未作如是观,"代价"却是人们可以由全作中读出的。知青文学中较常见的,是人性扭曲、童贞丧失一类代价,以及作为其极致的人的非人化(如《大林莽》所写)——戈尔丁《蝇王》式的情境。更有倾注了血汗付出了死亡却证明所事毫无价值这一种代价(如上文提到的破坏生态的垦殖)。"死"也用做代价符号。这代价不但具体可测,而且充满了情感力量,比之"青春"更有震撼力。一再写到"死"的梁晓声,到《雪城》,直截了当地使用了"债务"这个敏感的字眼("十一年前历史轰轰烈烈地欠下了债")。小说中那怨气冲天的知青"骚乱"的场面,为知青文学所仅见。

更平易也更普遍的,是年华逝去的感伤——更个人化的"年龄"这一种代价。《桑那高地的太阳》的主人公说:"我已经在这儿待了十四年。""是十四年呵!"王安忆《69届初中生》说人物"只有儿童时代,只有小学生的时代"。梁晓声的小说人物说:"我们这一代的青春真他妈的短!比他妈的小孩出麻疹的日子还短!"(《雪城》)张承志的人物自语道:"伙计,你在衰老。"①(《北方的河》)池莉的人物说:"我们这一代都比实际年龄大得多……"(《烦恼人生》)无不是在慨叹时间,谈论年龄。严平的处女作题为"我们已不年轻",张辛欣的早期作品中则有《我们这个年纪的梦》。"我们这个年纪的",何等苍老的口吻!她的另一作《在同一地平线上》开篇即写到女主人公的年龄压力(年龄之于女人一向更有严峻意味)。作品中人物的拼杀,也因"我们这个年纪"而自有一种悲壮感,更像一场精疲力竭的挣扎。

前文已经说过,"等待"在知青,是一份严酷的经验。其严酷

---

① 小说写人物由此"突然觉得满心凄凉。""他忽然感觉到一股苍凉的心境。他体味着这种遥遥而来的沉重心绪……"

不只在年华流逝,也在由此造成的恶性循环般的被动处境。张辛欣写这种知青命运,写知青因既经支付的代价而一再追加的代价支付,更有一种女性的透骨的疲惫感。知青作者的代价诉说所以动人,除代价(如青春、死)本身的动人性质外,也因有关的估量依据于普遍的价值感情与观念。"荒废"、机会的丧失等等,是以成就感、事业追求为前提的,而女性自我的丧失、女性美的被剥夺,则往往预先肯定了既有的性别观念,普遍认可的性别角色内容。知青文学的思路在这一方面不出于普遍视野之外,且呼应了更为普遍的公众情绪。

知青作者中也有另一种关于代价的谈论,不是故作达观、聊以自慰,也非出之以豪壮语,而是力图以"平常心",以普通人的人生体验说得失——虽然仍不免要说"得失"。

王安忆有关得失的思路,一开始就参与构成着她作品的柔和调子。《雨,沙沙沙》写下乡归来的雯雯重建"在十来年的生活中失去的信念"(可见有"失去",且所失是如许重大的,"信念"),却给人们看到了一个"柔和亲切的橙黄色"与"纯洁而宁静"的"天蓝色"的故事。这回到城里的,不是一个老气横秋自以为曾经沧海的"成熟的"女人,仍是那个多梦的少女。这少女一再出现在王安忆这一时期的作品里。这份纯朴,是真正的"资本"。纯朴的保有则赖有别种意味的"成熟"。以平常心、以纯朴将自己置于普通人群中,她的人物才会"感到羞愧":"为自己把十年的艰辛当作王牌随时甩出去而感到羞愧。"(《本次列车终点》)出自这知青心态,有《流逝》中女主人公那份平静安详随遇而安的满足。《流逝》在众多写"文革"期人生的作品中也独标一格:苦难使其中的人物归于"平常",正如张爱玲写战事作成了范柳原、白流苏一对平常夫妻(《倾城之恋》)。这自然绝非在肯定苦难的合理性,而只是肯定了属于"个人"的人生逻辑,系于具体人物的合理性。这种有关"历史与人"的理解,或也含有某种较为"成熟"的历史观的?王作因而使人感到了极单纯朴素中的深刻。

这里的得失计量,不消说有古老中国的祸福相依一类智慧作为背景。《本次列车终点》就表明过以人生为体验的态度。"苦"也是人生一味;多尝了人生滋味,亦一种"得"①。人生如棋,有进有退,进退皆是经验,皆是经历。出于这态度,即珍视现在、当下,不痛苦不堪地咀嚼过去,也不以"补赎"一类严重的题目自苦。当然,这份智慧如可预料的那样,也阻止着更严峻的思索与追究。这本来也属上述"智慧"的功能。

中国当代文学在"命运主题"上,未曾达到过如同期苏联、东欧文学所达到的深度,或也因"英雄主义"、"理想主义"、古代哲学、民间智慧,以及古中国极其发达的道德自我完善的思想,稀释了、冲淡了痛苦,缓解了紧张焦虑。而命运的"群体化"(大家都在受难),又一向是最方便的抚慰。对此,知青文学确也有并不鲜见的例子。

《雪城》开篇所写返城潮,是集体怨愤的宣泄。"怨愤"仍属于较简单的情绪反应;更痛切的命运感,应是"知青后"积攒起来的。返城后所经验的群体性孤独,孤独中对往事的咀嚼、重温,进入"新生活"的艰难,已足以深刻化他们的命运感。当难忍之际,张承志的人物也会愤愤地喊出:"生活,你对这一代人太苛刻了……"(《大坂》)张承志那里并非只有为了抵御讥诮、护住心而发的豪语,他对创痛的体验并不比任何同代人浅淡。《北方的河》中前知青抚弄着破碎的陶罐:"它是碎的,不可弥补地残了一大块,哦,我觉得,这简直就是我们这一代人的生活。""再没有谁

---

① 《流逝》写人物于艰苦的生存挣扎中,"觉得自己狼狈,可又有一种踏实感。她感觉到自己的力量,这股力量在过去的三十八年里似乎一直沉睡着,现在醒来了"。过去的好日子"虽然舒服,无忧虑,可是似乎没有眼下这穷日子里的那么多滋味。甜酸苦辣,味味俱全"。在写知青的《绕公社一周》里人物也说:"人,只要在生活,总会有所得。即便是绕了个圈子,那也是上升的螺旋。"

的生活像我们——打得这么碎了!"① "命运"之论也并不必有怆痛颜色,李晓就曾以闹剧形式揭出一代人命运的荒谬。由那个极端戏剧性的时期遗下的诸种身份记号——"红卫兵"、"知青"、"老三届"、"老五届"、"工农兵学员"、"五七战士"等等等等,每个记号下面都藏有一批人的命运。因而不必知青一代,不必非有知青经历,活过那一时期的任一代中国人,都可用做揭露历史荒谬、命运荒谬的材料。

为知青小说引过的舒婷诗作《也许》,或最切近部分知青作者的命运体验:

> 也许我们的心事
> 总是没有读者
> 也许路开始已经错
> 结果还是错
> ……
> 也许
> 由于不可抗拒的召唤
> 我们没有别的选择

可惜的是,小说中的"命运感"表达也无过于此。"命运"原是极古老的概念(古代中国人多方面地发展了命运观),只是撂

---

① 张承志的命运主题更准确地,可概括为"反抗命运"。小说乐于显示的,是知青人物与命运抗争时的坚忍,拒绝沉沦、也拒绝平庸化的意志。王安忆、张辛欣也写了这种应战姿态,写人物"和命运交战","逆水而上","两手着地爬,滚,攀,挣扎,搏斗"(王安忆《命运交响曲》),是昂扬的命运主题。王安忆《命运交响曲》中人物"忽然之间对命运有了一种解释",觉得人的命运由内外两种力量促成,人尚有可为。这里有王安忆的另一面,与"平常心"互补。在王安忆,不一味诉苦而"反求诸己"的态度是前后一致的。又可以说,知青在其"知青命运"中铸就的性格、意志,亦是其命运。

荒已久,当知青作者拣起来使用时,竟有几分手生。史铁生不满于浅化简化了的"对话"说,认为"那些站在世界最前列的作家,往往是在无人能与他们对话的时候,说出前无古人的话来。他们是在与命运之神对话。因此我们甚至不必去想和世界文学对话这件事,只想想我们跟命运之神有什么话要讲就是了"[①]。在他看来,当代中国作者正是在与命运之神相对时,尚说不出有分量的话。在这种情况下,王安忆那种出于中国式智慧的命运感知与表达,至少见出别致。在同代人诉说怨愤或发挥豪情时,她只淡淡地说:"只要你不那么漠然,用心去感受,象感受大自然一样。生活中有很多温暖,也许很卑贱,很微小,就象小黄脸儿的野菊花一样,可温暖是有的,有的。"(《运河边上》)这种平淡的智慧,与她关于命运也赖有奋争的说法,都不惊人,只是置诸同代人一时之作中,令人见出一点不同罢了。

第五节　知青作者

在"知青作者"这个题目之下,仅对几位作者的有关创作作粗略的考察。个例的选取着眼在体现于作品的"知青气质"。即,这并非基于创作水准估量的选择,而只是限于本章宗旨的选择。直白地说,我以为这几位在其作品中,是更"充分"的知青。这倒不全系于题材。韩少功的知青小说既不算多,亦未见佳。在我看来,所选作者各具某种代表性:在其与历史的联系、联系方式上,在其看乡村的知青视角与趣味上,在其作品体现的知青历史反思及人生意义选择上,等等。这些可以从他们的"文革"—知青经历寻找解释。于以上各章之外再加论列,也因某些材料难以归类又不忍舍弃,比如有关韩少功《爸爸爸》等作的印象。当然,个例的选取也因其中几位显示出的成熟——人生虽

---

① 史铁生:《随想与反省》。

未完成,却已有近于"完成"的作家形象。当然,"知青作者"这名目之于他们,同样显得狭小,且已陈旧,但名目的设置确实提供了描述的方便:有可能对对象再作选择,仅取其切于论题的方面。因而下述文字不能称"作家论",它们只是一些札记罢了。

张承志

一代知青作者中,张承志是将他个人的知青姿态坚持得最久的一位。他在《金牧场》里宣称将为自己"寻找一种方式",寻找自己"今后存在的形式"。由《骑手为什么歌唱母亲》到《金牧场》,其间同代人已几经调整,他却将初作中已显露的面目顽强地保持到了这时候。我对这顽强怀着敬意。这孤独骑手的姿态使他的作品引出争议,激起极端反应(偏嗜与偏恶),使他离开了一批批耽嗜过他的作品的读者;过分冗长且不合时宜的《金牧场》,终于让评论家也失去了耐心。但张承志未必为此感到痛苦——求仁得仁,夫复何怨!

他以他自己所说的过度后延的"青春",明白无误地证明着他对那段岁月——那也是最有争议的历史岁月——的怀念。他不顾流行思路甚至不惜拂逆公众感情表达那怀念,但他并未试图代行历史学家的职责,他只打算说"一个人的历史"。你不能断言那一个人的历史是不可能或不真实的。他也并不为那段历史所囿,他由那儿出发时即放弃了那起点。他努力拒斥这一种或那一种框限,无止境地追求心灵的阔大,寻索足以容纳这追求的对象,并借以将自我期许对象化。这追寻之顽强不懈铸定了他的孤独。在"快乐而浮薄的年轻人"眼里,那姿态应与堂吉诃德向风车作战同属一类,他们乐于有机会以嘲笑显示聪明也显示放达,但孤独的骑手仍继续他的"自由长旅",一脸的蔑视流俗的狂傲神气。他只在自以为适当的时候宣告"祭典",宣称"诀别",这也注定了是反应冷淡的仪式。无论如何,毕竟由作者本人划出了一条界限,指点了一个有其起讫的过程。我打定主意利用这方便,试着关于这骑手这长旅说点什么。

草原——母亲

张承志的顽梗也表现在他不顾时尚对其表达方式的坚守上,比如"草原—母亲"(以至"人民—母亲")一类被认为过于古典、旧式,或过于意识形态化的表述。

那一代作者(或者不如说整个当代文坛)再没有谁如此频繁地提到"母亲",在一个"传统"之极的题目上这样重复不已、不厌其烦的了。有关的话语在他较早的作品中的确使人感到意识形态化,而且正以此标志了一时知青文学中不无普遍性的倾向:感恩,无论是感具体人物的,还是感作为复数的"人民"、乡民的。彼时文坛正流行这类感恩仪式,作为漫长的回顾仪式中的一项内容。《骑手为什么歌唱母亲》(1978)命题方式就不免"老套"。小说中说:"在'额吉——母亲'这个普通单词中,含有那么动人的、深邃的意义。母亲——人民,这是我们生命中的永恒主题!"待一组小说结集(《老桥》,1984)时,作者仍坚持说:"我非但不后悔,而且将永远恪守我从第一次拿起笔时就信奉的'为人民'的原则,这根本不是一种空洞的概念或说教。""哪怕这一套被人鄙夷地去讥笑吧,我也不准备放弃。"这篇《后记》结尾处,又挑战式地提到"我的守护神般的人民母亲"。到后来,这种拒绝放弃演成不顾一切的护卫,对于批评、讥诮反击之凶猛近于粗野。写《金牧场》,作者非但无意于收回已有的说法,而且有意地重申。他宣称自己"已经不会改变本质","永远不会改变人民的十年苦难给我的真知;以及江山的万里辽阔给我的启示"。在"爱"的倾诉与护卫精疲力竭之际,《黑山羊谣》(1987)中满含倦意的茫然,是令人不能不为之动容的:"额吉我描述你讲述你,描述讲述得人们烦躁而轻蔑。以前我总是小孩打架般地狠狠骂人们。可是在今夜——在这个寒冷的北京之夜里,我也百思不得其解了:

'真的,为什么呢?'"正是这份罕有的顽强叫人想到,母亲依恋在作者,应有极其个人的依据,它本是一个人自我生命诠释的一部分;你不能否认那个人或许正适于这种诠释,虽然当其着手诠释时,前经验、既有话语多半在他耳边提示了什么。

《老桥·后记》里张承志还郑重地提到自己生活中的(而非纯属意识形态幻觉的)母亲,"在我年轻时给予过我关键的扶助、温暖和影响的几位老母亲"——"那蒙古族的额吉、哈萨克族的切夏、回族的妈妈",说,"我是她们的儿子","再苦我也能忍受的,因为我脚踏着母亲的人生"。①

一个"男子汉"无须在与女人(情人、妻子)的关系上过事缠绵——张承志的小说人物在这种关头会有一种近于不情的决绝,但对母亲的爱则无妨其为男子汉。或者男子汉本应靠着母亲"强大的韧性"而造成。张承志小说中的女性,是在她们获得母亲般的品质那一瞬间,才作为女人终于"完成"的。"母亲"是张承志所以为的永恒的女性。②你也不能否认一个人可以有他自己的女性型范,虽然是分明出诸极端男性自我中心意识的女性型范。公然的男性自私使这情感狭隘,终不能如作者表达的另一种爱恋——对"北方"、"大陆"等等的爱恋——那样有浩大之气。

但又正是在由北中国大草原出发向大西北的长旅中,张承志扩张了他较早的作品中上述意义的狭隘边界。那是一次属于

---

① 《老桥·后记》提到"风靡当代日本的青年歌手佐田雅志"的歌曲《无缘坂》,说歌曲"在深沉地描述了关于母亲的种种之后,这样结束道:
　　忍啊,这难忍的无缘长坂
　　我那咀嚼不尽的
　　妈妈的微小的人生。"
② 《北方的河》写人物关于女性(妻子)的期待:"她会在我们男子汉觉得无法忍受的艰难时刻表现得心平气和,而我则会靠着她这强大的韧性,喘口气再冲上去;她身上应当永远有一种使我激动和震惊的东西,那就是你的品质,妈妈。"

他个人的寻根之旅,寻找精神血缘、人格仪范的长旅。他为描述这长旅而不断增设的地理概念("北方"、"大陆"、"北亚——中亚"等等)与重复使用的语词(由"人民"、复数的"母亲",到"民族"),无疑都有"群体"的语义蕴涵。这孤独骑手偏偏醉心于群体性的价值范畴,这使他的孤独也有十足的古典风味。当着"母亲"被置于不断移易扩张的语义空间,置于一些大概念(如"民族")之间时,其语义不可能不有所变化。现代精神分析学说认为,甚至与"民族"、"祖国"等语词有关的群体归属感,也源于人的母体依恋。张承志个人的寻根之旅中,那些地理性概念,不妨看做"母亲"这一语词的置换。"北方"、"大陆"等等,是"母亲"的放大,是巨大母体。在《金牧场》中,有关"母亲"的具体描写和对巨大母体的向往、追寻交织融合,相互发明,互为诠释,呈现为张承志小说最惊人的语义丰富性,可惜人们把作者的努力仅仅看做一种旧作的拼贴,一次大规模的自我重复,而将本应留意的地方粗心地翻过了。

  作者所醉心并庄严地使用的巨大概念,素被认为意指那种有赋予意义(即创生)的权威的巨大事物。张承志在说到"北方"、"大陆"时,的确有意识到被创造、被赋予时的神秘喜悦。这种经验太个人化了,即使同代人也难于分享。这种激情的达到要求特殊的心灵能力,类似的能力在现代社会已如此稀有,纵然你对包裹于激情中的观念内容不以为然,也会承认那种心灵能力与激情(以及相应的文字能力)是张作的魅力所在。你不妨赞赏这骄傲的孤独牧人,承认他的骄傲是有道理的。"传统"也罢,"古典"也罢,张承志的经验毕竟赖此而有天然的阔大,与人类某种积久的精神趋向一致。张承志也因此有理由(甚至有必要)"重复不已"地吟唱,那一片依然开阔的情感、精神草原是仍可听任驰骋的。

  这样地读下去,张承志小说中有关婴儿、幼儿的描写不再使你感到惊奇,其语义不如说是显豁的。你似乎感到,在描写时的心醉神迷中,作者很可能有自我幻化(为婴儿)的瞬间,那种体验也会是巨大快感的源泉。不是童年回忆,甚至也不是童年向往,当然也不是《庄子》所谓的"彼且为婴儿,亦与之为婴儿"(《人间世》),而是自我经验为婴儿,体验被创生的神秘喜悦;这婴儿与母亲同其神圣,因而才宜于使用那样奇幻的文字。《大坂》一篇写那个不知所自的通体金黄的娃娃:"那个光屁股的娃娃在阳光烤透的尘埃里安静地爬着,肤色象熟透的小麦。"这神秘婴孩在小说中的一再出现之于人物有类似天启的意味,使事件弥散着奇异的"天国"气息(在此后的篇什里,张承志一再地提到"天国")。《GRAFFITI——胡涂乱抹》则分明写着:"我后来梦见自己变成了一个三岁的小孩子。一个三岁的、蹒跚地从大地的曲线上跑来的、光着屁股的小黑脏孩。"你不禁想到了《金牧场》关于草原所说的如下一段话:那草原,"尽管它时时使我们感到痛楚,尽管正是因为它我们才觉得自己的青春去而不返,而且残缺不全,但我们仍旧沉浸在一种独属自己的永恒体会中。在这美好的体会中,我们惊奇地发觉自己已经获得了一个庄严的蜕变,我们自己已经成为了一种神奇的新人"。用了如此浩大的气势与篇幅,正是为了写"创生",写一个生命的锻造。其间岁月彼此叠压、相互覆盖,由步行长征路,到大草原,到宁夏西海固焦旱的土地,到天山牧场,有生命降生中的漫长阵痛,似乎一切都只为着——造出一个生命。

当代中国文学中,没有另一位作者将生命的降生写得如此辉煌,充满了感激与感动。你因此可以用了较之读《骑手为什么歌唱母亲》时复杂得多的感受理解他的"草原—母亲",理解张承志赋予"母亲"这一语词的愈来愈甚的神性。在不断的语义发展、意义组合中,"母—子"超出了纯粹个人历史。你听到了张承志的"生命之歌",一如他在《美丽瞬间》中描写的天际奏响的圣乐。这生命赞美中蓄意加强的宗教意味,是张承志得自他的自由长旅中的。我们将在张承志谈论"美丽瞬间"的场合再次领略这种意味,并发现其间的语义关联。

孤独骑手

这是一种由复数的"母亲"庇护的与"民族"同在的孤独。但你不能否认张承志的确善写孤独情调,比如草原黄昏一个"歪骑着马"沉思的男人。这男人在《阿勒克足球》中出现时,那情境就十分动人,他此后又在《黑骏马》、在一系列作品中出现。张承志还由草原,写到大西北崖谷间行路者的孤独。这孤独甚至比之草原牧人的,愈像是千年孤独。这些行路者"心里像是有不少话,可是难得有人听他絮叨,胸口总是堵着一个冲旋的调子,可是又唱不出来。只有迎面逼近过来的山岭……""可是世界到底憋不住了。一声嘶扯般的喊声从空旷中响起,从土崖和坡谷里传了出来"(《黄泥小屋》),于是人类有了歌。大西北在张承志笔下,比之大草原,更气象莽苍,其间的孤独也更像是人类宿命。

他一再写追寻中行旅中的孤独(我在下文中将要说到,这孤独有时正因追寻的目的物,才成其为真正的孤独的),让全篇呈现在一个动作的单调重复上,叙事结构也就直接传递了"孤独"。他的《晚潮》、《残月》等上乘之作都如此。《晚潮》读后,留在人们脑际的,是在一个动作(走)中铺展开去的无边孤独又充满抚慰的人间黄昏。因对孤独情调的醉心,他还不避重复地强调环境的孤绝,如高天阔地间的孤村:"官道以南,沙漠以北,上下几百里只有这么一个村庄。"(《九座宫殿》)"空荡荡的荒野上"的"几间小土屋"(《晚潮》)。《三叉戈壁》写戈壁滩中央的几间小土坯屋,《辉煌的波马》里是草地上的两户人家。

他的孤独者常有思想相伴,无论其在马背上,在旅途(以至"终旅")中,在朝圣路上,在黄土山包荒野丛莽间。因而与其说张承志醉心于孤独,不如说他更醉心于"孤独地沉思"。对于充满思索与激情的孤独的醉心,也酿出了他的叙述方式:一个行进者的行进之所以被选中作为贯穿动作,正因那"行进"即是作品意义生成、表述的过程。我们将会看到,张承志所写的孤独,是由人的存在方式、意义选择所决定了的,那是人物为自己选定的命运。这因而不全是种族(如回族)命运,它更是"个人情境",是知识者命运。你还发觉,那情境的"孤绝"并无现代派作品的彻底,即使在没有母亲或伙伴的场合,也仍流荡着温热的人间气味,"孤独"于是由"人境"获取了安慰。

"孤独"是张承志的自我状写,也是他直接的自我告白,他以此宣告了他的不苟同时论甚至不苟同同代人的流行见解。那是他以作品不厌重复地显示的姿态。张承志在人物的孤独中,体味着也描写着他为自己选择的情境。张承志个人的孤独情境更在于:他在同代人纷杂的话语之林中独行。

《老桥》可以看做一篇关于作者自己的寓言:"他"在经历了旧日同伴的背叛之后,只身去祭奠他们共有的过去,走在"死寂的山谷里",是"奇怪的独行人"。很有可能,张承志并非在草原孤独的放牧中,而是在归来后面对同代人的忘却与异代人的讥诮时,才深味了孤独并领受了孤独者的命运的;写作则成为一再的命运提示与确认。他几乎是弄笔后不久,就选中了"孤独骑手"的"自由长旅"作为自己的生命象征。由自己的体验出发,张承志坚持用异于同伴的态度、语调讲述知青的过去(你将《绿夜》中写知青围火歌唱的文字与阿城《树王》写类似场面的文字比较,会知道有怎样不同的知青历史记忆与知青情怀)。在别人诉说"失落"、申述"代价"、反思"扭曲"之时,他的人物却努力让笔下"站起来"一个人,"一个在北方阿勒泰的草地上自由成长的少年,一个在沉重劳动中健壮起来、坚强起来的青年,一个在爱情和友谊、背叛与忠贞、锤炼与思索中站了起来的战士"(《北方的河》)。这人物宣称"连青春的错误都是充满魅力的",立意在"北方的河"这一诗题下,写出属于自己的那条"幻想的河,热情的河,青春的河"(同上)。张承志甚至拒绝忏悔红卫兵的过去。《北方的河》的主人公,说红卫兵岁月的回忆使他"心跳","有种苍老的、他觉得不是自己该有的慨叹般的情绪在堵着胸膛",他想,(并无愧意地,)"是的,那时我是个地道的红卫兵","我愿意也承担我的一份责任",却并未就此发挥有关"责任"的话题①。张承志说他"反对那种轻飘飘的割断或勾销"(《老桥·后记》),他守住孤独也即守住了他的历史诠释,属于他的"意义"。为了这"守住",他甚至宣称"应当对属于不同世代的人闭紧心扉"(《绿夜》)。

那是一种激情四溢的孤独。在同代人日趋平和(亦中年心态)时,他不但维持着价值评估中的偏至,而且明确无误地表达着绝无通融的挚爱或厌弃。他傲然地说:

　　让激流抛弃和超越我吧。
　　我以真正的异端为骄傲。
　　　　　　　　　　——《金牧场》

昂然不顾地走他的长途。"我独往独来地欢乐地走在我的流浪路上。我在茫茫人世中不异于别人但我知道我的血在驱使着我流浪。我看见了唯我才能看见的美好,于是我追逐着一次又一次地启程了。"(同上)

文坛的十几年间,阿城像是突然冒出,韩少功则陡起变化,王安忆亦因作品的变体而两度引起惊奇。张承志于1980年代初才华毕现之后,虽迭有佳作,却不曾令人以为须刮目相看,直到《金牧场》,他的叙事或意境,均不超出读书界的预期。创作上的得失不论,这种略嫌僵硬的坚执,正有一份孤独者的自信。我在下文中还将说到,在从事创作的张承志,"孤独"也是他进入体

---

① 张承志的人物拒绝"为历史充当负罪人",却又说一天突然懂了:"历史的一切罪恶也都潜伏在我的肉体上。而且我还——别以为我温和善良我是嗜血的!"(《金牧场》)

验的必要情境,是他体验的状态(尤其那种迷狂状态)。我甚至想说那是他的一份才禀,这才禀包括了他领略崇高美的心灵能力,拥抱辉煌境界的心胸、气魄,也包括了他表达迷狂体验的卓越才能。

自由长旅

"孤独骑手"与"自由长旅",构成张承志更完整的自我刻画。在"自由"可作多种理解多层次拆解剖析之时,张承志所标举的"自由",很可能被指为不自由,如囿于某些观念、范畴的不自由。这里不去说它。我们先来看那"长旅"。这实在是一种漫长之旅,在"走"这一动作中,汇集了人物的全部生活、全部憧憬,乃至人物的一生(如《黑骏马》、《残月》、《终旅》等篇)。这种结构方式在反复运用中本身也语义化了,它直接告诉你:人生即追寻(走)。

中国本有人生如"旅"如"寄"的古老说法,但张承志的"长旅",应有个人的经验依据。这意象很可能就生成在步行串联与插队(亦一种漂泊)中。不同于古老象喻的是,这提取于个人经历的"长旅",在张承志那里越来越有主动的人生选择、人生设计的意味,因而不尽是(或曰主要不是)无可奈何的命运承当。

张承志所写人物的长旅,在其最成功的表现上是追寻意义之旅。目的,不消说规定了"自由"的限度。长旅,或为了追求生命在一个辉煌瞬间的完成(《春天》),或为了寻求对生命力量的确证(《大坂》),或为寻找一种天启与顿悟(《美丽瞬间》),或者竟是为了殉教(《终旅》)。在较为平易的意义上,则可能是为寻求体验温暖的伦理感情(《绿夜》、《晚潮》)。在张承志,一切寻找都是对意义的寻找。"……我提着录音机穿越整个北疆草原的山山水水,也许就是为了寻找她。她是我的梦想,我的追求,我的痛苦,我的焦渴。"(《白泉》)《黑骏马》提供了有关"寻找"的近于完美的象喻系统,其诗意的组织形式以及那些民谣碎片,充满了意义提示。

这长旅可能正是寻找死亡(《春天》、《终旅》),小说却绝不包含鲁迅《过客》那样令人悚然的命题:前面是坟。追寻之旅的终点是在那之前的辉煌瞬间,在全部生命光热迸射的一瞬。这里没有"之后",没有之后的尸骸、腐烂,以及"坟"。这是向天国之旅。不同的"终点",来自不同的"存在"理解、生命哲学。张承志的语义毋宁说是明白易晓的,人们熟悉那种以人生为追求、以人生为征服的生存态度,他们甚至熟悉张承志所设置的某些象喻,如"老桥",如"大坂":"谁都知道,大坂是指翻越一道山脉的高高山口,是道路的顶点。"(《大坂》)一些读者的相继冷淡了张承志的作品,或也缘于上述"熟悉"——那正是青年们向存在哲学寻求灵感的时期。但把张承志的小说意境等同于某种思想,也不免失之肤浅。那境界恰在被冷落之后,使人看出了特异:现代氛围中异乎寻常的英雄主义。人类从未放弃过反抗死亡的英雄主义。追寻(即使通向死亡),在张承志的笔下,正是反抗死亡之旅,因而才有当代作品中罕有的激越情怀。不如说,他的"人物"更是"意志",为反抗死亡而行动着的意志;他的不同身份(却常常只具轮廓)的人物,是同一意志的承担者而已。"人生一世就是为了走这趟沙家堡。""人好象是苦着累着盼来了这一天"(《终旅》),盼来了这趟"保教"(伊斯兰教)的死亡之旅。这篇作品在张作中应算作例外——保教毕竟是一项"功业",而在其他篇中,"追寻"只是自我意义赋予,是自我生命完成。正是在这一点上,又不同于人们曾熟悉的那种世俗英雄主义。即使这篇《终旅》的人物,也是希图以宗教的名义给人生以意义,给痛苦的人生之旅以目的,在自分必死(且保寺无望)之后,以"意义"对抗死亡。在张作中,这又是男人们的超越之路,男人们"走向天堂"之路。

这是没有回返的永远之旅,"走"有命定性质。《金牧场》是对此的庞大象征:一次次的启程上路。"强烈的深重的感情冲撞着你。你无法自制,你激动难忍,你不顾一切地又朝着它扑过去了。你把结束当成了开头,把生命交付给了道路,你又走进了你的大陆,你长别了你的休息和安宁。"这部长篇中,人物苦苦求解的关于"黄金牧地"的残破文本,是一个劫余的穆斯林寻找天国的故事。作为故事中的故事,与套在其外层的草原牧民大迁徙的故事互为诠释、相互生发。《黄金牧地》的文本,是全作中所有其他故事的象喻,因而又是作品的自我诠释。"是的,生命就是希望。我崇拜的只有生命。真正高尚的生命简直是一个秘密。它飘荡无定,自由自在,它使人类中总有一支血脉不甘于失败,九死不悔地追寻着自己的金牧场。"写在作品中的所有长旅、追寻、走,彼此相仿——结构、语义,构成一部庞大繁杂的写"长旅"的书①。层见叠出无尽回环的行旅,足以造成浩大声势,令人想到宗教朝圣之旅。我们尚未说到写作行为在张承志之为"长旅":赋予想象中的生命之旅以样态,寻求已知生命之旅的象征形式。至于此书结句的不用句号(及其他标点符号),更是刻意为之的象征。

在不断的行旅中,作者愈益强调方位,一再郑重标出行旅所至的空间记号,人物则一面回首草原,一面追踪着大西北回族的民族历史,由草原向大西北旷远开阔地带作精神浪游。这是人物的文化探索之旅,探寻贯通北亚——中亚的文化血脉。"他心里深深地惊奇着,因为从乌珠穆沁到伊犁,整个北亚都在憧憬着一匹黑马。"(《美丽瞬间》)那些个空间记号,也即作者本人生命历程的标记:步行串联行经地区(红卫兵时期)——大草原(知青历史)——西海固与天山牧场(大西北、中亚寻根)——日本。其中大草原是基本情景中的基本,是一个男子汉的生成,而寻根、

---

① 这部长篇,在一个现时态的行动推进中,以插叙、倒叙随时引入"历史",以全部过程(包括情绪过程)趋向一个"解决":意义系统的完成。方向性的动作(走)与全作叙事语流的趋向合致。整部小说如大幅镶嵌画,极琐碎而整一,是独出心裁的结构标本。张承志用镶嵌式已非初次,这部作品可谓集大成,写作像是一次拼尽全力的跋涉,有"终旅"式的决心与自我悲壮感。

文化追寻(穆斯林历史、祖先历史追寻),则是这个成熟了的男人的更理性更自觉的自我人格建构。

因人物常在旅中,伙伴关系即成张承志小说中至为重要的人物关系:步行串联的红卫兵伙伴,知青伙伴,文化考察中的伙伴(青海瘸老汉,维族向导),从事历史文献诠释的日本伙伴,以及作为象征之象征的《黄金牧地》文本中的穆斯林伙伴。说实在话,中国当代文学以"伙伴"这一种关系而动人的作品一向不多,张作在这一方面亦可称道。《老桥》、《大坂》、《雪路》、《凝固火焰》、《金牧场》等作品中的某几篇,甚至有经典意味。伙伴关系中本有对"孤独"的放弃,但同行中的孤独也更是孤独。《大坂》与《凝固火焰》,以不同的调子写出了这一种孤独情味。母子、伙伴,是张承志作品中较有伦理深度的两种人物关系,两性(异性伙伴)关系描写则相形失色(《北方的河》甚至失之粗拙)。这里应有"东方男子汉"伦理体验的深切处与肤浅处。下文还将说到,张承志也有意不将上述两性关系作为铸就他的"男子汉"的条件。

在作者,长旅的意义更在寻求自我诠释。那是张承志个人的寻根之旅,其发动与指向,与同代作者并无直接呼应。"我奔跑着在中国的北方,在蒙古草原、天山腹地、黄土高原,……它们就是我生身的母土么?它们就是有神性的启示的土地么?"张承志经由写作寻找精神血缘,以便认祖归宗,这种动机只能是"个人"的。寻根中,他关心的更是对象与他本人的精神气质(或曰自我期待)的契合,寻访所向,愈来愈是宏大、雄大、阔大的事物。他的写作,可以描述为对自我概括的不断寻求——不只是对象化,而是在对象之上直接打上"我"的徽号。

张承志对"伟大人格"的追求是不餍足的,因而人物才有其不尽之旅。在《金牧场》中,于"北方"、"北方的河"、"大陆"、"大西北"、"北亚——中亚"等等巨大的地理概念之外,人物直接在另一人物身上读出了自己。"……我觉得小林一雄正在等着我,我要找到这个歌手。我跨过大海来到日本,也许就是为了找到他和他的歌。""我来日本是要找歌手小林一雄的声音。对于我这一切就是生存呵……"无论对"北方"等等还是对小林一雄的迷恋,都更是自我迷恋,自我人格迷恋。人物无论向哪个方向走,都会迎面遇到他本人,在大草原,在西海固,在天山脚下,在日本,他一再与自己迎面相遇。在天山脚下,"他只是觉得自己终于找到了仿佛一直在找的什么","他觉得自己血液中的一个什么精灵突然复活了";即使他所意识到的冥冥之中"神异的呼唤",也既"发于中部亚洲的茫茫大陆",也发于他"自己身体里流淌的鲜血之中"(《金牧场》)——一切发现都是对于"我所固有"的发现。他在小林一雄那里,遇到的依然是他自己的母性倾慕,他的孤独,他的长旅,他的历史记忆、当年情怀,他内心的狂暴激情,他男子汉的骄傲,以及他心灵深处的隐痛。小林一雄的歌,成为《金牧场》中特殊的激情符号,有关描写决不像是通常的审美陶醉,那是血淋淋的投入。

以写作为寻求自我象征的长旅,或许更是张承志的"自由长旅"的惊人之处。《金牧场》示你以在过去与现在、在广阔地域穿梭驰骋、放任回忆联想意义阐发的"自由"。你得承认,张承志有关内心自由的诠释也是有道理的:意识到了"终极之地"而仍然照直驰骋而去的,是"自由的勇士";不索取抵达的保证,陶醉于驰骋并向着"抵达"的,是真正的骑手。作者本人则以其不苟同时尚,护卫了他所珍视的内心自由。他的写作作为寻找文学自我的未尽之旅,携话语的长旅,的确可以向世人宣称:"我的心里唱的是自己的歌。"(《金牧场》)

美丽瞬间

张承志在较后的作品中,或明朗或隐晦地,肯定了宗教皈依作为一种人生(意义)选择。本来就有不同的宗教精神。以佛教的禅悟责之张承志的作品,他的人物(以及作者本人)都有所

"执",远未达悟道境界。但那种执著,不也可以视为近于宗教精神的?

张承志的人物执著于"念想"。《黄泥小屋》中的"穆斯林庄稼汉",其"念想"是一座黄泥小屋。《三叉戈壁》中的农业工作者与乡民,"念想"则是一片嵌在戈壁滩上的"碧绿的苜蓿地"。这些均属卑微的"念想",但它们是十足的"念想",人物因这念想,才"仗着心劲","追寻"着活。《晚潮》人物的念想更有极端的纯朴性,小说也因情境纯朴至极而格外见出作者描写的力量。张承志在这种短篇的框架中也较之在《黄泥小屋》那样的作品里更从容裕如。那些农民正因有梦,才成其为张承志小说的主人公的。"非无安居也,我无安心也。"(《墨子·亲士》)"念想"在张承志的作品里,像是越来越有神圣性质。如《九座宫殿》中回族先人们的念想是寻找宗教圣地①。《残月》的主人公,一个老回回庄稼汉,则有"主的念想":"人受着那样的屈苦,若是心里没有一个念想,谁能熬得住呢。"这是对穷回回宗教感情的注释也是作者自注。张承志所属的那一代,即使与宗教无缘,因对精神价值的注重,也会首肯下面的说法:"人得有个念想","这个念想,人可是能为了它舍命呐"。"人活着还是得有个珍珍贵贵的念想。"(《残月》)郑万隆的《陶罐》,直可读做有关"念想"的寓言。小说使用的确也是这字眼,"念想":"人他娘一辈子就得活得有点念想"。史铁生的《命若琴弦》亦有相似的寓言风味。史铁生直截了当地说目的本是虚设(张承志只是将目的非功利化了),他说:"目的虽是虚设的,可非得有不行",因为你已来到人间。这也是那一代中的许多人所认可的"理性生活",能使人保有其尊严以至保有一代人的尊严的生活。如果说人既是蛆虫又是神,那么

---

① 此作写农民与考古者(知识分子)各有其念想追寻,农民的念想更有超越性,更令作者欣赏。小说比较了"九座宫殿"的作为宗教圣地与作为科学考察对象,以对比结构包含了文化评价。

张承志的努力即在保存并张扬神性。人不但有动物本能,而且有"心灵",有精神的内在的自我,有目标感与超越追求。这是屡经论证的"人之所以为人"。

张承志到后来,更经常地使用另一个字眼:"美丽瞬间"。使用这个字眼,同时也即改动了自由长旅的目标。其实他久已有对于他所以为"美丽"的"瞬间"的醉心:瞬间启示、激发,瞬间悟知、超越。比如《北方的河》一篇主人公扑向燃烧中的大河的瞬间,《春天》所写人的高峰体验的瞬间。无论面对大河、面对"凝固火焰"、面对夜色中的清真寺,还是马倌于完成壮举后死在关于春天的梦中,均属生活中的"美丽瞬间"。那是完满的生命体验的瞬间,是人与其世界的诗性关系完满实现的瞬间,那一瞬足以报偿了一生。甚至"牺牲"的令人迷醉亦因牺牲之为美:"……你有勇气拒绝牺牲之美的诱惑吗?"(《黑山羊谣》)"美丽瞬间"或者只是大自然的辉煌的瞬间呈示:"这是人间么?我激动得痛苦难忍。这是今世么?我觉得我简直发疯般盯着这一切,好像我要用眼睛吞掉这瞬间出现的陌生波马。"(《辉煌的波马》)大自然的无言中即有天启,所启示的并不深奥,那只是关于生命可能的辉煌、"美丽"的启示。至于《美丽瞬间》一篇中巡行在天穹的"一派纯净的乐声",更被指明了是"瞬间的启示"。

"美丽瞬间"与"念想"的语义差别或在于,"美丽瞬间"更近于宗教的瞬间了悟、瞬间永恒。作者以这一用语强调了非思辨性的心灵体验。不同于"念想—追寻"的目的性,这里是对机缘的承接,因而长旅不会终止,更无所谓"抵达"。较之"念想","瞬间"更是审美化的人生意境。"瞬间"是启悟又是生命创造、更新,张承志确也写出了再生般的狂喜。将更本真、自发地对神奇自然的迷醉,将迷狂状态下与客体世界物我一体般的沟通,视为人的精神自我的提升,认为其作为人生境界与英雄壮举等值,这在当代中国文坛上,应属罕见的思路。张承志(与他的人物)的孤独即由这追寻预先决定了——那种瞬间感悟从来不可供分享,它只能是一份个人秘密。这孤独才是近于"纯粹"的,却又偏偏含有对"孤独"的否定:人与上帝("美丽瞬间"、辉煌自然)同在。

张承志努力调和世俗人生价值与宗教性超越理想。《黑骏马》、《绿夜》的主人公,《黄泥小屋》、《晚潮》等作,表达了对世俗人生的价值肯定。我已在本章其他处谈到过,张承志对"意义"的耽嗜显然是由红卫兵—知青(甚至更早的)时期延续下来的,但却不是未经改造地延续下来的。上述准宗教精神即参与了改造。它并没有真的将意义玄学化,却将其普遍化了。启示,人生境界的提升是随时可能的。那与其说赖有神赐天启,不如说更赖有心灵能力,承受、感动与蜕变更生的能力。他所谓的向着"天国",无非指蜕变为更美好的人,他的信念并未失去世俗性质:"古希腊的艺术家是对的,经过痛苦的美可以找到高尚的心灵。"(《大坂》)然而在对待生命的态度上("瞬间"与"一生"),张承志的作品确又是反世俗价值观的,在时下这个大众文化趣味弥漫的时期,尤有贵族品味。那注定了只能是少数知识者私有的一份精神生活。张承志的孤独在这种意义上也有"纯粹"的性质。我也在其他处谈到了,张承志所属的一代人中,有的由"文革"反思、知青历史反思,标举一种渊源复杂的平民精神,有的则如张承志,经由反思,走向宗教性的终极关切。那是充满价值感、意义创造的激情的一代,看似异趋者都致力于意义发现意义赋予,或者说将意义"还给"生活。

男儿之美

张承志情不自禁地随时夸炫着"男儿之美"。这自然也可以看做他的自我人格迷恋的一种表达式。他为了这迷恋不惜冒犯时论,冒渎女性读者的"性别感情"。他那些关于"男人"与"女人"的说法,即使在并不那么激进的女性主义者读来,也当属标准的"男性话语"。他以为女性之美更属于世俗日常生活。她们为此的粗糙化、为此的邋遢琐碎是令人感动的。她们在这最动人的瞬间成为了男人沉思与感悟的对象,她们的庸常之美与"深度"须由他发现。他发现了这些并非为了分享平凡,而是为了骑马登程去自由长旅,寻找属于男儿的超越之路(《绿夜》、《黑骏马》)。这个男子汉即使在因她而感动的时刻也比她优越,因为她纵然能越过"她的大坂",也仍然得以那"高大健壮的男子汉"为凭倚(《大坂》)。她作为女人的气魄更在于"心甘情愿地跟着我从一条大河跑向另一条大河",在于"有本事从人群中一把抓出我来,火辣辣地盯住我不放"(《北方的河》)。当然她也可供男子汉作瞬间凭倚,在他们"觉得无法忍受的艰难时刻表现得心平气和",使他们能"靠着她这强大的韧性,喘口气再冲上去"(同上)。因而她在最完美的表现上应当是一位母亲,"母亲"则是"牺牲"、"奉献"的别名。

何其坦白的性别角色期待!《北方的河》中较为动人的,是那个男人与黄河的故事,以及他与湟水的故事,那是他与另一个"男人"(有时即是"父亲")的相遇;他与她的故事则显得平庸、做作。那男人就这么"神情冷峻"地看着她,极苛刻挑剔地开列着他关于女性的种种需求。这个合乎需求的女人,是《黑骏马》中的索米娅,《大坂》中的妻子,以及不少篇作品中的母亲。即使她并不有违于上述女性仪范,在男人们"走向天堂"的路上,她仍然可能是诱惑,是对于他的男性意志的试炼,正像古老的叙事诗中那样。在这类重大关头(以及比较不那么重大的关头),男人以对她们的舍弃显示为真正的男人(《终旅》等)。这也是古典英雄诗通常的情节。世俗人生价值在这一种对比结构中遭到了贬抑。那些张承志写来极其温暖动人的人间情境,是不便与超拔的意义之境并置的。女人只有在无妨于男人的自由长旅、彻底地属于世俗生活(即属于被相对贬抑了的价值)时,才像是"真正的女人"。张承志在这一具体话题上,也表现出对既有话语、观念的承袭,虽然经了他的笔,即使显然的男性偏见,表达也会有撼人的力度。至于地母般的女人,那从来是人们熟悉且不吝颂美的。"母仪"在所有关于女性的话语中最少歧义。何况张承志笔下的"母亲",确也出自富于灵性的创造呢。

张承志的小说世界里有时是清一色的男人。他完全能循惯例讲述一个男人与女人的故事,但他表明自己不依赖这类故事结构。他让你看到,绕过、排开两性(不包括母子)关系,不但于他的艺术无伤,而且可能使他的世界更具男性力度与气势。这也多少系于时尚。一时不少年轻作者,铸造着他们各自的男人型范:郑万隆("异乡异闻录")、莫言(《红高粱家族》等)。贾平凹、张炜原以写女性人物见长的,如贾平凹的《小月前本》等作,张炜的《声音》、《看野枣》、《山楂林》之属;此后也更着意于男性力量发现——贾平凹在他的《古堡》、《浮躁》等作里,张炜则有《秋天的愤怒》、《秋天的思索》、《古船》等。张炜不止于描写,还一再施以"概括",表明着铸型中的执著与专注。作为"时尚",这大约也因普遍意识到了的历史严峻性。我还发现,同一时期(往往也正出于张承志的同代人之手)的探索片,有时也规避两性关系,或竟也是"清一色的男人"。对两性关系的规避,可能意在借此避开甜味的调料,避免滥情、软性,断然摈弃大众文化品味。这里也有极端的严肃化与贵族气质。

张承志写自足的"男人世界",不赖有女人命名的男人,以这种方式强调他所以为的男人的人生之路,男人的情怀与气魄。男性迷恋在他的小说中,无所不在地表现为对于马的、对于歌(小林一雄)的、对于一个男人(如《金牧场》中的平田英男)的迷恋。文坛一度流行以"性与暴力"凸显男性性征,以粗粝甚至粗野渲染男性力量,张承志的"男性"却宁静而坚忍。这位作者醉心于男性内在力量(顺便说一句,男性的坚忍强毅,也是张炜所偏爱的气质),这力量必得有"气候酷烈"的"北方"才便于养成,必得有西海固的黄土地("好一片焦渴的严酷的海呵,好一片男人的海")才足够形容。西海固式的男性强毅不在杀人越货的暴烈行为,而在反抗死亡的意志。"你用滴水不存株草不生的赤贫守卫自己,你用无法生存的绝境阻挡黑暗"(《金牧场》)——这才是张承志激情所注的"男人"。

阿　城

老舍曾自拟"小传",堪称同类文字中的妙品。我读过的作家自述中,独出心裁与幽默趣味足与那小传相比的,也就是阿城的这篇了。作家出版社的一套"文学新星丛书"出到现在,还未见有另一篇作者小传,本身也具类似的研究价值。为了行文的方便,权作一回文抄公,将这妙文录在下面:

> 我叫阿城,姓钟。一九八四年开始写东西,署名就是阿城,为的是对自己的文字负责。我出生于一九四九年的清明节。中国人怀念死人的时候,我糊糊涂涂地来了。半年之后,中华人民共和国成立。按传统的说法,我也算是旧社会过来的人。这之后,是小学、中学。中学未完,"文化革命"了。于是去山西、内蒙插队,后来又去云南,如是者仅十多年。一九七九年退回北京,娶妻。找到一份工作。生子,与别人的孩子一样可爱。这样的经历,不超出任何中国人的想象力。大家怎么活过,我就怎么活过。大家怎么活着,我也怎么活着。有一点不同的是,我写些字,投到能铅印出来的地方,换一些钱来贴补家用。但这与一个出外打零工的木匠一样,也是手艺人。因此,我与大家一样,没有什么不同。

提到阿城,人们容易想到汪曾祺,其实他或许更叫人想到老舍。阿城试作过京味小说,虽说只证明了不长于此道,但看那写女人的笔墨,确有一点儿老舍小说的余韵,比如说那家的女主人

"在屋里走动着,既不夺钟,不夺胆瓶,也不夺字,但与这些东西是平级的,显得那么稳实、安静,似乎是颜体的贤慧二字,透着体面"(《傻子》)。他的不坚持写"京味",或者就因为"不长于此道"。非不为也,乃不能也。其实"三王"(《棋王》、《树王》、《孩子王》)中可感的文化气质,倒是颇与当代京味小说相近的。我指的首先是那种平民态度。上面所录像是随意的小传,多半出自刻意经营,不妨作为作者的个人宣言来读。看似随便处,每以遣词用字,透露出着意为之的神情。比如"如是者仅十多年"的"仅"字。下这一字显然用足了心思。重复地申明"与大家一样",也是用了心思的——正因"不一样",而且也心知肚明,才要说之不已。此种言说,也像有意的缄默,本是一种强调。"娶妻生子",是中国俗间所谓人生大事,一经文人说出,就格外透着郑重,别有深意似的。这其实也正证明着文人之为文人。阿城的确"入世近俗";其小传,其小说,却又证明了思路未出俗雅区分的文化视野(而非古代哲人提倡的"不别析"——即使《庄子》也不能不折不扣地做到这一点)。汪曾祺也如是,只是更有含蓄而已——道行毕竟不同。"与一个出外打零工的木匠一样",并不全是自谦。传统文人常私下里认同"手艺人",自觉制作方式上不无相像;以文字"换一些钱来贴补家用"也非自今日始,不过取酬方式、支付的内容古今不同罢了。一再说"大家……我就……"正完成了一种文人式的表白。至于对世俗人生价值的肯定,也应属中国士大夫"传统"之一种,只不过阿城比之初涉文坛时的王安忆,思更深,所悟也更透彻。季红真说阿城"一再选用'无字棋''无字碑'这样的意象,赋予平凡的生命以大的魂魄"[①],这也的确是阿城写"三王"等作寄意最深的所在。

我没有看出阿城有哲人面目。不以"哲学"胜,这一点阿城亦与同代作者以至同期文坛同。以之为哲人的,多半怕是惑于

---

① 季红真:《棋王·序》,作家出版社版。

他那种表达方式。有人指出汪曾祺的作品有士大夫气,在我看来,阿城之作亦有此"气",确又因此见得特别:那一代作者中,能令人由文字间看出上述渊源、察觉这一种背景的,毕竟稀有。那即使不是无根、也应是其根入土未深的一代。

阿城在其小说中不但不曾出于俗雅区分的文化视野,未远于士大夫的文化传统,也未越出他所属一代人有关"价值"的思路。《棋王》中"吃与下棋"孰轻孰重的反复掂掇并不出常,终于归结到"衣食是本,……可囿在其中,终于还不太象人",亦势所必至。人们惊讶于其中关于"吃"的描写,描写中那一本正经的庄严态度——中国知识分子对于某些真正"基本"的问题,规避、疏忽已久——至于意义思考的常抑不常,就无暇计及了。读这小说,大可见仁见智。珍视俗文化价值者,叹服于作者写"吃"的一派庄严;注重精神价值、超越追求者,则感动于"车轮大战"中的生命扩张。其实《棋王》一篇,正是在意义的追索上,显得很有点艰苦,那思路往复回环,令你疑心作者遇到了"鬼打墙"。吃与下棋,在棋呆子王一生那里,先就有了极细致的区分:"他对吃是虔诚的,而且很精细",他下棋"同样是精细的,但就有气度得多"。他师傅说:"'为棋不为生',为棋是养性,生会坏性,所以生不可太盛。"他妈说:"下棋下得好,还当饭吃了?""先说吃,再说下棋。"说的都是棋道与生道孰重孰轻、孰先孰后。王一生不过折衷了两种说法:不鄙生道,却把命在棋里搏。这里稍稍出常的,只在"不鄙生道"。小说写千人观棋,"一个个土眉土眼,头发长长短短吹得飘,再没人动一下,似乎都把命放在棋里搏"。当此之时,下棋至重,无可比方,生命亦在"搏"中见出庄严、辉煌。这正是人们所熟知的知识者的价值态度、人生态度。因而小说写吃说棋再别致,也不曾真的说到了人们的意想之外。但篇末的那番话,仍很经读:"不做俗人,哪儿会知道这般乐趣?家破人亡,平了头每日荷锄,却自有真人生在里面,识到了,即是幸,即是福。衣食是本……"毕竟是自个儿由"每日荷锄"中悟出来的,说得亲切,叫人怦然心动。

阿城所写,是平常之人(写王一生也着意强调其人的绝不起眼),却各有极脱俗处,这脱俗处就在对精神价值的注重。棋王将生命系于棋,"那生命象聚在一头乱发中,久久不散,又慢慢弥漫开来,灼得人脸热"。树王将生命系于树,满山树倒,即"失了精神"。出奇的不只是"注重",而是超凡的执著,生死以之。这份精神信仰,正是文人、知识者所特重的,阿城不过将人物所系念的(理想、信仰等等),换了较为寻常的物事,如棋("玩物丧志"的"物"),如树,如是而已。

即使曲终奏雅,见识不远于"常谈",如此郑重其事地写吃,谈论吃,已足够惊人。"食文化"已近于雅,赤裸裸的"吃",无论在哪个民族,怕都是属"俗"的。吃本身不便也不宜言说,尤其不宜细说。就是今天回头看阿城写王一生的吃相那段文字,仍会觉怵目惊心。古代中国的名士,其异于凡品处,常常就在能得俗雅间的调剂,在雅俗之际有见识的通脱。阿城的写吃,略近于奇人狂士行径。此一种"写",作为象征行为,已够有力的了,不必于"主题"上再事苛求。何况中国古典小说,魅力通常正在叙境;纵然"终归团圆",叙事中也仍时有奇境、奇趣。阿城小说,亦适于这样的阅读趣味。

人们惊讶于阿城,也因久已冷落了中国的传统小说。这正如 1940 年代张爱玲引起的惊讶,多少也因新文学的读者久已冷落了旧小说那样。文坛上常有"轮回"的事,如回复文言趣味,如起用通俗小说笔法,如笔记小说、小品的再度行时。有意"做旧"或以"旧"为新,是通常"出新"的路子,且比之来历未明莫名所以的"新",更易于被接纳。这里说"新"、"旧"未必确当。文坛非如服装市场似的一味以"近"为"新"。阿城写小说,取径略近于史传文学、笔记小说(那"本土文化风味"其实也自文体中来)。写王一生、肖疙瘩、王七桶,就有写"异人"的文人趣味。田间市井间的异人也是"异人",譬如《儒林外史》中的"市井四奇",譬如汪曾祺所写"故里三陈"、皮凤三。看《棋王》中王一生所为,就决不平常,是非常之人非常之事。王一生的吃相固然俗,但写这俗却足以成就一种雅。中国文学中,写俗人俗事,有时正出自雅人深致。中国文人久已炼就了某种通脱,炼就了对异人、畸人的鉴赏眼光。传统社会太"常态",倒是由反面鼓励了对"异常"的兴趣。因而文字陈迹中,偏多关于狂怪行径的记述,不能欣赏"异"、"畸"的,适足以自白了见识的固陋。

　　欣赏民间奇人、异人,也出于中国文人式的文化信念:礼失而求诸野,相信野唱的樵夫、荷锄的田父、野老间藏龙卧虎,有异人异才异智。文化亦如歌子,一脉流淌,从未真的被阻断过。"街子哑了歌声,山里却还有。"(《树桩》)阿城的初衷,或许在肯定平常人生、俗常人事的,譬如吃,譬如弱手摺书页,譬如平了头荷锄,激情所注却仍不免在"非常",人物也仍不免有车轮大战式的英雄之举,这里头怕就有传统文人趣味的诱惑。

　　古代中国文人并未经由他们的"近俗"达到近代意义上的平等论。或许雅俗观念先已限定了思维边界。雅俗之际最能见出中国式文人的文化处境:他们极力打出观念壁垒、旧有的秩序层次网络,时有所悟,这悟者自己,却仍在网络、秩序、壁垒中,在其士、文人、知识者的角色中,在其欲走出的视野中。我这里只说"处境",无意于在中西思想间判断优劣。汪曾祺、阿城们经由中国文人式的思路,达至对凡俗人事、世俗人生价值的理解,这一种"悟"自不可轻看。且不说他们各有其得自大动荡、大劫难的个人体悟,单看数十年间有关思路的被废置、被遗忘,就不难理解他们的作品所引起的惊喜。对于读者,那或不是启蒙,而是点醒——将模模糊糊的一种观念记忆弄醒了。

　　至于阿城叙事的质直,与"生活流"、与"淡化"均无干系。那平铺直叙亦应出自与古代小说家相似的自信,相信叙说本身的力量,不假过多的形容。如季红真所说,阿城是个"大故事篓子"。较之其他同代作者、知青哥儿们,他讲故事的技术更精到,也更节制,尤能于平淡处讲出味儿来。白、平淡、平铺直叙,是叙事策略,而非对生活的态度。阿城并无仙风道骨,无所谓"出世之姿",这不但可以证之以他的写吃,证之以他小说中浓厚的反讽意味,而且可证之以他对意义、主题的注重,不惜反复点染。说得白,有意淡然,也是特殊形式的强调。岁月并不就能消尽了火气,阿城没有与年龄、阅历不称的道行——像他的有些同代人不胜羡慕的那种。说庄禅在阿城,何尝不也是策略、有意的姿态设计。"说出来的不是禅"——他自个儿就说过。知识者活在现代中国,要飘逸怕是太难太难。周作人说自己"从小知道'病从口入,祸从口出'的古训,后来又想溷迹于绅士淑女之林,更努力学为周慎,无如旧性难移,燕尾之服终不能掩羊脚,检阅旧作,满口柴胡,殊少敦厚温和之气"①,真是无可如何。但阿城如此强调王一生的世俗人生体验,写并无政治色彩的棋里搏命,仍有另一种暗示:即使在"文革"中,在知青历史中,在政治文化铺天盖地无所不笼盖的时期,也有寻常人生,有衣食住行一类琐屑人事,有每日荷锄中的怡然自得。此中自有人生真味。阿城属于从"大事件"中走出来的一代。将他这类强调或暗示置诸同代人的作品间,方可见出各人由那经历中提取存储的有怎样的不同。

"三王"中,《棋王》与《孩子王》皆佳,前者奇警,后者朴质。《树王》虽不乏精彩,却嫌火爆了些,是刻意之作。在《孩子王》似的质朴如白土布、蓝印花布似的叙说中,似乎更有那段人生的颜色。此作的情节时间,应是"文革"后期,其中知青的"我"已老于乡村("在生产队已经干了七年"),叙事文字、叙事态度,就令人感出七年岁月使"我"平民化的功效,话语间浸透了土色。如人物说"我虽去教书,可将来大家有什么求我,我不会忘了朋友。再说将来大家结婚有了娃娃,少不了要在我手上识字,我也不会辜负了大家的娃娃"。这或不叫"复原"。这话语本身已全是

---

① 周作人:《雨天的书·自序二》。

"悟"。"白"到这样,才白得有味,白得意味深长。我猜想阿城写到了《孩子王》,才更悟出了话语、叙事的功用。只是这境界似也可遇不可求,一现之后即难以复得。

阿城的文字似本色而极人工,这"人工"之于一个文人或又正属本色。阿城的文字显然是赖有训练的。《棋王》写王一生闻棋兴起,动手前"紧一紧手脚",精简传神处即近于古典白话小说。他只是不蹈五四以还的"新文艺腔"这一种"故常"而已。一点文言趣味,一点被摝荒搁生的古典白话小说笔调,在创作界普遍的熟语滥调间,自然令人觉得"生"、"新"。状物的生动又来自画家式的入微观察。如《树王》写"小娃眼睛一细,笑着说",写麂子"黄黄的一条,平平地飘走"。阿城不走有意粗粝的一途,他的文字虽极力地白、质直,却是精心提炼过的。呈现于阿城文字的,是整饬的世界。"三王"以及《树桩》,均可读做关于文化荒芜及其拯救的寓言。有拯救,即未全荒,不是一片沙漠。如《孩子王》里,"我"即于荒芜中醒悟;此外还有王福的抄字典,来娣的歌。因而大不同于莫言、郑万隆笔下强人横行的旷野,这儿是一种不乏融和的荒芜。阿城的平和,不峻厉,亦因"信念"。信念、文化精神,即见诸文字,文化意趣浓厚且"整饬"的文字。

只这样,已足以与文坛流行作品面目不同,也与同代作者所写"知青文学"不同。这文字,这神情,是在那么长的岁月中蜕变生成的。他已走出了那"过去",只于文字间留下了那段生活的风霜颜色。

过度提炼的苟简,也会作成限制,一旦用了常规的写法,即顿见平庸。情况类似的还有李锐,写"厚土"一组太用力,像是写绝了,难以为继。何立伟更是极端的例子。以尖新取胜的,不能不更求尖新。太特别的往往难以经久。有了醒目的"风格"标记,怕已是被那"风格"框住的时候。阿城走的是险道、狭道,他成功在这奇险处,也会在奇险上过早地耗尽了气力。文字也如人,骨相清奇者,未见得长寿。"极致"在作者,不一定是福,尤其来得过早的极致。你一再由文学史上看到,作者像是压倒在其辉煌的初作下。小说家大约是得有一点儿平庸的。老舍、沈从文,多产而写得持久的,都有其平庸处。有常有奇,才更合自然。因而倒是那些未曾惊人,但风格不局促、舒张自然的,其创作的前景未可逆料。近读王安忆《写作小说的理想》一文,其中说到"不要语言的风格化"、"不要独特性"等等,应是悟道之言。

韩少功

韩少功的作品证明着他属于他那一代,却又正是这作品难以归类,难以归在某些明显的代征(包括代的文学特征)之下;他的写乡村的作品,亦难以归在由同期乡村文学抽取的论题之下。"知青"这历史角色在他那里并没有剥脱,而是更内在化了。他以其"属于"与"不属于"证明着一种人与其过去的联系。

韩少功也如他的同代作者中最常见的那样,初作决不使人想到其已在乡间"脱胎换骨",倒是发现数年知青生活之后,口吻依然像当年下乡时的中学生。那种学生腔,或也是一种流行的文调,只不过初出道者更容易为其所囿罢了。

知青作者中乏奇才,乏不羁的才情,或也既因早年的训练,又因了日后训练的不足。写得恣肆淋漓生机勃发的,是同代作者中非知青(非"插队知青")的莫言、刘恒等。知青作者的初作大多幼稚,有中学生作文(或大学写作课)的气味。阿城似乎例外,但他出手较迟,或许把幼稚的习作阶段掩过了。幼稚者的匠气自然不同于写熟、写油了的那一种,除了才禀外,也因太守规程,或因手段不多尚无游刃的余地。在韩少功,大约还因太浓厚的知性趣味。据说知性、理论嗜好都多少于"生命"有妨,看来这种说法可由韩少功、阿城的文体取证。

韩少功的小说,到《归去来》等篇已入佳境,找到了感觉也找到了形式。那种亦幻亦真亦虚亦实极具象又飘忽的境界,写得精彩而绝不逞才使气。这后一点也要紧。韩少功的谨严持重节制一笔不苟的认真劲儿,令人有信任感,这也利于造成特殊的阅读效果。《归去来》有鬼气,《雷祸》、《蓝盖子》、《爸爸爸》、《女女女》也有。但又不全是《聊斋志异》的那一种,至少经验根据不是。一个人被误为全不相干的另一个人,经了反复的提示、暗示、自我暗示,终于进入角色,认同了那"另一个",如鬼附体(《归去来》)。现代心理学的依据不论,还应有知青式(或其他类似的外来者、闯入者)的乡村经验。"熟悉",是传统社会的特点。沈从文爱说"日光下头无新事"。"熟悉"来自生活的凝滞重复,人的经验的狭隘重复性。韩少功屡次写到类似的经验:似曾相识,似曾经历,因过分熟悉而使人有梦魇感。《女女女》写"我"由省城回陌生的家乡,岸边小码头上,"有熙熙攘攘的家乡人,三两聚集低声言语,好像很有默契地向我瞒着什么。我总觉得身后有人叫我,回头看,是一个黑脸汉子喊他的丫头"。杂货小店里桌边围坐的几位老人,"又瘦又黑,言语腔调都酷似我父亲,不由得我心头一震"。人事在极单调重复中终于古老到怪异,固态化的时间尤其会令外来者的世界感知脱出常态。

《归去来》中的经验,还应系于现代人的深刻自疑:我是谁?我不是"马眼镜"(那"另一个人"),但我也可能是、不妨是、或许就是他。"我"的绝对性被打破了。那么,是否有一个"我自己",与任何"非我"绝不混淆的"我",这个"我"又是如何确认的?你会相信韩少功有一点玄学兴趣。他可以算做那代作者中最(?)理论化的一位。你也可以不接受上述玄学式的思路(或暗示)。小说中的"事件"很有趣,写得诡异而真,足以引起兴味。全作构思精巧、形式圆整,即使不含理论命题,也已不失为佳作。其中"我"与乡民的短短对话尤有情境感,颇堪回味。

在韩少功的感觉中,乡村早已苍老。"我感到我们已经滑到了地球的边沿,峰那边一定有沉睡着的几个世纪。"(《诱惑》)作者屏息体验着这深山里的生命状态,在对乡村苍老的感知中,探访着乡村神秘。苍老与荒凉,是最令韩少功为之怅然的乡村记忆。前于《归去来》,《远方的树》就写到过知青人物在乡村所经验的"时间":"眼下这一片黄沙土的大地,好像是被人们遗忘了的世界角落,太寂静,太单调。好像时间都凝结成黄色的了,不动了。在黄色的时间里,没工夫希望和回忆,只有流汗和大口大口地喘粗气,日复日,年复年。"《史遗三录》里则说:"我曾下放湖南省汨罗县务农六载。""……随老农开荒时曾掘出大批铜矛铜镞,轻捏即成粉末,怵然察出脚下荒岭原是铜器时代的惨烈战场,禁不住惶惶四顾心空良久。"① 韩少功终于找到了传达上述微妙的时间经验、历史体验的话语形式,使似不可言说者形之于文字。

瞬间停滞或重演,其背后有乡村中国无尽的荒凉与苍老。如此地感觉着乡村者,由寻常人事也会读出怪异,领略到不知何来的神秘暗示。比如《雷祸》所写乡民抬尸体下岭的寻常情景。"那一群人已下岭去了,时时还见老妇揪住门板俯仰,却像无声动作,但闻雨声沙沙。泥污中留下一些脚印,有大脚的,有小脚的,有胶底的,也有草鞋和木屐的,凸凸凹凹如一些深意难解的浮雕,一会儿,就被雨点溅洗得模糊了。这景象不可久看,否则必生出些莫名的不安来。"

韩少功这一时期的作品,常常有意疏忽了常规叙事的程序要求,而在一些似无关大旨处加意形容,细节处逼真到可怖,以强调、暗示(似大含深意又似并无意义)使意境混茫,借以逃遁着批评者习用的主题模式。写乡村,他凭藉的更像是综合化了的总体感觉。即使具体的情境记忆也更是感觉记忆。这种"记忆"是在事后的运思中被唤醒与强化了的。记忆方式已足够使韩少功的乡村故事与朱晓平的故事状貌大异。韩作纵然看似很"感

---

① 此作写于1985年,与阿城作品似有风格上的呼应。仿古代笔记小说,亦一时时尚。

觉",仍然令人察知浓厚的理性趣味,这也注定了故事难以源源产出。这一种心智活动必有苛刻的条件要求——外界的以及作者个人状态的诸多条件。

《爸爸爸》亦属奇文。虽然铺张了之后未必比之浓缩更见功力,境界毕竟大了许多。在长卷中也如在短制里,韩少功更善于经营的,仍然是具体情境,因而拆碎了尽可相对完整的片断。写女人们自相惊扰,写丙崽娘、仲裁缝斗法,夸张变形均有异样的生动。在较宽裕的空间里,韩少功更发展了叙事的非常规性,任记忆碎片在笔下变形,胀缩扭曲又重新拼合。《爸爸爸》较之《归去来》也更有寓言性。统治着这世界的,是无名——"不知来自何方"的村寨,语义未明的古歌。这无名世界汇集着诸种经典性的乡村图景:村妇的舆论制作,械斗,唱古。这里有通常的"乡村历史",有"起源说"(照例"模糊可疑"),有乡民的定居与播迁。这里甚至有大凡村落必备的种种:"寨前一口水井,一棵大樟树","老得莫辨男女"的老人("村寨所常有的活标志")。但作者感兴趣的,却仍然不在常态,而在看似常态中的意义未明的方面,比如意义含混的话语,以及含义模糊的行为语言。小说写丙崽娘传播流言,写仲裁缝在村民中的地位的那些文字就颇见精彩。

> 她圆睁双眼,把一户户女人都安慰得心惊肉跳之后,才弯起一个指头,把碗里的茶叶扒起来,嚼得吱吱响,拉着丙崽起了身,严肃认真地告别:"吾去视一下。"
>
> "视一下"有很含混的意思,包括我去打听一下,我去说说情,有我作主,或我去看看我的鸡埘什么的,都通。但在女人们的恐慌中,这种含混也很温暖,似乎也值得寄予希望。
>
> 实在是看鸡埘去了。

仲裁缝在寨子里是个有"话份"的人。"话份也是一个很含糊的概念,初到这里来的人许久还弄不明白。似乎有钱,有一门技术,有一把胡须,有一个很出息的儿子或女婿,就有了话份。"乡民日常的话语世界,也如其历史文本(古歌),由种种含义可疑的话语构成。模糊,亦是古老文明的话语特征。

在这篇作品里,作者依旧用似随意又似大含深意的强调、暗示以有意的误导,使你难以循习惯了的路径追逐"意义"。那个诠释,却未必真的像看起来那种有意义深奥。韩少功的感知能力似乎是专为探寻乡村秘密、破译文化密码而具的。他的叙事富于知性趣味,知性趣味自然出自局外态度(二者也难说孰因孰果)。写作《归去来》、《爸爸爸》时他自己并不投入,也不诱你认同(似也无可"认同")。非常规的话语—叙事,足以造成间离。他以逼真的描叙,示你以虚构性、猜想性,所写村落,似有若无,"历史"似是而非,充满了悬疑、不确定性。人物的"本质"更无从考定。较之事件,你被迫更关心他的叙事,被迫留神他以诡谲的眼神示意你留神的情境、细节。这里有韩少功的叙事策略。

韩少功是知青作者中有异能者,却也如其他有异能者一样,易于出奇制胜而难以经久。所幸他有才华却不"横溢",使用得极节制。他写作品也确实不能以总体气势胜,比如不能莫言似的酣畅淋漓或张承志似的大气磅礴,细部局部刻绘之精细与出人意表,同代人中却无可比并,尤其那种使情境暧昧飘忽迷离惝恍的笔致,在同期文坛上更是一绝。湖南作家或因楚地巫卜文化的熏染,长于出"鬼气"(残雪更是适例),但如韩少功这样将"虚化"与极现实的批判意图结合得似无间隙的,究竟少见。同期文坛写乡村神秘追求文化意蕴的,常乞灵于佛佛道道或晦涩难解佶屈聱牙的"历史文本",用了文白夹杂似通非通的表述,韩少功却另是一途。或许因为对"乡村神秘"的感知原就不同,也因为互不相侔的达到"神秘"的话语能力。

《爸爸爸》中的乡村(或不如说"乡村中国")历史毕竟不是一场噩梦、一出荒诞剧，这历史也有其奇异的庄严。小说结尾处"老小残弱"者平静地甚至优美地就死，青壮年为了生存而悲歌远行，境界极其幽深，读之令人肃然。集体自杀的极其理性与无理性的械斗相映，毕竟复杂化了你的历史感受。当此之际，甚至乡民的唱"简"(即唱古)也有庄严意味，于天真、简朴、荒唐无稽中，展示着乡民顽强的生存意志，乡民社会积久的……动魄地使写到这儿，作者也没有放弃他的批判……演出的，不过是又一度的生死轮回，丙崽的不死于剧毒的古怪生命力，是意味深长的象喻，使你在震惊于乡民的生命力时不无沮丧：这不死的生灵不过使得他所属的社会更其黯淡无望而已。

由一个局部——比如写女人的场合——或许更容易看清"记忆"变形的过程。韩少功曾经用常规方式写女人，尤其写被认为"好女人"的女人(《风吹唢呐声》、《谷雨茶》、《那晨风，那柳岸》等)，同期所写乡村，也是温情脉脉的文学中久已熟悉的乡村。到《雷祸》、《爸爸爸》等，笔下的女人神情大变，她们似乎一味鬼祟，喊喊喳喳，贴着墙根窜来窜去，有某种古怪的动物癖性。这种动物癖性在《女女女》中更被大事渲染，以至篇名如同恶谑。此一时期，作者写乡俗人情，笔调也转为冷峭。两种女性角色在不同的意义结构中都更像是功能性的存在，后一种角色意义更在对"熟悉的"乡村情境的反讽，也是对乡村文学中习常语境的反讽。"记忆材料"的变形不只是发生在"时间"中，它更是发生在变化了的感知方式、理论态度中，更适于作为"新的"思想材料、形式手段整理加工"记忆"的例子。

《女女女》较之《爸爸爸》，意义更其芜杂，讽意也更为刻露，因而适于作为一种变体的极态，一种试验的段落记号。其中一个本像是祥林嫂式的女人终于蜕变到使你无所用其悲悯，另一个看似地母般的农妇却很可能是杀人者。作者有意戏弄你的接受期待，戏弄你的阅读习惯——以人物"性质"的似是而非，情节的若暗若明。又是你已领教过的本文的策略。寻找整一的(更不必说"熟悉的")意义世界成为徒劳,这种拒绝的手势被认为大含深意。

"等待"是此作中别一个暧昧的意符,可以孤立抽取,似与上下文不相连属。或许即是作者个人情境的象喻,喻示着韩少功本人面对世界时的困惑。那是"我"回乡的路上,"一座座不动声色的山门,把人引向深深的远方,引向一片绿洲或一片石滩,似乎有一个人曾经在那里久久等待过的地方"。"我"走在家乡的柳树林中,"小路这样寂静,仿佛有个人刚从这里离去"。"我"驾驭摩托在城市街头,"或许,能使我在前面的路口拐弯之后,遇见一个什么人——我没见过的但等待着的人"。你或许由此想到了充满偶然事件、充满邂逅与错失的现代人生,想到这《女女女》的世界正如"我"等待中的"有个人"、"一个人"是否实有一样不可测定,但你也会想到"等待"也是知青经验,知青历史即是一场漫长而充满诱惑的等待。这经验自然不像《等待戈多》那样深奥,却也有助于体验知识者普遍的存在状态。

置于知青作者的乡村小说中,你会发觉《爸爸爸》之属令人难以认出"知青经验"的明显迹象。即使你如上文所说的那样察觉到了"主体",这主体也缺少不可替代的知青标志。本来,"寓言"的普遍品性,是排斥过分时期性、个人化的经验的。作者的情感态度尤其与任何一种"乡村怀念"无干。语调的冷然不全由于节制,也因所写种种,无所用其同情,无所用其俯怜众生的悲悯情怀。这"无所用其……"作为态度,一向为中国读者所陌生,因而鲁迅《野草》中的《求乞者》、《复仇》、《颓败线的颤动》等作太费解。但到了这个时期,这种态度在创作界竟也渐渐普遍化了。滥施悲悯使人平庸,善恶二分则使见识平庸。叙事语调的变换中应有超越平庸的愿望。由是,你感到知识者与乡村与乡民的关系在变化中。你相信韩少功仍然有其乡村怀念,甚至未见得整个放弃了"田居"的梦①,但回望中的乡村却已渐次改变着状貌。即使有一天他真的赋起了"归去",回到的也必不会是"原来的"乡村。

韩少功是在对乡村的不断回首中,渐渐显露出成熟的魅力的。他的作品可以看作这一个人走出知青历史的象征。他写过不止一篇关于知青生活的小说,《飞过蓝天》写得一派严肃,充满道德感,其中那个普遍颓废中的悔悟者,也像张承志《阿勒克足球》中痛苦而孤独的北京青年。"知青文学"的主题之一,就是"跟自己过不去"。到《远方的树》,这个写小说的知青,已放弃了对待"知青的过去"的上述态度,叙事语调显然有反流行调子的意味,用习见的故事框架写出了意蕴不同的作品。叙事者、主人公,以拒绝虚伪,拒绝故作多情、故作深情、故作庄严状,显示了某种超然,尽管小说收束处淡淡的惆怅与关于"大地与树"的诗情发抒表明了"不能忘怀"。在韩少功这里,每一蜕变都显得艰苦,每一作的产出都非易易。这刻苦谨严的姿态,也应当作为那一代作者给予文坛的纪念。

梁晓声

梁晓声是以写知青生活奠定了自己的文坛地位的。他的特别处还在提供的"过程"的完整性:从初踏荒原到大返城到淹没于"城市"。梁晓声的特别更在"兵团"这一组织形式对于他的经验的极端重要性,这一点即使在同出兵团的知青作者中也引人注目。因而梁晓声或许属于最后一代古典风的集体主义者——如果能证明红卫兵式的兵团式的准军事组织形式不再被起用的话。

应当承认,出于梁晓声特有的知青情结、北大荒情结,由他

---

① 参看梁预立《诱惑·跋》,《诱惑》,湖南文艺出版社版。

反复运用的那些个历史名词、专有名词(从"兵团战友"到"返城知识青年"、"返城待业知青")特别浓厚地散发出那段历史的特有气味。他似乎还爱用"隶属于"这种说法,不无自豪地宣称:"兵团战友,仅凭这四个字,两个北大荒返城知青就可以互相产生信任","它是一代人的'口令'"。他在《雪城》中,甚至分析性地描述了"兵团战士"所意味的特殊气质。不妨认为,他的作品集中了最为丰富的"兵团现象",只能由"兵团"解释的知青现象,大可以此充当"知青运动史"的一个方面的材料。"兵团现象"证明了梁晓声更具体地体验"知青情境"的能力。他对于"知青题材"的依赖,具体地把握一种知青情境的专注,都使他符合任何一种最严格的有关"知青作者"的界定而绝无争议。

梁晓声作品的知青气质还表现在,其将以下两种知青情绪宣泄得淋漓尽致:一代人的委屈与愤懑、失落感以至受骗感与自我人格力量、人性深度的自豪。梁晓声所提供的最惊心动魄的场景,我以为是《雪城》开篇处的知青大返城;这"返城"正因"兵团"而挟有撼天动地的气势,是充分宣泄上述两种情绪的最适宜的场景。类似场景,尤其类似气势,在知青文学中是仅见的。知青之作多涉"去留",却唯梁晓声抓住了这一瞬。这犹如一场大溃退的返城狂潮,是怨愤集中爆发与意愿集中倾诉的时刻①。《雪城》的不寻常的起势,使前此梁作中的豪语、不无自恋的牺牲表白显得苍白孱弱。是作出版时,距其发表《这是一片神奇的土地》已有六年。他以上述场景及充溢其中的情绪,表明了他本人距《这是一片神奇的土地》式的主题已是多么遥远(即使两作间仍有深层语义的相通)。

正像他把知青英雄主义("征服"欲望,功业追求)写到慷慨悲壮,接下来他也把知青的历史债务追究,把知青的命运嗟叹写

---

① 小说在这里写到了这"成熟了的一代人长久积压的委屈和愤懑","这逝去了青春的,心理和精神上都感到疲惫不堪的一代",等等。

得迫切沉痛。与他同期写作的知青伙伴,有的正是在上述诸种知青主题上,有意含蓄、有所保留(或曰留有余地)的。因而梁晓声更能表达一般情绪,其作在知青文学中更有"大众文化品性",而那些含蓄、诸多保留者,其思路倒可能出乎同代人通常思路之外。优劣不论,正如梁晓声是名实相符的知青作者,他的作品也是更充分的"知青文学"。至于"知青文学"应由较具大众品味者或更有精英特征者"代表",则是另一个问题。

借"债务"这样尖锐的问题[①],也如凭着返城狂潮涌入城市的那一瞬,便于将其他作者含蓄化了的、或零碎分散见于其他知青之作的知青情境写得集中强烈、淋漓尽致。这里有知青返城之初的困境:在拥塞狭仄的城市空间找不到自己的位置,与"知青历史"连结的"价值"受到质疑、嘲弄,失却了群体依托后的孤弱无助,等等。像"十一年前历史轰轰烈烈地欠下了债"这样的说法出现在《雪城》中不应使人感到意外;梁晓声作品对知青生活的艰苦性、对知青英雄气概的强调,自始就含有历史债务的追究与补偿要求。这里有梁晓声的历史经验形式与历史记忆。主题模式虽有变易,他的知青小说,毕竟有更具连贯性、贯穿性的东西在。债务——代价,是由不同角度谈论的同一问题。对于此一思路的执著,使梁晓声的小说更有狭义的"知青"性质。他主要不是由"知青"出发探究历史问题,而是由"知青历史"出发提出问题,其问题(债务、代价等)更系于知青这一群体的特殊利益。这一时期其他"代"的作者(包括支付了更高昂代价的流放者),纵然语涉"代价",也会极力隐微曲折。出现于《雪城》中的返城知青的确更像一个利益集团,一个向"城市"、向历史追索欠款的集团。或许正是有关思路使得梁晓声的小说语境显得狭隘,我却宁愿欣赏梁晓声的问题的直率性。不少作品写到的知青返城之初遭遇的冷漠与警戒,无不根源于"利益"这俗极了的

[①] 小说确也写到返城知青的"索还心理":"向社会"索还"他们失去的一切"。

题目。

一时的知青文学好说"代价",不能自禁,又闪烁吞吐。我则欣赏两种较为极端的情况:超越得失思路的旷达,或者直截了当的利益计较。知青文学的确常病在狭隘(即缺乏普遍品性),却也病在温吞。救治上述诸病,或取超然,寻求"普遍",或取写知青情境的淋漓尽致——写到了极处,会恍然瞥见另一达于"普遍"的路的。

写"知青后"状态,梁晓声似与柯云路的经验范围不同。《新星》等作所写,主要是干部子弟的圈子,《雪城》虽女主人公亦"干部子弟",作者目光所注,却更在平民生活世界。两位作者的历史趣味亦不同:《雪城》反复使用的,是"兵团战士"一类称谓,柯云路的人物却已在大谈所谓的"代"。《雪城》更值得注意的,是此作由上部而下部,所提供的知青("兵团战士")消融于生活、消融于城市的过程。梁晓声的同代作者给你看了城市制作的结果,梁晓声却有意展示过程本身。小说写一个人物,"前几年她还看看所谓'知青文学'和'改革文学',如今也不愿看了。她在心理上早已与'知青'挥手告别……""城市"在梁晓声笔下,是新的生存情境的总名。不少知青作者写到人物在几年十几年隔绝之后,面对变化了的城市的失重感,其中《桑那高地的太阳》写此种经验尤为痛切。这是一种其缘由、其情境都极特殊的城—乡间的失落,与五四新文学所写知识者于城乡间的失落,与海外华文文学所写华人在世界城市与世界乡村间的失落都不同。梁晓声使用"城市"这语词,并不只取其与"乡村"相对待的语义,这里"城市"是相对于北大荒(另一知青情境)的陌生情境。对于这一代人,它不只意味着特定空间,而且意味着更换了的历史环境。

一代人在被"历史"精心制作之后,又被变化了的"历史"再度制作,是人类经历中并不多有的。不少作者写到了返城之初的知青处境,却难得如梁晓声这样细密地观察。这一人群本是值得作这样的跟踪观察的。对"普遍性"的偏嗜固然可救狭隘之病,却也会使作者错失了眼下过程可供提取的深刻性。经由知青特有的焦虑(主要系于评价难题),经由知青式的城—乡主题,经由知青一代的被历史塑造与改塑,亦可达于普遍,我们却还未见到这一种可能性的更充分的实现。

梁作中命运感的表达似乎与"代价问题"的明确化同步。长篇(《雪城》)使梁晓声能更从容地追究命运之来,再度将整个知青历史置诸批判性的审视之下。到了这一时期,如此大规模地回溯,已难见于其他作品。但命运感的深化毕竟不能只靠了反复的慨叹。《雪城》的慨叹不已,确也如作品中一个人物所说,有点像"迷信的老太太们"的絮叨。

在同代作者中,梁晓声无疑是个趣味传统的讲故事者,《这是一片神奇的土地》、《今夜有暴风雪》,满是惨情、苦情、哀情以及豪情、悲壮之情。他不为同代作者的文学实验所动,坚持以戏剧性动作,以悬念、突变等等引人入胜。他的创作的大众文化趣味,亦可由其作品的影视改编率证实。对特定语境的依赖使这位作者有力,亦使之脆弱。知青历史毕竟已成过去,它愈来愈有可能以别种方式述说。在真正脱出这一历史的作者,以至并无此种经历的另一代作者那里,这历史的更丰富的意蕴,或将不断地被开发出来。

附　录　知青作者的作品及其电影诠释

一

　　这是一个在新时期历史上极为活跃从事自觉的文化创造的群体，是一个各以其掌握的手段致力于"代"的形象、"代"的文化性格塑造，并以诸种艺术形式互为诠释的一代，是以阵容严整、活动领域广阔而影响到新时期文学艺术整体面貌的一代。这一代人，他们是极认真而投入、执著而入世进取的，爱憎分明却因太"分明"而少了一点雍容大度的，耽于自省的，富于理性批判精神和艺术创新意识的——这就是其中的大多数曾有过"知青"徽号的那一代人。

　　"知青"已是过时的称谓。对于本文涉及的文学及电影作者，已是一个不完全甚至不适切的身份符号。考虑到本文的题旨，姑且使用这个称谓，但是应当指出，即使"知青文学"——我指的是知青作者写知青生活的那一部分作品——这名目被认可并通行，"知青影片"的说法也难以成立。这不消说因为电影更是集体创造，与较为个人化的文学创作活动不同。但这并不妨碍被电影界归为"第五代"者拥有一个群体性形象，正如他们的文学界同代人那样；而且也像后者，在一个时期的作品中令人感到知青一代审视历史、生活的眼光与知青式的思索神情。由这一代人的活动构成的，是20世纪中国极其引人注目的文化现象，或曰"文化事件"。有关这一代人的文化性格、这一代人在各个领域的创造活动的总体考察,至今尚未展开。

他们本人却早在作着种种自我诠释——不但以其作品,而且以其直接的告白。尽管同属一代,面目仍人各不同;但既是一代人,总能令人发现共同的印记。当有人谈到陈凯歌"拍片太累,太沉重",希望他的创作"能够更加轻松、圆熟,不要总像背着民族的十字架"时,陈凯歌的回答是:"如果这个十字架是背在思考的深度和情感的执著上,那还得把它背下去,因为这是构成我个性的东西";"我虽然不是一个社会学者,不是哲人,无力为社会提出改革的最佳方案。但注入我思想深处的忧患意识和社会责任感,使我的内心常常是忧愤深广的"。① 如此清醒的自我意识不是产生在老于此道之后,而是在艺术生涯的早期,正出于这一代人由"知青历史"中获得的一份清醒。不唯使命感、社会责任感等等,这自觉意识,清晰明确的目标感,也是这一代人的标记。至于陈凯歌那种凝视历史与大地的"忧愤深广"的眼神,则一度成为这一代电影作者的典型神情,不断引起摹仿与自我摹仿。无论这情态合否你的口味,你都不妨承认,人们正是由此而生动地察知了创作主体,觉察到了一代人的气质、内在激情与仅属于他们的接受期待。在此之前,中国的观众还普遍地不习惯于个性化的电影作者的概念。这自然也因长期以来电影比之文学,更受制于流行模式、通用话语。说"玩深沉"也罢,说"故作高深"也罢,上述眼神—镜头运动,都培养了一种观赏趣味与观赏态度,造成了能应和这种思索与激情表达的观众层。

亦如他们的文学界同代人,这一代电影创作者探索的意义更在于启示,这由他们不断引出的争议也可以知道。他们尚未"完成",或许即永远在"完成"的途中。承启,是每代人的使命。这一代人之所以比之别代更令人想到"过渡",想到"中间物",也

---

① 本文所引陈凯歌语,均见《电影艺术参考资料》总第 183 期《思考人生审视自我——陈凯歌谈〈孩子王〉创作体会》一文。

因他们更为积极更为自觉的"承启"使命承当。

如前所说,"知青"作为指称正在失去其有效性。也与发生在文坛的情形相似,电影作品中的知青经验渐趋稀薄。对此,你由张艺谋的近作可以感知。这一代人正在走出那尾声太长的"知青历史",而且于蜕变中依然"自觉"。不必讳言大众文化品味在其间发生的催化作用,电影创作中有更直接的现代社会市场法则的制约。然而不论经由怎样的机制,知青角色意识的消淡都会引出诸种变动,一代人的创作前景正不可预测。1985年前后,文学界不止一位知青作者预约了新的形式以至新的存在方式(如张承志在《金牧场》中)。无论这"新的"是什么以及将会怎样,人们都不妨寄予期待。

二

新时期以来电影的文学改编,是各艺术门类间依存关系的一大证明。电影创作的一度繁荣,是凭借了同期文学的繁荣为条件的。电影改编中知青作品的备受青睐,则可以认为是电影界之于文学创作的肯定方式。

很难开列一张完整的清单。举其引人注目者,如阿城作品《棋王》、《孩子王》的电影改编,铁凝作品《哦,香雪》、《没有钮扣的红衬衫》、《村路带我回家》的电影改编,如《青春祭》——《有一个美丽的地方》(张曼菱),《张家少奶奶》——《流逝》(王安忆),如张泽鸣改编自孔捷生同名小说的《绝响》,如郑义的《老井》、韩少功的《风吹唢呐声》、陈建功的《飘逝的花头巾》的电影改编等。其中"知青文学"(即上文所说知青作者写知青生活的作品)的改编,即有如《孩子王》、《青春祭》这样的佳作,《棋王》、《村路带我回家》这样有讨论价值的作品。

由上面不免多所遗漏的单子亦可知,选中了知青作者的作品为改编对象的,决不限于知青一代的电影家。滕文骥的改编阿城之作,王好为的改编铁凝小说,张暖忻的选取张曼菱作品,是出于非同代人的知青历史诠释,这里又有某种经验的相通为条件。有人认为:"钟阿城、滕文骥、王一生尽管他们出身不同,但在那个年代,命运把他们抛在同一境地。经历过衣食无着的生活,经历过他们那个年龄该经历的一切苦痛曲折。当这皆过去之后,痛苦的升华是对人生世相的深刻彻悟。从而能平淡地对待历史与现实中的非人事实,把体验到的苦难提纯到一种形而上的高度来品味。"(何志铭文,载《大西北电影》1988年第12期《棋王》专辑)其他代导演对于知青作品的诠释兴趣中,包含着对那一代人的话语的理解愿望,因而他们所选中的,可能是以旧有的眼光看不宜于改编的,如阿城与铁凝的作品:原作别致的话语形式像是经不住任何"翻译"似的。或许正是改编难度刺激了二度创作的热情。文学文本的译解也是一种代际对话;仅仅这种理解与对话渴望,于今看来已是够动人的了。

电影的选择仍然与电视见出了区分。电视艺术理所当然地,更偏好通俗的戏剧形式,传统的叙事模式,以及便于诉诸情感的知青生活中的苦难、牺牲等等。知青文学中经电视改编成功的,即有叶辛、梁晓声的作品(《蹉跎岁月》、《今夜有暴风雪》、《雪城》)。电影中的知青经验则含蓄、意义模糊得多,改编者往往将原作中的价值怀疑、意义困惑也带进了影片。这种过于理性化的成分,是通常认为不宜于电影这种形式的;有关的电影作品却正由此收获了美感的丰富性,与较为复杂的意蕴——包括那些并非"知青题材"但有着知青人物的作品。由影视艺术的不同选择可以察知电影作者的改编意向:对于这一段"过去的历史",他们更感兴趣于知青们的人生感悟,更关心原作提供的审美创造的空间与阐释余地,为此宁可忽略了"过程"、"故事"。影视艺术的上述不同选择还由于电影作者对于知青现象作为一种文化现象的切入角度,以及借文学实验推进电影实验的动机。他们为此不惜艺术冒险,有意在较具难度的改编中一试身手。

然而限于电影特性的选择仍然有其边界、极点。我想,阿城作品即是位于"极点"附近的吧。电影改编明智地略过了张承志那些大气磅礴的佳作,放过了王安忆、韩少功最优秀的小说。实验小说一向与电影缘分较浅,阿城小说的改编也难免成为争议的题目。这无疑提供了比较研究电影—文学形式,研究电影、文学各自的可能性及其间"接合"的机会。然而又不妨认为,正是由改编"肯定"了阿城小说固有的某种通俗性质,文学研究中有意无意地回避的通俗性质。阿城是个"故事篓子",而且是个善用习常的方式讲故事者,这一点或许正是由电影作者们明确指认的。

值得留意的还有,知青出身的电影家在改编当代文学(包括知青文学)作品时,反而并不像前代导演那样对原作小心翼翼,这一点我在下文中谈《孩子王》的改编时还要再次说到。这一代人亦如他们的文学同伴,更乐于显示个人化的阐释眼光与阐释兴趣,用以阐释的自己的话语,即如《黄土地》对文化史,《一个和八个》对政治史,吴子牛的战争片对于战争史的阐释。他们在改编与创造中凸显自我,强调历史眼光的个人性、现在性,追求脱出既有历史文本话语规范的陌生陈述。在对同代人的文学文本的阐释中也同样既入又出,极投入同时追求创意。对此,陈凯歌的《孩子王》、张泽鸣的《绝响》均为适例。

《绝响》原作,因于当时文学界的一般风气,有一个明亮的结尾:

> 冠仔引颈看着韵芝袅袅婷婷飘出来。
> "……广东音乐主题变奏曲《雁影》。根据——"司仪打了个顿,飞快瞥一眼手中纸片,"欧老枢原曲改编。"
> 此时,冠仔忽觉幽香袭人,转睛一看,身边的空位已有一妇人入座。
> 她就是小红棉。

悠远而动人的引子开始了。

同名影片对于变动中的城市道德面貌却未敢乐观,因而一个为死者昭雪的故事,改成了死者被再度剽窃的故事——更适于张泽鸣的感伤的故事。也缘于风气转移中思考的深刻化,两位海南老知青(原作者与改编者)的合作,使作品有了一个意味复杂的收束。

当落入这一代导演手中的,是文坛上更年轻者的作品,他们的改编无意间会暴露出自己所属一代的某种顽固情结,如对道德纯洁性、对"赤子"状态的迷恋(知青作者的作品中常有童年怀念),如在价值颠覆、调整中的文化困惑与适应不良——张泽鸣的《太阳雨》(改编自刘西鸿小说)、黄建新的《轮回》(由王朔小说改编)即是适例。前者较之原作,平添了一层游移与感伤,蓄意强调了人物的选择难题;后者则以婴儿照片与人物的自杀结局,强化了原作中的怀乡冲动及王朔作品中原极浅淡的创伤感。这无意间呈现的代际缝隙中仍可以见出这一代人的诚实。他们以改编为自我诠释,他们没有也无以逃避自己。却也正由此种诠释的个人性中,显现出"代"的姿态,"代"的群体性特征。"代"的性格是以极个人化的方式完成其自我表述的。在历史流转、人事代谢中,每一代人都只能占据自己的一方位置,面对"历史地"铸就的自我。可以引为幸事的,仍然是那作为"中间物"的一份清醒、自觉。更可引为骄傲的则是:他们依然是电影王国中极其严整、拥有真正实力的一代。

三

知青生活、知青状态、知青人物,当然不只呈现于知青题材影片。有关的状态、人物、场面、情景,作为历史情景中人所熟知的一部分,注定了会反复出现在文学艺术中。《张家少奶奶》亦如原作,知青下乡,被作为特定时期家庭戏剧中的一幕,而电影呈现那种伤心惨目的送别场面也格外相宜;倒是如史铁生《插队的故事》所写的平平淡淡"一切都太简单"的送别,像是只宜于文字表现似的。该片中的知青创伤,也是影视作品反复呈现的。这里值得提到的仍然是改编选择——知青作者中,王安忆几不渲染知青苦难,不以刻意的"苦情"动人,在原作也在改编中,知青情境只是整个失去了和谐的世俗风情画的一个组成部分而已。

"拨乱反正"时期推出的《勿忘我》,以知青人物为主人公,却难以归入"知青题材",因为它并不就是以"知青生活"为特定对象的,人物的知青身份并不为作者所关注。亦如早期知青文学(如叶辛的作品),这里有一个"文革"中落难者的后代的故事,关心的是"伤痕",是人生价值的损毁与重建等流行主题。而无论创伤还是其疗治,都并不真正属于"知青历史",与知青情境无必然的关涉。倒是另一部也非知青题材而有知青人物的《绝响》,更有知青的命运感,有那段历史的沉重黯淡的颜色。

《飘逝的花头巾》作为主要呈现"知青后状态"的影片,令人看到了那代人的颓丧迷惘与重新选择,他们承受的"城市压迫",以及作为新的命运的竞争中的紧张。这些,都多少令人想到一点张辛欣的《在同一地平线上》。可惜影片亦如原作,在处理复杂的精神现象、"命运"主题时过于道德化了,远未达到张辛欣上述作品的水准。

倘若你先撇下那几部优秀的知青题材影片而较为广泛地巡视有关作品,你会感到如此复杂、内涵丰富到不胜发掘的人文现象,其电影形象竟是普遍地清浅。你因而有强烈的不满足感。你甚至会抱怨电影界的这一代人比之他们的文学同伴,在自我历史诠释上做得太少,多少辜负了那段岁月。这并非苛求。

四

青影厂拍摄的《我们的田野》、《青春祭》,在普遍的清浅中显出了深沉。两部片子都近于诗体。《青春祭》更是精心保留了原作的诗式特征,但却是不同韵味的诗。《有一个美丽的地方》(张曼菱)属于知青文学中较早的作品,亦如那一时的同类作品,于怀念中有所谓"淡淡的哀愁",却仍不失为柔曼明丽的诗且诗意清浅,迥异于改编之作的沉郁。《青春祭》因而像是极逼近原作(甚至直接用了大量原作的话语为旁白)而味儿大不同。

这片名很贴切,旁白则时如祭典上的喃喃低语,境界的幽深,是早期知青小说的怀念之作所缺乏的。若有所思的镜头运动、人物疲惫的神色,使全片满蓄着并非原作所有的沉重感。民俗材料(傣族生活画面,尤其傣语),也赋予了仪式行为必有的神秘性。这是对"过去"的祭典,是在一段历史的终结式上的反顾、回首,顾盼之间"历史"自然涂染了反顾者给予的颜色。文学文本,原作中的话语,经由了"念"——电影声音,构成影片的调性符号。然而即使有了大段的念,影片的调子仍然更由画面、由视觉形象造成。结尾尤为幽深,于旷远迷蒙中,完成了"祭"的意境。

《我们的田野》、《青春祭》都有画面的精美。《青春祭》的神秘意味,意境的深邃,更染有二度创作中的审美意绪,所传达的,是比原作浓烈的诗情。尽管《我们的田野》、《青春祭》的怀念主题,是由一时知青文学中汲取的,电影较之文学,却像是更依赖于感伤传统(上述张泽鸣、黄建新作品中的怀乡冲动,多少也由于对既有的电影语言的因袭),更宜于表达怀念中的留连低回。只不过到《青春祭》改编的 1985 年,已不复是情绪单纯的"怀念的年代",文学中的历史感情已大大地复杂化了。"祭"的意境,多少出诸复杂化了的情感态度。《我们的田野》也隐约透露出长期困扰着知青文学的那一"评价难题"。

《我们的田野》并非改编自梁晓声作品,却似有梁晓声式的"北大荒情结",隐约可见一时文学作品中的情节模式与情感形式。非改编之作的上述情况,更是文化环境、文艺时尚影响、规定电影创作面貌的例子。电影观众像是一向比之文学读者更保守,更受制于既经形成的观赏习惯,更倾向于接受常规方式叙说的"熟悉"(虽然已经了局部的调整、改装)的故事。电影适于将不免多义、歧解的"思想"化为更普遍性的"情绪"(比如怀乡)以便诉诸公众,这也属于通俗化的制作程序。梁晓声的作品是知青文学中更有大众品味者,其情感性,其语义的明确性,更适应普遍的阅读期待。《我们的田野》一片结尾处主人公的回归,正令人想到梁晓声的知青人物。梁晓声一再于人物的"去留之际"表达他的历史困惑与评价难题。回归也是一种评价,只不过是一种简单化了的评价方式而已;它是评价,同时又是对"难题"的规避。谢飞显然更能理解人物这一行动方式中的道德感,那种知青英雄主义。他与他们,毕竟是这么近、这么紧地衔接着的两代。《我们的田野》是谢飞的早期作品。他此后执导的《湘女萧萧》、《本命年》越来越浑成。但《我们的田野》在他,仍是一个过程的诗意开端。即使文学艺术中的"怀念时期"会过去,怀念也将长久存在。影片中的怀念与伤悼,可以看做对于为历史付出过高昂代价的那一代的温情抚慰的吧。

五

《我们的田野》、《青春祭》对"知青的过去"的怀念与祭奠,对应着知青文学中的一个感伤时期。但如《青春祭》似的凄怆,仍嫌太沉重了。结尾的葬仪,是个太过沉重的符号象征;接下来镜头摇出的灰色山谷与女主人公的哭泣,意境的渲染也不免于过。我疑心正是在这里,在调性在分寸感的把握上,见出了非同代人的隔膜。是年(1985年)推出的阿城小说,以全然不同的调子讲述知青历史,在文坛上造成了小小的震动。此后拍摄的"阿城片",呼应了知青文学以阿城"三王"为标志的一个时期,那是激情状态的结束,一代人由绚烂归于平淡;那是对知青历史的价值感情的调整,是反知青英雄主义,肯定平凡的人生价值;是超越怀念,进入更平实朴素的历史反思——上述归结不免失之简率,且有以偏概全之嫌,却未必没有一定的根据。我在这里注意到的是,电影界捕捉到了阿城小说的上述信息,尽管诠释仍然人各不同。同一时期铁凝《村路带我回家》的电影改编,也应出自对变动着的风气的感应。这里有"知青历史记忆"于时间迁流中的变化——包括记忆方式。

知青作者中的女性作者,如铁凝、王安忆,都有鲁迅谈到萧红时所说的"越轨的笔致"。"笔致"一旦"越轨"即难以改编,因而王好为的选取《村路带我回家》、《哦,香雪》应属大胆之举。改编中王好为倾注了她本人对大地的爱,拍乡间的麦秸垛、村巷、杨树林无不一往情深。《村路带我回家》原作所写,是一个女知青由于天性的浑朴而避开了意识形态整合,保存了人生态度的安详自然的故事。由所写人物更由那种似不经意的淡淡讲述,播散出对于知青英雄主义、对于一个时代浮夸虚饰的话语特征的反讽意味。反思(甚至"批判")知青历史而又似有意若无意,这种淡然即难于以镜头运动摹仿;改编却保留了原作的淡;虽然一经电影方式叙说,男女间的故事不免突出,以至使得那层淡淡的反讽更其浅淡,令人不大易于体味罢了。

至于阿城小说,平易的叙说中包含的自我意识与反思内容,实在透现出久经沧桑后的成熟。由反复不已的怀念中暂时脱出,一时的知青作者纷纷专注于文化省思与人生感悟。阿城片的沉思神情,准确地将上述情态视觉化了。至于所悟,自然因人而异,其中阿城的悟所以独具魅力,多少也因了他所悟种种,尤其传达所悟的方式(话语—叙事),构成了对知青文学中流行的自怜自伤与夸张的英雄主义的反拨。

但电影之于传达此等"悟",却不是最适宜的形式。滕文骥在《棋王》的导演阐述中说:"有一次闲聊我问阿城,什么是他写《棋王》时追求的最高境界。他沉吟而不愿开口,我却含而化之死不改题。他终于说:参禅。""阿城不敢说他的《棋王》是个禅,那我们的影片也更不敢提到这些。但能否在我们的追求中,出现欣赏我们的影片时产生一种'顿悟'呢?"这太难了。新时期影片中的和尚以武和尚居多,亦僧亦侠,打尽不平见太平,大快人心。而在影片中说禅(即使如滕文骥似的退一步,只求传达一点禅意——即"创造一种氛围"),谁人敢于轻试呢!

未来的电影史或许会记述这一时期由"探索片"造成的时尚:求深,未必是深奥的哲理,至少是深刻的情感,是沉思的神情。当然也确实追求着深长的意味,追求着理趣,因而有象喻系统意指关系普遍的复杂性。改编的选择也正由这时尚所鼓励,实际达到的效果却既受制于电影形式又受制于改编者的读解。影片《棋王》力图设置"悬疑",以强化动作补原作"通俗性"、"可观赏性"之不足,却令人感到"动作"与"道"的龃龉:以"雅俗共赏"为目标却雅、俗均不到位。《孩子王》则所悟与原作不同,叙事中的情感态度简直大异:阿城刻意的平易,被十足努力的"悟入"取代。这里的"过"不只在表演,它在整个影片,因而又无所谓"过"——那不如说是陈凯歌的自我诠释,借了阿城小说的情节内容而已。此知青(陈凯歌)与彼知青(钟阿城)本不同;虽然也曾"平了头荷锄",滕文骥、陈凯歌也究竟不是阿城。

看来,阿城的那种"平民姿态"是很难呈现于银幕而又不温不火的。电影几乎不可避免地将那姿态夸张、戏剧化了;这种难免的夸张却又正点明了阿城小说以话语精心修饰过的意图,使动机不期然地浮上表层。在阿城,那本是一种经了设计的文化姿态,一种出诸价值思考、人生感悟,又部分地渊源于中国古代思想的理性态度。当代文学中最"平民化"的,如汪曾祺、阿城,也是最士大夫化的。他们大雅近俗——浅易俗白掩盖着文人习性。看"阿城片"你若感到有点别扭,或也因其无意间将一层薄纸捅破了。于是人物在表演平民风度,意识清明,且潜台词几欲出口。至于阿城的"文人习性"中,也有中国文人式的批判冲动,这不消说得;他在这一点上也仍属于那一代,只不过表达这深藏的激情时用了精心锻造的话语形式而已。

你不难注意到阿城小说的改编者对原作语言的珍爱。看影片《棋王》、《孩子王》,经久难忘的,竟是人物那些平实拙重的"话"(自然也赖有演员的"说"),亦可见原作文字的力量。这里或有感觉的误差,因为达于听觉的,毕竟是画中的话,如《孩子王》,即是那金黄色的教室里或晚照中天幕上的人物的话。当那画与话浑然一体时,意境确有不可思议的美。影片中的"话"有如许效果,几乎是阿城片特有的现象(电影以"话"以"说"取胜的,此后还有"王朔片",则是别一境界)。阿城小说人物语言的那种拙味原是无可摹仿的。倘能不止于人物念白,整部片子极平淡而有味,或许就近于阿城原作的风格了。

六

上文说《棋王》于雅俗两面均不到位,说得武断了些,还应再作一点解释。

《棋王》、《孩子王》两作,无疑前者更不宜于改编,虽然像是比后者热闹。《棋王》的电影作者迷恋于原作中的禅意,但那层禅意是经不起"说"的,尤其以电影方式说。它本属于拒绝视觉化的内容。道可道,非常道。能用文字道的,未必可用银幕形象道,这也不消说得。影视艺术,一向有载道的传统,只是不适于载这一种道罢了。说道谈禅,即使在文学中也含有危险,怕一经说出来就俗了。阿城明知"说出来的不是禅"而仍要说,已属冒险;阿城所说的让片中人物去说,自难"雅俗共赏"。既要强化动作,又不忍割舍那些虽拙重平实但含义玄妙的"话",俗雅间的冲撞就难以避免。原作"雅"在"道";"俗"固在人物姿态,亦在通俗的叙事风格;雅俗间微妙处的传达端赖文字的调动。看电影的场所通常是不便于体会这层"微妙"的,这倒非关电影作者的布道能力,而是因为他不但只能用他自己的方式且只能运用那一套电影语言表达。纵然导演如何将原作烂熟于心,也难以说电影所不宜说。这是一种先天的限定。在我看来,《棋王》没有《孩子王》的过分用力,病在俗雅接合不好。

好在导演不大拘守"忠实于原作"那一套呆原则,用蓬蓬大火,用对"车轮大战"的尽兴渲染,将影片激情化了。改编者在原作的有关描写中,找到了真正的"戏眼",而聚集力量的过程,则由片头字幕始直到重头戏开场。片头的棋盘(画)与喊棋步(声),已给人纵深感,犹如面对古战场的苍凉荒远。到车轮大战,更发展出宏大声势,巨大棋盘与喊棋步声遮天盖地,几欲扑出银幕,是有震撼力量的。原作的精彩处,如写"王一生孤身一人坐在大屋子中央,瞪眼看着我们,双手支在膝上,铁铸一个细树桩,似无所见,似无所闻","眼睛深陷下去,黑黑的似俯视大千世界,茫茫宇宙。那生命像聚在一头乱发中,久久不散,又慢慢弥漫开来,灼得人脸热",本来也是难以画面呈现的,但影片却逼近了那境界。至于声画所造成的上述气势,自是原作仅凭文字难以达到的。

然而这番火炽,与同片中平实的知青生活场景,也显出若干不谐。那"实",与道的"虚",固难以调和得恰到好处,那"实"与结尾处含有夸张的火炽热闹,也显得对比生硬。改编《棋王》或者难度不在有声有色地演出车轮大战,倒在展示日常情景,而使这情景与王一生的个人境界构成某种诠释关系。这种有机性在原作中是凭借文字达到了的,却也同样难于银幕显现。不唯此片,不少影片中的知青生活情景都不尽如人意,像是缺少一种"当时感",一种知青生活特有的精神氛围。至于《棋王》,王一生以外的其他知青人物如同衬景、活道具,构不成"王一生的世界"似的。滕文骥着迷于原作的道,陈凯歌则凝思于"文化与人",小说本文中知青生活场景的意义蕴含,包藏于"平铺直叙"中的多方面的意蕴,不免被易于归结、易见"深度"的"思想"给掩盖了。

七

改编《孩子王》时,陈凯歌是将阿城作为"我们这一代人精神上的一个代表"甚至"一个学派"来理解、接纳的。原作者、影片编导、摄影等,更足以构成共同经验者的创作集体。然而陈凯歌虽有强烈的"代意识",却不打算为了"代"的群体性而牺牲自己的诠释方式。"代"究竟不是扩张了的个人,而是单个人的群集。陈凯歌本人对于自己与原作者间的差异看得很明白,他说:"我和阿城有共通点,也有不完全一样的地方。我与阿城相比,在人生态度上更热情一些。"他将阿城原作当做可以据以表达他个人体悟的文本,利用原作提供的可能性而着重于发挥。他自己说:"在《孩子王》的创作中,我强烈感受并极度重视的是对处在自然界和由人类自身所创造的文化之间的人、尤其是自己内心世界的审视。可以说这是一部面对我自己的、相当个人化的作品,它对于我的重要性,超过了《黄土地》和《大阅兵》。影片不仅仅是对当年云南插队生活的回首,而且调动了我三十多年来的全部的人生经历和体验,集合了我对文化、人的尊严和人的价值的思考。严格地讲,整个《孩子王》的拍摄,是一个内省的过程。我在寻找自己,认识自己,换句话说,影片通篇都是'我是什么人'的外现,我不断地通过电影与自己的心灵进行交流与沟通。"因而影片在其主要方面并非一个知青对另一个知青的诠释,而是依据于有限契合的阐发、意义创造。

《孩子王》的电影作者在雅俗之间的选择很明确,他甚至以为即使谈论《孩子王》,也"首先应规定一个前提——把它放在严肃电影之列,因为它不具备通常意义上的通俗性"。求仁得仁,拍出来的的确是一部"深奥"的片子。这一点首先就不同于原作,不同于原作所追求的文化精神。当代青年作家中,阿城最有雅俗间见识的通脱——这也源于古代中国士大夫的某种价值态度。写《棋王》还有意于说禅,写《孩子王》,即已无意放入什么玄妙的"观念"(当然也可以理解为禅在不言之中),其文化批判(对于"文革"中的文化破坏、文化荒芜)旨意毋宁说是相当显豁的。与其说影片相对于原作深化、不如说晦涩化了。晦涩也由于语义结构上的某种紊乱,这一点我们后面再说。过分细密的象喻设置、意义设计,使影片无处不大有深意。看导演们的自我陈述,滕文骥着迷于参禅悟道,陈凯歌则极入世,有强烈的现实关切。拍出的片子,《孩子王》抽象,《棋王》却近俗。此种差别,亦可供玩味。

　　陈凯歌说,他的《孩子王》亦如《黄土地》,"是一部愤怒的作品,一部具有强烈战斗性的作品"。这"愤怒"、"战斗"不消说决非阿城的神情。陈凯歌的激情无疑宜于用浓重色彩、密集意符。即使常人以为改编《孩子王》宜淡不宜浓,他也仍用浓。这无可非议,因为两作(影片与原作)的意义结构已经不同。尽管貌似原作的"平铺直叙",如溪流、如晚照无声地漫过去,实则处处用力,处处用巧用智;无高潮、无戏剧性场面,而在每一片断、局部、细节上求深、求工。这随处着力也大异于阿城。陈凯歌本无阿城似的飘逸洒脱,他的不摹仿阿城正出于明智的选择。

　　更为不同的还是意义结构。电影《孩子王》以牧叶、牛群、牛铃、牛童、山民野唱等等表达的意义——陈凯歌以之为影片的"精神的、意识的世界"的符号象征,也是片中最为精心设置的象征——是原作所没有的,电影作者也以此为创造。确如电影作者所知,原作者对于文化(棋文化、棋道,以及文字、字典所代表的文化)毋宁说是珍重的,这也是经历过"荒废"的那一代知青的经验。阿城作品有庄禅意味,却并不袭用老庄绝圣弃智的思想。

《树王》写山中小娃翻看无头无尾的"宋江杀惜"连环画即致慨深沉,近作写"文革"中学地球物理的大学生被送去下煤窑,也有苦涩意味。

倘若改编者止于以牛童牧叶等等表达其返璞归真的文化向往,尽管并不含有什么新的信息,也仍不失为一种可以理解的价值态度。上文已经说过,电影作者或因受制于电影传统、电影语言的积累,较之文学作者更有怀乡冲动,比如对于婴儿赤子状态的眷恋,对于天真无邪的童年时代的怀念;《孩子王》不过是一个更极端的例子——以牛童等所表达的对文化(文字文化)的拒斥,在新时期影片中几乎是仅见的。影片中牛铃野唱之类与抄书(千军万马般的铅笔敲击声)构成的语义对比,肯定了本真状态,肯定了无知无识顺帝之则的自在状态。然而那诗意符号一旦与烧坝、枯木怪树一类生态破坏、文化荒芜的意象并置,不能不造成意义的紊乱。即使有人辩解说烧坝及"复活节岛"(怪木枯树)并非意指文化破坏,那么片子中孩子们的文盲状态,也仍然是一种文化上的荒芜——这正是原作提供的基本情境。牛童野唱之类所代表的意义,非但不构成对上述破坏、荒芜的补偿,而且还隐含了更古远的荒芜景象。讨论此片时有人提到了中国古代思想中的反智传统;影片《孩子王》在其深远的背景上是联系于此种传统的。这一种思路,因其有违于人们的普遍经验与思考,也因蓄意神秘(即"似大有深意"),徒然使语义晦涩化了。晦涩并不就是深刻,有意的表达障碍也不能增添深度。尽管撇开了这些来看,《孩子王》比之《黄土地》更浑成,语义也更复杂,耐寻味。

上述议论对于这样一部精美的影片或是苛评;限于文章规定的角度,也未将其真正作为无关于原作的独立作品。但"改编"正提供了一种方便:经由改编之作认识原作,也经由原作与改编间的差异,经由这一种比较,把握改编者的意向,其赋予"自己作品"的意义。由本文的角度看,这种比较使我们清晰地感到了那一代人姿态的多样性。"代"的形成与其说由于趋同,不如说更由存异。这里也有一代人的活力显示,令人可以不断地有所期待并获得满足。

初版后记

我于1987—1991年间,先后完成了《北京:城与人》与这本《地之子》的写作。《北京:城与人》近于"一气呵成",写得熟、浅,却较为完整;《地之子》则因1989、1990年间一度的搁置,虽补缀而成,仍不免支离,写作中也更用了气力。两部书稿的撰写都在宣泄冲动减退之后,尽管别人仍由其中发现着据说已成为我的"风格标记"的"抒情性"。

我的选题确乎种因于个人经历以至家族历史。但当动手处理材料时,已渐渐习惯于关注问题本身而非呈现所谓"自我"。我不想说这种研究态度的变化意味着成熟还是激情的流失。我只打算顺乎自然。

个人历史也不可逆,任何一瞬都不可重复也毋需重复。在对象领域的不断扩张中,在为适应课题(知识分子研究)要求而自我完善的努力中,我有奇妙的饱满之感。我珍爱这黄昏或秋天的饱满与宁静。

我依然时时梦到乡村,而且总是北方灰黄的乡村:冬日黯淡的天幕下的平野与远村,沙岸间的清流细柳,被鞋底磨亮的乡间小道与杨树夹峙的笔直的公路。我疑心北方式的单调与荒凉已透入了我的肌肤、浸渍性情且构成了命运。但这部书稿的写作却使我一时没有了抒写"怀念"的兴致。我明白那与其说是乡村怀念,不如说更是文人式的意境迷恋,对于属于个人的意境、情境的迷恋,虽然这意境也由乡居的经历参与造成。

我将暂时离开熟悉的领域向稍为广远处搜寻据以说明"知

识分子"的材料,刚刚启程,就已经被远处那片土地所吸引。我于是知道热情并未离我而去,它只不过转换了方向而已。

对于养育过我的地方,对属于我的一份生活,我也仍如以往地怀着感激——对于北方,北京,北大,对我慈蔼坚忍而又通达的父母,对如此细心又耐心地扶助我的丈夫,对给予我厚爱的师长、同行,对于我生活中永远温暖而明亮的那一部分、我视为生命的重要依托的朋友们。

能拥有这一些,或也可以自以为幸运的?

1992年4月补记

再版后记

　　这本旧作有自序与后记,已将写作的"缘起"说得很清楚。
　　自上个世纪80年代,我由"中国现代文学"出发,一度下窥"当代",完成了《北京:城与人》与这本《地之子》;之后即向上,跋涉到了"明清之际"——对"当代"的关切却始终不曾放弃。本书似乎宜于读做《艰难的选择》的续篇,中经《论小说十家》,是较为集中的关于"现代中国的知识分子"的思考。其实当动笔时,已将半只脚踏进了另一时段,因而写这本书,更像是为了一个开始的结束,文字间随处留下了匆促的痕迹——判断的随意性,价值评估的草率,审美衡度的失当,理论表述的夹生、似是而非。在《北京:城与人》中,我曾预言"京味小说"的继续兴盛,这预言落了空。本书中写到的部分作者(包括台湾作者)与作品,也已被读书界所遗忘。凡此都证明着"当代文学研究"的受制于时间。但本书的上述缺陷,又不便以此来解释:那种拣择不精、诠释过度的情况,更因了判断力的薄弱。
　　《明清之际士大夫研究》问世后,曾有人惋惜我未能早一点涉足那一时段,我则并没有这种遗憾。20世纪历史中的一段为我所亲历。在我,无论读"当代京味小说",还是读本书所涉及的作品,都是对"当代"的阅读。还应当说,读五四新文学与当代文学,是我读20世纪的一种方式。或许正因有这份关切,有20世纪文学研究的"专业背景",才有关于"明清之际"的那一种解读。有人说那本关于"明清之际"的书是我的"第一部真正意义上的学术作品",我大致认可这说法,却不意味着对前此作品的轻视。

那些学术作品或许适于严格的"学院"以外的尺度度量。所有那些努力都在我自己选定的方向上,即使结出的果实不同,我对当年的选择也从不怀疑。而"文学阅读"对于我的意义,更是无可怀疑的。纵然有"研究"作为动机,这种阅读也滋养了我。我又忍不住要借用"为人"、"为己"的古老说法——这种"为己"、为丰富自己的阅读,是美好的。

我很明白,这本旧作中所说的那种"地之子"的"文化骄傲"早已陌生。全球化的进程非但改变着人们的生活方式,也修改、重组着记忆。发起于1985年的寻根已是前尘往事,在目下的时世,无根或许是更时尚的吧。在此期间,乡村生活的严酷,却经由诸多途径,惊心动魄地呈露在了世人面前,使书斋中的"怀念"益见飘渺。回头看本书所论20世纪80年代文学,竟也有隔世之感,以至令人不忍再说"怀念"。但在我,那怀念仍在。曾经的激动,曾经的感动,并未离我远去。我依旧迷恋于北方坦平如砥的原野,白杨夹峙的道路,村落与房舍。这期间也走了南方的一些地方,曾在浙江的天目山下,看如镜的水面上远山的倒影,河对岸疏落的林木;也曾在贵州不蔽风雨的农舍,对着壁上的烟灰,床上的败絮。乡村仍时在念中,时在梦中,在怀想与系念中,只是较之写《地之子》的那时候,增添了焦灼与郁闷而已——由此也证明了"岁月"并不能更改一切。

一个北大的研究生在关于我的评论中,说到这本书,特别提到论知青作者与知青文学的一章,以为这本书"在面对诸如'大地'、'乡土'、'荒原'、'农民'等经过层层累加的概念时","虽然放开了视野,尽可能将古往今来的历史文本纳入考察范围,每段论述都是'话说从头'的架势,仍不能避免因论题背景过于庞杂而导致的空泛与虚浮。倒是融入了论者个人经验与感情色彩的第四章《知青作者与知青文学》相对完整且'踏实',的确是分析'地之子'的极佳范本"(倪咏娟《读人与读己》,《当代作家评论》2005年第5期)。当初写作此书时,自以为得意的,在前一两章的个别章节。此次校读,似乎明白了年轻人的上述意见。学术也要在时间中淘洗。正如关于"明清之际"的研究最初发表时,论"戾气"等篇更为人喝彩,较能经得住时间的,或者倒是关于"明遗民"的专项研究。即使20世纪,也并非每一时刻都于我有切身之感。写知青稍能深入,大约也因了较为"切身"的吧。尽管我并非知青,毕竟也插过队,如阿城所说的"平了头荷锄"。

我曾一再申明我关于"明清之际"的研究,是以中国现代文学研究者的身份的越界尝试。校读《地之子》也使我发现,我往往是以读"五四新文学"的方式读当代文学,难免于读解中的"一厢情愿",读出了一些作品未必有、未必如是的"意义"。校读这旧作,我还发现了自己思考的某种连续性,对一些命题的持续关注,如南/北、东南/西北,如"漂泊"(新近完稿的《明清之际士大夫研究》续编,有《游走与播迁》一章),再如关于"人之所以为人"。有些话题,在本书后又继续生发。比如关于"民众对酷刑的嗜好"(第二章第三节)。而以为"中国传统社会中最严整的家庭形式,仍然是由士大夫(尤其所谓'礼法士')创造的;大量的例外、规范外形式,在民间、小民之中。'习俗'里就往往有对于现实条件的顺适。见诸典籍,最迂执顽梗绝无弹性拒绝变通的,也正是士大夫们"(第二章第二节),直接开启了此后的有关论述。至于在所选定的每一方向,都力图"穷尽",不避烦碎,更是一以贯之。

对于业已印成了铅字的自己的作品,我并不都有兴致重读;甚至因咀嚼太过,出版后已不能卒读。为了重印的校阅,是强制阅读;读得比较仔细,也因有一部分不能重复的生命留在了这些文字间。校读中删去了一些自以为冗赘的注释,修改了副标题,以更贴近我当初的旨趣。写作此书在上个世纪的八九十年代之交。尽管热闹的1980年代已经成为过去,本书中的论说文字,仍挟有那个年代特有的气息,重读中也能感到论述中的快意以至沉酣。那时我对于"当代文化"的关注几乎可以说是"全方位"

的,文学之外,还关心着美术、音乐、影视,等等。那种极活跃、投入的状态,在我,也已不可能再有。

在1992年的《地之子》初版后记中,我曾通知读者,自己"将暂时离开熟悉的领域向稍为广远处搜寻据以说明'知识分子'的材料",这一走就是十四五年,且至今尚无归意。最近,在学术工作的间隙,短暂地返回了对当代的阅读,《长恨歌》、《富萍》、《在细雨中呼喊》、《活着》、《心灵史》、《马桥词典》、《平凡的世界》……在变化了的时间中以变化了的心境阅读当代,是一种特别的经验。也是在那篇后记中,说,"我有奇妙的饱满之感。我珍爱这黄昏或秋天的饱满与宁静",这种说法已不宜于用来形容眼下的情境。在21世纪第七个年头即将开始的这个岁末,宁静仍在,却是在日甚一日的委顿衰颓中。

2005年12月

作者小传

赵园,原籍河南尉氏,1945年出生于兰州。1969年毕业于北京大学中文系,1981年毕业于北京大学中文系研究生班。现任中国社会科学院文学研究所研究员。著有《艰难的选择》、《论小说十家》、《北京:城与人》、《地之子》、《明清之际士大夫研究》、《制度·言论·心态——〈明清之际士大夫研究〉续编》、《易堂寻踪——关于明清之际一个士人群体的叙述》及散文、随笔集《独语》、《窗下》、《红之羽》等。

学术史丛书

中国禅思想史	葛兆光 著
——从6世纪到9世纪	
士大夫政治演生史稿	阎步克 著
中国文学研究现代化进程	王 瑶主编
中国现代学术之建立	陈平原 著
——以章太炎、胡适之为中心	
陈寅恪先生史学述略稿	王永兴 著
明清之际士大夫研究	赵 园 著
儒学南传史	何成轩 著
西潮激荡下的晚清地理学	郭双林 著
中国文学研究现代化进程二编	陈平原主编
文学史的权力	戴 燕 著
《齐物论》及其影响	陈少明 著
文学史书写形态与文化政治	陈国球 著
晚清女性与近代中国	夏晓虹 著
北京:都市想像与文化记忆	陈平原 王德威 编
中国民间文学研究的现代轨辙	陈泳超 著
触摸历史与进入五四	陈平原 著
制度·言论·心态	赵 园 著
——《明清之际士大夫研究》续编	

文学史研究丛书

中国现代主义诗潮史论	孙玉石 著
小说史:理论与实践	陈平原 著
上海摩登	〔美〕李欧梵 著 毛 尖 译
——一种新都市文化在中国 1930—1945	
北京:城与人	赵 园 著

中国小说叙事模式的转变	陈平原 著
晚清至五四：中国文学现代性的发生	杨联芬 著
词与文类研究	〔美〕孙康宜 著　李奭学 译
二十世纪中国文学三人谈·漫说文化	钱理群　黄子平　陈平原 著
唐代乐舞新论	沈冬 著
文学复古与文学革命	〔日〕木山英雄 著　赵京华 译
被压抑的现代性 ——晚清小说新论	〔美〕王德威 著　宋伟杰 译
汉魏六朝文学新论 ——拟代与赠答篇	梅家玲 著
重建美国文学史	单德兴 著
明代复古派唐诗论研究	陈国球 著
新文学现实主义的流变	温儒敏 著
丰富的痛苦 ——堂吉诃德与哈姆雷特的东移	钱理群 著
大小舞台之间 ——曹禺戏剧新论	钱理群 著
地之子	赵园 著
《野草》研究	孙玉石 著
*才女彻夜未眠 ——近代中国女性叙事文学的兴起	胡晓真 著

其中画*者为即出。